I0735494

WAS EINE FRAU BRAUCHT

JUDI FENNELL

MERJINN PRESS

PHILADELPHIA, PENNSYLVANIA

Copyright 2026 Judi Fennell

Cover- und Innengestaltung von

www.formatting4U.com

Veröffentlicht von Mergenie Books

Alle Rechte vorbehalten. Dieses E-Book ist nur für deinen persönlichen Gebrauch lizenziert. Dieses E-Book darf nicht weiterverkauft oder an andere Personen weitergegeben werden. Wenn du dieses Buch mit einer anderen Person teilen möchtest, kaufe bitte für jede Person ein zusätzliches Exemplar. Wenn du dieses Buch liest und es nicht gekauft hast, oder es nicht ausschließlich für deinen Gebrauch gekauft wurde, dann gib es bitte zurück und kaufe dir dein eigenes Exemplar. Vielen Dank, dass du die harte Arbeit dieser Autorin respektierst. Kein Teil dieses Buches darf in irgendeiner Form oder durch irgendwelche elektronischen oder mechanischen Mittel reproduziert werden, einschließlich Informationsspeicher- und Abrufsystemen – außer im Falle von kurzen Zitaten in kritischen Artikeln oder Rezensionen – ohne schriftliche Genehmigung der Autorin. Bitte kontaktiere die Autorin unter JudiFennell@JudiFennell.com. Dieses Buch ist ein fiktionales Werk. Die in diesem Buch dargestellten Charaktere, Ereignisse und Orte sind Produkte der Fantasie der Autorin und sind entweder fiktiv oder werden fiktiv verwendet. Jede Ähnlichkeit mit realen Personen, lebend oder tot, ist rein zufällig und von der Autorin nicht beabsichtigt.

Weitere Informationen über die Autorin und ihre Werke findest du unter www.JudiFennell.com

Was eine Frau braucht

Was passiert, wenn drei unwiderstehlich sexy Brüder eine Pokerwette gegen ihre geschäftstüchtige Schwester verlieren? Sie werden für deren Reinigungsunternehmen vermietet. Jetzt stehen Ihnen die Manley Maids zu Diensten. Zufriedenheit garantiert. Es ist das, was eine Frau braucht ...

Es ist ihr Haus; er ist nur zum Putzen da.

Filmstar Bryan Manley sieht in fast allem gut aus – außer in einer Schürze. Und als Vaterfigur.

Die verwitwete Mutter Beth Hamilton sieht das allerdings anders, als er zum Putzen in ihrem Haus auftaucht und ihre Kinder ihn sofort ins Herz schließen.

Das Problem ist, dass auch die Paparazzi auftauchen. Ihre Kinder hatten nach dem Tod ihres Vaters genug Aufmerksamkeit, das Letzte, was sie brauchen, ist das Rampenlicht, das Bryan überallhin folgt.

Außerdem ist Cinderella nur ein Märchen und einen Märchenprinzen gibt es nicht ... oder ist Bryans neue Rolle etwa die Rolle seines Lebens?

Was passiert, wenn drei unwiderstehlich sexy Brüder eine Pokerwette gegen ihre geschäftstüchtige Schwester verlieren? Sie werden für deren Reinigungsunternehmen vermietet. Jetzt stehen Ihnen die Manley Maids zu Diensten. Zufriedenheit garantiert. Es ist das, was eine Frau braucht ...

Männerabend… plus eins

Er hatte verloren.

Bryan Manley starrte auf die Karten, die auf dem Tisch vor ihm lagen.

Straight Flush. Bube hoch.

Das schlug sein Full House. Es schlug Liams vier Damen und Seans Straight Flush, Neun hoch.

Er hatte verloren.

Gegen seine *Schwester*.

Gegen diejenige, die noch nie Poker gespielt hatte.

Und sie hatte nicht nur ihn geschlagen, sondern alle *drei*. Mary-Alice Catherine Manley hatte die Manley-Männer in ihrem eigenen Spiel besiegt.

Und nun mussten sie nach ihrer Pfeife tanzen.

Bryan räusperte sich; Ekel brannte ihm im Rachen. Er, der Hauptdarsteller, das Futter der Paparazzi, der Herzensbrecher von Nachwuchsstars und das »Next Biggest Thing« des *People Magazine*, würde jemandes Hausmädchen sein.

»Ich glaube, werte Brüder, ihr müsst alle für die Uniformen von Manley Maids vermessen werden«, sagte Mac, als wäre es nicht das Todesurteil für sein Image.

»Ich trage keine Schürze.« Die Worte waren ihm herausgerutscht, noch bevor er den Gedanken zu Ende gedacht hatte, aber es bewies nur, dass seine

Instinkte goldrichtig waren. Jeder Regisseur, mit dem er jemals gearbeitet hatte, hatte das behauptet, und Bryan war verdammt froh darüber.

Eine Schürze. Herrje. Die Boulevardpresse würde sich darauf stürzen wie die Geier. Sein Agent? Wohl eher weniger.

Interessanterweise versuchte keiner der Brüder, Mac diesen lächerlichen Wetteinsatz auszureden. Sie hatten ihre Einsätze gemacht und fair verloren.

Aber, gütiger Himmel. Ein Hausmädchen.

»Wann sollen wir anfangen, Mac?« Liam war der Erste, der sich wieder fing – sofern man es so nennen konnte.

»Sobald ihr könnt. Ich habe einen Auftrag.«

Wenn Bryan Mac nicht besser kennen würde, hätte er geschworen, dass sie versuchte, sich das Lachen zu verkneifen. Aber das passte nicht zu Mac; sie hatte die drei schon immer vergöttert. Hatte sie ihre Ritter in glänzender Rüstung genannt. Oder gelegentlich in Football-Ausrüstung. Aber niemals das hier. Niemals eine... eine *Schürze*.

Er hätte es für einen Witz gehalten, aber Mac hatte das Einzige gesetzt, das auch nur annähernd an das herankam, was er und seine Brüder gesetzt hatten: vier Wochen Reinigungsservice, falls sie verlöre, vier Wochen Leibeigenschaft, falls sie gewänne. Sie würde ihr Unternehmen nicht für einen Witz riskieren.

»Ich habe im Moment Zeit. Ich fange gleich am Montagmorgen an.« Sean stapelte die Pokerchips, akribisch, was der einzige Hinweis auf Seans Gefühlszustand war. Er war sauer. Wahrscheinlich auf sich selbst. Sie waren alle gegen ihre Instinkte vorgegangen und hatten sie mitspielen lassen, obwohl sie sich den Einsatz eigentlich gar nicht leisten konnte.

Die Tatsache, dass sie diejenigen waren, die zahlten, war unerheblich. Sie hatten Mac, ihre kleine Schwester, fast ihr ganzes Leben lang beschützt, seit ihre Eltern gestorben waren und Gran sie aufgenommen hatte. Sie hätten bei ihrer »Keine Mädchen«-Regel für dieses Spiel bleiben sollen, aber sie hatte unbedingt mitmachen wollen, und sie waren schon immer alle schwach geworden bei ihr, also ließen sie sie gewähren.

Und jetzt würde sie ihre Chefin sein.

Ein Hausmädchen. Gott.

Der einzige Pluspunkt war, dass es so aussah, als zahlten sich Grans Putzstunden endlich aus. Ihre Großmutter hatte mit vier kleinen Kindern alle Hände voll zu tun gehabt, und er und seine Brüder waren besonders rüpelhaft und unordentlich gewesen.

Er hätte nie gedacht, dass er für diesen Unterricht einmal dankbar sein würde. Verdammt, er hatte sogar Monica, sein eigenes Zimmermädchen aus Macs Firma, um seine Eigentumswohnung in Schuss zu halten, damit er eben *nicht* diese Putzkenntnisse entstauben musste.

»Hey, kann ich meine eigene Bude machen?« Zwei Fliegen mit einer Klappe schlagen, sozusagen, auch wenn die PETA-Leute wahrscheinlich etwas dagegen hätten.

Mac sah ihn stirnrunzelnd an. »Du würdest Monica um ihren Job bringen, nur um dich aus der Wette zu winden? Ernsthaft?«

Wenn sie es so formulierte...

»Ich winde mich aus gar nichts raus.« Das wäre genau das Richtige für die Klatschblätter. »Du kannst mich auch für Montag einplanen. Ich habe gerade eine Drehpause und habe sowieso nach einer Beschäftigung gesucht.« Er hatte gehofft, dass diese etwas mit einer gewissen Schauspielerin, einem Strand und ein paar Heineken zu tun haben würde, aber daraus wurde nun nichts. Wenigstens würde er für eine Weile aus dem Licht der Öffentlichkeit verschwinden; vielleicht konnte er das durchziehen, ohne dass jemand Wind davon bekam.

Ja, klar. Und Gran würde bestimmt auch Knall auf Fall ihr neues Zuhause verlassen, um in das Herrenhaus zu ziehen, das er ihr schon so lange kaufen wollte.

Kapitel Eins

Beth Hamilton stolperte über einen großen, gelben und verdammt harten Spielzeuglaster, hämmerte mit dem Schienbein gegen den Couchtisch, rutschte auf einem Bogen glänzender Aufkleber aus und landete mit dem Hintern voran in einem Korb voller Schmutzwäsche.

Schon wieder.

Es wäre zum Totlachen, wenn es nicht so verdammt oft vorkommen würde.

Ständig stolperte sie über irgendwas. Ständig wich sie in die eine Richtung aus, um einem heranstürmenden nassen Hund oder den Zwillingen zu entgehen, die sich gegenseitig mit Lichtschwertern jagten, nur um dann trotzdem auf dem Hintern zu landen.

Das Traurige war, dass sie dort genug Polsterung hatte, sodass die Stürze ihrem Körper keinen großen Schaden zufügten – ganz im Gegensatz zu dem Schaden, den das zusätzliche Polster bei ihrem Selbstwertgefühl anrichtete.

Aber mal ehrlich, welche verwitwete fünffache Mutter konnte sich schon ein Selbstwertgefühl leisten? Besonders wenn eines der fünf Kinder bereits den Teenager-Status erreicht hatte, ein weiteres kurz davor stand und die Zwillinge sich täglich neue Spitznamen für sie aus ihren Lieblings-Sci-Fi-Filmen ausdachten – wobei Prinzessin Leia nicht darunter war. Nein, sie blieb an

Namen wie Frodo, Chewie und dem allseits beliebten Voldemort hängen. Wenigstens waren sie noch nicht bei Barney gelandet. Bis jetzt.

Gott sei Dank gab es Maggie. Die Fünfjährige glaubte immer noch, dass Mama alles konnte.

Wenn sie es doch nur könnte.

Die Uhr auf dem Kaminsims schlug zehn. Toll. Der Reinigungsdienst würde jeden Moment hier sein und ihr Haus sah aus, als hätte ein Tornado gewütet. Tornado Hamilton. Er fegte täglich durch die Zimmer. Manchmal auch zweimal, nur so zum Spaß.

Sie brauchte Hilfe.

»Jason, bist du fertig damit, dein Zimmer aufzuräumen?« Sie hob seinen ferngesteuerten Hubschrauber vom Hartholzboden auf, wo er eine Bruchlandung hingelegt hatte, und zuckte beim Anblick der Kerbe zusammen, die die Rotorblätter hinterlassen hatten. Wahrscheinlich hatten sie dasselbe mit ihrem Schienbein angestellt.

»Aha«, murmelte Jason unter dem Wuschelkopf hervor, den er *cool*, sie hingegen einen Topfschnitt nannte. Hätte sie ihm diesen Haarschnitt als Kleinkind verpasst, dürfte sie sich das bis heute jedes Mal anhören, wenn sie Babyfotos herausholte, aber er hatte tatsächlich *gewollt*, dass sie jemanden dafür bezahlte, ihm das anzutun. *Teenager.*

»Deine Wäsche ist weggeräumt und das Bett gemacht?« Ja, sie wusste, dass es albern war, aufzuräumen, bevor der Reinigungsdienst kam, aber wenn die Frau das Haus jetzt sah, würde sie entweder sofort abhauen oder ihr Honorar verdoppeln. Vielleicht sogar verdreifachen.

»Aha.«

Die Chancen standen gut, dass Jasons *Aha* eigentlich ein *Nö* hätte sein müssen, aber Beth hatte hier unten zu viel zu tun, um die Treppe hochzulaufen und seinen Worten auf den Grund zu gehen.

Und Jason wusste das ganz genau.

Beth seufzte. Mikes Tod lag nun zwei Jahre zurück, und während die Kinder scheinbar direkt vor ihren Augen in die Höhe geschossen waren, fühlte sich in diesen zwei Jahren jeder Tag länger an als die zugeteilten vierundzwanzig Stunden.

Was würde sie nicht alles dafür geben, wenn Prince Charming an ihrer Tür klingeln würde.

· · ·

Bryan fuhr mit dem Finger unter den Kragen des Golfshirts und rückte den Eimer mit den Reinigungsmitteln zurecht, während er ernsthaft darüber nachdachte, die Klingel am Haus von Mrs. Beth Hamilton einfach nicht zu betätigen.

Er war eine verdammte Putzfrau. Eine *Putzfrau*!

Er blickte über seine Schulter. Bisher hatte ihn niemand gesehen, es sei denn, die Boulevardpresse hätte eine Schar Geheimreporter ausgesandt – und die Wahrscheinlichkeit dafür war etwa so hoch wie die dieser Entführungsgeschichten durch Außerirdische, über die sie immer schrieben. Nein, diese Leute waren wie Hunde mit einem Knochen und sie jagten im Rudel. Er würde sie niemals übersehen.

Trotzdem zog er den Schirm seiner Baseballkappe noch einen halben Zentimeter tiefer ins Gesicht. Technisch gesehen gehörte sie nicht zu dem mintgrünen Polyester-Albtraum von einer Uniform der Manley Maids, aber das war ihm egal. Sein Gesicht und seine Statur waren erkennbar genug; er brauchte Schutz vor neugierigen Blicken –

Wie denen, die ihn hinter dem transparenten Vorhang des Seitenfensters neben der Tür anstarrten.

Ertappt.

Bryan holte tief Luft, straffte die Schultern, biss in den sauren Apfel und klingelte.

Sofort brach ein Chor aus Bellen, Kreischen und ein paar »*Expelliarmus!*«-Sprüchen los, gefolgt von einem heftigen Scheppern und leisem Fluchen.

Dann öffnete *sie* die Tür.

Einen Moment lang starrte Bryan sie einfach nur an.

Dann setzte sein PR-Training ein und er legte sein Charmeur-Lächeln auf, das nicht nur sein Markenzeichen war, sondern sich bei schönen Frauen ganz von selbst einstellte.

Und *sie* war atemberaubend. Von ihrem kunstvoll zerzausten, welligen braunen Haar über die Kurven, die sich unter dem offenen Ausschnitt der falsch zugeknöpften Bluse nur erahnen ließen, bis hin zu der Yogahose, die wohlgeformte Beine betonte, die bis zum Himmel zu reichen schienen – die Frau war fast so groß wie er und gebaut, wie eine Frau eben gebaut sein sollte – rund an den richtigen Stellen und mit gerade genug Kurven zum Festhalten für den Ritt ihres Lebens.

Vielleicht würde dieser Job doch nicht so übel werden.

Dann tauchten die Kinder auf, ihre Köpfe schossen hinter ihr hervor wie bei einer Tanznummer in einem Musical.

Und sie *hörten nicht auf* aufzutauchen. Drei. Vier. Fünf. Sie hatte ihr eigenes Basketballteam.

Bryan zügelte sein Lächeln. Er machte sich nicht an verheiratete Frauen ran, und er machte sich nicht an Mütter ran.

Und ganz sicher nicht an verheiratete Mütter.

Von fünf Kindern.

»Wer bist du?«, fragte Kind Nummer zwei oder vielleicht Nummer drei.

»Ehrlich, Kelsey, so begrüßt man niemanden.« Die Frau rollte mit ihren wunderschönen kaffeebraunen Augen, während sie dem Mädchen mit dem Finger unters Kinn tippte. Dann wischte sie ihren genervten Gesichtsausdruck weg und lächelte ihn an.

Diesmal erschien sein Charmeur-Lächeln ganz von allein. Bryan konnte nicht anders. Wenn sie lächelte, war sie mehr als umwerfend, und es ließ ihn froh sein, ein Mann zu sein – aber es ärgerte ihn, dass sie verheiratet war.

Und eine Mutter.

Von fünf Kindern.

»Kann ich Ihnen helfen?«

Lass mich die Möglichkeiten aufzählen. Bryan fing sich gerade noch rechtzeitig ab, bevor er anfing, Sonette zu zitieren. »Ich bin hier, um Ihre Toilette zu putzen.«

Klasse gemacht, Idiot. Brillanter Eröffnungssatz.

»Wie bitte?«

Sie konnte ihn um alles bitten, was sie wollte, und er würde ihr jedes einzelne Ding geben.

Bryan räperte sich. »Ich bin von Manley Maids.«

Das langhaarige Kind schnaubte, bevor es wegging – das perfekte Abbild völligen jugendlichen Desinteresses.

Bryan formulierte seine Vorstellung neu. »Ich meine, ich bin Bryan. Ich arbeite für Manley Maids. Sie haben uns zum Saubermachen bestellt?«

»*Du* bist das Zimmermädchen?« Das kleine Mädchen, das an den Rockzipfeln seiner Mutter zerrte, hatte keine Ahnung, dass sie Gefahr lief, Mamas Knopf abzureißen und Bryan einen Blick auf etwas zu gewähren, worüber er unter anderen Umständen hellauf begeistert gewesen wäre. Und Bryan hatte nicht vor, das Kind zu belehren.

Aber *sie* war verheiratet.

Und eine Mutter.

Von fünf Kindern.

Der andere Teenager verlor das Interesse und die beiden Jüngeren – Zwillinge, dem Aussehen nach zu urteilen – verschwanden mit ihren krummen Zauberstäben wieder im Wohnzimmer und ließen ihn und Mrs. Beth Hamilton mit einem Vorschulkind allein.

Wo war *Mr.* Beth Hamilton?

Bryan setzte seine professionelle Miene auf. Er war mit Dutzenden schöner Frauen ausgegangen. Und mit vielen von ihnen geschlafen. Schöne Frauen gab es in seiner Welt wie Sand am Meer.

Aber er war nicht mehr in seiner Welt. Er war in der von Mac und Mrs. Beth Hamilton, und er spielte seine Rolle besser gut, bevor sie ihn entweder wegen sexueller Belästigung oder mangelhafter Leistung anzeigte. Beides würde seinem öffentlichen Image mehr schaden, als in einem Dienstboten-Outfit erwischt zu werden.

Er würde sie gerne mal in einem Dienstboten-Outfit sehen –

»Ja, ich bin die Reinigungskraft.« Er tippte dem kleinen Mädchen auf die Nase. »Muss bei dir was sauber gemacht werden?«

Große braune Augen blinzelten ihn an. Ernst und feierlich. »Aha. Mein Schloss. Mister Beecham hat Dreck gemacht.«

Bryan schaute hilfesuchend zu Mrs. Beth Hamilton.

»Unsere Katze macht gerne Nickerchen in Maggies Puppenhaus und neigt dazu, genug Fell zu hinterlassen, um einen Teppich daraus zu weben. Aber da wir Rapunzel noch nicht gelesen haben, wird daraus wohl nichts.«

Rapunzel. War das nicht die mit den Haaren und dem Turm? Ein Bild, das Bryan gerade gar nicht gebrauchen konnte, während er auf Mrs. Beth Hamiltons schulterlanges, vom Wind zerzaustes Haar blickte.

Er mochte es so – nicht dieses künstliche, vom Wind zerzauste Haar für ein Fotoshooting. Mrs. Hamilton hatte ihr unordentliches Haar auf natürliche Weise bekommen, und diese Art von Unbefangenheit und Hingabe schrie für Bryan förmlich nach *Sexappeal*.

Für Mr. Beth Hamilton sicher auch, falls der Kerl auch nur einen Tropfen

Blut in den Adern hatte. Und wenn man bedachte, dass hier fünf kleine Hamiltons herumliefen, hatte er den offensichtlich. Und zu Bryans Bedauern hatte dieser Kerl jedes Recht, über all das zu fantasieren, was Bryan nicht durfte.

Das würden lange vier Wochen werden.

Kapitel Zwei

Okay, vielleicht *konnte* eine Frau doch zweimal im Leben Cinderella sein, denn der Märchenprinz war definitiv gerade durch ihre Tür spaziert.

Prinz *Bryan Manley* Charming, der Junge aus der Nachbarschaft, der zum Hollywood-Schwarm geworden war. Und er war gerade durch ihre Tür gekommen, um ihre Toiletten zu putzen?

Beth kniff sich. Das war Wahnsinn. Das musste ein Scherz sein. Erlaubte sich jemand einen Spaß mit ihm? Aber sollte sie nicht eingeweiht sein, wenn dem so wäre?

Sie winkte ihn herein und sah sich draußen um. Keine Kameras. Aber sie mussten irgendwo sein.

Sie fuhr sich mit der Hand durchs Haar. Typisch. Ausgerechnet an dem einen Tag, an dem sie sich keine Zeit für ihre Frisur genommen hatte, würde sie im landesweiten Fernsehen zu sehen sein. Schon wieder.

Sie strich sich mit der Hand über die Vorderseite ihres Hemdes und entdeckte einen nassen Fleck, von dem sie hoffte, dass es nur Shermans feuchter Nasenabdruck und kein Fleck war. Da sie den Hund kannte, würde es sie jedoch nicht überraschen, wenn es beides war.

Sie sah an sich herab und stöhnte. Ihr Hemd war nicht richtig zugeknöpft. Gott, sie war ein einziges Wrack. Es sah ganz so aus, als hätten ihre Freundinnen recht; sie brauchte *tatsächlich* Hilfe im Haushalt.

Nun, *natürlich* brauchte sie die – und zwar dauerhaft –, aber dieser Luxus, den die Mädels spendiert hatten, indem sie eine Haushaltshilfe engagierten, schien für den Übergang genau das Richtige zu sein.

Besonders, da sie es irgendwie eingefädelt hatten, *Bryan Manley* für den Job zu gewinnen.

»Sollen Zimmermädchen nicht eigentlich Mädchen thain?«, lispelte Maggie, während sie an ihrem Daumen lutschte. Beth hatte versucht, ihr die Angewohnheit vor Mikes Unfall abzugewöhnen, aber danach ... nun ja, es wäre ihr einfach grausam erschienen. Das kleine Mädchen brauchte jeden Trost, den es kriegen konnte.

Bryan ging auf Maggies Augenhöhe in die Hocke. »Jungs können auch Haushaltshilfen sein. Genauso wie Mädchen Ärzte sein können oder Anwälte oder sogar Lkw-Fahrer.«

»Oder Piloten. Mein Papa war Pilot und er hat mir gefagt, dath ich auch einer werden kann, wenn ich groth bin.«

Beth zuckte bei der Vergangenheitsform in diesem Satz zusammen. Und bei dem Gedanken, dass Maggie sterben könnte wie Mike. Bis heute löste der Gedanke, in ein Flugzeug zu steigen, bei ihr eine Angstattacke aus.

»Du kannst definitiv Pilot werden, wenn du groß bist. Oder wie wäre es mit Astronautin?« Bryan stand auf und Beth bemerkte seinen kurzen Blick auf ihre linke Hand.

Sie wusste, was er sehen würde: nichts. Der Abdruck ihres Rings war endlich verschwunden. Sie hatte ihn am zweiten Jahrestag des Absturzes abgelegt und sich schließlich der Tatsache gestellt, dass Mike nicht zurückkehren würde und nichts mehr so sein würde wie früher. Keines der Kinder hatte es kommentiert, obwohl sie Kelsey mehr als einmal dabei ertappt hatte, wie sie auf ihren nackten Finger starrte.

Sie seufzte und bereitete sich auf die Fragen vor. »Geschieden?« war meistens die erste Frage, begleitet von einem mitfühlenden Lächeln, das wankte, wenn sie mit »Verwitwet« antwortete, und komplett verschwand, wenn sie den Teil mit den fünf Kindern hinzufügte. Kein Wunder, dass kein neuer Ring an ihrem Finger steckte.

»Ich glaub thon«, sagte Maggie und ihr Daumen wanderte zu ihrer Gürtelschleife. Das war das schnellste Mal, dass Beth erlebt hatte, wie ihre Tochter diesen Beruhigungsmechanismus in Gegenwart von jemand Fremdem ablegte. »Aber der Mond itht irgendwie langweilig. Nur grau und fteinig und tho. Ich will Lehrerin werden. Wie meine Mami.«

Eine feuchte Hand schob sich in Beths Hand. Das Vertrauen, das diese kleine Geste implizierte, machte sie jedes Mal aufs Neue demütig.

»Was unterrichten Sie?«, fragte Bryan, während er aufstand, und es gab keinen Zweifel daran, was diesen Kerl zum Filmstar gemacht hatte. Welliges schwarzes Haar, das geradezu danach bettelte, dass ihre Finger hindurchfuhren, und wunderschöne grüne Augen, die sie vergessen ließen, dass ihr Haar zerzaust war oder dass sie einen Fleck und ein schief zugeknöpftes Hemd hatte – oder dass fünf Kinder, ein Hund und zwei Hamster hier herumliefen. Oh, Mist. Die Hamster waren immer noch in ihren Laufkugeln irgendwo hier unterwegs. Wenn Sherman die Witterung aufnahm ...

Beth verlor ihr Lächeln sehr schnell. »Es tut mir leid. Würden Sie mich kurz entschuldigen?« Sie kniete sich nieder, um Maggie etwas über die Hamster zuzuflüstern.

Ihre Tochter kreischte auf und rannte davon, was Sherman dazu veranlasste, ihr jaulend hinterherzujagen.

Diese Hamster hätten Glück, wenn sie es bis zum Abendessen schafften – und nicht *das* Abendessen wurden.

Sie strich sich eine Haarsträhne von der Stirn. Soviel zum Thema Filmstar im Haus. Er fragte sich wahrscheinlich, worauf er sich da eingelassen hatte. »Tut mir leid. Ich wollte nur eine Katastrophe abwenden.« Nummer sieben für heute. Ein neuer Tiefpunkt. Aber der Tag war noch nicht vorbei. »Ich bin Beth Hamilton.«

Sie streckte ihre Hand aus und musste sich beherrschen, nicht in Ohnmacht zu fallen, als er sie schüttelte. Charisma strahlte von diesem Kerl aus wie der Rauch eines Lagerfeuers in einer kühlen, klaren Nacht. Obwohl seine Berührung alles andere als kühl war. Sie entfachte ein Feuer unter Beths Haut, von dem sie fast vergessen hatte, dass es existierte.

Sie zog ihre Hand weg. Sie mochte zwar ihren Ehring abgelegt haben, aber für *so etwas* war sie noch nicht bereit. Natürlich, konnte man es ihr wirklich verübeln? Er war schließlich *Bryan Manley*. Der nächste »Sexiest Man Alive«, wenn es nach den Zeitschriften-Covern ging, die sein Foto an den Supermarktkassen zierten.

»Ich bin Bryan, äh, Man—«

»Ich weiß, wer Sie sind.« Wer wusste das nicht? »Meine Frage ist: Was machen Sie hier?«

Er hielt einen Eimer mit Putzutensilien hoch. »Sie haben eine Reinigungskraft engagiert, oder? Ich bin hier, um Ihren Befehlen zu folgen.«

Oh, dieses Lächeln, das mit dieser Aussage einherging. Der Mann war ein geborener Flirter.

»Sind Sie sicher, dass Sie dem gewachsen sind?«

Er zog eine Augenbraue hoch. Sie hatte diesen Blick in seinem letzten Film gesehen, kurz bevor die Frau sich in ihn verliebt hatte. Beth hatte in dem Moment vor der Leinwand verstanden, warum, aber hier, so leibhaftig ...

Von Null auf vollen Fantasiemodus in weniger als zwei Sekunden.

»Hey, es ist, wie ich Ihrer Tochter gesagt habe. Männer können genauso gut putzen wie Frauen.«

»Oh, so meinte ich das nicht. Ich meinte: Sind Sie sicher, dass Sie *dem hier* gewachsen sind?« Sie wies mit der Hand in Richtung Wohnzimmer.

Sherman war schon wieder durch die Wäscheleine gerannt und hatte sie von draußen mit reingeschleift. Es war einer seiner Lieblingstricks: hochzuspringen, das am tiefsten hängende Teil zu packen, sich in der Luft zu drehen, das Ganze über sich herunterschweben zu lassen und es dann durch den ganzen Garten zu ziehen. *Natürlich* musste heute der Tag sein, an dem er beschloss, es zum ersten Mal durch das Haus zu ziehen.

Mike hatte einen Jack Russell Terrier gewollt. Sie hatte einen Basset Hound gewollt. Aber der Hund war seine Idee als Weihnachtsgeschenk für die Kinder gewesen, und bei all der Energie, die die Kinder hatten, schien es damals passend, ihnen einen Hund mit hohem Energielevel zu schenken. Jetzt? Eher nicht so.

»Äh ... Hatten Sie eine Überschwemmung oder so was? Einen Tornado?« Bryan Manleys sexy-flirty Blick wurde schlagartig ratlos.

Beth lächelte und ging zum Sofa, um ihre Unterwäsche hinter ein Kissen zu schieben. Von jetzt an kamen sie in den Trockner oder wurden in ihrem Badezimmer aufgehängt. »Tornado Hamilton. Das passiert hier mindestens einmal am Tag.«

»Mama!« Mark stürmte in den Raum, sein Lichtschwert ging dem Angriff voraus. »Tommy schummelt!«

»Stimmt gar nicht!«

»Wohl!«

»Gar nicht!«

»Wohl!«

»D2!« Bryan wich den schwingenden Klingen aus und schaffte es irgendwie, sie ihnen aus den Händen zu stibitzen.

»Häh?«, fragten die Zwillinge wie so oft im Chor.

»R2-D2.« Bryan legte die Plastikschwerter auf das Bücherregal hinter sich. »Erzählt mir nicht, dass ihr mit Lichtschwertern kämpft und nicht wisst, wer R2-D2 ist.«

»Natürlich wissen wir das«, sagte Tommy. »Er ist Lukes Diener.«

»Ist er das?« Bryan legte den Jungen jeweils eine Hand auf die Schulter und führte sie vom Regal weg. »Ich dachte, er wäre sein Freund.«

»Na ja«, sagte Mark, »er hat als Diener angefangen, wurde dann aber sein Freund.«

»Und warum ist das so, was glaubt ihr?«

»Weil Luke ihn ganz oft gebraucht hat und R2 für ihn da war«, antwortete Tommy.

Sie beendeten zwar noch nicht gegenseitig ihre Sätze, aber die aufeinanderfolgenden Antworten waren ein Zeichen dafür, dass sie wieder auf derselben Seite standen und der Zank vorbei war.

»Ah.« Bryan kickte ein Kissen aus dem Weg und einer der Hamsterbälle rollte mit. Beth schnappte ihn sich und setzte ihn in den Pflanzkübel, bevor Sherman etwas witterte. »Ich wette, bei euch ist das auch so, oder? Einer von euch steckt in der Klemme und der andere hilft ihm raus?«

»Tommy steckt immer in der Klemme.« Mark verschränkte die Arme und nickte süffisant.

Soviel zum Ende des Zankens.

»Stimmt gar nicht.«

»Wohl.«

»Stimmt—«

»Jungs. Wartet mal.« Bryan nahm seinen Hut ab, räumte drei T-Shirts vom Sofa und dirigierte die Jungen darauf. Dann reichte er Beth den halb gefrorenen, fast leeren Eisbecher vom Couchtisch und setzte sich ihnen gegenüber auf die Kante. Ein Glück, dass der Tisch aus massiver Eiche war; sie wollte Bryan Manley nicht quer über ihr Wohnzimmer verteilt liegen haben.

Ihr Schlafzimmer hingegen—

Beth klappte fast die Kinnlade herunter. *Was* dachte sie da bloß?

Nun, okay, sie wusste genau, was sie dachte, aber die Frage war: *Warum* dachte sie das? Bei all den Verabredungen, die ihre Freundinnen ihr in den letzten Monaten vermittelt hatten, hatte sie nicht einmal daran denken wollen, einen dieser Männer zu *küssen,* geschweige denn sie über sich liegen zu haben—

Ja, da war es wieder. Dieses Bild. Das aus dem ersten Film, in dem sie Bryan gesehen hatte, ganz verschwitzt und nass, wie er aus dem Meer stieg, die Camouflage-Shorts tief sitzend unter einem mörderischen Sixpack.

Sie zwang sich dazu, auf das zu achten, was er ihren Jungs erzählte. Was war sie nur für eine Mutter, dass sie einen Wildfremden das tägliche Vormittagsgeplänkel ihrer Söhne schlichten ließ, während sie ihn dabei anschmachtete?

»Es ist viel einfacher, nach vorne zu schauen als nach hinten. Wenn ihr also zueinander haltet, müsst ihr euch nie Sorgen machen, was hinter eurem Rücken passiert, weil euer Bruder für euch aufpasst, während ihr für ihn aufpasst.«

»Genau wie du und deine Brüder das machen«, sagten die Jungs im Chor.

»Ganz genau.« Er wuschelte ihnen durchs Haar und Beth konnte sehen, wie sie sich aufrichteten. Wie ihre Haltung ein wenig stolzer wurde. Ein Lächeln breitete sich auf ihren Gesichtern aus.

Es war eine Weile her, dass jemand – irgendein *Mann* – so mit ihnen gesprochen hatte. Mikes Vater war mit dem Tod seines Sohnes nicht gut klargekommen und hatte beschlossen, fast so zu tun, als wäre es nie passiert, und ihre Familie ... nun, ihr Stiefvater war nicht gerade das Vorbild, dem ihre Söhne nacheifern sollten. Bryans fünf Minuten in ihrem Haus zeigten ihr, wie sehr die Jungs einen Mann in ihrem Leben brauchten.

Bryan fing ihren Blick auf und blinzelte ihr zu. »Also, Jungs, jetzt, wo ihr aufeinander aufpasst, wisst ihr, auf wen ihr noch aufpassen müsst?«

»Unsere Lehrerin?«

»Sherman?«

»Johnny Tyler«, sagte Tommy. »Der ist ein Fiesling.«

»Nein, Janey Weston. Die ist eklig.«

»Ja, du hast recht. Janey ist eklig.«

Bryan stand auf, legte seine Hände auf die Köpfe der Jungen und drehte sie in ihre Richtung. »Nein, Jungs. Ihr müsst auf eure Schwestern und eure

Mama aufpassen. Es ist der Job eines Mannes, sich um die Frauen zu kümmern, die er liebt.«

Gott sei Dank hatte Beth etwas Kaltes in der Hand, sonst wäre sie vielleicht auf der Stelle dahingeschmolzen.

Sie sagte gar nichts.

Bryan hoffte, dass das ein gutes Zeichen war, aber seiner Erfahrung nach sprach Schweigen bei einer Frau lauter, als wenn sie ihn anschrie. Oder ein »Schon gut« von sich gab. Er hatte gelernt, dieses Wort aus dem Mund einer Frau zu fürchten. Und doch stand er hier und gab ihren Jungs Lebensratschläge, als hätte er jedes Recht dazu.

Wo zum Teufel steckte Mr. Beth Hamilton und warum trug *Mrs. Beth Hamilton* keinen Ring?

»Hey, Beth, ich— *Oha*.« Der Junge mit dem Zottelhaar hielt abrupt inne und kam schlitternd zum Stehen, wobei seine Turnschuhe Bremsspuren auf dem Hartholzboden hinterließen.

Gott, jetzt klang Bryan sogar schon *wie* ein Zimmermädchen.

»Hey, warte mal kurz. Bist du nicht—«

»Ja, das bin ich, und sie ist deine *Mutter*, nicht *Beth*.« Der Junge sollte dankbar sein, dass er jemanden hatte, den er *Mama* nennen konnte.

»Bryan, es ist schon okay—«

»Nein, ist es nicht.« Bryan fuhr sich mit der Hand durchs Haar. Mist. Er hätte sich da raushalten sollen. »Hören Sie, es tut mir leid. Es geht mich ja nichts an, aber ich wurde so erzogen, dass man eine Frau – besonders die eigene Mutter – mit Respekt behandelt. Ich verstehe die Teenager-Rebellion mit den ...« Er deutete auf die Haare des Jungen und die drei Nummern zu großen Jeans, die ohne Gürtel an der Hüfte kaum hielten. »Das war eine instinktive Reaktion. Ihr Kind, Ihre Regeln.«

Beth hatte das schönste Lächeln. Sanft und süß, es war nicht dieses zähnefletschende, protzige Schau-mich-an-Lächeln, sondern strahlte echtes Glück aus, das ihre Augen erreichte – und ihn erreichte und irgendwo in seiner Magengrube mit einem gewaltigen *Wumms* landete.

Heiliger Strohsack. Wann war das zum letzten Mal passiert?

»Danke, Bryan. Das sind auch meine Regeln.« Sie sah ihren Sohn an. »Gab es etwas, das du wolltest, Jason?«

»Ich äh ...« Jason schaute ihn durch eine Lücke in seinem Gestrüpp an. »Kev nimmt mich mit zum Einkaufszentrum.«

»Ich glaube nicht.«

»Och, Menno, Mama—«

»Jason, du bist vierzehn. Du wirst nicht mit einem Haufen Kerle im Einkaufszentrum rumlungern. Der Sicherheitsdienst achtet auf Kinder in deinem Alter. Ich brauche keinen Anruf von denen.«

»Wirst du auch nicht.«

»Das ist richtig. Werde ich nicht. Weil du nicht gehst. Du bleibst hier und räumst dein Zimmer auf.«

»Och, Mama!« Um zu beweisen, dass er *tatsächlich* erst vierzehn war, stampfte Jason mit dem Fuß auf. »Ist *dafür* nicht der Typ hier?« Die Haarmähne schwang in Bryans Richtung.

Bryan zog eine Augenbraue hoch. »Tut mir leid, aber für Gefahrgutentsorgung bin ich nicht zuständig.« Er war selbst einmal ein Teenager gewesen; er wusste, wie es im Zimmer des Jungen aussah. Er hatte es schon gehasst, seinen eigenen widerlichen Dreck wegzuräumen, da würde er im Traum nicht den von jemand anderem anrühren.

»Bist du nicht dieser riesige Filmstar oder so?« Der Junge strich sich die Haare aus der Stirn. Sie fielen sofort zurück. »Was machst du hier?«

Bryan aktivierte sein gesamtes schauspielerisches Können, das er über die Jahre entwickelt hatte, denn er würde sicher nicht zugeben, *wie* er hier gelandet war. Sein Publizist wäre so stolz auf ihn. »Ich helfe meiner Schwester aus. Ihr gehört Manley Maids und meine Brüder und ich gehen ihr zur Hand.« Ein Zwangsdienst zwar, aber immerhin ...

»Schreib ihr doch einfach einen Scheck, Alter. Das Outfit ist echt peinlich.«

Alter? Wer sagte denn heute noch *Alter*? Soweit Bryan wusste, war kein Remake von *Ich glaub', ich steh' im Wald* geplant. Schade eigentlich, denn dieser Film hatte eine riesige Fangemeinde und gegen solche treuen Fans hätte er nichts einzuwenden.

»Das ist eine Uniform. Ich muss sie während der Arbeit tragen.« Aber er verstand, wovon der Junge sprach. Das Ding war eine Katastrophe. Hosen, die aussahen, als kämen sie aus den Siebzigern – die Farbe von Pistazien und genauso verrückt. Er konnte nicht glauben, dass Mac Poloshirts in derselben Farbe gefunden hatte. Und die schwarzen Arbeitsschuhe ... Verdammt, er könnte Mac sagen, dass ein besserer Weg, ihr Image in dieser Stadt aufzupolieren – anstatt die drei für sie putzen zu lassen –, darin bestünde, diese dämliche Uniform abzuschaffen.

Er lächelte. Na ja, nackte männliche Haushaltshilfen kämen wahrscheinlich *ziemlich* gut an.

»Und manche Leute wollen keine Almosen. Meine Schwester zum Beispiel. Sie baut ein Geschäft auf und ich greife ihr unter die Arme. Apropos ... wie wäre es, wenn du deiner Mutter unter die Arme greifst und dein Zimmer klarmachst? Dann kann ich es nämlich auch wirklich putzen.«

Bryan warf Beth aus dem Augenwinkel einen Blick zu, um sicherzugehen, dass er seine Kompetenzen nicht überschritt.

Sie sah ihren Sohn erwartungsvoll an.

Jason seufzte. Ernsthaft, der Junge sollte Schauspieler werden. »Schon gut.«

Bryan mochte dieses Wort bei Teenagern sogar noch weniger als bei Frauen.

»Mama, darf Maddy vorbeikommen? Wir wollen, äh, unsere Stundenpläne fürs nächste Jahr durchgehen.« Die ältere Tochter steckte den Kopf aus der Richtung, in der Bryan die Küche vermutete; ihre Worte waren an ihre Mutter gerichtet, aber ihr Blick klebte an ihm.

Oh, verdammt. Diesen Blick kannte er. Von jedem Event, das er besuchte. Teenie-Schwärmerei. Das könnte ein Problem werden.

»Stundenpläne, hm? Das ist in den Sommerferien natürlich extrem wichtig.« Beth sah ihn mit einem Funkeln in den Augen an. »Bist du *dem* gewachsen?«, fragte sie. »Dir musste klar sein, dass das passiert, wenn du dich unter dein bewunderndes Publikum wagst.«

Zum ersten Mal gefiel Bryan dieser Begriff nicht. Es war das, was er immer gewollt hatte, wonach er gestrebt hatte – bewundernde Fans konnten eine Karriere begründen –, aber aus Beths Mund ... Nein. Das gefiel ihm ganz und gar nicht.

Leider konnte er nichts dagegen tun. Es gab gewisse Dinge, die mit dem Ruhm einhergingen, und für die Leute erreichbar zu sein, die gutes, hart verdientes Geld bezahlten, um seine Arbeit zu sehen, gehörte dazu.

»Schon in Ordnung. Ihr Haus, Ihre Regeln.«

Sie legte den Kopf schräg, wobei ihr Lächeln etwas verblasste und das

Funkeln durch etwas anderes ersetzt wurde ... Nachdenklichkeit? Bewunderung?

Gegen Letzteres hätte er nichts einzuwenden.

Im Ernst. Wo zum *Teufel* steckte Mr. Beth Hamilton?

»Mama?« Ihre Tochter richtete ihren Fokus wieder auf Beth. Endlich.

»Nur Maddy«, antwortete Beth. »Ich brauche heute kein Haus voller Teenager, Kels.«

Kels – Kelsey – lächelte, und oha, Mr. Beth Hamilton würde noch Probleme bekommen, wenn die Kleine älter wurde. Sie hatte die Ansätze derselben Schönheit wie ihre Mutter.

Und trotzdem beneidete er den Kerl.

»Aber Alyson ist auch in unseren Kursen. Sie sollte auch kommen.«

Bryan hustete und wandte sich ab. Teenager-Mädchen ... Vielleicht beneidete er Mr. Beth Hamilton doch nicht.

Aber dann war Kelsey mit einem strahlenden Lächeln verschwunden und Beth schenkte ihm ein etwas zurückhaltenderes. Es hatte dieselbe Strahlkraft und entfachte ein langsames Brennen in seinem Inneren.

Er fuhr sich mit dem Finger unter den Kragen des dämlichen Hemdes. Abgesehen von der Tatsache, dass sie verheiratet war – und Mutter *von fünf Kindern* –, war das Vorstadtleben nicht sein Ding. Der einzige Grund, warum er sich für diesen Gig hatte einspannen lassen, war die monatliche Pokerrunde mit seinen Brüdern; die, für die er alles tat, um dabei zu sein, egal wo auf dem Planeten er sich gerade befand. Wenn er für ein paar Tage vom Set wegkonnte, kam er für das Spiel zurück. Da sein Stern stieg, meinte sein Agent, dass solche Auszeiten nun verhandelbar wären. Aber wenn zukünftige Spiele damit endeten, dass er den Putzdienst übernahm, müsste er diese Klausel noch mal überdenken.

Das Pokerspiel war der *einzige* Grund, warum er in die Stadt zurückkehrte. Es gab ihm die Chance, Grandma, Mac und seine Brüder zu sehen, aber er zog den Glanz und Glamour Südfrankreichs oder L.A.s oder, verdammt noch mal, jeden Ort vor, der ihn nicht an die abgelegten Klamotten und das kleine, heruntergekommene Haus erinnerte, in dem ihre Großmutter sie aufgezogen hatte und in dem seine Schwester immer noch lebte. Nein, wenn seine Familie nicht wäre, würde er diese Stadt nie wieder betreten.

Es sei denn, ich hätte jemanden wie Mrs. Beth Hamilton, die auf mich wartet.

Wo zum *Teufel* kam dieser Gedanke her? Sie war verheiratet. Und Mutter. Von fünf Kindern. *Verheiratet.* Er hatte in seinem Leben noch nie eine verheiratete Frau angemacht, und so wunderschön sie auch war, er würde jetzt nicht damit anfangen.

Und selbst wenn sie *nicht* verheiratet wäre, reichte Schönheit nicht aus, um ihn dazu zu bringen, das High Life und seinen hart erarbeiteten Erfolg hinzuwerfen, um sich im Einerlei des Rasenmähens und der Jugend-Baseballspiele mit gelegentlichen Nachbarschaftsfesten zu suhlen. Gott bewahre ihn vor der Vorstadt.

»Sind Sie sicher, dass das für Sie in Ordnung ist?«, fragte Beth. »Ich könnte ihr auch absagen.«

»Lassen Sie nur. Wie ich sagte: Ihr Haus, Ihre Regeln. Ich bin das gewohnt. Ich gebe ein paar Autogramme und gut ist.«

Beth zog eine Augenbraue hoch. »Sie kennen Teenager-Mädchen offensichtlich nicht.«

»Ich habe immerhin eine Schwester.«

»War sie jemals in der Nähe eines Filmstars?«

»Nun, nein, aber—«

»Eben. Ich werde versuchen, Schützenhilfe zu leisten, aber Sie sollten beim nächsten Mal vielleicht ein weniger hautenges Outfit in Betracht ziehen.«

Verdammt, wenn dieses langsame Brennen nicht gerade zu einem lichterlohen Inferno aufflammte. Sie hatte seinen Körper bemerkt.

Er war verdammt stolz auf diesen Körper. Er hatte ihn während des letzten Films jeden gottverdammten Tag fünf Stunden Training gekostet und eine Diät, die sehr zu wünschen übrig ließ. Er hatte in den drei Wochen seit dem Drehschluss zwar etwas Muskelmasse verloren und Fett angesetzt, aber es war schön zu wissen, dass der Körper immer noch beachtenswert war.

»Das hier ist nun mal, na ja, die Uniform.«

»Ja, ich weiß.« Ihr Blick wanderte über ihn hinweg.

Wo zum *Teufel* steckte Mr. Beth Hamilton? Ernsthaft, der Kerl musste schleunigst auftauchen, sonst konnte Bryan nicht dafür garantieren, dass er sich nicht auf seine Frau stürzte. Sie war *so* heiß.

»Mit Jungs kennen Sie sich allerdings aus, das muss ich sagen. Danke, dass Sie sich Mark und Tommy vorgenommen haben. Seit ...« Sie blickte zur Wand auf der anderen Seite des Zimmers. »Nun, ich weiß es zu schätzen, dass Sie mit ihnen geredet haben.«

Er folgte ihrem Blick.

Dort, über dem Kamin, hing ein Bild. Von einem Mann. In Uniform. Mit einem dreieckigen Kasten aus Holz und Glas auf dem Sims darunter. Darin lag eine zusammengefaltete amerikanische Flagge.

Alles Gefühl wich aus Bryans Körper, floss durch seine Füße in eine Pfütze und riss seinen Magen mit sich.

Er wusste, was das war. Was es bedeutete.

Es war die Gedenkstätte für Mr. Beth Hamilton.

Mrs. Beth Hamilton war eine Witwe.

Und Bryan steckte knietief in Schwierigkeiten.

Kapitel Drei

Bryan hätte nie gedacht, dass er einmal so froh über fünf Kinder sein würde wie in diesem Augenblick.

Dann wurden aus den fünf plötzlich sieben. Und ein verrückter Hund. Zwei Hamster. Irgendeine Katze, die der verrückte Hund durch das Haus jagte, eine völlig gestresste Mutter und eine Nachbarin, die inmitten einer Flut von Anrufen nach der sprichwörtlichen Tasse Zucker fragte, während Beth ständig wiederholte, dass sie zurückrufen müsse.

Die Nachricht hatte sich wie ein Lauffeuer verbreitet.

Er wettete darauf, dass es die Tochter oder ihre Freunde gewesen waren. Ein Tweet, und seine Anonymität war dahin.

Bryan lächelte der Nachbarin mit dem Messbecher zu, während er sich – mit seinem Putzeimer und einem offiziellen Manley-Maids-Besen (ernsthaft? Mac hatte Geld ausgegeben, um das Manley-Maids-Logo auf *Besenstiele* drucken zu lassen?) – in die Küche verdrückte.

Noch mehr Chaos.

Maggie hatte beschlossen, eine Teegesellschaft zu veranstalten.

Sechs Puppen und Stofftiere saßen um den Küchentisch, jede mit einem Gedeck vor sich und all den Snacks, die Maggie aus den unteren drei Regalböden der Speisekammer hatte heranschleppen können – und mitten hindurch war die hysterische Katze gestürmt, was den Großteil davon in einem so beeindruckenden Bogen aus Junkfood auf den Boden katapultiert hatte, wie er ihn noch nie gesehen hatte.

Und rate mal, wer das jetzt saubermachen darf?

Bryan rollte mit den Augen, stellte den Eimer ab und setzte den Logo-Besen sinnvoll ein.

»Sherman ist ein böser Hund.« Maggie rutschte von ihrem Stuhl und stellte sich neben ihn, mit einem sehr nachdenklichen Gesichtsausdruck, während sie den Haufen Snacks betrachtete, den er zusammenkehrte.

»Nicht böse. Nur leicht erregbar.«

»Ist hier drin alles okay – oh nein.« Beths wunderschönes Gesicht erschien an der Küchentür.

Und Bryans Magen machte in diesem Moment prompt einen Satz.

Oh nein traf es ziemlich genau. Von wegen leicht erregbar ... Bryan war in diesen Raum gekommen, um der Anziehungskraft zu entfliehen, die Beth auf ihn ausübte, also war sie ihm *natürlich* gefolgt. Seit er sich mit Mac an diesen verdammten Pokertisch gesetzt hatte, war sein Glück dahin.

»Maggie, was habe ich über die Snacks in der Speisekammer gesagt?«

»Dass sie für Gäste sind. Das sind meine Gäste.« Der Daumen des kleinen Mädchens wanderte in ihren Mund und sie machte einen Schritt auf Bryan zu, wobei ihre winzige Schulter seinen Oberschenkel streifte.

Bryans Herz bekam einen kleinen Knacks.

Er legte seine Hand auf diese Schulter. »Ich glaube, deine Mama meint, dass du sie fragen musst, bevor du sie aufmachst, Maggie. Sie muss planen, was sie beim Einkaufen besorgt, sonst hat sie nicht genug, wenn sie es braucht.«

»Oh.« Das Daumenlutschen wurde ein wenig hektischer. »Tut mir leid, Mami.«

»Ist schon gut, Schatz, aber Bryan hat recht. Frag mich das nächste Mal einfach, okay?«

»Mach ich.« Sie zog den Daumen heraus und wandte ihm ihr süßes Gesicht zu. »Kann ich dich auch fragen? Gehst du Lebensmittel einkaufen?«

Da er wusste, dass ihr Vater nicht mehr da war, hatte Bryan das Gefühl, er würde alles tun, worum Maggie ihn bat. »Klar. Das kann ich machen.«

»Okay. Wir brauchen nämlich mehr Snacks, wenn Jasons Kumpels vorbeikommen.«

»Jasons Kumpels kommen nicht vorbei.« Beth nahm ihm den Besen aus der Hand und ging in die Hocke, um den Haufen auf das Kehrblech zu schieben.

Bryan ließ sich neben ihr auf die Knie sinken. »Lassen Sie mich das machen.«

»Schon gut, ich kann das—«

Ihre Hände berührten sich. Dann ihre Augen. Bryan überlegte ernsthaft, auch ihre Lippen miteinander in Kontakt zu bringen, bis Maggie ihr Gesicht zwischen sie schob.

»Doch, kommen sie wohl. Ich habe gehört, wie er Kevin erzählt hat, dass ein großer Filmstar hier ist. Die kommen alle.«

Beth fuhr sich mit der Zunge über die Unterlippe. Schnell. Aber nicht so schnell, dass Bryan es übersehen hätte.

Sie blickte auch weg, aber nicht, bevor er das Aufflackern von Interesse in ihren Augen sah.

Wie lange war Herr Beth Hamilton schon tot?

Und war er ein Mistkerl, weil er sich das überhaupt fragte?

Wo wir gerade beim Thema waren: Das verdammte, gesprenkelte Projektil von einem Hund schoss aus dem Flur herein, hielt direkt auf die Speisekammer zu, die Beth gerade noch mit dem Besenstiel zuschlagen konnte, flitzte dann zum Haufen der zusammengekehrten Snacks und fing an zu fressen, noch bevor Bryan registriert hatte, dass das Ding überhaupt so nah bei ihm war.

Natürlich verfehlte er den Hund, als er nach ihm hechtete. Der Terrier schaffte es, mit einem Maulvoll Leckerli zu entkommen und schnappte sich die Schachtel Goldfish-Cracker, die Maggie hatte fallen lassen.

Bryan knallte mit dem Fuß auf den Karton, was ein tausendfaches leises Knirschen verursachte, aber wenigstens ließ der Hund los. Kurz bevor er wieder das Weite suchte.

Beth seufzte und stand auf, wobei sie sich die Hände an den Oberschenkeln abwischte – was orangefarbene Fingerabdrücke genau dort hinterließ, wo er seine eigenen nicht ungern gesehen hätte.

Er musste dringend mal wieder flachgelegt werden. Und zwar nicht von Frau Beth Hamilton, egal wie sehr er es wollte.

»*Bist* du ein Filmstar, Bryan?« Maggie zerrte an seiner lächerlichen Hose.

Eine Locke war ihr in die Stirn gefallen. Er strich sie zurück. »Ich bin Schauspieler, Maggie. Ich arbeite beim Film.«

»Kennst du Nemo? Ich mag seinen Film.«

»Nemo ist ein Cartoon, Knirps«, schlenderte Jason in die Küche. »Bryan hier, der ist eine größere Nummer. Er kennt die ganzen wichtigen Leute, nicht wahr? So Typen wie Bradley Cooper und Spielberg, stimmt's? Du kriegst bestimmt auch haufenweise heiße Bräute ab.«

»Jason!« Beth klappte der Mund auf, als könne sie nicht glauben, dass ihr kleiner Junge solche Dinge wusste.

Bryan brachte es nicht übers Herz, ihr zu sagen, was ein vierzehnjähriger Junge alles *wusste*. Oder was er wissen wollte. Dafür waren Väter da.

Und genau wie er hatte Jason auch keinen. Bryan wusste *exakt*, wie Jason sich fühlte.

»Spielberg habe ich noch nicht getroffen.« Cooper war eine andere Geschichte, aber nichts, was er schon an die Medien durchsickern lassen durfte. Und in Anbetracht dessen, wie schnell es sich herumgesprochen hatte, dass er hier war, nahm er an, dass das Twitter-Universum im Hause Hamilton höchst lebendig war, also dachte er nicht im Traum daran, den Teenagern gegenüber ein Wort zu verlieren. Und was die »heißen Bräute« betraf – was war das eigentlich für ein Vokabular bei dem Jungen? –, so hatte seine Groß-mutter ihn zum Gentleman erzogen. Er genoss und schwieg. Außerdem war er gar nicht mit all den Frauen ausgegangen, die das von sich behaupteten. Er ließ sie gewähren, weil es Aufmerksamkeit erzeugte. Das half beiden Karrieren.

»Also, hättest du was dagegen, wenn, na ja, ein paar Kumpels vorbeikom-men? Sie wollen dich mal sehen.«

Bryan nickte in Beths Richtung. »Das ist eine Frage, die du deine Mutter fragen musst. Es ist ihr Haus und ich bin auf ihre Rechnung hier. Das habe ich nicht zu entscheiden.«

Jason straffte sich und schüttelte die Haarmähne aus der Stirn. »Mam, besteht die Chance, dass Kev und die Jungs vorbeikommen?«

Erstaunlich, wie sich die Einstellung des Jungen änderte, wenn er etwas von Beth wollte.

Aber Beth wollte auch etwas von *ihm*, wenn man nach dem verzweifelten Blick in ihren Augen ging – und es war nicht das, was er von ihr wollte.

Bryan zuckte mit den Schultern. »Ganz wie Sie wollen. Wie gesagt, ich bin es gewohnt. Besser, wir haben es hinter uns.«

»Ist dein Zimmer fertig?«

»Och, Mom ...«

»Wenn du etwas von Bryan und mir willst, musst du auch was zurückgeben. Und es liegt in deinem eigenen Interesse, Jase. In so einem Saustall kann man nicht leben.«

Eigentlich doch, konnte man. Bryan erinnerte sich lebhaft daran – na ja, für etwa einen halben Tag, bevor seine Oma ein Machtwort gesprochen hatte. Die Erschütterung des Willens seiner Großmutter war im ganzen kleinen Haus zu spüren gewesen, ohne dass sie auch nur die Stimme hätte heben müssen.

»Schon gut.« Jason stieß einen genervten Seufzer aus, ließ den Kopf hängen, sodass das Haar seine Augen verdeckte, und schlurfte auf dem gleichen Weg wieder hinaus, auf dem er gekommen war. »Sie sind in einer halben Stunde hier.«

»Dann sieh zu, dass du vorankommst.« Beth strich ihrem Sohn im Vorbeigehen über den Hinterkopf.

»Kann ich auch ein paar Freunde einladen? Kelsey hat welche da und jetzt Kevin. Und Mark hat Tommy da und ich hab niemanden. Sogar Mrs. Beechams Katze ist wegen Sherman weg.«

Ah, das war also die Katze von der sagenumwobenen Puppenhausdekoration, die Sherman gejagt hatte.

»Maggie, wir brauchen nicht noch mehr Leute im Haus. Und wir müssten dann auch deren Mütter einladen, und ich glaube nicht, dass Bryan darauf brennt, noch mehr Leute kennenzulernen. Können wir das auf einen anderen Tag verschieben? Ich kann zu deiner Teegesellschaft kommen.«

»Nein, kannst du nicht. Du bist zu beschäftigt. Du bist immer zu beschäftigt.«

Schuldgefühle schnitten durch Beth schneller als ein heißes Messer durch Butter – aber genauso schmerzhaft. Es stimmte; sie *war* immer beschäftigt. Seit Mike gestorben war, hatte sie sowohl Mutter als auch Vater sein müssen, und das waren Vollzeitjobs. Dann war da noch ihr *eigentlicher* Vollzeitjob, und, verdammt noch mal, wie sollte sie drei Vollzeitjobs bewältigen *und* das Haus, die Wäsche, den Garten, die Tiere, den Einkauf, die Rechnungen in Schuss halten und—

»Deine Mami ist damit beschäftigt, sich um dich und deine Brüder und deine Schwester zu kümmern, Maggie.« Bryan nahm Maggies Hand und führte sie zurück zum Küchentisch. Er hob sie auf ihren Stuhl und stellte die halbe Dose Teetassen wieder auf, die Mrs. Beecham stehen gelassen hatte.

Dann schüttete er eine kleine Portion des restlichen Chex Mix auf jeden Teller und setzte sich sogar ein Diadem auf den Kopf, nur um Maggie von ihrer Einsamkeit abzulenken.

Ja, darin war Bryan ziemlich gut.

Beth schüttelte den Kopf. Sie musste ihre Gedanken wirklich wieder in die Realität zurückholen. Sie wusste nicht, warum er diesen Job machte, aber sie durfte sich davon nicht ablenken lassen. Das Leben musste weitergehen, und die Zeit, die durch eine Haushaltshilfe frei wurde, konnte man so viel besser nutzen, als besagte Haushaltshilfe anzuschmachten.

Aber er *war* definitiv zum Anschmachten.

Hatte Kara gewusst, wen sie und die Mädels einstellen würden, als sie den Vertrag mit der Reinigungsfirma abgeschlossen hatten? Jeder wusste natürlich, dass Mary-Alices Bruder *der* Bryan Manley war. Es hatte über die Jahre hinweg ein paar Sichtungen von ihm gegeben, seit er seinen großen Durchbruch geschafft hatte. Sie hatte ihn damals in der Highschool nicht gekannt, weil sie zu der Zeit noch nicht hier gewohnt hatte. Mike war mit ihnen hierhergezogen, nachdem er die Air Force verlassen hatte, um Verkehrsmaschinen zu fliegen, aber sie hatte die Geschichten gehört. Football-Star, der Beliebteste, guter Schüler, sogar die Hauptrolle im Musical der Highschool ... Der Kerl war ein Goldjunge.

Und das war er. Von seinen bronzierten Muskeln über sein sonnengeküsstes, kastanienbraunes Haar bis hin zum Funkeln in seinen strahlenden grünen Augen und dem Glanz seines hinreißenden Lächelns – der Typ war der Inbegriff eines Herzensbrechers. Man müsste schon tot sein, um das nicht zu merken.

Sie war es definitiv nicht. Nein, aber Mike war es – und zum ersten Mal seit seinem Tod war ihr ein Mann aufgefallen.

War ja klar, dass es ausgerechnet *dieser* Mann sein musste. Mister Unerreichbar.

Der hier war, um ihre Toiletten zu putzen.

Es gab anscheinend doch so etwas wie ausgleichende Gerechtigkeit auf dieser Welt. Oder zumindest hatte das Universum Sinn für Humor.

Es würde interessant sein zu sehen, ob Bryan immer noch lachte, wenn diese vier Wochen um waren.

Kapitel Vier

Zwölf Teenager, ihre Eltern und ein paar Nachbarn, die mal eben vorbeischauten, waren letztendlich gar nicht so viel Trubel. Außerdem traf Beth ein paar Leute, die sie seit der Beerdigung nicht mehr gesehen hatte.

War sie wirklich so lange beschäftigt gewesen? Wenn sie recht überlegte, war Beth – abgesehen von den monatlichen Treffen, zu denen ihre Freundinnen sie in eines ihrer Häuser schleppten, und den paar katastrophalen Dates, zu denen man sie gedrängt hatte – nur für Schulveranstaltungen aus dem Haus gekommen. Eigentlich war es ein Wunder, dass sie überhaupt wusste, wer Bryan war, denn sie hatte in den letzten zwei Jahren vermutlich nur einen einzigen seiner Filme gesehen.

Aber dieser eine reichte aus, um ihr über viele einsame Nächte hinwegzuhelfen ...

Sie schüttelte das Bild von ihm ab, wie er wie ein Gott aus dem Wasser stieg und sich das Haar aus der Stirn strich, während das Wasser über seine Brust und seine Bauchmuskeln rann. Wie sich seine Bizepse angespannt hatten und die Shorts tief auf seinen Hüften hingen, wobei das Gewicht des Wassers sie noch weiter nach unten zog.

Hinter ihm waren Bomben explodiert, um ihn herum war ein Feuergefecht entbrannt, aber Beths Herz hatte allein deshalb dreimal so schnell geschlagen, weil er auf dieser Leinwand zu sehen war.

Und jetzt stand er vor ihr und fragte, was sie noch von ihm wollte.

Lass mich die Möglichkeiten aufzählen ...

»Sind Sie sicher, dass keines der Badezimmer geputzt werden muss? Das *ist* schließlich mein Job. Ich bin eigentlich hier, um zu arbeiten.«

»Ich weiß, und ich danke Ihnen. Aber wirklich, ich habe die Bäder gerade erst gemacht.« Vor drei Tagen. Aber sie wollte nicht, dass irgendjemand, und schon gar nicht *der* Bryan Manley, das Chaos sah, das fünf Kinder und ein ganzer Streichelzoo in einem Badezimmer anrichten konnten. Die würde sie heute Abend putzen, wenn die Kinder im Bett waren. »Sie können sich morgen darum kümmern. Ich kann mir vorstellen, dass das kein normaler Tag für Sie ist und Sie sicher müde sind.«

Er zog jene eine Augenbraue hoch, die die Macht besaß, ganze Frauenmassen auf einmal in Ohnmacht fallen zu lassen.

Auf nur eine Frau gerichtet, war die Wirkung jedoch noch um ein Vielfaches stärker. Beth musste sich mit dem Fingernagel in den Oberschenkel kneifen, um sich daran zu erinnern, wo sie war. Und wie sie hieß. Aber seinen Namen vergaß sie nicht.

»Aber ich habe heute kaum etwas geschafft«, sagte er und hob den Eimer mit den Putzsachen in seiner Hand an. Was dazu führte, dass sein Bizeps genau dieses schöne Spiel vollführte, das sie so sehr mochte. »Und Sie wissen schon, dass ich auch andere Sachen kann, außer zu putzen, oder? Falls es etwas zu reparieren gibt ... Heimwerkerkram eben.«

Bloß nicht darüber nachdenken, wo er überall Hand anlegen könnte ...

»Glauben Sie mir. Das läuft uns morgen alles nicht weg. Es wird so ziemlich im selben Zustand sein, in dem Sie es heute vorgefunden haben.«

»Wie in *Und täglich grüßt das Murmeltier*?« Sein Lächeln war genauso wirkungsvoll wie seine gut gebauten Muskeln.

»Ja, genau wie in *Und täglich grüßt das Murmeltier*.« War ja klar, dass sein Vergleichspunkt ein Film war. Gott sei Dank war der nicht in den letzten zwei Jahren erschienen, sodass sie tatsächlich wusste, wovon er redete. Der einzige Grund, warum sie überhaupt einen der aktuellen Popstars kannte, war die Leidenschaft von Kelsey und Jason für ihre iPods und die tragbaren Lautsprecher, die Mikes Eltern ihnen zu Weihnachten geschenkt hatten.

Mikes Eltern. Oh, Mist. Die Kinder sollten eines der nächsten Wochenenden bei ihnen in ihrem Haus an der Küste verbringen. Sie hatten sie für eine ganze Woche gewollt, aber Beth war noch nicht bereit, die Kinder so lange abzugeben. Sicher, die Kinder machten viel Arbeit und ja, sie hätte nichts gegen eine Pause von der Verantwortung einzuwenden, aber die Wahrheit war, dass sie sie genauso sehr brauchte, wie sie sie brauchten. Ein Wochenende Trennung war momentan das Maximum für sie alle. Seit Donna gefragt hatte, hatte sie dem Termin mit einer Mischung aus Grauen und Vorfreude entgegengesehen. Donna hatte Beth zwar mit eingeladen, aber beide wussten, dass Donna und John die Zeit mit ihren Enkeln allein wollten und brauchten, ohne ihre Schwiegertochter um sich zu haben. Mikes Leben feiern, statt durch die Anwesenheit seiner Witwe ständig daran erinnert zu werden, dass er tot war. Beth verstand das, und eigentlich war es für sie auch in Ordnung, aber egal wie sehr sie sich einzureden versuchte, dass sie sich auf die Ruhe und Einsamkeit des Wochenendes freute, es war eine Lüge. Es würde ihr nur mehr Zeit geben, darüber nachzudenken, dass Mike nicht mehr da war.

»Bryan!«, kam Maggie aus der Waschküche gerannt, eine Socke an den Klettverschlüssen ihrer Sneaker mitschleifend, und warf sich an seine Beine. »Du kommst doch wieder, oder? Morgen, ja? Du hast es versprochen!«

Bryan, Gott segne ihn, zögerte nicht, löste Maggies kleine Arme und ging in die Hocke, um ihr in die Augen zu sehen. »Natürlich komme ich wieder. Ich habe es dir doch versprochen. Ich gehe jetzt nur nach Hause. Die Arbeit für heute ist erledigt.«

»Aber wir sind noch nicht fertig. Wir wohnen hier. Wir können nirgendwohin. Warum kannst du nicht hierbleiben? Du könntest jetzt mein Papa sein.«

Stille.

Sogar die Standuhr schien aufzuhören zu ticken.

Oder vielleicht lag es nur daran, dass in Beths Körper alles taub geworden war.

Taubheit war gut. Taubheit bedeutete, dass sie keinen Schmerz fühlen konnte.

Falsch.

Er durchfuhr sie wie ein Blitzschlag. Ihre Tochter wollte einen Vater. Gott wusste, dass Beth wollte, dass sie einen hätte. Es war nicht fair, dass Maggie keinen hatte. Es war verdammt noch mal nicht fair.

Das hatte sie in den letzten zwei Jahren oft gesagt. Aber niemand hatte ihr versprochen, dass es fair zugehen würde. Mike hatte das oft gesagt; dass das

Leben nicht fair sei. Es war in den Monaten nach seinem Tod zu ihrem Mantra geworden. Und jetzt ...

»Du wirst immer deinen Papa haben, Maggie«, strich Bryan ihr übers Haar. »Ich habe meinen Vater auch verloren, als ich noch klein war, weißt du? Du vermisst es, dass er dich in den Arm nehmen und mit dir reden kann, aber er wird immer genau hier bei dir sein.« Er berührte Maggies Herz und Beth schnürte es die Kehle zu.

Sie musste wegsehen und blinzelte wie verrückt, um nicht loszuheulen. Sie hatte schon so viel geweint. Zu viel.

»Du wirst ihn nie vergessen und er wird dich ewig lieb haben. Du musst nur daran denken, wenn du dich einsam fühlst, okay?«

Maggie verzog ihr kleines Gesicht, das dem von Mike so ähnlich sah, dass es Beth jedes Mal den Atem raubte. »Das hat Oma auch gesagt. Aber er hat mich immer in die Luft geworfen und jetzt macht das keiner mehr. Mami ist nicht stark genug, seit ich gewachsen bin.«

»Ah, nun, das lässt sich leicht ändern.«

Bryan stand auf, packte Maggie unter den Armen und warf sie über seinen Kopf in die Luft.

Beth hatte noch nie ein so süßes Geräusch gehört wie Maggies lachendes Kreischen.

»Nochmal!«

Nun, vielleicht war das hier genauso süß.

Bryan tat es noch einmal. Und noch einmal. Und noch einmal.

Er machte es so oft, dass Maggie vor Lachen die Tränen über die kleinen Wangen liefen.

Tränen einer ganz anderen Art liefen über Beths Wangen.

»Ach, nicht weinen, Mami. Bryan tut mir nicht weh.«

Beth wusste das. Sie wusste auch, dass er *ihr* das Herz brechen könnte, wenn sie es zuließ.

Er blickte mit besorgtem Ausdruck zu ihr herüber. »Beth?«

Sie biss sich auf die Lippe, schüttelte den Kopf und räusperte sich, um die Worte herauszubringen. »Es ist alles okay. Mir geht's gut. Machen Sie ruhig weiter –« Sie wedelte mit den Händen und rannte in die Küche, wobei sie irgendetwas über das Abendessen murmelte.

Es gab kein Abendessen, um das sie sich kümmern musste. Sie hasste Kochen. Sie hasste das Planen, das Vorbereiten, das Aufräumen und wer was mochte und wer wann welches Training hatte, und, oh Gott, sie würde gleich wieder zusammenbrechen.

Beth hielt sich an den Kanten der Arbeitsplatte neben ihrer Spüle fest und atmete ein paar Mal stoßweise ein. Sie sollte das mittlerweile hinter sich haben. Oder zumindest besser im Griff haben, aber das Wort *Papa* besaß die Macht, sie mit einem Schlag um achthundertdreiundachtzig Tage zurückzuwerfen.

Es war nicht fair.

»Es ist nicht fair. Ich weiß.« Bryan sprach ihre Gedanken aus, als er in ihre Küche trat.

Beth blickte über die Schulter zu ihm zurück. Es war auch nicht fair, wie gefasst und souverän und perfekt er aussah, während sie hier stand, vornübergeneugt, sicher mit geröteten Augen, und versuchte, wieder zu Atem zu kommen und ihr rasendes Herz zu beruhigen, während sie für die Kinder die Starke markierte.

»Sie müssen nicht so tapfer sein.« Er stand jetzt hinter ihr. »Den Kindern wird es gut gehen. Ich weiß es. Ich habe das alles selbst durchgemacht.«

Stimmt ja. Sie erinnerte sich vage daran, dass er bei seiner Großmutter aufgewachsen war. Aber er hatte nur *seine* Einsamkeit getragen. Sie trug die der Kinder und ihre eigene. Es war zu viel. Eine zu schwere Last. In den letzten zwei Jahren ... sie hatte sie *überstanden*; sie hatte sie nicht *gelebt*.

»Beth.« Bryans Hände glitten an ihren Armen hinauf. Er drückte sanft ihre Schultern. »Es ist okay, wenn man ab und zu mal zusammenbricht.«

»Nein, ist es nicht. Ich kann nicht.« Ihre Stimme war nur ein heiseres Flüstern, aber wenigstens kam überhaupt etwas heraus.

Er übte etwas Druck auf ihre Schultern aus, und ehe sie sich versah, lag sie in seinen Armen. Von ihm umgeben, seine Arme fest und sicher um sie geschlungen, schirmten sie den erdrückenden Schmerz in ihrer Seele ab. Und als er ihr Gesicht an seine Schulter drückte, als er ihr die Erlaubnis gab, sich an ihn zu lehnen, wäre es fast um sie geschehen gewesen.

Sie war seit Mike nicht mehr so gehalten worden. Und seitdem trug sie die ganze Last allein. Der einzige Elternteil. Die einzige Einkommensquelle. Das Einzige, was zwischen ihren Kindern und Mittellosigkeit oder dem Verlust ihrer Familie stand. Instabilität. Sie musste durchhalten. Jeden einzelnen Tag. Es gab nie eine Atempause, und oh Gott, es war schwer. So schwer, die ganze Verantwortung allein zu tragen.

»Maggie geht es gut, Beth. Es wird ihr gut gehen. Euch allen.« Seine Worte waren beruhigend, ebenso wie das sanfte Streichen über ihr Haar.

Beth atmete zittrig ein und kniff die Augen fest zu, um die Wärme zuzulassen. Um seinen Trost anzunehmen. Nur für ein paar kurze Augenblicke brauchte sie das. Einfache menschliche Nähe und Mitgefühl. Etwas, das man so leicht als selbstverständlich ansieht und das man so schmerzlich vermisst, wenn es durch eine boshafte Laune des Schicksals weggerissen wird. Oder durch starke Scherwinde auf einer vereisten Landebahn.

»Schon gut, Beth. Es ist okay.«

Nein, war es nicht, aber sie würde nicht mit ihm streiten. Für diesen Moment, jetzt, hier, würde sie das von ihm annehmen.

Sie klammerte sich an den Seiten seines Hemdes fest, noch nicht ganz bereit, ihre eigenen Arme um ihn zu legen, aber sie hielt sich fest. Sie vergrub ihr Gesicht an seiner Schulter und sog seine Wärme und seinen Duft ein. Es war viel zu lange her, dass sie diesen maskulinen Geruch wahrgenommen hatte. Viel zu lange, seit sie starke Arme um sich gespürt hatte, das Kitzeln seiner Armhaare auf ihrer Haut, die feste Härte seiner Bauchmuskeln gegen ihren Körper, die Breite seiner Schultern, die sie vor all dem Schmerz schützten.

Gott, fühlte er sich gut an. So gut. *Zu* gut.

Beth atmete tief ein. Ein letztes Mal. Das war alles, was sie brauchte. Nur noch einen Moment. Einen Moment, um sich zu sammeln. Um ihre Welt wieder in die richtige Ordnung zu rücken. Bryan gehörte nicht in diese Ordnung, und das durfte sie nicht vergessen. Er war nur freundlich. Mitfühlend. Alles andere, was sie daraus machte, wäre schlichtweg töricht. Aber sie würde ihm für diesen Moment ewig dankbar sein.

Noch ein tiefer Atemzug, dann löste sie sich von ihm. »Danke.«

Sie räusperte sich und schniefte, froh, dass sie nicht völlig bei ihm zerflossen war. Es war eine Sache, sich von einem Mann trösten zu lassen, aber eine ganz andere, dabei zum Häufchen Elend zu werden. Besonders da dieser Mann – trotz allem, was sie von ihm auf der Leinwand gesehen und in der Stadt über ihn gehört hatte – im Grunde ein Fremder war.

Doch dieser Fremde schob eine Hand unter ihr Haar und nahm ihr Wange in seine Hand, wobei er ihr Gesicht anhob, damit sie ihn ansah. »Es ist okay, Beth. Ich kann mir nicht vorstellen, was Sie durchmachen, aber ich verstehe, wie es Maggie geht. Sie braucht ihre Mutter, und Sie machen einen tollen Job. Sie wird ihn immer vermissen, aber solange sie weiß, dass Sie sie lieben und für sie da sind, wird es ihr gut gehen. Aber vergessen Sie nicht, sich auch Zeit zum Trauern zu nehmen. Den Schmerz zuzulassen. Sie müssen nicht die ganze Zeit ein Fels in der Brandung sein.«

Er hatte recht, das wusste sie, aber die Realität war, dass sie nur ein gewisses Maß an Kraft besaß, und wenn sie ihre Deckung einmal fallen ließ, würde sie sie vielleicht nie wieder hochbekommen.

Sie leckte sich die Lippen und schluckte, um ihre aufgewühlten Gefühle zu bändigen. »Danke. Hierfür. Für ... das da vorhin. Dass Sie sie hochgeworfen haben. Ich wusste nicht, dass sie es so sehr vermisst.«

»Das müssen Sie auch nicht wissen. Sie tun andere Dinge für sie. Vergessen Sie das nicht.«

Sie zwang sich zu einem Lächeln. Wahrscheinlich nicht ihr bestes, aber sie war im Moment auch nicht gerade in Bestform. Sicher hatte sie fleckige rote Wangen, Augen voller Tränen und, verdammt noch mal, wahrscheinlich lief ihre Nase.

»Werde ich nicht. Danke.«

Er sah sie noch ein wenig länger an, seine grünen Augen suchten die ihren, seine Finger schlossen sich ein kleines bisschen fester an ihrem Hinterkopf, dann holte er kurz Luft und ließ sie los. »Es wird schon wieder.«

Das würde es. Die Frage war nur, wann?

Bryan wusste nicht, wie er es schaffte, da rauszukommen, ohne sich zu blamieren. Er war *kurz davor* gewesen, ihr Trost anderer Art anzubieten, aber der Verstand hatte sich rechtzeitig eingeschaltet und ihnen beiden die Peinlichkeit erspart. Herrje. Was war bloß *los* mit ihm? Okay, sie war nicht verheiratet, aber trotzdem. Eine Mutter. Von fünf Kindern. Vorstadt-Idylle. Und ein ganzer Berg an Gefühlen für ihren toten Ehemann. Selbst wenn sie bereit wäre, weiterzumachen, würde ihn das dreimal überlegen lassen, selbst wenn er daran interessiert *wäre*, etwas mit ihr anzufangen. Was er nicht war. Nicht wirklich. Sicher, sein Körper war feuerbereit, aber Beth Hamilton war nicht für einen flüchtigen Flirt gemacht. Ihre Kinder ganz sicher nicht, und Bryan war selbst in ihrer Lage gewesen. Wusste, was sie durchmachten. Der Mann, der in Beth Hamiltons Leben trat, sollte nicht nur bereit sein, fünf Kinder zu übernehmen, sondern auch willens und fähig dazu. Fähig war *er*, aber was das »bereit« und »willens« anging? Nicht so ganz.

Also verließ er ihre Küche, begrüßte all die Freunde der Kinder, beendete seine Arbeit für heute und ließ das Häusliche hinter sich. Er wuschelte Mark im Vorbeigehen durchs Haar, gab Tommy ein Zeichen, erwiderte Jasons Nicken und schenkte Kelsey das echte Manley-Lächeln, das sie zum Neid all ihrer Freundinnen machen würde – seine gute Tat für heute.

Beth stand an der Haustür mit Maggie auf der Hüfte und winkte, als er aus der Einfahrt setzte. Okay, vielleicht war das Nicken für Kelsey schon seine *dritte* gute Tat heute gewesen.

Diese Taten fühlten sich gut an. Nicht, dass er sie deshalb getan hätte. Er hatte den Schmerz in Maggies Stimme gehört, und er war ihm durch und durch gegangen. Er hatte niemanden gehabt, der ihn in die Luft geworfen hatte. Hatte niemanden gehabt, der ihm zeigte, wie man ein Baumhaus baut, den Rasen mäht oder das Waschbecken im Bad repariert, nachdem er sich ein bisschen zu fest darauf abgestützt hatte. Das Leben war schon schwer genug; ohne Vater war es noch schwerer.

Hör auf damit, Manley. Du bist nicht der Vater dieser Kinder.

Ja, er wusste es. Er war stolz darauf, *niemandes* Vater zu sein. Nicht, bis er wirklich bereit dazu war. Und das bedeutete ein Bankkonto, das dick genug war, um jede Eventualität abzudecken, und eine Frau, die bei seinem verrückten Lebensstil mitzog.

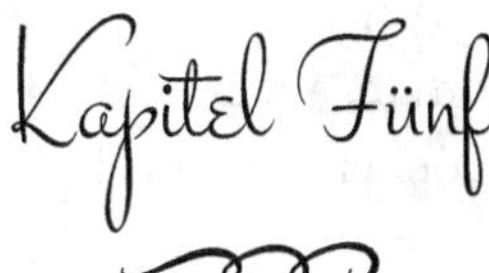

Kapitel Fünf

»Wo hast du das gelernt?«, fragte Tommy zum sechsten Mal, seit Bryan angekommen war.

»Ich wette, das ist aus einem Film«, sagte Mark. »Ich wette, du warst ein Super-Geheimagent, der sich als Dienstmädchen getarnt hat, um die Pläne der Bösewichte herauszufinden, oder?«

Bryan schnappte sich die Rohrzange, um die Mutter am Abfluss des Waschbeckens festzuziehen. »Im Moment repariere ich Klempnerarbeiten, Leute, ich putze nicht.« Ja, das war Wortklauberei, aber der Unterschied war ihm wichtig. Er wollte nicht, dass die Jungs dachten, das hier sei die Arbeit einer Putzfrau. Es war Klempnerarbeit, etwas völlig anderes.

Ja, da sprach sein männliches Ego aus ihm. Verklag mich doch. Zum Glück hatte Beth sein Angebot als Handwerker angenommen. Er musste es Mac erzählen – das wäre genau das gewisse *Etwas*, um ihre Firma von der Konkurrenz abzuheben.

»Könnt ihr mir die Schüssel geben? Da könnte noch etwas Wasser im Siphon sein und ich will nicht, dass es über mir landet.«

Sie reichten ihm eine rosa Schüssel. Überall bedruckt mit kleinen weißen Kätzchen.

So viel zu seiner Männlichkeit.

Zum Glück für sein Ego gelang es ihm, den Siphon mit minimalem

Tropfen vom Wandrohr zu trennen. Er wies die Jungen an, ihm das neue Teil zu geben, und zeigte ihnen, wie man es einsetzte. Die kleinen Finger konnten die PVC-Mutter nicht fest genug anziehen, also nahm er noch ein paar letzte Justierungen vor, nachdem sie sich aus den engen Tiefen des Schranks befreit hatten, ohne dass die Jungs merkten, dass sie nicht alles allein gemacht hatten.

»Was bringst du *mir* bei, Bryan?« Maggie stand vor ihm, als er sich aus der unbequemen Position aufrichtete, in der sein Oberkörper im Schrank und seine untere Hälfte auf dem Küchenboden gelegen hatte.

Sein Rücken tat verdammt weh – »Was willst du denn lernen, Maggie?«

»Mama sagt, Mädchen sollten wissen, wie man einen Reifen wechselt. Kannst du mir das zeigen? weil sie nämlich nicht weiß, wie das geht.«

»Maggie, Bryan ist nicht hier, um alles zu machen. Ich lasse es dir von Opa zeigen«, sagte *Mama*.

Maggie rümpfte die Nase. »Opa riecht komisch«, flüsterte sie Bryan zu. »Und er ist nicht unser echter Opa, also verstehe ich nicht, warum du es mir nicht zeigen kannst.« Maggie tippte auf seine Nase und wirbelte dann herum, um ihrer Mutter gegenüberzutreten. »Nein danke, Mama. Ich will, dass Bryan es macht.«

Bryan erhob sich mühsam und zuckte zusammen, als es im Rücken zog. Diese Stunts in Sri Lanka hatten ihn fast über seine Grenzen hinausgetrieben, und das bekam er jetzt zu spüren. »Schon gut, Beth. Das macht mir nichts aus. Und wenn du es nicht weißt, zeige ich es dir auch gleich. Du hast recht; das ist etwas, das jeder wissen sollte, nicht nur Männer.«

»Dürfen *wir* auch mitmachen?«, fragte Tommy.

»Ich weiß schon, wie das geht.« Mark verschränkte die Arme.

»Gar nicht wahr.«

»Wohl.«

»Gar nicht wahr.«

»Wo—«

»Leute.« Bryan trat zwischen sie. »Zehn Minuten. In der Einfahrt. Reifenwechselkurs. Wer es lernen will, kommt her. Oder ruft mich nicht an, wenn ihr eine Panne habt. Ihr habt eure Chance gehabt.«

Er schritt aus der Küche und tippte Beth im Vorbeigehen kurz ans Kinn. »Das gilt auch für dich, Cupcake.«

»Cupcake? Hat er dich Cupcake genannt, Mama? Das ist ja albern.« Maggie kicherte.

Bryan kicherte nicht. Er hatte es nur so dahingesagt, um locker zu wirken, aber ja, Beth war so süß und verführerisch wie ein Cupcake. Er hätte auch nichts dagegen, den Zuckerguss von ihr abzulecken.

Er holte tief Luft und steuerte auf Jasons Zimmer zu. Nichts half so gut gegen überschießende Hormone wie der Mief eines Teenagerzimmers.

Beth griff nach dem Küchenstuhl, sobald Bryan an ihr vorbeigegangen war, und ließ sich darauf sinken. *Cupcake.* Eigentlich sollte sie beleidigt sein. Empört. Aber alles, woran sie denken konnte, war Bryan, wie er den Zuckerguss von ihr ableckte, einen langen, langsamen Lecker nach dem anderen.

»Geht's dir gut, Mama?«, fragte Tommy.

»Ja, du guckst irgendwie komisch.«

Das lag daran, dass sie gerade eine Hitzewallung hatte, und sie meinte nicht die Art von den Wechseljahren. Ganz sicher nicht. Bryan Manley konnte ihre Hormone mit einem einzigen Blick zum Summen bringen, sie mit einem Wort zum Kochen bringen und mit einer Berührung ein wahres Inferno entfachen konnte, die eigentlich so flüchtig war, dass man sie kaum als Berührung bezeichnen konnte.

»Mir geht's gut, Jungs.« Wobei der Begriff relativ war. »Warum trommelt ihr nicht Kelsey und Jason zusammen? Denen könnte diese Lektion auch nicht schaden, immerhin fahren sie in ein paar Jahren Auto.

Wow. Gott sei Dank saß sie bereits, denn dieser Gedanke hätte ihr glatt die Beine weggezogen. Jason am Steuer. Er müsste sich erst mal die Haare schneiden lassen, sonst würde er den Sehtest nie bestehen. Es wurde nicht gern gesehen, wenn ein Kind unter seinen Haaren hervor schielen und den Kopf verrenken musste, um Auto zu fahren.

Ihr Baby am Steuer. War es nicht erst gestern, dass sie dieses schreiende Energiebündel aus dem Krankenhaus nach Hause gebracht hatte? Sie und Mike hatten auf dem Sofa gesessen, Jason zwischen sich, und sich gegenseitig angestarrt, zu Tode erschrocken. Was hatten sie sich nur gedacht? Sie waren praktisch selbst noch Kinder gewesen, und doch saßen sie da mit dem Säugling, den sie erschaffen hatten.

Es war nicht allzu schlecht gelaufen. Am Anfang war es chaotisch gewesen, noch ein bisschen mehr, als Kelsey dazukam, aber als die Zwillinge geboren wurden, hatten sie ihren Rhythmus gefunden. Sie waren ein gutes

Team. Als dann Maggie, das »Hoppla-Kind«, ankam, fügte sie sich nahtlos ein. Und dann hatte das Schicksal zugeschlagen.

Beth atmete tief ein und schob den Albtraum beiseite. Der Familienberater, zu dem sie die Kinder alle paar Wochen brachte – und den sie auch gelegentlich allein aufsuchte –, sagte immer, man solle nicht über das *Was-wäre-wenn* grübeln. Dass das *Was-wäre-wenn* einen nirgendwohin brachte. Das hier war ihre Realität, und in einer Traumwelt zu leben, würde nur mehr schaden als nützen.

Trotzdem war es schön, wenn sie allein war, sich auszumalen, was hätte sein können. Wenn Mike diesen Flug nicht übernommen hätte. Wenn das Wetter nur ein paar Minuten länger gehalten hätte. Wenn sie nicht zu spät vom Gate weggekommen wären. Es gab eine ganze Reihe von Variablen, die ihn in diesem Moment auf das Rollfeld gebracht hatten, und jede einzelne davon hätte den Ausgang ändern können, aber die Realität war: Keine hatte es getan. Alles hatte sich verschworen, um Mike, seine Passagiere und die Crew zur falschen Zeit am falschen Ort zu haben, und sie und die Kinder mussten nun damit klarkommen.

Trotzdem, das Leben war manchmal echt beschissen.

Zu sechst versammelten sie sich um Bryans Truck in ihrer Einfahrt und hörten aufmerksam zu, als er ihnen zeigte, wo der Wagenheber war, wie man ihn ansetzte, wie man die Radmuttern löste und den Reifen wechselte. Die Zwillinge wollten in den Radkasten klettern, um sich das »Innere« des Trucks anzusehen, aber Bryan zog sie am Hosenbund wieder heraus, bevor sie es schafften.

»Ihr könntet den Wagenheber umstoßen, Leute, und dann fällt der Truck auf euch drauf. Denkt dran: Sicherheit geht vor. Und wechselt niemals einen Reifen direkt neben dem fließenden Verkehr. Das Risiko ist es nicht wert.« Er sah Kelsey an. »Was machst du, wenn das passiert?«

Beth musste sich auf die Lippe beißen, um nicht zu lachen, als sie Kelseys gebannten Gesichtsausdruck sah. Sie bezweifelte, dass ihre Tochter auch nur ein Wort von dem verstanden hatte, was Bryan gerade sagte. Seit er angekommen war, tauchten Bryans Filme in der Liste der programmierten Aufnahmen auf, und auf dem Laptop im Wohnzimmer gab es eine Flut von Google-Anfragen. Beth wusste genau, wer das gewesen war.

»Äm, jemanden anrufen?«

»Genau. Wen?«

Kelsey zwirbelte eine Haarsträhne und sah Bryan unter ihren Wimpern hervor an. »Dich?« Sie hielt ihm ihr Handy hin.

Beth hätte am liebsten gestöhnt. Bryan Manley war definitiv *nicht* der Richtige, an dem Kelsey ihre weiblichen Reize erproben sollte.

Beth hingegen ...

Bryan, Gott segne ihn, lachte leise, nahm Kelseys Handy und tippte etwas ein. »Nein. Du rufst deine Mutter an. Sie ruft dann einen Pannendienst.« Er hielt das Handy hoch. »Hier steht ICE. In Case of Emergency – für Notfälle. Rettungskräfte suchen danach in deinem Handy, also solltest du sicherstellen, dass deine Mutter als dieser Kontakt eingetragen ist.« Er gab ihr das Handy zurück. »Noch Fragen? Jason?«

Jason schüttelte seinen Wuschelkopf. Beth wünschte, er würde ihn sich schneiden lassen, aber sie hielt den Mund. Es gab Kämpfe, die sie mit ihrem Sohn ausfechten musste, und solche, die es nicht wert waren. Seine Haare gehörten in die Kategorie *Nicht wert*, aber das hieß nicht, dass sie nicht hoffen durfte.

»Nein, alles klar.«

»Freut mich zu hören.« Bryan drehte das Radkreuz um. »Du bist dran.«

Jasons Gesicht unter der Mähne wurde bleich. »Ich ... ich was?«

»Du bist dran. Du wirst den Reifen wechseln.«

»Aber ...«

Die Zwillinge fingen an zu kichern und imitierten Jasons Stottern –

Bis Bryan ihnen jeweils eine Hand auf den Kopf legte und sie leicht zurückbog, damit sie ihn ansahen. »Und wenn er fertig ist, seid ihr dran.«

»Aber wir wissen doch gar nicht, wie das geht«, sagte Tommy.

»Das war doch das, was wir gerade gelernt haben, Dussel«, sagte Mark.

»Gut«, sagte Bryan. »Dann kannst du, Mark, es Tommy zeigen, wenn Jason fertig ist.«

Kelsey hielt klugerweise den Mund.

Aber Bryan scherzte nicht. Er ließ jeden von ihnen – alle sechs – einen Reifen wechseln. Sogar Maggie, aber das diente eher dazu, ihr das Gefühl zu geben, genauso wie die anderen zum Team zu gehören. Sie sah wahnsinnig niedlich aus, wie sie auf Bryans Knie saß und ihm half, die Radmuttern mit dem Radkreuz festzuziehen.

Und nach sechs Wiederholungen war Beth nicht mehr überrascht, dass sie wusste, was eine Radmutter und ein Radkreuz waren.

»Alles klar.« Bryan setzte Maggie ab und stand auf. »Hat noch jemand Fragen?«

»Ja«, sagte Tommy. »Können wir auch lernen, wie man das Öl wechselt?«

Kelsey und Jason stöhnten auf und Mark gab seinem Zwilling einen Klaps auf den Hinterkopf. »Du bist so ein Dussel.«

»Gar nicht wahr.«

»Wohl.«

»Gar nicht wahr.«

»Wohl.«

Bryan schüttelte den Kopf und lachte. Er überließ die beiden ihrem verbalen Schlagabtausch und deutete Beth mit einer Handbewegung zum Haus, damit sie vorging. »Ich hoffe, das war in Ordnung für dich?«

»Die Lektion? Warum sollte es das nicht sein?«

»Ich will meine Kompetenzen nicht überschreiten, aber da alle Kinder hier waren, dachte ich, es sei ein guter Zeitpunkt für sie, das zu lernen. Sie werden es wahrscheinlich wieder vergessen, aber vielleicht fällt es ihnen wieder ein, falls sie es jemals brauchen.

»Ich habe kein Problem damit. Das war eine gute Idee. Danke. Nicht, dass ich jemals einen Reifen wechseln möchte. Ich habe zwar einen Pannendienst in meiner Versicherung, aber es kann nicht schaden zu wissen, was man im Notfall tun muss. Und die Kinder haben es wirklich geschätzt. Glaube ich.«

»Das werden sie, falls sie jemals feststecken. Es gibt ihnen ein gewisses Sicherheitsgefühl zu wissen, dass sie mit einer Reifenpanne klarkommen, wenn es hart auf hart kommt. Das macht sie selbstbewusster, wenn sie unterwegs sind.«

»Ich bin mir nicht sicher, ob das bei Teenagern so eine gute Sache ist, aber ich weiß, was du meinst.«

Er meinte, dass sie sich hilflos fühlten. Dass mit Mikes Tod ihre Welt auf den Kopf gestellt und zerschmettert worden war – genau wie Mikes Flugzeug.

Beth sog scharf die Luft ein, als sie über die letzte Stufe in den Flur stolperte, während das Bild sich in ihr Gehirn brannte. Sie hatte versucht, sich nicht anzusehen, was mit dem Flugzeug passiert war, aber die Medien hatten es gefühlt vierundzwanzig Stunden am Tag ausgestrahlt, tagelang. Wochenlang sogar. Sie konnte nirgendwohin gehen, ohne das Inferno zu sehen, das die letzten Momente ihres Mannes auf Erden gewesen waren. Das wirklich Traurige war, dass die Kinder es auch gesehen hatten.

Und dann waren da die Reporter gewesen. Es gab eine Untersuchung des Absturzes. Mögliches Versagen des Piloten. Mikes Karriere war unter extremem Verdacht geraten, und obwohl sie gewusst hatte, dass es nichts gegen ihn gab, hatte es ihr trotzdem eine Heidenangst eingejagt. Sie brauchte es nicht, dass sein Name in den Dreck gezogen wurde, während sie versuchte, die Familie zusammenzuhalten und mit den Folgen klarzukommen. Die Presse hatte das Ganze nur noch so weit verschlimmert, dass die Kinder Angst hatten, nach draußen zu gehen, aus Furcht, ein Mikrofon vors Gesicht gehalten zu bekommen. Sie waren zu Einsiedlern im eigenen Haus geworden, während andere Leute wegblieben, damit auch sie nicht von all denen belagert wurden, die gierig nach einer Schlagzeile suchten.

Es hatte viel zu lange gedauert, bis die Verkehrssicherheitsbehörde und die Flugaufsichtsbehörde seinen Namen reingewaschen hatten, und bis dahin war der Schaden bereits angerichtet. Die Kinder waren misstrauisch, verängstigt. Zurückgezogen. Jason versteckte sich hinter seinen Haaren. Kelsey, indem sie ein bisschen zu laut lachte. Die Zwillinge hatten zwar einander gehabt, aber sie hatten sich voneinander entfernt und beendeten nicht mehr gegenseitig ihre Sätze. Und Maggie hatte am Daumen gelutscht. Alles Bewältigungsmechanismen, aber wie *hatten* sie es wirklich bewältigt? Das war eine Frage, an der Beth immer noch arbeitete.

»Alles okay? Du bist so still geworden.« Bryan hielt ihr die Tür offen.

»Ich? Mir geht's gut.« So gut wie eben möglich.

»Gut, ja?«, schmunzelte er.

»Ja. Was ist falsch daran, wenn es einem gut geht?« Das war es, was der Berater – und sie selbst – für sie wollte. Dass es ihnen gut ging.

Beth glaubte nicht, dass es ihr jemals wieder richtig gut gehen würde – oh. Jetzt verstand sie sein Schmunzeln.

Sie schmunzelte ebenfalls. »Ich meine, ja. Alles bestens. Danke, dass du uns das beigebracht hast. Wir wissen das zu schätzen.«

»Gern geschehen.«

Nein, wirklich, das Vergnügen lag ganz auf ihrer Seite. Wenn er sie weiterhin so anlächelte, würde es ihr bald weit mehr als nur gut gehen.

Ein Mann, der Toiletten putzte, hatte einfach etwas an sich.

Oder vielleicht war es auch nur *Bryan Manley*, der ihre Toilette putzte, denn er hatte den knackigsten Hintern, den Beth je gesehen hatte. Das war kein respektloser Seitenhieb gegen ihren Ehemann. Mike und sie hatten oft Witze darüber gemacht, denn Mike war hintenrum eher spärlich ausgestattet gewesen, auch wenn er andere Vorzüge besessen hatte, die das wieder wettmachten.

Beth seufzte und lehnte sich gegen den Türrahmen, während sie einen Fuß über den anderen schlug. Dass sie von Mike in der Vergangenheitsform sprach, war Grund genug, diese Vorzüge nicht näher aufzuzählen. Sie brauchte nach dem Klempner-Vorfall heute Morgen nicht noch mehr Tränenausbrüche.

»Brauchst du irgendetwas?«, fragte Bryan über die Schulter. Er hatte sich aus der Kniebeuge vor der Toilette auf seine Fersen zurücksinken lassen – eine Pose, die eigentlich nun wirklich nicht sexy hätte sein sollen, es aber war.

Beth richtete sich auf und zupfte den Saum ihres Shirts nach unten. »Ich wollte wissen, ob du etwas essen möchtest.«

Im Ernst? Das war ihr bester Einfall?

Obwohl... eigentlich... es *war* Mittagszeit, also war es eine so gute Ausrede wie jede andere auch.

»Nein, danke, alles bestens«, sagte Bryan und kehrte in seine Position vor der Toilette zurück.

Sie sollte gehen. Sie hatte die Frage gestellt, er hatte abgelehnt, er hatte Arbeit zu erledigen. Und sie hatte absolut keinen Grund, in der Nähe von Bryan Manley herumzulungern.

Was sie natürlich nicht davon abhielt, genau das zu tun.

»Wo hast du gelernt zu putzen? Ich dachte nicht, dass Filmstars wissen müssen, wie man Toiletten schrubbt.«

»Bei meiner Großmutter.« Er warf die benutzten Papiertücher in den Mülleimer und holte dann eine makellos saubere Reinigungsbürste aus seinem Set – und richtete sie auf sie. »Ich war nicht immer ein Filmstar, weißt du.«

»Oh. Darüber habe ich gar nicht nachgedacht. Ich schätze, du hattest eine Wohnung oder so? Musstet ihr euch die Hausarbeit mit deinen Mitbewohnern teilen?« Sie wagte es nicht zu fragen, ob einer dieser Mitbewohner weiblich gewesen war. Das ging sie nichts an.

Wenn sie sich das nur oft genug sagte, würde sie es sich vielleicht irgendwann merken.

»Eigentlich nicht.« Er wirbelte mit der Bürste und dem Reinigungsmittel in der Schüssel herum und betätigte die Spülung. »Ich habe zu Hause gewohnt, bis ich nach LA gezogen bin. Meine Großmutter hat uns alle zum Putzen verdonnert. Jeden Samstagmorgen. Wir haben uns bei den Badezimmern abgewechselt. Ich bin richtig gut darin geworden.«

Er streifte die Latexhandschuhe von den Händen und warf sie in den Müll. »Was bedeutet, dass ich erkenne, wenn vor mir schon jemand geputzt hat. Du hast es gestern Abend gemacht, nicht wahr?«

Beth spürte, wie ihr die Schamesröte ins Gesicht stieg. »Hier war es, nun ja, eklig. Das hättest du nicht sehen müssen.«

»Aber genau deshalb bin ich hier. Warum heuert man mich an, wenn man mich dann nicht ranlässt?«

Antworte nicht darauf, antworte nicht darauf, antworte nicht darauf.

»*Ich* habe dich nicht angeheuert. Meine Freunde waren das.« So. Das war eine sichere Antwort. Und es ließ ihn wissen, wie sie zu der Sache stand. Sie war durchaus in der Lage, sich um ihr eigenes Haus zu kümmern – oder würde es sein, sobald dieser erste Ansturm vorbei war. Wenn Bryan erst einmal weg war, wäre das Haus in erstklassigem Zustand, und hoffentlich würden die

Kinder ihr dann helfen, besser darauf aufzupassen als in den letzten zwei Jahren.

»Deine Freunde?«, fragte Bryan, machte einen Schritt auf sie zu, und Beth musste zu ihm aufsehen.

»Sie dachten, ich könnte eine Pause gebrauchen. Mich ein wenig entspannen.« Das war neu für sie. Sie war eins achtundsiebzig groß. Selten musste sie zu einem Mann aufschauen. Sogar Mike war nur gut zwei Zentimeter größer gewesen.

Sie schob die Hände in ihre Gesäßtaschen, riss sie dann aber sofort wieder heraus, weil diese Bewegung ihr Shirt zu eng über die Brust spannte und sie nicht wollte, dass er dachte, sie würde ihn anmachen. Es war eine Sache, von Bryan auf *diese Weise* zu fantasieren; es war eine ganz andere, es tatsächlich darauf anzulegen.

Außerdem, wer war sie überhaupt, sich *vorzustellen*, sie hätte eine Chance bei ihm? Ihm standen Filmstars und Models zu Diensten; er brauchte keine biedere fünffache Mutter mit einem überdrehten Hund und einer wahnsinnigen Katze.

Die genau in diesem Moment beide die Treppe hinunterjagten.

Beth zuckte zusammen und wartete auf das Krachen oder Kreischen oder das »Hör auf damit, Sherman!«, das unweigerlich folgte, wenn Sherman Mrs. Beecham hinterherjagte. Sie lauschte so angestrengt darauf, dass sie Bryans Kommentar fast überhört hätte.

»Es muss verdammt hart sein ohne deinen Mann.«

Den hätte sie am liebsten überhört.

Beth zwang sich zu einem Lachen. Es war entweder das oder Weinen, und weinen würde sie nicht. Nicht mehr. Sie hatte genug geweint, und keine einzige Träne hatte Mike zurückgebracht. »Wir schlagen uns durch.«

Bryan sah sie an. Sein Blick wanderte langsam über ihr Gesicht. Beth hielt der Atem an, als er zögerlich die Hand hob, um ihr eine Haarsträhne aus dem Gesicht zu streichen.

Als seine Finger ihre Wange streiften, hörte sie ganz auf zu atmen.

Das war ihr seit... nun ja, seit sie Mike kennengelernt hatte, nicht mehr passiert. Damals am College.

»Ich bin froh, dass ich dir unter die Arme greifen kann«, sagte er leise, und seine grünen Augen suchten in ihren nach etwas.

Sie wusste nicht, wonach er suchte, war sich nicht sicher, ob sie es wissen wollte, und wusste definitiv, dass sie nie wieder atmen müsste, wenn er einfach genau dort stehen bliebe.

Was dachte sie sich nur?

Das war ja das Problem: Sie dachte *gar nicht*. Ihr Körper lief auf Autopilot. Er erinnerte sich daran, was man in der Nähe eines heißen Typen tat, selbst wenn ihr Gehirn es vergessen hatte. Und das hatte es. Sie hatte nie auch nur einen anderen Mann angesehen. Mike war ihr Ein und Alles gewesen.

Wer also war dieser Bryan Manley, dass er ihre Abwehr so massiv und so schnell durchbrochen hatte, dass sie sich vorstellte, wie er unter andere Dinge kroch – namentlich unter ihre Bettdecke?

Jetzt spürte sie, wie die Hitze durch ihren ganzen Körper schoss. Sie hoffte inständig, dass er es nicht bemerkte.

Ein kurzes Aufblitzen in seinen Augen – nur für eine Sekunde, aber es genügte.

Er wusste es.

Und er wich nicht zurück.

Beth musste atmen. Dringend. Metaphorisch und physisch, und die Reihenfolge war ihr egal. Er musste wegtreten. Nur einen Schritt zurückgehen. Ihr etwas Raum geben.

Nur... sie konnte auch zurückweichen. Sie war diejenige, die im Türrahmen stand. Es brauchte nur zwei einfache Schritte, und sie wäre im Flur außer Reichweite. Weg von diesen verrückten Gedanken und Gefühlen.

Er war schließlich *der* Bryan Manley. Herzensbrecher und Frauenheld. Sie war bloß Beth aus der Vorstadt. Fußball-Mama, Helferin beim Schultheater, Elternbeiratsvertreterin. Lehrerin. *Kein* Filmstarmaterial und ganz sicher kein Modelmaterial. Lediglich jemand, der mit fünf Paaren sehr sichtbarer Wurzeln an dieses Haus und diese Stadt gebunden war.

Sie trat einen Schritt zurück. Weg von der Versuchung. Weg vom Wahnsinn. Weg von diesem »Was zum Teufel dachte sie sich eigentlich?«.

Weg von diesem *Was wäre wenn...*

Bryan ließ sie gehen.

Er wollte es nicht, aber im Ernst, welches Recht hatte er, sich so zu verhalten? Sie sollte ihm eigentlich eine Ohrfeige verpassen. Er war ihr zu schnell zu nah gekommen. Zu vertraut. Und er war sich nicht einmal sicher, ob er mit Mrs. Beth Hamilton vertraut werden *wollte*.

Der Witwe.

Mit fünf Kindern.

Bryan atmete tief durch. »Na ja, ich bin jedenfalls froh, dass ich helfen kann.«

Nicht ganz auf die Art, wie er es gerne täte, wenn er die Wahl hätte, aber die hatte er eben nicht. Und sollte sie nicht haben. Und konnte sie nicht haben. Und... Gott sei Dank war sie zurückgewichen.

»Es, hm ...« Gedankenverloren strich sie sich die Haarsträhne wieder dorthin, wo er sie hingestrichen hatte. »Es ist, na ja, nicht leichter geworden, aber normaler. Die Zeit hilft. Ein wenig. Es tut mir nur leid, dass du hinter ihnen herputzen musst. Ich bin sicher, deine Schwester hat andere Jobs, die einfacher gewesen wären. Hast du eine Wette verloren oder so?«

Bryan zwang sich zu einem Lachen, um zu verbergen, wie nah sie der Wahrheit gekommen war. »Ach, weißt du, dafür bezahlt man mir schließlich die dicke Kohle.« Er schnappte sich den Werkzeugkasten mit den Putzsachen. Mac sollte wirklich ein Logo darauf anbringen lassen. Auch auf den Griff der Toilettenbürste. Das wäre praktisch, falls er mal versehentlich eine irgendwo stehen ließ.

Und er plapperte in seinem Kopf herum, nur um die heftige körperliche Reaktion zu überdecken, die er auf Mrs. Beth Hamilton hatte.

Am liebsten würde er den gesamten Vorrat ihres Parfümherstellers aufkaufen. Oder noch besser, in die Firma investieren, denn dieser Duft – nur ein einziger Hauch davon – erregte ihn schneller, als er schon lange nicht mehr erregt worden war.

Und wenn sie gar kein Parfüm trug... nun, dann befand er sich in erheblich größeren Schwierigkeiten.

»Mami, kann Bryan als Nächstes mein Zimmer putzen?« Maggie steckte, Gott sei Dank, ihren kleinen Lockenkopf aus dem Zimmer nebenan und zog den Daumen mit einem lauten *Plopp* aus dem Mund. Sie lutschte viel an diesem Daumen, das war ihm schon gestern aufgefallen. Wenn sie über etwas nachdachte oder ihn musterte oder fernsah oder ein Schläfchen hielt, war ihr Daumen nie weit weg. Er hätte gedacht, dass sie in ihrem Alter schon darüber hinaus wäre. Vielleicht wäre das bei den meisten Kindern so, deren Vater nicht gestorben war. Er konnte Maggie diesen kleinen Trost nicht missgönnen.

Was tat Beth zu ihrem Trost?

Bryan umklammerte den Werkzeugkasten fester und wandte sich ab, auf der Suche nach etwas, womit er seine andere Hand beschäftigen konnte. Und seinen Verstand. Denn er durfte sich nicht um Beths Trost sorgen, er musste sich um ihre Toiletten sorgen. Ja, genau das war es. Toiletten. An einer Toilette war nichts sexy. Oder an Staub. Oder an Sockelleisten. Oder an Lüftungsgittern. Oder an Herdplatten. Alles Dinge, die garantiert seine volle Aufmerksamkeit erforderten.

»Sicher, Mags. Bryan kann als Nächstes dein Zimmer machen.« Beth zog ihre perfekt geschwungenen Augenbrauen hoch, von denen er gewettet hätte, dass sie in ihrem Leben noch nie einen Visagisten gesehen hatten.

Seit wann fielen ihm die *Augenbrauen* einer Frau auf?

»Klar, Maggie. Ich komme sofort.« Auf keinen Fall würde er sich an Beth vorbeischieben. Sie musste zuerst gehen.

Glücklicherweise begriff sie das und machte ihm Platz.

Bryan atmete tief ein, schulterte den Werkzeugkasten und versuchte, sich das Bild von Beths perfekt geformter Rückseite aus dem Gehirn zu brennen, während sie den Flur hinunterging.

Kapitel Sieben

Bryan stöhnte, als am nächsten Morgen sein Wecker klingelte. Dies war erst der dritte von zwanzig Tagen, die er in Beths Haus verbringen sollte, und schon jetzt war es zu viel. Er hatte Maggies Zimmer geputzt – vom Betthimmel ihres Prinzessinnenbettes über den flauschigen rosa Sessel, der mehr Katzenhaare als Stoff aufwies, bis hin zu den Dutzenden von Kostümen, die aus ihrem Kleiderschrank quollen. Sie hatte ihm versichert, dass ihr Zimmer am Vortag sauber gewesen sei, aber sie habe gestern Abend eine »Garderobenpanne« gehabt und sich etwas anderes zum Schlafen suchen müssen.

Angesichts des frischen Bettzeugs auf ihrem Bett hatte Bryan eine Ahnung, wovon sie sprach, ließ sich aber nichts anmerken. Sie mochte zwar erst fünf sein, aber sie war alt genug, um sich für das Bettnässen zu schämen.

War das ein Überbleibsel des Traumas, das sie durchlitten haben musste, als sie ihren Vater verlor?

Dann waren die Zwillinge hereingekommen, gerade als er fertig geworden war, und hatten sich wieder einmal darüber gestritten, wer der bessere Lichtschwertkämpfer sei, und er war dazu verdonnert worden, den Schiedsrichter zu spielen. Das Mittagessen war ein echtes Ereignis gewesen, das ihn daran erinnerte, wie er und seine Brüder Kinder gewesen waren. Er hatte über das heimliche Füttern des Hundes unter dem Tisch gelacht, über die Katze, die auf dem Raumteiler thronte und mit argwöhnischem Blick den Hund und alle auf den Boden fallenden Reste fixierte, über das ständige Geplänkel zwischen den Zwillingen, in das Maggies Stimme immer wieder einfiel, und über Beth, die sich Brotkrumen von der Nase wischte – und sie stattdessen mit Erdnussbutter verschmierte.

Er war aufgesprungen, um ihr beim Aufräumen zu helfen, aber sie hatte ihn weggeschickt und ihm gesagt, er solle sein Essen genießen.

Das war das Problem; er hatte es ein wenig zu sehr genossen. Den gestrigen Abend hatte er mit hartem Glied und pochendem Verlangen verbracht und sich die ganze Zeit selbst ausgescholten. Beth war tabu. Es durfte ihm egal sein, wie hübsch sie war oder wie bewundernswert sie sich um die Kinder kümmerte, den Haushalt führte und ihren Job als Lehrerin erledigte. Sicher, es waren Sommerferien und das Haus war schmutzig genug, dass ihre Freunde ihn engagiert hatten, sie kam also offensichtlich nicht mehr so gut damit zurecht wie vor dem Tod ihres Mannes, aber trotzdem. Beth hielt alles zusammen, obwohl er spüren konnte, wie sehr sie den Kerl geliebt hatte.

Etwas in seinem Inneren zog sich zusammen. Wie wäre es wohl, wenn sich jemand so sehr um ihn sorgen würde? Jeden Morgen und jeden Abend da zu sein? Die kleinen Dinge des Lebens miteinander zu teilen: Kaffee kochen, das Kreuzworträtsel lösen, morgens als Erstes dem Hund zusehen, wie er im Hinterhof Kaninchen jagte?

Zuzusehen, wie die Sonne über dem Kingsize-Bett oben in ihrem Schlafzimmer aufging ...

Er stöhnte erneut, und das hatte nichts mit der frühen Morgenstunde zu tun. Sicher, er war es gewohnt, für frühe Drehtermine aufzustehen, aber wenn ein Film abgedreht war, schlief er gerne aus.

Er schwang die Beine aus dem Bett, gerade als sein Telefon klingelte.

Er fuhr sich mit der Hand durchs Haar. Er erkannte die Nummer nicht, aber sie war lokal. Verdammt, er hoffte, es war kein Reporter. »Manley.«

»Bryan?« Beth. Außer Atem.

Jede Zelle in seinem Körper war sofort in Alarmbereitschaft. »Beth? Was ist los?« Alle möglichen Katastrophen schossen ihm durch den Kopf. Hatte einer der Zwillinge den anderen mit einem improvisierten gefährlichen Schwert aufgespießt? War Jason mit dem Auto abgehauen? Hatte Maggie sich an etwas verschluckt?

Schon schlüpfte er in eine Laufhose – scheiß auf die blöde Uniform. Er musste den Tag nicht in diesem Aufzug in der Notaufnahme verbringen, außerdem war die Hose mit einer Hand leichter anzuziehen.

»Es ist Sherman. Ich muss mit ihm zum Tierarzt.«

Sherman. Der Hund. Bryans Adrenalinspiegel sank rapide, als die unmittelbare Gefahr für Beth und die Kinder gebannt war. Aber dann registrierte er die Sorge in ihrer Stimme. »Was ist passiert?«

»Ich …« Ihre Stimme brach. »Er hat sich in der Wäscheleine verheddert und ich weiß nicht … Er ist nicht … ich weiß nicht, wie lange er ohne Sauerstoff war.«

Oh Gott. Die Kinder würden am Boden zerstört sein. »Hast du ihn mund-zu-Nase-beatmet?« Noch während er es aussprach, wusste er, dass es lächerlich klang.

Beth lachte nicht. »Ja. Und er atmet wieder. Er kommt auch wieder zu sich, aber ich weiß nicht. Ich denke, ich sollte ihn zur Sicherheit hinbringen. Die Abdrücke vom Seil an seinem Hals sehen ziemlich schlimm aus.«

»Ich bin sofort da.«

»Du musst dich nicht beeilen. Ich wollte dir nur sagen, dass ich nicht da sein werde, und ich hinterlasse einen Schlüssel unter der Matte. Ich weiß, es ist ein Klischee, aber es ist der einfachste Ort, und ich muss die Kinder zu ihren Freunden bringen, damit ich das hier erledigen kann. Ich wollte nur, dass du weißt, warum wir nicht da sind.«

»Zu welchem Tierarzt gehst du?«

»Zu Dr. Bingham in der Harvest Street.«

»Ich treffe dich dort.«

»Das ist nicht nö—«

»Ich will es aber, Beth.« Denn wenn die Prognose für den Hund nicht gut war, würde sie jemanden an ihrer Seite brauchen. Er hatte gesehen, wie sehr sie an diesem Hund hing. Und er wusste, wie sehr die Kinder ihn liebten. Beth würde für sich selbst *und* für sie leiden, wenn dem Hund etwas zustoßen würde.

»Oh, aber Bryan, das ist wirklich nicht nötig.«

»Wir verlieren Zeit, Beth. Steig ins Auto und fahr los. Ich treffe dich dort.«

. . .

Eine Stunde später war Beth sehr froh, dass Bryan darauf bestanden hatte zu kommen.

Maggie, die als einzige ihrer Kinder heute Morgen keine Freunde hatte, bei denen sie hätte unterkommen können und deshalb mitkommen musste, war völlig aufgelöst. Sie sprach kein Wort, so wild nuckelte sie an ihrem Daumen, und sie tigerte genauso umher, wie Mike es früher getan hatte – genau wie damals, als die Polizei an jenem Tag mit der Nachricht über Mikes Flugzeug aufgetaucht war.

Und genau wie damals hatte Beth versucht, ihre Tochter in den Arm zu nehmen, aber Maggie ließ sich nicht trösten – auch darin glich sie Mike. Er hatte Dinge zu seiner Zeit und an seinem eigenen Rückzugsort verarbeitet, und Maggie war genau wie er, bis hin zu den lockigen schwarzen Haaren.

Manchmal konnte Genetik ein echter Fluch sein, wenn einem jeden Morgen am Küchentisch das Ebenbild des Mannes, den man verloren hatte, entgegenblickte.

Trotzdem juckte es Beth in den Fingern, nach Maggie zu greifen und sie in ihre Arme zu ziehen, und sie war gerade dabei das zu tun, als Bryan vom Empfang zurückkehrte, wo er nach Neuigkeiten über Sherman gefragt hatte, und Maggie auf den Arm nahm. »Hey, Mags. Der Tierarzt hat gesagt, Sherman wird wieder gesund.«, Er sah zu Beth hinüber und nickte.

Sie atmete aus. Er sagte die Wahrheit. Er beschönigte nichts, nur um es leichter erträglich zu machen.

»Können wir ihn mit nach Hause nehmen? Ich will hier weg.«

»Heute noch nicht. Sie behalten ihn über Nacht zur Beobachtung hier, nur um sicherzugehen. Aber sie sagen, er ist wach und trinkt Wasser, und wir können ihn morgen abholen.«

»Aber bei wem soll er denn heute Nacht schlafen?« Ihr Daumen wanderte zurück in den Mund.

Bryan zog ihn sanft heraus und küsste ihren Handrücken.

Beths Herz machte einen Satz. Frauen auf der ganzen Welt würden *darum geben*, wenn er das mit ihren Händen tun würde. Und sie gehörte dazu.

Sie war eine miese Mutter, weil sie auf die eigene Tochter eifersüchtig war. Auf die Tochter, deren Welt durch den Tod ihres Vaters und nun durch die Gefahr für ihren Hund auf den Kopf gestellt worden war. Und doch stand Beth hier und wünschte sich das, was ihrer Tochter so großzügig geschenkt worden war.

Maggie kicherte. »Das kitzelt. Dein Bart ist ganz kratzig.«

Bryan legte ihre Handfläche an seine Wange. »Das passiert, wenn ich morgens keine Zeit zum Rasieren habe.«

Jetzt flatterte Beths Magen. Sie vermisste es, Mike beim Rasieren zuzusehen. Sie vermisste es, einen Mann in ihrem Leben für diese Dinge zu haben, die so, nun ja, wagte sie es zu sagen? Männlich waren.

Bryan Manley …

Oh Gott. Es hatte sie voll erwischt. Genau wie die Hälfte der Frauen in Amerika. Und Millionen weitere rund um den Globus.

Sie würde lachen, wenn die Situation komisch wäre – darüber, dass sie wegen eines dusseligen Hundes, der gerne Unterwäsche jagte, mit einem Filmstar beim Tierarzt saß. So eine Geschichte konnte man sich nicht *ausdenken*.

»Also, was sagst du, gehen wir frühstücken?«, fragte Bryan Maggie. »Ich könnte ein paar Pfannkuchen gebrauchen, wie sieht's mit dir aus? Mit ganz viel Eis und Schlagsahne?«

Maggie kicherte wieder. »Das ist doch Nachtisch, du Dussel.«

»Echt jetzt?« Bryan hob sie wieder ein Stück höher in seinen Armen, während ihre Locken um ihren Kopf wippten. »In meiner Welt ist das Frühstück. Und ich habe meins verpasst. Also, was sagst du?«

»Mama auch?«

Beide sahen sie an, und das Lächeln auf ihren Gesichtern hatte seltsamerweise eine Ähnlichkeit. Was eigentlich nicht sein konnte, da sie nicht verwandt waren, aber … doch.

»Mami?«, fragte Bryan mit vorgetäuschtem Ernst, »willst du uns Gesellschaft leisten?«

Eigentlich sollte sie ihm diese Frage stellen.

Beth sprang auf. »Äh, ja, klar.« *Klar* für das Frühstück. Er, der sich ihnen anschloss –?

Nein. Auf keinen Fall. Vergiss es. Ganz schlechte Idee.

Nun, eigentlich war es eine gute Idee. Es war nur sinnlos, darüber nachzudenken, denn er war schließlich *Bryan Manley, Filmstar.*

Dieser Punkt wurde ihr schlagartig klar – mit Nägeln, die in den Sarg der *Was-wäre-wenn-Gedanken* getrieben wurden –, in dem Moment, als sie das Diner betraten, um die Pfannkuchen zu essen, auf die er so begierig war.

Alle starrten sie an. Und winkten. Und riefen ihm zu, als wäre er ein heimkehrender Held. Was er ja eigentlich auch war. Die Stadt betrachtete ihn als einen der Ihren. Er war hier geboren und aufgewachsen, und er kam oft genug zu Besuch, um diesen Anspruch zu legitimieren. Sie liebten ihren Hollywood-Schwarm.

Das zeigte sich in all den lächelnden Gesichtern, in den sehnsüchtigen Blicken der Teenager-Mädchen – und einiger ihrer Mütter – und den eifersüchtigen Blicken anderer Frauen. Beth hatte noch nie so sehr den bösen Blick der Anfeindung gespürt wie in diesem Augenblick, als fragten sie sich alle, wer *sie*, eine Außenseiterin, deren Ehemann unter Verdacht geraten war, eigentlich sei, um mit *dem* Bryan Manley zu speisen.

Hör auf damit! Hör auf, so zu denken! Mikes Unschuld wurde bewiesen, und es ist an ihnen, das anzuerkennen, nicht an dir, sie davon zu überzeugen. Sei freundlich. Lächle.

»Was hältst du von dieser Nische, Beth?« Bryan legte seine Hand auf ihren Rücken.

Ihr Lächeln kam plötzlich ganz natürlich. »Die ist prima.«

Über dieses Wort mussten sie leise lachen.

Sie hörte auf zu lachen, als er sich ihr gegenüber in die Bank schob und sein Bein das ihre streifte. Sein nacktes, männliches, behaartes Bein gegen ihr ebenso nacktes, glattes, frisch rasiertes Bein (ja, sie hatte sich an diesem Morgen nach dem Aufstehen rasiert, und nein, das hatte absolut nichts mit der Tatsache zu tun, dass Bryan den Tag in ihrem Haus verbringen würde, und warum rechtfertigte sie sich eigentlich vor ihrem eigenen Gewissen?).

»Alles okay?« Er legte den Kopf leicht schief, und seine Sorge schoss entlang ihrer Nervenenden direkt in ihr Herz.

Warum musste er nur so perfekt sein? Sicher, in seiner Branche half das, aber würde physische Perfektion nicht ausreichen? Musste er auch noch so unglaublich nett, rücksichtsvoll und fürsorglich sein? Und in der Lage, kleine, verletzte Fünfjährige mit einem Kuss auf den Handrücken für sich zu gewinnen?

Wenn man es sich recht überlegte, würde das bei erwachsenen Frauen mittleren Alters scharenweise funktionieren.

»Ähm, ja, mir geht's fi – gut, meine ich.«

Sein Lachen löste die Spannung, und Beth entspannte sich schließlich. Er war immer noch ein Typ. Ein anderer Mensch. Der ganze Hollywood-Rummel definierte ihn nicht. Das war nur die Fassade.

Obwohl es eine verdammt schöne Fassade war.

Die Kellnerin – oder genauer gesagt Claire, die Besitzerin – kam herüber, um ihre Bestellung aufzunehmen. »Hey, Bry. Hab dich lange nicht mehr gesehen.« Die Anspielung troff wie Ahornsirup von jedem ihrer Worte.

»Claire. Wie geht's dir? Wie geht's Roddy?«

Claires linke Hand verschwand in ihrer Schürze. »Keine Ahnung. Mit seiner neuen Freundin in den Norden des Staates gezogen.«

Na gut. Single also, und sie ließ es Bryan wissen. Ja, unter Beths Haut brodelte die Eifersucht. Eifersucht, die sie eigentlich nicht fühlen dürfte.

»Oh Mann, das tut mir leid zu hören.«

Claire zuckte die Achseln. »Mir nicht. Er hat mir noch die Haare vom Kopf gesoffen. Das passiert eben, wenn man nicht genug Ehrgeiz hat, sich das zu holen, was man vom Leben will. Nicht, dass du davon was wüsstest, wie ich das sehe.« Sie warf Beth einen Blick zu. »Bist du nicht die Frau von diesem Piloten?«

Beth konnte ein Zusammenzucken nicht verhindern. Das war sie also jetzt: *die Frau von diesem Piloten*. Es tat weh. Es wertete ihre Ehe und Mikes Ruf herab und ließ sie keine Minute den Skandal vergessen, der seinen Tod umgeben hatte.

»Das ist Beth Hamilton«, sagte Bryan, dessen Augen sich verengten, während er sie ansah.

Beth schüttelte leicht den Kopf. Jetzt war nicht der richtige Zeitpunkt.

»Hast du meinen Papi gekannt?« Maggies Daumen flutschte aus ihrem Mund, und sie lehnte sich mit den Ellbogen vor. »Mein Papi war Pilot.«

»Ja, Schätzchen, ich weiß.« Claire schenkte Maggie, Gott sei Dank, ein liebes Lächeln.

Etwas von Beths Feindseligkeit verflog. Zumindest war die Frau freundlich zu ihrer Tochter. Das trug viel dazu bei, dass Beth ihr im Zweifelsfall den Vorzug gab. Vielleicht wusste Claire nicht, welche Wirkung *die Frau von diesem Piloten* auf sie hatte. Vielleicht hatte sie es gar nicht böse gemeint.

»Und dieser kleine Frechdachs hier ist Maggie.« Bryan zauste ihr die Locken. »Und sie möchte einen riesigen Stapel Pfannkuchen mit Vanilleeis, Schlagsahne, Schokosoße, Schokostückchen und einer knallroten Kirsche oben drauf.«

Maggies Augen weiteten sich, und sie riss den Kopf herum, um ihn ehrfürchtig anzustarren. »Will ich das?«

Bryan stupste sie an der Nase. »Na klar willst du das. Und du wirst sie mit mir teilen.«

»Muss ich?«

Bryan klopfte auf den Sitz neben sich, und prompt setzte sich Maggie um. Kein Betteln. Kein Flehen. Nicht einmal ein belehrendes Wort, etwas, das Beth bei ihrer eigensinnigen (ganz wie der Vater) Tochter oft nicht gelang.

»Ja, das musst du. Sonst bekommst du am Ende Bauchweh und wir müssen mit dir zum Arzt, anstatt Sherman von seinem abzuholen.«

»Oh. Das will ich nicht.« Maggie nickte feierlich.

»Ich weiß. Außerdem macht es Spaß, mit mir zu teilen. Wir können ein Löffel-Duell machen.«

»Was ist das?«

Er tippte ihr diesmal gegen die Nase. »Wirst du schon sehen.« Er sah zu Beth. »Und was nimmst du, Beth?«

Dich mit einer Riesenportion heißer Schokosoße, die ich von jedem Zentimeter ablecken kann —

»Äm, nur ein Glas Orangensaft für mich, danke.«

»Was? Du isst nichts?« Bryan machte ein tadelndes Geräusch. »Das geht nicht. Das Frühstück ist die wichtigste Mahlzeit des Tages.« Er sah zu Claire. »Beth isst bei unseren Pfannkuchen mit. Bring besser eine Extraportion.«

»Oh, aber Bry—«

»Und zwei Kirschen für sie.« Er schenkte Claire dieses blendende Millionen-Watt-Lächeln, und sie lief wie benommen davon, um *dem* Bryan Manley sein Essen zu bringen.

Das Lächeln hatte genug Strahlkraft, um auch bei Beth nachzuwirken. »Du wirst den Großteil davon essen müssen, das weißt du, oder? Mein Körper verträgt all den Zucker nicht.«

»Stimmt. Du bist ja schon süß genug.«

Okay, wo war ihre Zunge hin? Sie musste sie verschluckt haben. Oder er hatte sie bei seinem Kommentar vertrocknen lassen.

Er fand sie *süß*? In welchem Sinne? Süß im Sinne von »Die Braut ist verdammt süß!«, was ihre Hormone in den Sturzflug und ihr *Was-wäre-wenn-Getriebe* auf Hochtouren schickte? Oder ein »Awww, bist du nicht süß?«, im Sinne von »niedlich«, was völlig ätzend wäre, sie aber zumindest von dieser schwankenden Soll-ich-oder-soll-ich-nicht-zulassen-Dass-ich-mich-zu-ihm-hingezogen-fühle-Wippe herunterholen würde.

»Mami ist nicht süß, sie ist eine Kaktusfeige. Das hat Papi immer gesagt.«

Maggie kicherte, während Beth der Mund offen stehen blieb, weil ihre Tochter sich daran erinnerte. Sie war drei gewesen, als Mike getötet worden war; wie konnte sie sich nur daran erinnern?

Mike hatte es liebevoll gemeint – sie waren in den Flitterwochen in Mexiko gewesen und hatten die Früchte probiert. Er hatte gesagt, sie sei genau wie sie: eine harte Schale mit einem süßen Kern. Seitdem war es sein Kosename für sie gewesen.

Ihr Herz zog sich zusammen bei der Erinnerung. So schwer zu glauben, dass er fort war. Aber wenigstens hatte Maggie gute Erinnerungen an ihn; Beth hatte sich Sorgen gemacht, dass sie überhaupt keine Erinnerungen haben würde.

»Eine Kaktusfeige, hm?« Bryan trommelte mit den Fingern auf die Tischplatte. »Ich denke da eher an eine Sternfrucht. Süß und in fünf Richtungen gleichzeitig zerrend.«

Beth lachte darüber. »Dieses Ziehen spüre ich definitiv. Umso mehr, je älter sie werden.«

»Ich weiß nicht, wie du das machst. Fünf Kinder würden mir den Rest geben.«

Sie zuckte die Achseln. »Man tut, was man tun muss. Und es sind tolle Kinder. Wirklich.«

»Außer Jason. Der ist launisch.« Maggie rümpfte die Nase. »Und sein Zimmer stinkt nach Socken.«

»Alle Zimmer von Jungs im Teenageralter stinken nach Socken, Mags«, Bryan legte den Arm um sie und beugte sich vor. »Dadurch werden Jungs so groß. Sie wollen von ihren Füßen wegkommen.«

Maggie kicherte wieder und Beth hätte Bryan am liebsten geküsst, weil er sie zum Lachen brachte. Nun ja, sie wollte Bryan auch aus anderen Gründen küssen, aber aus diesem eben auch.

Moment. Sie wollte *was*?

Sie grübelte noch immer darüber nach, als Claire mit dem Essen zurückkam.

»Heiliger Strohsack!« Maggie stellte sich auf die Polsterbank. »Das ist ein ganzer Berg von Pfannkuchen.«

Das war es in der Tat. Es mussten ein Dutzend Buttermilch-Pfannkuchen sein, eine Riesenportion Eis und eine ganze Dose Sprühsahne.

»Tja, wir müssen schließlich mit den Leuten aus Hollywood mithalten, nicht wahr?«, sagte Claire, deren Blick fest auf Bryan gerichtet war.

Auf seine Schultern, dachte Beth. Oder vielleicht seine Brust. Gut, dass er saß und ein Tisch über seinem Schoß war, denn Beth war sicher, dass Claire ansonsten auch *dort* hingestarrt hätte.

Sie errötete, als Bryan eine Augenbraue hochzog und sie ansah. Oh Gott. Er musste nicht wissen, was sie dachte. Oder dass sie eifersüchtig war, weil Claire ihn anstarrte. Sie hatte keinen Grund – kein *Recht* –, eifersüchtig zu sein. Bryan war Single. Ungebunden. Und sie ... nun ja, sie war zwar auf der Ebene einer Lebenspartnerschaft ungebunden, aber fünf Kinder waren ein Anker, den bisher kein Mann, den sie gedatet hatte, lichten wollte.

Was ihr eigentlich ganz recht war. Sie hatte wichtigere Dinge zu tun, als nach einem Ersatzvater für ihre Kinder zu suchen – nämlich eine Mutter für ihre Kinder zu sein. Das, und alles andere, was sie im Leben im Alleingang bewältigen musste, war das, worauf sie ihren Fokus richten musste.

Andere Leute blieben an ihrem Tisch stehen, nachdem Claire das Eis gebrochen hatte, einige baten um Autogramme, andere um Fotos. Bryan sprach freundlich mit jeder einzelnen Person. Er gab jedem das Gefühl, seine ungeteilte Aufmerksamkeit zu haben, und schaffte es dennoch, sie und Maggie nicht auszuschließen. Er stellte sie Leuten vor, die er von früher kannte – er handelte sogar die eine oder andere Einladung für Beth aus, ihn zu einer Party oder einem Treffen zu begleiten, zu dem man ihn einlud. Sie würde natürlich nicht hingehen. Bryan war hier, um ihr Haus zu putzen, nicht um Familie zu *spielen*.

Dieser Gedanke wollte jedoch nicht weichen, egal wie sehr sie es sich auch wünschte.

Kapitel Acht

»Mami, kommt Bryan heute zum Spielen vorbei?« Maggie hüpfte am nächsten Morgen auf das Fußende von Beths Bett. Ihr T-Shirt saß verkehrt herum und ihre Turnschuhe hatte sie an den falschen Füßen, aber ihr Lächeln war so strahlend und sonnig, dass Beth es nicht übers Herz brachte, ihr das zu sagen.

Ebenso wenig brachte sie es übers Herz, ihr zu sagen, dass Bryan nicht hier war, um ihr Freund zu sein. Obwohl sie das vielleicht tun sollte; Maggie baute eine etwas zu starke Bindung zu ihrer vorübergehenden Aushilfe auf.

Beth zuckte zusammen. Bryan war alles andere *als* »die Aushilfe«. Vorgestern war er Klempner und Mechaniker gewesen. Gestern, nachdem sie vom Diner nach Hause gekommen waren, war er der Handwerker. All die kleinen Dinge, um die Mike sich hatte kümmern wollen, zu denen er aber nie gekommen war, sprangen Beth in den zwei Jahren seit seinem Tod immer deutlicher ins Auge. Die schiefen Schranktüren in der Waschküche, die zerfetzten Teppichkanten aus Shermans Welpenzeit, die durch das ständige Getrappel von fünf Paar schlurfenden Turnschuhen immer weiter ausfransten. Und dann war da noch das lose Geländer an der Kellertreppe.

Bryan hatte mit Letzterem angefangen. Er sagte, es sei ein Sicherheitsrisiko, was auch stimmte. Sie hatte vorgehabt, es zu reparieren, aber wenn sie von der Arbeit nach Hause kam, Abendessen kochte, die Hausaufgaben und das Baden beaufsichtigte und dann Kleidung und Pausenbrote für den nächsten Tag vorbereitete, war das Letzte, worauf sie Lust hatte: Instandhaltungsarbeiten am Haus. Normalerweise hob sie sich so was fürs Wochenende auf, aber Jason war dieses Jahr dem Football-Team beigetreten und Kelsey war jetzt bei den Cheerleadern, und so waren die Wochenenden im Herbst zu wahren Tailgate-Spektakeln geworden – nur ohne den Alkohol. Es machte Spaß, und sie liebte es, ihre Kinder anzufeuern, aber die Zeit, die dabei draufging, war enorm. Alleinerziehend zu sein, war definitiv *nichts* für schwache Nerven.

»Ich habe in meinem Zimmer schon alles für eine Teeparty vorbereitet. Glaubst du, er mag Earl-Grey- oder Darjeeling-Tee?« Maggie kräuselte ihr Gesichtchen und tippte sich auf die Lippen, als ob die Entscheidung zwischen Earl Grey und Darjeeling über das Schicksal der freien Welt entscheiden würde.

»Das musst du ihn selbst fragen, Mags, aber ich bin mir nicht so sicher, ob Bryan überhaupt Tee mag. Gestern beim Frühstück hat er keinen getrunken.«

Aber er *hatte* den Großteil von Maggies Pfannkuchen gegessen – was gut war, denn Beth behagte der Gedanke an den verdorbenen Magen einer Fünfjährigen gar nicht. Hätte sie Maggie jedoch wegen der zu großen Portion ermahnt, wäre sie wieder der Spielverderber gewesen. Sie war es leid, immer die Böse zu sein, also war es toll, dass Bryan einen Weg gefunden hatte, beide Probleme zu lösen, indem er den Löwenanteil verdrückte. Und weiß der Himmel, er konnte diese gut tausend Kalorien weit besser verpacken als sie.

Allerdings nicht, wenn er das Waschbrett behalten wollte, das er in seinem letzten Film zur Schau gestellt hatte.

Beth schob die Gedanken an seinen letzten Film beiseite, sonst hätte sie sich eingestehen müssen, dass sie ihn gestern Abend auf ihrem iPad über ihr Online-Abo angesehen und dabei fast den ersten nicht selbst herbeigeführten Orgasmus seit zwei Jahren erlebt hätte.

Sie kletterte aus dem Bett und machte sich daran, es ordentlich zu beziehen, um die Röte zu vertreiben, die ihren Körper überflutete, während Bilder aus ihren Träumen immer wieder in ihrem Kopf auftauchten. Genau wie etwas anderes bei Bry— immer wieder aufgetaucht war—

»Sind Mark und Tommy schon wach?«, fragte sie Maggie und streifte sich hastig ihren Bademantel über das T-Shirt, um ihre hart gewordenen Brustwarzen zu verbergen. Es war sinnlos zu fragen, ob Jason und Kelsey schon auf den Beinen waren; Teenager standen in den Sommerferien nicht vor zwei Uhr nachmittags auf, es sei denn, sie mussten arbeiten. Und selbst dann war es ein Kraftakt, sie in Bewegung zu setzen. Beth hasste es, es zuzugeben, und fühlte sich wie eine schlechte Mutter, weil sie es ausnutzte, aber es war viel einfacher, die beiden den Großteil des Tages schlafen zu lassen, während sie sich um die Termine der drei Jüngeren kümmerte. Meistens schaffte sie es, Fahrgemeinschaften zu organisieren, sodass sie nur an einem Tag alle überallhin kutschieren musste. An diesem Tag blieb zwar alles andere liegen, aber das war okay. Sie genoss die Zeit mit den Kindern und ihren Freunden. Das Leben verging zu schnell, um diese kostbaren Momente zu verpassen.

Zudem hatte Kelsey gestern Abend Freundinnen zu Besuch gehabt. Beth hatte die fadenscheinige Begründung durchgehen lassen – Kelsey wollte mit Bryan vor einer neuen Gruppe von Freundinnen angeben, und obwohl Beth nicht gerade begeistert davon war, hatte ihre Tochter es verdient, Übernachtungspartys zu feiern. Dass Bryan angehimmelt wurde, war sowieso unvermeidlich; da konnte man es auch hinter sich bringen.

»Tommy ist mit Sherman draußen.« Maggie hüpfte vom Bett und riss die Bettdecke mit sich herunter. Das war typisch Maggie, ein einziges Chaos. Und sie merkte es nicht einmal, was erklärte, wie sie in dem Trümmerhaufen leben konnte, den sie ihr Zimmer nannte.

Beth erreichte nie ganz die gleiche Gelassenheit wie ihre Tochter.

Sie seufzte und warf die Decke zurück aufs Bett. Maggie hatte irgendwie recht – wozu sich die Mühe machen, das Bett zu machen, wenn man abends sowieso wieder hineinkletterte?

Und vielleicht würde ja noch jemand anderes mit hineinklettern...

Beth hob ein Kissen vom Boden auf und warf es auf den Stuhl neben ihrem Bett. Großartig. Reichte es nicht schon, dass sie erotische Träume von dem Kerl hatte, jetzt lud ihr Unterbewusstsein ihn auch noch ins Zimmer ein?

»Mama!«, brüllte Mark von unten in einem Tonfall, der Beths Mutterinstinkt innerhalb einer Sekunde auf Alarmstufe Rot versetzte.

»Ich komme!« Sie tätschelte Maggies Oberschenkel. »Komm, Süße. Tommy steckt in Schwierigkeiten.«

»Woher weißt du das, Mami? Von deinem dritten Auge?«

Beth biss sich auf die Lippen. Die Kinder hatten ihr diese Geschichte so lange abgekauft, wie sie an den Weihnachtsmann geglaubt hatten. Sie würde den Tag vermissen, an dem Maggie erwachsen wurde. »Ja, Schätzchen. Also beeilen wir uns.«

Sie schlüpfte in ihre Turnschuhe. Shermans Ausflug zum Tierarzt hatte ihm eine überaktive Verdauung eingebracht – wahrscheinlich erholte er sich noch von dem Schock –, und sie hatte nicht vor, ohne Schuhe in den Garten zu rennen.

Als sie an Maggies Zimmer vorbeikam, stutzte sie.

»Maggie?« Sie lehnte sich gegen den Türrahmen und steckte den Kopf weiter ins Zimmer.

»Ja, Mami?« Maggie lugte unter ihr am Türrahmen hervor.

»Dein Zimmer.«

»Ja, Mami. Das ist es.«

»Es ist ordentlich.«

»Das ist, weil du es gestrichen hast, weißt du noch?«

»Nein, ich meine, es ist blitzblank aufgeräumt.«

»Das war Bryan.«

»Ja, aber das war gestern.« *Ordentlich* war ein Zustand, der bei Maggie nie lange hielt. Er flutschte an ihr ab und verkroch sich innerhalb von zehn Minuten nach seinem Erscheinen schrumpelig in eine Ecke.

»Ja«, sagte Maggie so sachlich, dass Beth sich in Erinnerung rufen musste, dass sie hier mit *Maggie* sprach. Wirbelsturm Maggie. Messy-Maggie, wie Jason sie nannte, wenn Mama außer Hörweite war – dachte er zumindest. Maggie kannte die Bedeutung des Wortes *ordentlich* gar nicht, es sei denn, man meinte damit *cool*.

»Ist was nicht in Ordnung, Mami?«

Maggies ehemals so schelmisches Gesicht sah zu ihr auf, mit einem so breiten Lächeln, dass Beth ihre erste Reaktion unterdrückte – nämlich zu fragen, ob Maggie krank sei.

»Es sieht sehr schön aus.«

»Danke, Mami. Bryan hat gesagt, dass aus kleinen Mädchen, die sich um ihr Zimmer kümmern, sehr erfolgreiche Frauen werden. Du hattest bestimmt ein ganz sauberes Zimmer, als du klein warst, oder, Mami?«

Ein Grund mehr für Beth, Bryan Manley küssen zu wollen.

. . .

Und ein weiterer kam hinzu, als sie in den Garten kam und sah, wie Bryan die Latte aus dem Holzzaun entfernte, die Sherman eingeklemmt hielt. Tommy stand auf der einen Seite, Mark auf der anderen, beide bereit, den hyperaktiven Hund zu packen, sobald er frei war.

»Dieses Ende des Hammers nimmt man, um Nägel rauszuziehen. Siehst du dieses V hier?« Bryan schob das gebogene Ende des Hammers am Holz entlang und hebelte einen Nagel heraus. »Vorsichtig damit, wenn er raus ist. Rostige Nägel bedeuten einen Ausflug in die Notaufnahme.«

»Ja, dann kriegt man eine riesige Spritze. Nick Miller musste das machen, als er auf dem Spielplatz in einen reingetreten ist.«

Beth zuckte zusammen, als sie sich daran erinnerte. Das Blut hatte die Kinder erschreckt, und dann hatte eines das Märchen von der riesigen Nadel verbreitet, was Nick und den Rest der Bande völlig fertiggemacht hatte. Das war eine Geburtstagsparty, die Nick nie vergessen würde, leider nicht aus guten Gründen. Das war mit ein Grund, warum ihre drei Jüngeren so eine Heidenangst vor Spritzen hatten.

»Wie bei allem anderen auch, Jungs: Man lernt, wie man es richtig macht, und verringert so das Verletzungsrisiko.« Bryan hebelte den anderen Nagel heraus. »Jetzt haltet Sherman beide gut fest, denn er wird abhauen wollen, sobald ich das Brett weghabe.«

»Ich hab ihn am Halsband«, sagte Mark von der anderen Seite.

»Ich hab seinen Schwanz«, sagte Tommy und versuchte, den Stummel zu greifen, der Shermans wedelndes Anhängsel darstellte.

»Du kannst ihn nicht am Schwanz festhalten«, sagte Mark herablassend. Erstaunlich, wie die zwei Minuten, die zwischen ihren Geburten lagen, Mark schon dieses Großer-Bruder-Gehabe verliehen.

»Kann ich wohl.«

»Kannst du nicht.«

»Kann—«

»Leute, haltet beide fest. Er wird versuchen wegzurennen. Fertig?«

»Ja«, sagten sie wie aus einem Mund, ein Geräusch, das in Beths Ohren so süß klang. Das war nicht so gewesen, als sie als Säuglinge im Chor geschrien hatten, aber das hier... definitiv.

»Eins.« Bryan hebelte das Brett mit dem gebogenen Ende des Hammers vom benachbarten los. »Zwei.« Er schob seine Finger darunter, legte den Hammer ab und packte die andere Seite. »Drei.« Er zog das Brett gerade weit genug zurück, dass Sherman sich durchwinden konnte, direkt auf Mark zu, der das Halsband Gott sei Dank nicht losließ.

»Hab ich doch gesagt, dass ich ihn kriege!«

»Ich hab geholfen!« Tommy rannte schon los zum Tor, um auf die andere Seite des Zauns zu kommen.

»Das stimmt, Tom. Das hast du. Jetzt haltet ihn gut fest, Jungs.« Bryan setzte das Brett wieder an seinen Platz, schnappte sich zwei neue Nägel und hämmerte sie hinein.

»Bryan! Du hast es geschafft!« Maggie rannte über den Rasen und schlang ihre Arme um seinen Hals, während sie auf seinen Rücken sprang. »Du hast Sherman gerettet! Schon wieder!«

Schon wieder? *Schon wieder*? Beth musste sich einen kleinen Stich der Kränkung eingestehen. *Sie* war es gewesen, die Sherman gefunden und von der Wäscheleine losgemacht hatte. *Sie* war es gewesen, die ihm Luft in die Schnauze gepustet und ihn zum Auto getragen hatte. *Sie* war es gewesen, die Todesangst davor hatte, ihren Kindern beizubringen, dass schon wieder jemand gestorben war, den sie liebten. Und trotzdem war es Bryan, der die Umarmungen kassierte?

»Deine Mom hat Sherman neulich gerettet, Maggie. Nicht ich.«

Na schön, jetzt verdiente er wirklich eine Umarmung dafür, dass er so verdammt ritterlich war.

Beth erreichte die beiden, gerade als er die Arme ihrer Tochter von seinem Nacken löste und aufstand.

Ihre Schritte stockten. Sie hatte ganz vergessen, wie groß er war. Wie er dieses Shirt ausfüllte.

Das liegt daran, dass er in deinem Traum letzte Nacht kein Shirt anhatte, Schätzchen.

Wie scharfzüngig er war... Seine linke Augenbraue hob sich amüsiert, als sie schon wieder errötete.

»Danke.« Sie versuchte, das Belegte aus ihrer Stimme zu vertreiben.

»Kein Problem. Der Hund hat es geschafft, sich da ziemlich ordentlich reinzukeilen.«

»Nicht für Sherman. Also, ich meine, ja, dafür auch, aber auch für...« Sie blickte auf Maggie hinunter und nahm das Kinn ihrer Tochter in die Hand. »Warum gehst du nicht und hilfst deinen Brüdern, Sherman wieder nach Hause zu bringen, wo er hingehört?«

»Okay, Mami.«

Beth kaute einen Moment auf ihrer Unterlippe, während sie beobachtete, wie Maggie davonhüpfte, und sah dann zu Bryan auf. »Ich meinte wegen dessen, was du gerade zu Maggie gesagt hast. Dass ich Sherman gerettet habe. Ich weiß, es sollte keine große Sache sein, aber—«

»Hey, du musst dich nicht erklären. Oder dich bedanken.« Er berührte ihren Arm auf eine freundschaftliche Art und Weise – bis ein elektrischer Schlag ihren Arm hinaufschoss. Bei ihm wohl auch, wenn man nach seiner Reaktion urteilte, denn er riss seine Hand so schnell weg, dass es peinlich wirkte.

»Ich—«

»Mir tut es—«

»Was wolltest du—«

»Du zuerst.«

Die Peinlichkeit beherrschte die Situation.

Natürlich war Bryan derjenige, der das Schweigen brach. »Es tut mir leid. Ich hätte nicht einfach—«

»Nein. Schon gut. Es ist nur... Ich bin es nicht gewohnt—«

»Oh, verstehe. Daran hatte ich nicht gedacht.«

Sie log, dass sich die Balken bogen. Sie reagierte bei niemand anderem so, wenn er sie berührte. Verdammt, sie hatte nicht mal so auf die paar Küsse reagiert, die sie bei diesen Verabredungen bekommen hatte, aus denen nichts geworden war, und die waren verdammt noch mal viel sexueller gewesen als ein bloßes Streifen seiner Finger. »Nein, das ist es nicht. Es ist nur...« Herrje, was sollte sie sagen, ohne dass es für sie beide peinlich wurde?

»Beth, ich—«

Und da war er wieder mit dieser Berührungs-Sache. Zugegeben, diesmal war es ihre Schulter, aber trotzdem... die gleiche Reaktion. Nur zog diesmal keiner von beiden weg.

Aber sie sollte es tun. Sie sollte nicht über das nachdenken, worüber sie gerade nachdachte.

Aber er sah aus, als würde er ebenfalls darüber nachdenken.

Das war verrückt. Wahnsinn. Töricht. Es führte zu nichts. Und sie standen in ihrem Garten, wo sie jeder sehen konnte.

Einschließlich Jason und Kelsey, falls sie aus dem Fenster schauten.

»Sherman!«, kreischte Maggie von der anderen Seite des Zauns.

Maggie. Oh Gott. Und Tommy. Und Mark. Sie durften sie und Bryan nicht so nah beieinander sehen.

»Sherman, nein!«, rief Mark, gefolgt von einem weiteren Kreischen von Maggie und einem Wort aus Tommys Mund, von dem Beth gar nicht gewusst hatte, dass er es überhaupt kannte.

»Ich muss nachsehen, was da los ist.« Ja, es war eine Ausrede, aber sie war berechtigt. Erstaunlich, dass *Sherman* ihr Retter war.

»Ich komme mit.«

Bryan ergriff ihre Hand und sie rannten um das Tor herum, während Beth verzweifelt versuchte, das Feuer zu ignorieren, das von ihrer Handfläche ihren Arm hinauf loderte und ihren ganzen Körper bei dem Gedanken an das, was hätte sein können, in Brand setzte.

Dann sah sie Sherman. Nichts hilft so gut gegen knisternde Nerven wie eine ordentliche Portion Hund-der-sich-im-Kompost-wälzt.

»Oh, Sherman, nein!«, sagten alle vier Hamiltons wie aus einem Mund.

»Oh, Sherman, ja«, knurrte Bryan, während er die Kinder anwies, einen Kreis um den Hund zu bilden. »Kommt schon, Leute, macht euch bereit, ihn zu packen, wenn er losprescht.«

Bryan verlagerte sein Gewicht von einem Bein aufs andere, sprungbereit, und oh, was das mit seinem Hintern machte. Und Beth sah nicht weg.

Dann hechtete er vor, und die körperliche Perfektion, die Bryan darstellte, war nichts im Vergleich dazu, wie er ihr schon wieder zu Hilfe eilte – selbst als er ausrutschte und kopfvoran in dem Haufen landete.

Und genau das und die Tatsache, dass er es schaffte, ihr zappelndes Haustier festzuhalten, ließen seinen Status als Ritter in glänzender Bananenschale um ein ganzes Stück nach oben schnellen.

Kapitel Neun

Bryan benutzte das flauschige rosa Handtuch, das Maggie ihm unbedingt hatte leihen wollen, bevor er unter die Dusche gegangen war, und versuchte angestrengt, sich nicht in Beths Badezimmer umzusehen, als er fertig war. Sich vorzustellen, wie sie hier drin stand und duschte. Nass. Voller Seifenschaum.

Oder lieber nicht.

Okay, an dieser Front schlug er sich nicht gerade gut.

Er rubbelte sich mit dem Handtuch den Kopf trocken. Ah, das roch nach ihr. Kein Parfüm, nur eine preiswerte Flasche Shampoo, aber kombiniert mit ihrem natürlichen Duft ... Bumm! Das traf ihn mitten in die Magengrube.

Genau wie dieser Beinahe-Kuss vorhin.

Er hätte es tun sollen – nun ja, nein, eigentlich nicht. Da war zu viel Altlast im Spiel. Auch bei ihm. Aber verdammt, er hatte es gewollt. Besonders, als er nur noch diesen winzigen Schritt davon entfernt gewesen war, sie zu schmecken. Sie in seinen Armen zu halten und all die Süße zu entdecken, von der er wusste, dass sie in Beth steckte. Zu spüren, wie sie sich an ihn schmiegte, wie ihr Körper sich den Konturen des seinen anpasste, wie sie in seine Arme passte. Es würde ein Feuerwerk geben. Er wusste es. Er wusste nicht, woher er es wusste; er tat es einfach. Er hatte seit, nun ja, Jahren kein Feuerwerk mehr gespürt. Trotz all der schönen Frauen, mit denen er ausgegangen war, wusste er, dass Beth sie alle in den Schatten stellen würde, wenn er nur die Chance bekäme, sie in die Arme zu nehmen und zu küssen.

Aber er hatte sie nicht, und er tat gut daran, sich damit abzufinden, anstatt hier herumzustehen und etwas nachzutrauern, das die Dinge nur komplizierter machen würde. Er wickelte sich das Handtuch um die Hüften und suchte nach etwas zum Anziehen. Leider bezweifelte er, dass seine Uniform schon aus der Wäsche zurück war, aber er konnte schlecht im Handtuch durch ihr Haus spazieren. Er war nicht dumm; er arbeitete hart daran, seinen Körper in dieser Form zu halten, und wusste, wie er aussah. Er kannte die Wirkung, die er auf Frauen hatte, und während er sie bei Beth begrüßte, galt das für Kelsey ... nicht so sehr.

Beths Bademantel hing an der Rückseite der Tür. Natürlich war er rosa.

Er zuckte mit den Schultern. Wahre Männer konnten Rosa tragen, und verdammt, er trug bereits dieses flauschige Handtuch mit einem Katzengesicht am Rand; da war ein rosa Bademantel fast nur noch Nebensache.

Schade nur, dass er viel zu klein war.

Bryan zog den einen Ärmel wieder aus. Er war gerade mal bis zu seinem Bizeps gekommen. Beth mochte die perfekte Größe für ihn haben, aber sie war nicht so gebaut wie er. Und Gott sei Dank dafür.

Er zuckte mit den Schultern und öffnete die Badezimmertür. *Schau nicht auf ihr Bett.*

Äh, ja. Das funktionierte nicht.

Das Bett war zwar zugedeckt, aber die Decken waren nicht eingesteckt. Die Kissen lagen auf dem Sessel daneben. Sie war in Eile aufgestanden, um Sherman zu retten. Hatte sie diese kurzen Shorts, in denen sie draußen aufgetaucht war, im Bett getragen? Oder schlief sie nackt? Sie hatte keinen BH getragen – so viel wusste er mit Sicherheit, und der Gedanke hatte ihn während der ganzen Dusche gequält.

Er rückte das Handtuch zurecht. Ja, das war sinnlos. Ein Handtuch würde seine wachsende Erektion nicht verbergen können.

Was natürlich bedeutete, dass *genau in diesem Moment* die Schlafzimmertür aufging und Beth mit Kleidung in den Händen dort stand.

Die sie prompt fallen ließ.

Bryan bückte sich, um sie aufzuheben, und stieß dabei fast mit ihr zusammen.

»Ich, äh ...« Beth machte diese bezaubernde Geste, sich die Haare hinter das Ohr zu streichen, und diese verdammt heiße Sache mit dem Lippenlecken, von der sie keine Ahnung hatte, wie sehr sie ihn aufwühlte. *Er* hatte nicht gewusst, dass es ihn so treffen würde – wie eine Lavawelle, die über seinen Kopf hinwegrollte und direkt in seinen Schritt schoss. Guter Gott, er wollte sie.

Grund genug, zurückzuweichen. Was er auch tat.

Natürlich rutschte dabei das Handtuch herunter.

Bryan hastete danach, um das Ding irgendwo bei seinen Knien aufzufangen, und wurde zum ersten Mal in seinem Leben rot, weil er nackt vor ihr stand.

»Oh. Scheiße. Tut mir leid.« Das verdammte Handtuch war in zwei Sekunden um zwei Nummern geschrumpft, und es war so in sich verdreht, dass er seine Männlichkeitskarte abgeben müsste, wenn dieses erbärmlich schmale Ding ihn tatsächlich bedecken sollte.

Beths Erröten passte perfekt zum Bademantel.

»Oh, je. Hier.« Sie streckte ihm ein Kleidungsstück entgegen. Bryan schnappte es ihr weg und presste es vor seinen Schritt. Großartig. Es ging doch nichts darüber, vor ihr zu stehen, sich seinen Kram festzuhalten, während der Hintern aus dem Fenster hinter ihm hing.

Er betete, dass keine Reporter da draußen waren. Dieses Bild würde in Nullkommanichts viral gehen.

Beth richtete sich auf und versuchte, den Blick abzuwenden – aber er bemerkte den schnellen Blick in seine untere Region.

Was besagte untere Region dazu veranlasste, verdammt interessiert zu sein.

Klasse. Nichts war schöner, als sich seinen *erigierten* Kram vor der Frau festzuhalten, die ihn erst in diesen Zustand versetzt hatte.

Gott sei Dank drehte sie sich um. »Das sind, äh, die Sachen von Mike. Er war nicht so, äh, groß wie du, aber sie sollten trotzdem passen. Bis deine Uniform trocken ist.«

»Danke.«

»Ich lass dich dann mal ... dich anziehen.«

Er wollte nicht, dass sie ging.

Glücklicherweise bewahrte ihn ein letzter Rest gesunden Menschenverstandes davor, das laut auszusprechen, und er wartete, bis sie die Tür hinter sich geschlossen hatte, bevor er sich rührte.

Er war sich nicht sicher, wie er sich dabei fühlte, die Kleidung ihres Ehemanns zu tragen.

Ihres verstorbenen Ehemanns.

Richtig. Dieser Unterschied war wichtig. Er machte sich nicht an verheiratete Frauen ran. Witwen hingegen ...

Nein, an Witwen machte er sich auch nicht ran. Verdammt, er machte sich an niemanden ran. Das musste er gar nicht. Er wurde von allen angemacht. Aber er hatte noch nie die Einladung einer verheirateten Frau angenommen, und bisher war keine seiner Liebhaberinnen eine Witwe gewesen.

Beth könnte die Erste sein.

Er schlüpfte in die Shorts. Vielleicht *war* es ja eine gute Idee, die Sachen ihres toten Mannes zu tragen; es würde ihn davon abhalten, sich in ihrer Nähe wie ein Idiot aufzuführen. Im Ernst, er würde nichts mit Beth anfangen. Sie hatte in ihrem Leben zu viel um die Ohren, um eine lockere Affäre zu verkraften, und eine lockere Affäre war alles, wozu Bryan zu diesem Zeitpunkt in seinem Leben fähig war. Besonders mit einer Mutter aus der Vorstadt.

Ein leises Klopfen an der Tür ertönte. »Bryan?«

Er zog sich das T-Shirt über den Kopf. »Moment, Maggie. Bin sofort soweit.«

Er sammelte das Handtuch auf und hängte es zum Trocknen ins Bad, dann öffnete er die Tür und sah Maggie mit einem hoffnungsvollen Gesichtsausdruck dastehen.

Genau wie Kelsey und ihre drei Freundinnen hinter ihr. Wie viele Freundinnengruppen hatte dieses Kind eigentlich?

»Hi, Bryan.« Kelsey schenkte ihm ein kokettes kleines Lächeln mit schiefgelegtem Kopf, das für zwölfjährige Jungs verheerend wäre. In ein paar Jahren würde Beth alle Hände voll zu tun haben.

Das Kind braucht einen Vater.

Bryan atmete scharf ein. Er musste mal eine Toilette putzen oder so was. Er musste diesen schwachsinnigen Gedanken aus dem Kopf kriegen.

»Wir haben uns gefragt, ob du, weißt du, ein paar Fotos mit uns machen würdest?«, fragte Kelsey.

»Ja, das würde absolut alle anderen eifersüchtig machen«, sagte eines der Mädchen.

»Und meine Mutter auch. Sie findet, dass du heiß aussiehst.«

Bryan gab sich Mühe, ein Lächeln auf sein Gesicht zu zaubern. Dieses Gespräch war auf so vielen Ebenen unangemessen.

»Klar, Mädels, aber lass uns das nach unten verlegen, okay?« Das Schlafzimmer war *kein* Ort für ein Fotoshooting. Sein Agent würde einen Herzinfarkt bekommen.

Die Mädchen kicherten und bewegten sich geschlossen auf die Treppe zu, in dieser seltsamen Art und Weise, wie Teenager-Mädchen das eben taten. Maggie verdrehte die Augen und schüttelte den Kopf, während sie nach seiner Hand griff. »Raquel ist komisch. Sie redet die ganze Zeit nur über Jungs.« Maggies Seufzer sprach Bände über ihre Meinung zu dem Thema. »Jungs sind nervig.«

Bryans Mundwinkel zuckten. Ah, die schonungslose Ehrlichkeit eines Kindes.

»Na ja, außer dir«, sagte Maggie und blieb oben an der Treppe stehen. Sie tätschelte seine Hand mit ihrer freien. »Du bist nicht nervig. Du bist nett.«

In diesem Moment schmolz sein Herz dahin. Es überraschte ihn fast, dass es nicht die Treppe hinunterrutschte, so sehr berührten ihn ihre Worte. Weil sie sie so meinte. Kinder in ihrem Alter waren brutal ehrlich – und diese Wahrheit konnte schmerzen oder das Herz erwärmen.

Er hob sie auf den Arm und lehnte seine Stirn für ein paar Sekunden gegen ihre. »Danke, Maggie. Ich finde dich auch ganz besonders.«

Sie tätschelte seine Wangen und gab ihm einen Kuss auf die Nase. »Jetzt sind wir Spezial-Kumpel. Das hat mein Papi auch immer mit mir gemacht, bevor er gestorben ist.«

Bryans Herz schmolz endgültig, und er konnte nur noch nicken. Verdammt, er musste sogar ein paar Mal blinzeln, damit sie nicht sah, wie ihm die Tränen kamen.

Er trug sie die Treppe hinunter und machte seine Schritte extra schwungvoll, damit ihre Freudenschreie die schweren Emotionen wegwischten, die sie in ihm ausgelöst hatte. Sie konnten beide ihr Lachen gebrauchen.

Kelsey wartete nicht gerade geduldig im Familienzimmer und versuchte, vor ihren Freundinnen ganz erwachsen und cool zu wirken. Wie gut er sich an diese Tage erinnerte. Es war schwer, mit nur einem Elternteil aufzuwachsen, und bei der Art, wie ihr Vater gestorben war …

Er hatte nach der ersten Nacht recherchiert. Den ganzen Pressespiegel gelesen. Die Verdächtigungen gesehen, denen Mike Hamilton in den Tagen nach seinem Tod ausgesetzt gewesen war. Es konnte für Beth nicht leicht gewesen sein, mit seinem Tod fertigzuwerden, sich um ihre Kinder zu kümmern und mit der Berichterstattung in der Presse umzugehen. Die Presse konnte gnadenlos sein, besonders wenn sie eine Story witterte. Und das hatten sie. Er hatte gemerkt, wie er wütend wurde, als er die Spekulationen las, die sich am Ende als völlig haltlos herausgestellt hatten. Mike war von jedem Fehlverhalten freigesprochen worden und seine Akte blieb makellos – so wie es sein sollte.

Bryan hob Maggie aufs Sofa und stellte sich neben Kelsey. Ihre Schultern strafften sich. Sie hob den Kopf ein wenig höher.

Dann legte er den Arm um sie. Ihr *Coolness-Faktor* stieg exponentiell an; er konnte es an den ehrfürchtigen Blicken ihrer Freundinnen sehen. Gut. Wenn er das für sie tun konnte, war es das Tragen der Schürze wert.

»Okay, Mädels, ich habe ein paar Minuten Zeit dafür. Wer macht die Fotos?«

»Oh, äh, richtig.« Kelseys Gesichtsausdruck entgleiste.

»Ich kann!«, rief Maggie und hob die Hand. Ihr kleines Gesicht war so voller Hoffnung, dass Bryan schon fast das Gesicht verzog, weil er wusste, was kommen würde, als Kelsey den Kopf schüttelte.

»Auf keinen Fall, Mags. Ich hole Mama.«

Sein Zusammenzucken verwandelte sich in ein Lächeln, das er nicht unterdrücken konnte.

Er versuchte es zu mäßigen, als Beth auftauchte. Sie trocknete sich die Hände an einem Küchentuch ab und sah so sehr nach June Cleaver aus, dass er eigentlich in die entgegengesetzte Richtung rennen müsste, was er aber nicht tat.

Sie blieb abrupt stehen, als sie ihn sah, und der Blick, den sie ihm zuwarf, war *weit davon entfernt*, June Cleaver zu sein.

Er musste sich die natürliche Reaktion seines Körpers ausreden. *Teenager-Mädchen* wurde zu seinem Mantra. Es gab nichts Besseres, um die Wirkung, die Beth auf ihn hatte, abzutöten.

Das Fotoshooting dehnte sich von »ein paar Minuten« auf eine gute halbe Stunde aus, während die Mädchen ihm gegenüber auftauten und nicht mehr ganz so starr vor Ehrfurcht waren.

Dann tauchten ihre Mütter auf.

Beth öffnete die Tür, als er gerade mit dem letzten Foto fertig war, und kam mit entschuldigender Miene zurück ins Wohnzimmer. »Ähm, Bryan? Die Mamas haben sich gefragt, ob sie, nun ja ...«

»Sicher. Kein Problem. Aber wollen wir nicht nach draußen gehen, meine Damen?« Er traf seine Fans gern, und er wusste so gut wie jeder andere, dass sein Aussehen der Anziehungspunkt war. Er machte sich da keine Illusionen und arbeitete genau aus diesem Grund an seinem Aussehen. Dadurch war er aufgefallen, aber er musste an seinem Handwerk arbeiten, um die Jobs am Laufen zu halten. Er wollte am Ende nicht als hübsches Witzgesicht dastehen. Deshalb versuchte er gerade, den Übergang von Actionhelden-Rollen zu schaffen. Für die gewann niemand einen Oscar. Es war die solide Schauspielerei, die daher rührte, emotional komplexe Charaktere darzustellen, die die Preise als bester Hauptdarsteller einbrachte, und das war etwas, das Bryan seit seiner ersten SAG-Rolle im Auge hatte.

Er posierte auf der Terrasse für genug Bilder, um ein ganzes Jahr lang ein Magazin zu füllen, beantwortete eine Tonne Fragen und parierte ein paar nicht ganz so versteckte Einladungen mit seinem üblichen unverbindlichen Humor, während er sich die ganze Zeit sehr bewusst war, dass Beth im Hintergrund herumlungerte und gelegentlich in seine Richtung blickte.

Sie hatte den Beinahe-Kuss nicht vergessen. Gut. Nun, vielleicht war das gut. Er *hatte* fast die Grenzen überschritten, und das wäre so was von nicht gut gewesen. Für keinen von beiden.

Kein Scheiß, Sherlock. Sieht sie etwa aus wie der Typ, der wahllos irgendwelche Typen küsst?

Eifersucht brodelte in seinem Bauch, was ihn überraschte, da er nie der eifersüchtige Typ gewesen war. Nenn es Arroganz, aber wenn eine Frau einen anderen wollte, würde er sicher nicht betteln. Die Realität war, dass sie bei ihm Schlange standen.

Aber bei Beth ... Er verstand es nicht. Sie war alles, was er zu diesem Zeitpunkt in seinem Leben *nicht* brauchte, gerade jetzt, wo seine Karriere auf die nächste Stufe zusteuert. Sein Agent zählte auf eine neue romantische Hauptrolle, um ihm Glaubwürdigkeit für alle Genres zu verleihen. Die Fähigkeit, sowohl emotionale als auch Action-Rollen zu spielen. Er wollte als Tausendsassa wahrgenommen werden und den großen Durchbruch schaffen.

Das Letzte, was er brauchen konnte, war, einer Mutter von fünf Kindern im amerikanischen Mittelstand hinterherzutrauern. Dies war seine Zeit zu glänzen. Seinen Stempel zu hinterlassen. Nicht mit so tiefen Wurzeln gebunden zu sein, dass er nie wieder frei sein würde.

Gebunden sein? Gebunden sein? Was zum Teufel sagst du da eigentlich, Manley?

Er wusste es nicht und er wollte es auch nicht wissen. Bryan setzte ein breites, charmantes Filmstar-Lächeln auf und sah die letzte Mutter der Gruppe an. Er schwang sie in einer klassischen romantischen Pose in seine Arme, wohl wissend, dass das innerhalb weniger Minuten das Twitterversum erreichen und die Spekulationen über seinen nächsten Film anheizen würde. Es ging immer nur um die Publicity. Und das würde es auch immer.

Beth konnte ein leichtes Stechen von Eifersucht nicht unterdrücken, als Lori Bryan die Arme um den Hals legte und sich an ihn hängte. Beth wollte diejenige sein, die dort war. Was albern war. Lächerlich. Sie hatte tatsächlich heute Abend ein Date, und Bryan posierte nur für ein Foto und entführte Lori nicht in den Sonnenuntergang für ein Happy End bis ans Lebensende. Bryan war nicht für diese Welt geschaffen. Nicht für dieses Leben. Er war für Größeres und Besseres bestimmt. Den Glanz und Glamour von Hollywood. Wochen in Südfrankreich auf Filmfestspielen. Preisverleihungen und rote Teppiche und Interviews ...

Interviews. Denk daran, Beth. Publicity. PR.

Gott, wie sie Interviews gehasst hatte. Jeder hatte mit ihr sprechen wollen, als Mikes Karriere unter Verdacht geraten war. Sie hatte sich damals äußern müssen. Er musste ihn verteidigen. Er war ein guter Mann und ein großartiger Pilot gewesen. Er hätte niemals seine Passagiere, seine Karriere, sein *Leben* aufs Spiel gesetzt. Das entsprach nicht Mike, und das hatte sie jedem gesagt. Aber dennoch hatten sie jeden Aspekt seiner Laufbahn unter die Lupe genommen, während die offizielle Untersuchung lief. Mike war in der Presse vorverurteilt worden. Sie hatten nie ein Urteil gefällt, weil sie – wie Beth vermutete – herausgefunden hatten, dass Mikes Image so makellos war, dass es keine Story gab.

Aber bei Bryan ...

Nein, sie brauchte diese Art von Prüfung nicht wieder in ihrem Leben, und auch wenn sie zugeben musste, dass sie definitiv eine Anziehungskraft zu Bryan spürte, konnte es nirgendwohin führen. Sie würde es nicht zulassen. Sie war keine Affäre am Set. Sie hatte fünf Kinder, denen sie als Vorbild dienen musste. Fünf Kinder, die in allem von ihr abhingen. Sie konnte es sich nicht leisten, sich in der Hyperaktivität von Bryans Leben zu verlieren, und sie konnte sich nicht von *Was-wäre-wenn-Fragen* ablenken lassen, die niemals wahr werden würden.

Also unterdrückte sie ihr Grimasieren, als Lori aufquietschte und den Kopf in den Nacken warf, um ihre Drei-Riesen-Brustvergrößerung zur Schau zu stellen, und tat so, als bedeute es ihr nichts. Denn eigentlich konnte es – *sollte* es – ihr nichts bedeuten.

»Tja, meine Damen, es tut mir leid, dass ich das hier abkürzen muss, aber ich bin eigentlich hier, um einen Job zu erledigen. Beths Freunde bezahlen dafür, und ich möchte sicherstellen, dass sie für ihr Geld auch etwas bekommt.«

Beth hätte nichts dagegen, es in einer anderen Form der Bezahlung zu bekommen –

Sie hatte ein Date. Heute Abend. Mit einem Arzt. Sie musste sich Bryan aus dem Kopf schlagen.

Sie stolperte mit einem *Scheppern* gegen den Gasgrill. »Oh. Entschuldigung«, sagte sie, als alle sie ansahen – zum ersten Mal, seit sie angekommen waren, da sie alle nur Augen für Bryan gehabt hatten.

Bryan nutzte die Ablenkung und machte sich mit Maggie im Schlepptau auf den Weg zur Außentreppe, die in den Keller führte. Mist. Sie hatte keine Gelegenheit gehabt, die Kinder zum Aufräumen anzuhalten, und Gott allein wusste, welche Essensreste sie dort unten gelassen hatten.

»Komm schon, Beth«, fragte Julia, die Frau des Fußballtrainers von Mark und Tommy, sobald sie beobachtet hatten, wie er die Treppe hinunterging – dabei hatte Julia nicht einmal eine Tochter hier bei Kelsey. »Er *putzt* doch nicht wirklich, oder? Das ist nur eine Tarnung, richtig?«

»Ja, bitte sag uns, dass sie hier einen Film drehen oder so was? Eine Fotostrecke für ein Magazin?«

»Hey, er kann sich gern bei mir strecken –«

»Mikayla!« Debbie Johnson schlug Lockermaul Mikayla McCarty – die ihrem Ruf alle Ehre machte – auf den Arm. »Die Mädchen könnten dich hören.«

»Ich hoffe, dass *er* mich hört.«

Beth schaute die fünf an, allesamt Fußball- und Elternbeirats-Mütter wie sie selbst, die Augen weit vor Vorfreude, ein hoffnungsvolles Lächeln im Gesicht.

War es das, was aus ihnen allen geworden war? Klatschsüchtige Teenager in Frauenkörpern, die über einen Mann sprachen, den sie durch seine öffentliche Persona zu kennen glaubten, es aber eigentlich nicht taten? Die ihn ansabberten? Ihn zu einem Stück Fleisch degradierten? War es das, womit er täglich lebte? Für Fotos mit Fremden zu posieren, denen die Verpackung gefiel, die aber keine Ahnung von dem Mann darin hatten?

»Tut mir leid, euch enttäuschen zu müssen, meine Damen, aber ja, Bryan ist hier, um zu putzen.« Sie rückte die Grillabdeckung zurecht und steuerte dann auf die Fenstertüren zu, die zurück in die Küche führten. »Ich lass Kelsey die Mädchen nach vorne bringen, damit sie sich verabschieden können.«

Sie ging durch das Chaos aus Frühstücksgeschirr, auf dem Kelsey ihren Freundinnen serviert hatte, und verzog das Gesicht bei dem Gedanken, dass Bryan das sehen würde. Er hatte ihre Küche erst gestern blitzblank gemacht; jetzt sah es aus, als wäre eine Bombe eingeschlagen. Tornado Hamilton hatte wieder zugeschlagen.

Sie kickte die Sneaker ihres Ältesten aus dem Weg, genau als der Fernseher zum Leben erwachte. Ah, gut. Jason war wach. »Jase!«

»Ja?« Sein Cousin-Itt-Kopf hob sich vom Sofa.

»Im Ernst jetzt? Du bist müde? Hast du nicht gerade zwölf Stunden geschlafen?«

»Äh, nicht wirklich, Mom. Ich war noch wach und hab mit den Jungs *Call of Duty* gezockt.«

Sie hasste dieses Spiel. Blut und Tod und Zerstörung. Das konnte nicht gesund sein. Sie hatte mit dem Vertrauenslehrer darüber gesprochen, aber der Typ sagte, sie solle ihn spielen lassen. Es sei ein soziales Ventil für Jason, eine Möglichkeit, sich mit Freunden auszutauschen, die nichts von der Familientragödie wussten. Es gab Jason die Chance, den Erinnerungen zu entkommen. Ein Ort und eine Zeit, in der er sich nicht an sie erinnern musste und einfach nur ein Kind sein konnte.

Aber das hieß nicht, dass sie es mögen musste oder zulassen würde, dass er es als Ausrede benutzte, um seinen Teil im Haushalt nicht zu erledigen. »Na ja, dann schäl deinen müden Hintern vom Sofa und schnapp dir alle Müllsäcke. Der Müll muss heute raus.«

»Och, Mensch, Mom. Warum muss ich das machen? Haben wir dafür nicht Mr. Wichtig hier?«

»Dein Ton gefällt mir nicht, Jason. Und nein, deshalb ist Bryan nicht hier. Er ist hier, um zu putzen, nicht um dein persönlicher Aufräumjunge zu sein.« Sie wollte nicht darüber nachdenken, dass er *ihr* persönlicher Was-auch-immer-Junge war. »Du hast vielleicht Sommerferien, aber das hier ist kein Urlaub. Der Mann hat anderes in seinem Leben zu tun, als hinter dir aufzuräumen. Und ich auch.« Sie warf eine seiner stinkenden Socken nach ihm. Sie war ohne Brüder aufgewachsen. Nur mit einer älteren Schwester, die eher eine Babysitterin als eine Schwester gewesen war. Ein »Nachzügler« zu sein, machte keinen Spaß, wenn zwölf Jahre einen vom einzigen Geschwisterkind trennten.

»Och Mensch, Mama, kann das nicht bis zur Werbung warten?«

»Wir haben einen Festplattenrekorder, Jase. Halte die Sendung an und erledige es.« Es gab Dinge, die für die moderne Technik sprachen.

Besonders als Jason den Bildschirm bei der nächsten Werbung einfror – ein Foto von Bryan, wie er aus diesem See stieg, während hinter ihm Bomben explodierten und nichts außer einer tief sitzenden Cargo-Hose einen drohenden Garderoben-Unfall verhinderte.

»Hey, schau mal, wer das ist.« Jason schwang seine Haarwuschel zur Seite, um freie Sicht zu haben. »Alter, im Hausmädchenkostüm sieht er echt anders aus.« Er schnaubte.

»Jason, was genau hast du eigentlich gegen Bryan? Du bist so pampig, seit er hier ist.«

Er ließ sofort den Kopf hängen und starrte auf seine Fingernägel. »Keine Ahnung. Es ist einfach schräg. Ein Typ, der unser Haus putzt. Was hat er davon, bei irgendeiner x-beliebigen Familie rumzuhängen? Wo ist seine Männlichkeit geblieben?«

Männlichkeit? Ihr vierzehnjähriger Sohn sprach von *Männlichkeit*? Sie wusste nicht, wie sie damit umgehen sollte. Sie war kein Mann. Männer wussten über so was Bescheid. Deshalb hatte sie sich für einen männlichen Therapeuten entschieden, in der Hoffnung, er könnte diesen männlichen Einfluss bieten, zu dem sie nicht in der Lage war. Aber das hier? Was sollte sie darauf bloß sagen?

»Er wird dafür bezahlt, Jase. Es ist sein Job.«

»Komm schon, Mama. Wach auf. Der Typ verdient eine Fantastillion

Dollar pro Minute. Auf keinen Fall braucht der die Kohle für die Arbeit hier. Also, was führt er im Schilde?«

»Er hilft seiner Schwester aus. Es ist ihr Betrieb.«

Jason zuckte die Achseln. »An seiner Stelle würde ich einen Scheck schreiben und die Sache wäre erledigt. Es kann ihm doch keinen *Spaß* machen, uns hinterherzuputzen. Also, was ist der Deal?« Jetzt sah Jason sie an. Eindringlich. Er schob sich sogar die Haare aus der Stirn. »Warum ausgerechnet *du*, Mama? Warum hat er *dich* ausgesucht, um für dich zu putzen?«

Sie? Jason bezog das auf *sie?* Hatte er gesehen, was beinahe zwischen ihr und Bryan passiert wäre, nach Shermans Zaun-Eskapade?

»Jason Michael Hamilton. Mir gefällt nicht, was du da andeutest, und ich will kein Wort mehr darüber hören. Bryan arbeitet für seine Schwester, und Mrs. Leopold und Mrs. Harte waren diejenigen, die beschlossen haben, dass ich eine Haushaltshilfe brauche. Sie bezahlen das. Es hat nichts mit Bryan zu tun. Ich weiß nicht, warum er für seine Schwester arbeitet, aber das geht uns nichts an. Tatsache ist, er ist hier, er arbeitet, und damit basta. Aber er ist nicht dein persönlicher Sklave, also sammle den ganzen Müll ein und nimm dir dann dein Zimmer vor. Da drin bahnt sich langsam eine Gesundheitsgefährdung an. Habe ich mich klar ausgedrückt?«

Die Haare fielen ihm wieder in die Augen, während er etwas vor sich hin murmelte.

»Das habe ich nicht gehört.«

»Ja, Ma'am.«

Sie zuckte bei dem »Ma'am« zusammen. Nichts ließ einen so sehr um zwanzig Jahre altern wie dieser Begriff, aber es war der größte Beweis an Respekt, auf den sie hoffen konnte, also ließ sie es durchgehen. Er stapfte die Treppe hoch zu der Katastrophenzone, die sein Schlafzimmer war.

Beth atmete aus, als er um die Ecke bog und sie seine schweren Tritte hörte, wie er die Stufen nach oben *schluffte*. Gott, was hatte er da nur angedeutet? Glaubte er wirklich, Bryan wäre aus einem anderen Grund hier als dem, für den er engagiert worden war?

Oder *hoffte* er es?

Sie wusste nicht, woher dieser Gedanke kam, aber er hallte in ihr nach. Jason hatte in den zwei Jahren seit Mikes Tod schnell erwachsen werden müssen. Zwei Jahre, in denen Jason in die Pubertät gekommen war, die schwierigste Phase seines Lebens. Und das alles, während er den grausamen Tod seines Vaters verarbeiten musste...

Er wollte nicht der Mann im Haus sein. Sie hatte das auch nicht gewollt, aber Jason hatte einige Dinge auf sich genommen. Nicht den Müll – den hatte sie ihm aufgehalst, weil Pflichten eben Pflichten waren und sie die Hilfe brauchte. Aber das Verantwortungsgefühl, das er manchmal zeigte, das Aufpassen auf die anderen Kinder, das Geld, das er in dem Reißverschluss seines Sitzsacks bunkerte und von dem er dachte, sie wüsste nichts davon... Und dieses verdammte Wissen in seinem Gesicht, jedes Mal, wenn er sie mit dem Scheckheft sah, oder wenn sie am Ende ihrer Nerven mit Tommy und Mark war, oder wenn sie Sherman unter der Veranda hervorgrub... Alles Dinge, um die sich ihr Ehemann kümmern sollte, nicht ihr vierzehnjähriger Sohn. Aber das Universum sah das anders. Was wohl der Grund war, warum sie sich wieder einmal auf ein Date einließ, auf das sie absolut keine Lust hatte.

»Er schlägt sich ganz gut, weißt du.«

Beth blickte erschrocken auf und sah Bryan im Türrahmen stehen, vom Sonnenlicht hinterleuchtet – die perfekte Inszenierung dieses Wahnsinns-Körpers, den sie eigentlich nicht beachten sollte, aber man müsste wohl tot sein, um das nicht zu tun.

»Ich... tut mir leid. Was?«

Bryan warf sich einen Staublappen über die Schulter und schlenderte ins Zimmer. Oh, er tat es nicht mit Absicht, aber der Mann war von Natur aus so sexy, dass dieser Gang einfach passierte. Und er brachte sie zum Sabbern, während sie sich in lebhafter Technicolor-Pracht fragte, wie es sich wohl anfühlen würde, gegen diesen Körper gepresst zu werden, seine Arme um sie und seine Lippen auf ihren – Gott! Was war nur *los* mit ihr? Bryan konnte niemals etwas für sie sein. Sie war genauso schlimm wie Lori und Mikayla und der Rest der Mütter.

»Jason«, sagte Bryan, ohne zu ahnen, in welche Richtung ihre Gedanken wirbelten. »Seine mürrische Art gehört zum Vierzehnsein dazu, aber das legt sich wieder. Er ist ein guter Junge. Unordentlich, aber er ist nach oben gegangen, ohne dir freche Antworten zu geben.«

Er wollte sich gerade auf die Armlehne des Sofas setzen, aber Beth rückte zur Seite, damit er sich auf das Sofa selbst setzen konnte. *Neben* sie.

»Und weißt du was?« Er blinzelte ihr zu.

Er *zwinkerte* ihr zu. Kein Wunder, dass Millionen von Frauen in Ohnmacht fielen, wann immer er auf der Leinwand erschien.

»Beth?«

Oh Gott. Er hatte sie dabei erwischt, wie sie über ihn fantasiert hatte. »Äh, was?« Das sollte wohl als Antwort auf was auch immer er sie gefragt hatte, genügen.

»Ich habe ihn heute Morgen dabei erwischt, wie er Socken aus seiner Schublade nahm und sie in seinem Zimmer verteilte.«

Das fegte den Nebel weg, den Bryans Anwesenheit über ihre normalerweise rationalen Denkprozesse gelegt hatte. »Was? Warum sollte er das tun? Er hat so viel Zeit damit verbracht, dort aufzuräumen.«

Bryan lächelte, und es war umwerfend. »Genau. Er hat aufgeräumt, weil du ihn gezwungen hast, aber er will die Kontrolle über sein Zimmer behalten. Über seine Umgebung. Seine Welt. Er hatte in letzter Zeit so wenig davon, dass ihm dieser winzige Akt der Unordnung Vergnügen bereitet. Es gibt ihm das Gefühl von Kontrolle, das er braucht. Es ist ein gutes Ventil. Besser als andere Wege, auf denen er rebellieren könnte, um sein Leben selbst in die Hand zu nehmen.«

»Ich dachte, du wärst Schauspieler und kein Psychiater.«

Ein merkwürdiger Ausdruck huschte über Bryans Gesicht und er blickte weg. Oh, es war nur kurz, aber lange genug, dass Beth begriff, dass sie einen Nerv getroffen hatte.

»Ich, äh... ich... war eine Zeit lang bei jemandem. Bei einem Therapeuten. Um, na ja, ein paar Dinge zu klären. Ich habe alles darüber gelernt, wie es ist, wenn man die Kontrolle behalten muss.«

»Deine Eltern.« Die Worte waren raus, bevor sie sie zurückhalten konnte. Glücklicherweise blockte er jedoch nicht ab und stürmte auch nicht davon.

Stattdessen atmete er aus und nickte. »Ja. Es war hart.«

»Ich kann mir das vorstellen. Das tut mir leid.«

»Dir muss gar nichts leidtun.«

»Na ja, dass du in mein Haus kommst und genau das Gleiche siehst, was du selbst durchgemacht haben musst.«

»Beth.«

Er legte seine Hand auf ihr Knie. Es war eine leichte Berührung. Völlig unschuldig, da war sie sich sicher. Oder zumindest war es wohl so von ihm beabsichtigt, aber auf sie wirkte es ganz anders. Ein Funke schoss ihr Bein hinauf, durch ihren Bauch, raubte ihr jeden Rest Atem aus der Lunge und setzte sich in ihrer Kehle fest. Genau wie damals, als er sie fast geküsst hätte.

»Ich wollte dir nur sagen, dass deine Kinder, nach dem was ich sehe und da ich Ähnliches erlebt habe, okay sind. Sicher, sie tragen den Verlust in sich – das wird nie ganz verschwinden –, aber sie verhalten sich wie normale Kinder. *Du* bist diejenige, die jede Minute jedes Tages sieht, dass ihr Vater weg ist. Und ich verstehe das, wirklich. Aber sie nicht. Es gibt Momente, in denen sie es tatsächlich vergessen. Oder in denen die Erinnerungen schön sind und nicht schmerzhaft.«

Dann erzählte er ihr, dass Maggie Mikes spezielle Umarmung mit ihm geteilt hatte, und Beth war fassungslos. Nicht nur, dass Maggie Bryan das gezeigt hatte, sondern dass sie dabei gelächelt hatte.

»Du sagst das nicht nur, damit ich mich besser fühle.«

Er lachte leise. »Glaub mir, wenn meine Brüder dich das sagen hörten, würden sie dir klipp und klar sagen, dass ich keine Dinge sage, nur damit Leute sich besser fühlen. Dass ich brutal ehrlich bin. Manchmal bis zur Schmerzgrenze.« Jetzt drückten seine Finger kurz ihr Knie, bevor er die Hand wegnahm. »Nein, wenn überhaupt, würde ich dir die ungeschminkte Wahrheit sagen. Aber die Wahrheit ist, Kinder *sind* widerstandsfähig. Sie hatten nur eine begrenzte Anzahl von Jahren mit Mike. Du hattest so viel mehr. Für dich ist es schwerer, dich umzustellen, weil er so lange Teil deines Lebens war. Teil deiner Zukunftspläne. Das alles hast du verloren.«

»Versuchst du etwa, dass ich mich *besser* fühle?« Sie versuchte es mit Humor. Denn alles andere würde sie zum Weinen bringen. Auch der Gedanke, dass Bryan Manley versuchte, sie zu trösten. Ihre Welt hatte sich in den letzten zwei Jahren so sehr verschoben, und jetzt verschob sie sich schon wieder.

Es nahm eine scharfe Wendung Richtung »Oje-Zone«, als er verlegen lächelte. »Scheint wohl so, als würde ich keinen besonders guten Job machen, was?«

Er tat so viel mehr, als er ahnte.

Hör auf damit, Beth! schrie ihr Unterbewusstsein. *Das bedeutet gar nichts. Er bedeutet gar nichts. Er ist es gewohnt, Frauen das Gefühl zu geben, etwas Besonderes zu sein. Das ist sein Job. Das ist es, was ihn so erfolgreich gemacht hat. Hör auf, Dinge hineinzulesen, die du dir wünschst. Denn sie sind nicht da, und am Ende wirst du nur verletzt.*

Verletzt. Richtig. Schmerz. Schmerz war Mist. Schmerz war schlecht. Sie brauchte nicht noch mehr Schmerz.

Sie holte tief Luft und stand auf, wobei sie versuchte, nicht darauf zu achten, wie kalt sich ihr Knie plötzlich ohne seine große, starke Hand anfühlte.

»Beth, was ist los?« Bryan ergriff ihre Hand.

Sie riss sie weg. Oder zumindest versuchte sie es. Er ließ nicht los.

Sein Blick ließ sie ebenfalls nicht los. Nicht während der ganzen, langen, langsamen Zeit, die er brauchte, um neben ihr aufzustehen, seinen Blick erst auf Augenhöhe mit ihrem, dann höher steigend, als er seine volle Größe erreichte. Sie hatte vergessen, dass er so groß war.

Er griff nach ihrer anderen Hand und führte ihre verschränkten Hände zwischen sie, wobei er ihre Knöchel gegen seine Brust ruhen ließ.

Seine sehr feste, gut definierte, muskulöse Brust.

»Beth, wenn es um das geht, was beinahe im Hinterhof passier—«

»Könnten wir bitte nicht darüber reden?« Sie versuchte verstohlen, ihre Hände zu befreien, aber das war eine Lektion in Sinnlosigkeit. Und Demut.

»Offensichtlich müssen wir das, sonst wird es nicht nur zwischen uns stehen bleiben, sondern wachsen und zu einem riesigen Problem werden.«

»Wird es nicht. Wirklich. Ich habe es schon vergessen.« Dass ihre Finger mit seinen verschlungen waren, galt doch als Fingerkreuzen, oder?

»Du lügst.«

Offensichtlich nicht.

»Ich...«

»Lass es, Beth.« Er machte noch einen Schritt auf sie zu, obwohl Beth nicht wusste, wie das möglich war, da sie ohnehin schon an ihn gepresst war. »Leugne es nicht. Es mag dir nicht gefallen, aber leugne es nicht.«

Das Problem war, es gefiel ihr *doch*. Das war der *Grund*, warum sie es leugnen wollte.

Aber dann machte sie den Fehler, ihren Blick von seinem loszureißen und auf seinen Mund zu schauen. Auf diese Lippen, die sie sich auf ihren vorgestellt hatte, und plötzlich war es, als bräche das Sonnenlicht durch jeden Winkel, jeden Ritz und jedes Fenster und jede Tür ins Haus. Helles, blendendes Licht, das sie und Bryan umgab, bis es nichts mehr gab außer ihm. Wie er sie überragte und ihr das Gefühl gab, so klein zu sein. Und zerbrechlich. Als bräuchte sie Schutz. Als wäre er derjenige, der das für sie tun würde.

Es war zu lange her, dass sie nicht diejenige sein musste, die die Kontrolle hatte. Die über allem stand. Die alles im Gleichgewicht hielt und unter dem Druck nicht zerbrach. Doch jetzt, mit Bryan hier, wie er ihre Hände hielt, seine Augen so intensiv auf sie gerichtet, seine Finger die ihren so fest umschließend, konnte sie für einen Moment, für einen strahlenden, kurzen Moment ihre Lasten abrutschen lassen und wissen, dass er sie auf diesen unglaublich breiten, starken Schultern tragen würde.

Sie wollte ihn küssen. Wollte sich an ihn lehnen und ihre Handflächen gegen seine Brust drücken, sie zwischen ihnen flach ausstrecken, während sein Handrücken gegen ihre Brüste drückte. Es war so lange her, dass ein Mann seine Hände an ihr gehabt hatte, und noch länger, seit sie an ihren Brüsten gewesen waren, und oh Gott, sie vermisste es. Und allein aus diesem Grund musste sie jetzt mit dieser Fantasterei aufhören.

»Bryan.«

»Beth.«

Er sprach ihren Namen ganz sanft aus. Hauchend. Als wäre er gerade in ihrem Bett aufgewacht, sein Haar zerzaust, die Überreste einer Liebesnacht auf seiner Haut haftend, so wie sie es sich wünschte, ganz warm und gesättigt und sexy ohne Ende, und wo zur *Hölle* nahm sie dieses Zeug nur her?

»Bryan, ich kann nicht. Wir können nicht.« Sie lügte. Sie war absolut dazu fähig, und Gott (und sie selbst) wusste, dass *er* es definitiv war. Diese Hose ließ keinerlei Raum für Fantasie. »Ich habe Kinder.«

»Ich weiß.«

»Ich bin Mutter.«

»Ich verstehe es.«

»Ich bin—«

»Du. Du bist du.« Bryan löste ihre Hände und strich mit einem Fingerknöchel ihr Brustbein hinunter, sein Blick folgte ihm den ganzen Weg, bis er ihr Shirt erreichte und nicht weiter konnte. Nicht ohne ihre Erlaubnis.

Sie wollte sie ihm geben.

Aber sie tat es nicht.

»Ich habe Kinder, denen gegenüber ich eine Vorbildfunktion habe.«

»Ich weiß.«

»Sie dürfen nicht sehen, wie ich dich küsse.«

»Ich weiß.«

»Sie würden es nicht verstehen.«

»Verstehst du es denn?«

Die Frage war leise, aber sie war vielsagend. Nein, sie verstand es nicht. Sie begriff nicht, wie oder warum *der* Bryan Manley in ihrem Haus war, ihren Kindern und dem Hund und den Hamstern und... *ihr* hinterherräumte. Jetzt räumte er ihr hinterher, nur dass es bei ihr nichts Greifbares war wie ihre Unterwäsche oder ihre Wäsche oder das Scheckheft oder eine Bratpfanne. Bryan sammelte die Scherben auf, in die ihr Leben zerbrochen war. Unbewusst vielleicht, denn woher sollte er wissen oder wissen *wollen*, was sie in den letzten zwei Jahren durchgemacht hatte, was nun definierte, wer sie in der Zukunft war? Und warum sollte er überhaupt daran interessiert sein? Sie war nicht blind; sie hatte einen Hintern, der etwas breiter geworden war, als ihr lieb war. Okay, *viel* breiter. Und sie war eine Mutter. Von mürrischen Teenagern, hyperaktiven Zwillingen und einem Hund, der den Energizer-Hasen locker schlug. Wie und warum sollte *der* Bryan Manley sie attraktiv genug finden, um sie küssen zu wollen?

»Nein. Ich verstehe es nicht.«

Sein Blick forschte in ihrem Gesicht. Er strich ihr mit einer Hand über das Haar, seine Finger blieben ein wenig zu lange dort, spielten mit den Spitzen, testeten das Gewicht, während er seine Hand darunter schob, um ihre Wange zu halten.

Sein Daumen streichelte ihre Lippen, und es kostete sie jedes Körnchen Selbsterhaltungstrieb, ihn nicht zu küssen. Nicht weit genug zu öffnen, um ihn in den Mund zu nehmen.

Seine Hand glitt ihren Hals hinunter, sein Daumen ruhte nun auf ihrem hämmernden Pulspunkt.

»Das ist verrückt«, flüsterte er halb.

Beth versteifte sich. Sie wünschte, er hätte es für sich behalten. Er hätte ihre schlimmsten Befürchtungen nicht bestätigen müssen.

Sie wich einen Schritt zurück, aber Bryan ließ nicht los. »Lauf nicht weg, Beth.« Das war definitiv ein Flüstern.

»Du hast es selbst gesagt: Das ist verrückt.«

Er ließ sie keine Sekunde aus den Augen, während sein Daumen zielsicher ihre Unterlippe fand und sie streichelte. »Was ich für dich empfinde, ist verrückt. Was ich mit dir machen will, ist verrückt.« Sein Daumen streifte so sanft ihre Wange, aber es entfachte unzählige Feuer unter ihrer Haut. »Ich will dich über meine Schulter werfen und diese Treppe hochstürmen und deine Schlafzimmertür aufkicken und dort mindestens eine Woche bleiben.«

Ihre Knie gaben nach. Buchstäblich.

Glücklicherweise war das Sofa direkt da, denn sie schaffte es, ihren Hintern darauf zu parken, anstatt auf dem Boden zu zerfließen, aber das Gefühl hinter diesen Worten... Die unverblümte Sinnlichkeit dieses geistigen Bildes... Der Blick in seinen Augen, als er sich weigerte, ihren Blick freizugeben... Beth konnte nicht glauben, dass das Feuer, das seine Worte entfachten, noch heißer brannte als das, was sein Daumen auf ihrer Haut entfacht hatte.

»Es tut mir leid.«

Er sah nicht besonders reuevoll aus.

»Das hätte ich nicht sagen dürfen.«

»Du hast recht. Das hättest du nicht.«

Nicht, wenn du es nicht auch durchziehst.

Was zur *Hölle* war bloß los mit ihr?

Nichts, Süße. Du bist eine normale, temperamentvolle Frau, die seit zwei Jahren allein ist. Du sehnst dich nach Nähe, und der gute alte Bry hier ist ein verdammt starkes Angebot. Greif zu, Kleine. Genieß es.

Es war nicht Mikes Stimme in ihrem Kopf, aber sie konnte sich fast vorstellen, dass er es sein könnte. Er würde wollen, dass sie weitermachte. Dass sie glücklich war. Dass sie geliebt wurde. Begehrt.

Aber mit *Bryan Manley*? Und war das nicht ohnehin eine Lektion in Sinnlosigkeit? Sicher, er hatte gesagt, dass er sie wollte, aber für eine *Woche*. Ganz egal, wie gut diese Woche wäre, sie brauchte einen Mann, der sie lebenslang wollte. Und vielleicht wäre dieser Typ heute Abend dieser Mann. Warum das für eine Fantasie aufs Spiel setzen?

Beth nahm all ihre geistige Stärke zusammen, die sie irgendwo in sich finden konnte, holte tief Luft, zwang ihre Knie, wieder richtig zu funktionieren, und stand wieder auf. Es gelang ihr sogar, ihre Hand zu befreien. »Du hast recht. Das *ist* verrückt. Ich bin nicht diese Frau, Bryan. Ich bin eine Mutter. Ich habe Kinder. Ich kann mich nicht für eine Woche in einem Zimmer einschließen und die Außenwelt vergessen. Es muss schön sein, in deiner Welt zu leben, wo man das kann, aber hier draußen in der Acorn Lane habe ich Fahrgemeinschaften und Fußballtraining und Klavierkonzerte und einen Job.« Sie drückte seine Hand und spürte ein Echo dieses Drucks in ihrer Brust. Sie tat das Richtige. »Ich weiß es zu schätzen, dass du diese Dinge sagst, aber es ist wohl am besten, wenn ich diesen Weg nicht einschlage, nicht mal in meinen Träumen. Du wirst in ein paar Wochen weg sein, zurück in deinem glamourösen Leben, und ich werde immer noch hier sein. Mit den Fahrgemeinschaften und dem Schwimmunterricht und—«

»Mama!« Ein riesiges Stofftier wackelte ins Zimmer.

»Und Chewbacca.« Sie ließ Bryans Hand los, holte noch einmal tief Luft und schlug diese Tür zu. Endgültig. »Maggie, gib deinen Brüdern ihr Spielzeug zurück.« Mike hatte eine 1,20 Meter hohe Stofftier-Replik gekauft, als die Jungs zwei gewesen waren, und sie hüteten das Ding bis heute wie einen Schatz. Was vielleicht damit zu tun hatte, dass Mike es ihnen geschenkt hatte, aber Beth tippte eher darauf, dass es groß genug war, um darauf zu liegen, wenn sie fernsahen.

»Aber Mrs. Beecham braucht ein Date.«

Bryan zog eine Augenbraue hoch. »Die Katze geht auf Dates?«

Beth verdrehte die Augen, bevor sie losstürmte, um den nächsten Hamilton-Tornado abzufangen, da die Jungs Maggie wohl gleich durch das Haus jagen würden, wobei das riesige Stofftier alles von Wänden und Tischen fegen würde, wenn Maggie vorbeirennt. »Willkommen in meiner Welt. Chaos pur.«

Bryan gefiel Beths Welt, so seltsam das auch erscheinen mochte. Er genoss es sichtlich, den Jungs dabei zuzusehen, wie sie hinter Maggie herjagten, während ihre Umhänge hinter ihnen herflatterten und der Stormtrooper-Helm davonflog – okay, was der mit diesem Kristallding anstellte, war nicht gerade schön. Und dann schaltete sich auch noch der irre Hund in die Verfolgung ein und—

Er angelte sich Chewbacca aus Maggies Händen, als sie ihn fast umrannte, während sie ihr Gesicht an seinen Oberschenkel drückte und kreischte: »Bryan! Rette mich!«

Die Sache war die: Er hatte die Macht dazu. Er müsste nur ihre Mutter heiraten.

Kapitel Zehn

Bryan konnte Beths Haus gar nicht schnell genug verlassen.

Heiratet ihre Mom.

Den ganzen Nachmittag über hatte er die Kinder in jedem Zimmer dieses Hauses präsent gesehen. An jeder Wand. Bilder, Zeichnungen, Trophäen, Schleifen ... Er hatte gar nicht richtig bemerkt, dass jeder Raum in Beths Zuhause eine Art Trophäenschrank für ihre Kinder und ihre Familie war.

Und Mike. Vergessen wir Mike nicht.

Die Sache war die: Bryan wollte ihn vergessen. Wollte so tun, als hätte er das Recht, das für Maggie zu tun, worum sie ihn gebeten hatte. Als sie auf ihn zugelaufen kam, war es gewesen wie damals mit Mac. Die Nächte, in denen sie in ihr Zimmer gekommen war, verängstigt und am Zittern wegen ihrer Träume. Meistens war sie zu ihm ins Bett gekrochen, und er war derjenige gewesen, der ihre Ängste beschwichtigt hatte. Er und Mac hatten eine besondere Verbindung geteilt. Vielleicht lag es daran, dass Sean und Liam sich so ähnlich sahen. Ähnlich dachten. Sie waren schlanker als er, Quarterback-Typen im Vergleich zu ihm als Linebacker. Sie arbeiteten beide im Immobiliengeschäft und hatten schon immer eine Bindung gehabt, die Bryan zwar nicht ausschloss, ihn aber spüren ließ, dass er nicht ganz so war wie sie. Wenn er Mac nicht gehabt hätte, hätte es ihn wohl belastet.

Als Maggie ihn also gebeten hatte, sie zu retten, katapultierte ihn das geradewegs zurück in die Vergangenheit, und alles, was er wollte, war, seine Arme um sie zu schlingen und sie vor der Welt und allem, was hinter ihr her war, zu schützen.

Selbst die Tatsache, dass es sich bei ihren Verfolgern um Tommy und Mark handelte, hatte diesen fast schon urzeitlichen Instinkt nicht gedämpft, sie hinter sich zu schieben und sich ihren Verfolgern direkt entgegenzustellen.

Doch Maggie war nicht Mac, und er war nicht mehr zehn. Und dann war da noch Beth.

Ja, er war definitiv nicht mehr zehn.

Heiratet ihre Mom.

Er hatte sich die Zwillinge also unter die Arme geklemmt und sie draußen am Schuppen abgesetzt, mit dem Befehl, alles auszuräumen, damit sie ihn saubermachen konnten. Es war ein guter Plan gewesen, doch leider hatte er nicht bedacht, wie viel Zeit die Jungs brauchen würden, um ihn auszuladen (so gut wie keine, da sie einen Wettbewerb daraus machten) und ihn dann wieder *ein*zuladen (drei Stunden, Fortsetzung morgen). Erst durch Beths Ruf zum Abendessen merkte er, wie spät es war, und erinnerte sich daran, dass er heute Abend eine Verabredung hatte.

Eine, auf die er keine Lust hatte.

Überraschend eigentlich, denn die Frau war jemand, mit dem er schon in der Highschool ausgegangen war. Sie hatte das letzte Mal, als er auf Heimaturlaub war, angedeutet, dass sie wieder Kontakt aufnehmen sollten, und er hatte sie am Tag der Pokerrunde angerufen. Leider konnte er ihr jetzt nicht einfach absagen, nur weil er es verlockender fand, ein chaotisches Abendessen mit einer Frau und ihren fünf überaktiven Kindern zu verbringen.

Also machte er sich schleunigst auf den Heimweg für eine schnelle Dusche und zum Umziehen, da er nicht in Uniform zum Date erscheinen wollte.

Er war doppelt froh darüber, als er Beth fünfundvierzig Minuten, nachdem er und Amber bestellt hatten, das Restaurant betreten sah. Was ungefähr vierzig Minuten nach dem Zeitpunkt war, an dem ihm klargeworden war, dass es einen Grund gab, warum er und Amber damals nicht lange zusammen gewesen waren.

Er hatte gerade über Möglichkeiten nachgedacht, das Date vorzeitig zu beenden, als Beth zur Tür hereinkam. Sie trug ein hellgrünes Kleid, das ihr

Haar glänzender – und ihre Kurven kurviger – wirken ließ, und Bryans Blut kam allein bei ihrem Anblick in Wallung.

Es wallte noch mehr auf, als der Typ, mit dem sie da war, seine Hand an ihren unteren Rücken legte, während sie durch das Restaurant gingen. Dann schob er sie unter ihrem Haar über ihre Schultern, und selbst von seinem Tisch aus konnte Bryan sehen, wie Beth sich anspannte. Er war kurz davor hinzugehen und dem Kerl mal zu zeigen, wie man eine Frau behandelt.

»... Also, hättest du Interesse, was meinst du?«

Glücklicherweise hörte Bryan den letzten Teil von Ambers Frage noch und sah das hoffnungsvolle Lächeln auf ihrem Gesicht, bevor er irgendeine unverbindliche Zusage machte, die ihn in Schwierigkeiten hätte bringen können. Worüber hatte sie geredet?

»Ähm ...«

»Oh, du musst mir jetzt noch keine Antwort geben.« Amber legte ihre Hand auf seinen Unterarm. »Wir haben noch Zeit. Cassidy mietet das Strandhaus für die ersten drei Wochen im Sommer, aber danach könnten wir es haben, wenn wir wollten.«

Cassidy. Cassidy Davenport. Die Gesellschaftslady der Stadt. Ihr Vater war eine große Nummer im Immobiliengeschäft. Bryan wusste genau, von welchem Strandhaus Amber sprach; es war wegen seines innovativen Designs und des abgelegenen Whirlpools auf dem Dach, der praktisch eine private Oase war, im Architectural Digest vorgestellt worden.

Definitiv *nicht* der Ort, an den er mit Amber wollte.

Mit Beth hingegen ...

Apropos Hände: Der Typ, mit dem sie da war, hatte seinen Arm über ihre Stuhllehne gelegt und schien mit der anderen Hand mit ihren Fingern zu spielen. Seine Körpersprache war laut und deutlich: *Heute Nacht habe ich Glück.*

Wenn dieser eingebildete Depp nur wüsste, mit wem er da zusammen war. Beth war nicht so. Sie würde sich diesem Kerl nicht an den Hals werfen, und sie genoss sein fast schon klaustrophobisches Gehabe mit Sicherheit nicht.

»Bryan?«

Mist. Amber brauchte eine Antwort.

Widerwillig riss Bryan seinen Blick vom Kraken-Typen los und konzentrierte sich auf sein eigenes Date. »Tut mir leid, was hast du gesagt?«

Sie zog ihre Oberlippe für einen Moment zwischen die Zähne. Bryan zwang sich dazu, nicht zu reagieren. Es war nicht Ambers Schuld, dass ihr

Lippenbeißen nicht so sexy war wie das von Beth, und sie konnte nichts dafür, dass sie nicht die Frau war, mit der er jetzt zusammen sein wollte.

Oder dass diese Frau sechs Meter entfernt saß und die Zudringlichkeiten eines professionellen Grapschers abwehrte. Er sollte hingehen und sie retten.

Aber er konnte nicht. Er hatte kein Recht dazu. Ein Fast-Kuss und ein unvollendetes Gespräch über diesen Fast-Kuss gaben ihm dieses Recht nicht.

Die Hand jedoch, die auf ihr Knie glitt, war eine andere Geschichte.

»Es tut mir leid, Amber, aber es gibt da etwas, um das ich mich kümmern muss.« Er stand auf und legte Geld auf den Tisch. »Das hier reicht für die Rechnung.« Er machte die Beleidigung nicht noch schlimmer, indem er sagte, er würde anrufen. Das würde er nicht. Niemals.

»Oh, aber ... aber ...«

Es war nicht gerade die feine englische Art, sie so fassungslos zurückzulassen, aber die Hand des Kraken-Typen wagte gerade einen Vorstoß an Beths Oberschenkel hoch, und Bryan begriff nicht, wie der Kerl den Wink mit dem Zaunpfahl nicht verstehen konnte, als Beth versteifte. Man müsste tot sein, um das nicht zu merken.

Und wenn diese Hand noch ein Stück höher wanderte, wäre er es vielleicht bald.

»Beth?« Bryan legte seine beste, oscarreife *Überraschung* in seine Stimme. »Ich dachte mir doch, dass du das bist.« Er ließ sich auf den Stuhl gegenüber von ihr und dem Grapscher fallen. »Du hast mir vorhin, als ich dein Haus verlassen habe, gar nicht erzählt, dass du heute Abend hierher kommst.«

Friss das, Arschloch. Ich war in ihrem Haus. Nackt in ihrer Dusche noch dazu.

Wenn es kein schlechtes Licht auf Beth geworfen hätte, hätte er es laut gesagt.

»Oh. Bryan. Hallo.«

Er konnte nicht sagen, ob es Erleichterung oder Überraschung in ihrer Stimme war, aber er tippte auf Erleichterung. Beth war nicht der Typ, der begrapscht werden wollte.

Irgendwie genau das, was du vorhin mit ihr machen wolltest?

Verdammt, jetzt *konnte* er gar nicht mehr vom Tisch aufstehen. Nicht ohne sehr deutlich zu machen, dass er genau dasselbe im Sinn hatte wie der Krake.

»Ähm, Bryan, das ist, ähm ...« Sie schob sich eine Haarsträhne hinter das Ohr. »Er ist, ähm –«

»Rob Linders. *Doktor* Rob Linders.« Der Kraken-Typ bot ihm nicht die Hand an. Ein Glück, sonst hätte Bryan sie ihm vielleicht gebrochen. Wo wäre der *Herr Doktor* dann?

Bryan würdigte den Kerl höchstens eines flüchtigen Blickes; ihm ging es mehr darum, wie unwohl Beth sich fühlte. Oh, verdammt. Lag es daran, dass er aufgetaucht war?

Mist. Daran hatte er nicht gedacht, als er in den Neandertaler-Modus geschaltet hatte. Vielleicht hatte sie es ja *doch* genossen, dass der Herr Doktor sie anfasste. Vielleicht war ihre Reaktion auch einfach nur darauf zurückzuführen, dass sie es nicht gewohnt war.

»Ihr kommt also öfter hierher?« Ja, er angelte nach Informationen, aber verdammt, er musste es wissen.

Warum?

Diese Frage würde er später beantworten.

»Ähm.« Sie sah den Doktor an. »Nein. Das ist das erste Mal. Unser erstes, ähm, Date.«

Sie leckte sich so nervös die Lippen, dass Bryan es am liebsten für sie getan hätte. Immerhin hätte er es vorhin fast getan.

»Erstes Date?« Jetzt sah er den Kraken-Typen doch an. »Oh, Entschuldigung. Ich wollte nicht stören.« Oh doch, das wollte er. Und dem Kerl verdammt noch mal was zum Nachdenken geben. »Na gut, dann gehe ich wohl besser wieder. Schließlich muss ich morgen früh als Erstes in deinem Schlafzimmer sein. Linders.« Er machte es sich jetzt zur Aufgabe, dem Kerl die Hand zu schütteln – damit sie von Beth wegkam – und ließ jedes Fünkchen des berühmten Manley-Charismas spielen. Sollte der Kerl doch damit klarkommen, während er sich fragte, was zum Teufel er in Beths Schlafzimmer zu suchen hatte.

Schluck das, Arschloch, dachte er sich, während er aus dem Restaurant schritt.

Beths Date endete sechs und eine halbe Minute später. Der Mistkerl ließ sie tatsächlich dort sitzen. Allein.

Gut.

Bryan wartete an der Ecke des Restaurants, als der Wagen des *Herrn Doktors* vom Bordstein wegfuhr. Beth kam nicht heraus, Amber hingegen schon. Schade, dass sie nicht zur gleichen Zeit wie Linders rausgekommen war; die beiden hätten zusammenfinden können, und damit wären zwei von Bryans Problemen aus der Welt gewesen.

Er würde später analysieren, warum sie überhaupt Probleme darstellten. Im Moment fragte er sich, wo Beth blieb.

Er gab ihr weitere vier Minuten und vierunddreißig Sekunden, bevor er wieder hineinging.

Sie saß noch da, an dem Tisch, an dem er sie gerade verlassen hatte, und nippte an einem Glas Wein. Sie sah im Kerzenschein und vor der Kulisse des beleuchteten Wasserfalls so ätherisch schön aus, als hätte ein Regisseur die Szene perfekt inszeniert. Ihre natürliche Anmut, wie sie dort saß, gefasst, zierlich an ihrem Weinglas nippend, das das funkelnde Licht des Wassers einfing und auf ihr klares Gesicht warf, ließ Bryan den Atem stocken. Sie war einfach ... umwerfend.

Er sollte weggehen. Einfach diese Ideen vergessen, die in seinem Kopf herumsausten, und sie in Ruhe lassen. Nichts Gutes konnte dabei herauskommen, an diesen Tisch zurückzukehren und ein romantisches Abendessen mit ihr zu teilen. Gar nichts.

Doch genau das tat er.

»Hey, ich wollte dir dein Date nicht ruinieren.« Er ließ sich wieder auf den Stuhl sinken, den er vor elf Minuten geräumt hatte.

Sie zog die Augenbrauen hoch und nahm einen weiteren Schluck ihres Weins.

»Okay, vielleicht wollte ich es doch. Aber der Typ wurde zudringlich.«

Sie ließ das Glas kreisen und betrachtete den Wein für einen Moment. »Dankeschön.«

»Ich – was?« Er lehnte sich zurück.

Sie stellte ihr Glas ab und faltete die Hände vor sich auf dem Tisch. Sie sah aus wie eine kühle Eisprinzessin, die er zum Schmelzen bringen wollte. »Ich habe ›dankeschön‹ gesagt. Er *wurde* zudringlich, und ich bin aus der Übung, was das Abwehren angeht. Eine meiner Freundinnen hat das Treffen arrangiert, und nun ja ... du weißt schon. Sie hatte gehofft, dass es funkt, aber ehrlich gesagt? Er wurde mir zu eng.«

»Das dachte ich mir auch.«

»Was machst du eigentlich hier?«

»Oh. Ich, äh ...« Scheiße. Er wollte nicht zugeben, dass er ein Date gehabt hatte. Natürlich war sie auch bei einem gewesen, also konnte sie ihm das nicht verübeln. Nicht, dass er überhaupt das Recht hätte, von ihr zu *erwarten*, dass sie es ihm verübelte. Er war ein erwachsener Mann; er konnte ausgehen, mit wem er wollte.

Und sie auch.

»Ich war verabredet.«

Ihre Beherrschung geriet nur ein kleines Stück ins Wanken.

Gut.

»Verabredet?«

Er verzog das Gesicht. »Na ja, es war so eine Art Abendessen mit jemandem aus der Highschool, aber sie war ... ich bin einfach nicht interessiert, verstehst du?«

Sie seufzte und nahm wieder ihr Weinglas zur Hand. »Ja. Ich verstehe.«

»Du warst es auch nicht?« Aus irgendeinem albernen Grund bekam er Schmetterlinge im Bauch. Was keinen Sinn ergab, aber vieles von dem, was er heute Abend tat, passte ohnehin nicht in seinen Großen Lebensplan. Doch irgendwie konnte er sich nicht davon abhalten, diesen Weg weiterzugehen. »Der Typ ist Arzt. Ein guter Fang.«

Sie lachte leise. »Das fand er allerdings auch.«

Bryan stimmte in das Lachen ein. »Ah. Sehr von seinem Titel eingenommen, was?«

Beth zuckte mit den Schultern. »Gehört wohl dazu, nehme ich an. Ich weiß, dass Mikes Job in Gesprächen auch immer irgendwann zum Thema wurde. Ich bin sicher, bei deinem ist das genauso.«

»Na ja, ja, das ist es. Das liegt daran, dass die meisten Leute wissen, wer ich bin. Irgendwo unvermeidlich.«

»Du gehst ziemlich gelassen mit dem ganzen Ruhm um. Ich konnte nicht sagen, ob du gelangweilt warst oder nicht, als all die Mütter sich mit dir haben fotografieren lassen.«

»Hey, in dem Moment, in dem mich das langweilt, sollte ich aufhören. Jede einzelne dieser Frauen und Mädchen heute, und Jasons Freunde neulich ... das sind alles zahlende Kunden. Sie geben hart verdientes Geld aus, um meine Filme zu sehen, und ermöglichen es mir, den Job zu machen, den ich liebe. Wenn ich mir nicht die Zeit nehmen kann, so etwas Einfaches zu tun wie für Fotos mit ihnen zu posieren, dann verdiene ich es nicht, in diesem Geschäft zu sein.«

»Wie hältst du das aus? Immer im Dienst zu sein? Immer beobachtet und angestarrt zu werden von Leuten, die glauben, dich zu kennen, nur wegen dem, was sie in den Medien sehen?«

Bryan griff nach einer unbenutzten Gabel. »Das gehört eben dazu. Ich wusste, worauf ich mich einlasse, als ich diesen Job unterschrieben habe. Habe *gehofft*, dass ich mich damit auseinandersetzen muss, denn das bedeutet, dass man es geschafft hat. Wenn man es als Jobsicherheit sieht, ist es nicht so schlimm. Solange ich gelegentlich noch ein privates Abendessen mit einer wunderschönen Frau haben kann, ist alles bestens.«

Sie sah noch schöner aus, als sie errötete. »Ich bin sicher, das kannst du ständig.«

Das war das Problem; die meisten Leute würden dasselbe vermuten. Aber dieses Abendessen mit Beth war nicht wie ein Essen mit irgendeiner der anderen schönen Berühmtheiten, mit denen er ausgegangen war. Nicht im Geringsten. Und sie hatten noch nicht einmal *gegessen*.

Er griff nach ihrer Hand und verschränkte ihre Finger. Er mochte es, sie so zu berühren. »Nein, Beth, das kann ich nicht.« Er gab dem Kellner ein Zeichen wegen der Speisekarten. Keiner von ihnen hatte die Gelegenheit zum Essen gehabt, und er wollte nicht, dass sie das aß, was der Kraken-Typ bestellt hatte. Sie schien überrascht zu sein und ließ ihr Weinglas noch etwas mehr kreisen. Komisch, er hatte früher nie wirklich auf die Hände einer Frau geachtet. Es sei denn, sie waren an seinem Körper.

Oh, verdammt, jetzt konnte er den Tisch quasi allein durch die Party in seiner Hose stützen, nur bei dem *Gedanken* daran, Beths Hände an sich zu spüren.

Was war es an ihr, das ihn so aus der Fassung brachte?

»Wissen die Kinder, dass du ein Date hast?«

Oh, klasse. Gut gemacht, Idiot, bring den Doktor wieder ins Spiel. Kill die Stimmung, warum auch nicht?

Doch dann lächelte sie ein kleines, halbes Lächeln, und Bryans Temperatur stieg um ein paar Grad an. Von Stimmungskillen keine Spur.

»Ich habe ihnen gesagt, dass ich mit einem Freund aus bin. Ich möchte nicht, dass sie sich an jemanden gewöhnen, solange ich nicht weiß, dass es etwas Dauerhaftes sein wird. Sie hatten genug Umbrüche in ihrem Leben, und es ist ihnen gegenüber nicht fair, ständig Männer in ihrem Leben ein- und ausgehen zu lassen.«

»Gibt es da eine ganze Parade?« Die Worte verließen seinen Mund, bevor er sie aufhalten konnte. Verdammt, bevor er sie überhaupt *denken* konnte. Er hatte nicht nachgedacht, er hatte einfach reagiert. In diesem Fall war das wohl nicht die beste Vorgehensweise. Es ging ihn gar nichts an, mit wem Beth ausging oder mit wie vielen.

Glaubst du den Scheiß eigentlich wirklich, den du dir da einredest?

Bryan winkte den Kellner heran und bestellte für sie beide. Nein, er glaubte es nicht, und es fing an, ihm egal zu sein, dass er es nicht glaubte. Es fing an, ihm überhaupt etwas auszumachen. Punkt.

»Keine Parade. Aber ich war auf ein paar Dates. Nette Kerle, aber ohne diesen, du weißt schon, Funken.«

Ja, den kannte er.

Er nahm noch einen Schluck von seinem Drink. Bei dem Tempo würde er wohl noch einen brauchen.

»Also erzähl mir von deinem Job, Beth. Du bist neulich nicht dazu gekommen, bevor wir abgelenkt wurden.« Durch die Art, wie sie in ihrem falsch zugeknöpften Hemd ausgesehen hatte, mit ihrem vom Wind zerzausten Haar, durch das sie nur mit den Fingern gefahren war, während der Hund und die Kinder durch ihr Haus tobten. Er brauchte etwas Alltägliches, um das Bild aus seinem Kopf zu bekommen, wie sexy sie da gestanden hatte, während das Chaos um sie herumwirbelte – und wie wunderschön sie in diesem Moment aussah, in einem Kleid, das ihre Augenfarbe betonte und die Perfektion darunter erahnen ließ. Eine Perfektion, die er eng an sich gepresst halten wollte, während er sie küsste.

Er *würde* sie küssen. Vielleicht nicht heute Abend, aber er würde es tun. Er konnte gar nicht anders.

Doch dann erzählte sie ihm von ihrem Job, und Bryan begriff, dass daran rein gar nichts alltäglich war. Beth war Sonderschullehrerin an der Grundschule. Bei den Geschichten, die sie ihm von ihren Kindern erzählte – ihren Schulkindern, doch sie sprach von ihnen mit derselben Zuneigung und Fürsorge wie von ihren eigenen Kindern –, wurde Bryan klar, dass Mrs. Beth Hamilton in seinen Augen gerade noch ein Stück besonderer geworden war.

Ihm wurde auch klar, dass er sich in sie verliebte.

Machte Bryan ihr gerade Avancen?

Beth starrte in diese wunderschönen grünen Augen, die sie so intensiv anblickten, und sie musste erst einmal nach Luft suchen.

Sprach er von ihr? Meinte er, dass er bisher nicht mit anderen schönen Frauen gegessen hatte? Natürlich hatte er das. Flirtete er mit ihr oder ... oder könnte er tatsächlich *meinen*, was er sagte?

Und falls ja, wie fühlte sie sich dabei?

Sie griff erneut nach ihrem Wein und führte ihn mit zitternder Hand an ihre Lippen, während Bryan mit dem Daumen über ihre Finger strich.

»Tut mir leid. Ich mache dich nervös.«

»Nein. Das heißt ... nun ja ...« Sie nahm noch einen Schluck. Sie wusste nicht, wie man das machte. Kannte das Protokoll nicht. Wusste nicht, was sie sagen sollte. Wie sie sich verhalten sollte.

Bryan nahm ihr das Weinglas aus der Hand und stellte es ab. »Beth.«

Sie nahm all ihren Mut zusammen und blinzelte ihn an, ihre Kehle noch immer zu zugeschnürt, um ein Wort herauszubekommen.

»Ich finde dich sehr schön.«

Ihr Magen fühlte sich plötzlich ganz leer an. Bryan Manley hatte eine Art, einen Satz rüberzubringen, die ihresgleichen suchte.

Und es *war* ein Spruch. Das musste es einfach sein. Schließlich hatte sie fünf Kinder, die ihre Figur verändert hatten. Einen Hund, der sie auf Trab hielt, und ein Haus, das an einem guten Tag eine Katastrophenzone war. Sie hatte nie Zeit, auch nur zu *versuchen*, schön auszusehen, geschweige denn, es tatsächlich zu sein.

»Und ich weiß, das ist wahrscheinlich total unangebracht, aber ich möchte dich küssen.«

Da war ihr restlicher Atem dahin. Und jegliches Gefühl in ihrem Körper, bis auf dieses aufkeimende Verlangen, das von der Stelle ausging, an der seine Haut die ihre berührte.

»Nicht hier, natürlich. Wir brauchen das nicht in den nationalen Nachrichten.« Er lachte, und oh, was das mit seinem Gesicht machte. Seinem prachtvollen, wunderschönen Filmstar-Gesicht. »Das werde ich auch nicht tun. Es sei denn, du sagst mir, dass ich es darf.«

Er bot ihr einen Ausweg an. Es ergab Sinn, ihn zu nehmen. Schließlich war das hier kein Liebesroman, in dem die Vorstadt-Hausfrau am Ende mit dem »Sexiest Man Alive« zusammenkam und glücklich bis an ihr Lebensende lebte. Nicht mit fünf Kindern, dem Hund und der Katastrophenzone. Doch ihre zugeschnürte Kehle ließ sie immer noch nichts sagen.

Ja, genau. Schieb es auf die arme, zugeschnürte Kehle.

Sie leckte sich die Lippen.

»Gott, Beth. Tu das nicht.« Bryans Stimme war heiser. Angespannt. Tief und sexy, und sie vibrierte auf ihren Nervenenden wie ein Streichholz auf Schießpulver. »Nicht, es sei denn, ich darf es auch tun.«

Ihr Magen flatterte. Nein, eigentlich schlug er Wellen. Auf eine absolut gute Art.

Beth leckte sich erneut über die Lippen – und erweckte den Kern ihrer Weiblichkeit zum Leben, der in den letzten zwei Jahren unter den Mottenkugeln ihrer Seele geschlummert hatte. »Wenn du das Recht willst, mich für dich zu beanspruchen, Bryan, dann nimm es dir. Frag nicht danach. Küss mich, wie du es willst. Wenn ich mich zurückziehe, dann bereust du wenigstens nicht, es nicht versucht zu haben. Aber wenn ich es nicht tue ... nun ja« – sie zuckte mit den Schultern – », wer weiß?«

Bryan hätte beinahe seine eigene Zunge verschluckt. Er hatte nicht gewusst, dass so viel Pfeffer in ihr steckte.

Ihrem Gesichtsausdruck nach zu urteilen, hatte sie das selbst auch nicht gewusst. War das ein gutes Zeichen?

Es war ihm egal. Sie hatte ihm gerade die Erlaubnis gegeben – nun ja, sie hatte gesagt, er solle nicht um Erlaubnis fragen.

»Ich habe plötzlich gar keinen Hunger mehr. Zumindest nicht auf Abendessen.« Er fuhr mit dem Daumen über ihren Handrücken, einfach weil er es konnte und weil sie so verdammt glatt und sexy war und er sie berühren musste, um nicht über den Tisch zu springen und sie hier und jetzt zu küssen.

Er würde sich allerdings nicht mehr lange beherrschen können.

»Das ist schade. Ich nämlich schon.« Beth nahm das Weinglas wieder auf und berührte mit den Lippen den Rand. »Riesigen Hunger.«

Heilige Maria. Wer *war* diese Frau und was hatte sie mit Beth gemacht? *Seiner* Beth. Nicht, dass er sich beschwerte – es war schön, diese sexy, flirtive Seite an ihr zu sehen –, aber Beth als Mutter fand er auch schon unglaublich sexy.

Wo zum Teufel blieb ihr Kellner?

Ein Hauch von einem Lächeln stahl sich auf Beths Lippen – genau wie seine Zunge es tun wollte. Dann nahm sie einen Schluck Wein, und Bryans

Hose wurde extrem unbequem, als er sah, wie ihre Zungenspitze hervorhuschte, um den Rest eines Tropfens am Rand aufzufangen.

Sie folterte ihn. Und es machte ihr Spaß.

Dieses Spiel konnten zwei spielen.

Er entzog ihr seine Finger. Ihr selbstbewusster Blick geriet für eine Sekunde ins Wanken, bevor sie sich wieder fasste.

Dann weiteten sich ihre Augen, als er mit seiner Schuhspitze ihr Bein streifte.

»Bryan!«, quiekte sie halb.

Nun war er an der Reihe, sein Wasserglas zu nehmen und sich alle Zeit der Welt für einen Schluck zu lassen, während er den Blickkontakt – und den Kontakt zwischen Zeh und Bein – hielt.

»Was denn?«

»Ich... es ist... nichts.« Sie nippte etwas unsicher an ihrem Wein.

Bryan lehnte sich vor, nahm ihr das Glas ab und reichte ihr stattdessen ein Wasserglas. »Vorsichtig, Beth. Du musst einen klaren Kopf behalten.«

Damit er ihn ihr komplett verdrehen konnte, sobald er sie aus diesem Restaurant raushatte.

Nein. Nicht in der *Sekunde*. Er würde nicht wie ein Teenager über sie herfallen, sobald sie den Bürgersteig betraten. Das würde ihr erster Kuss werden. Er musste etwas Besonderes sein. Unvergesslich. Er wollte, dass sie ihn niemals vergessen würde.

Sie ist nicht der Typ für eine Affäre, Manley. Vergiss das nicht.

Ja, das wusste er. Aber ein Kuss bedeutete noch keine Affäre. Er musste es ja nicht weiter treiben als bis zu einem Kuss.

Doch dann schob sie ihren Zeh unter sein Hosenbein und, heiliger Strohsack, sie hatte ihren Schuh ausgezogen.

Bryan verschluckte sich am Wasser und griff hastig nach einer Serviette. »Beth! Das kannst du hier nicht machen!«

Ihr triumphierender Blick war zurück. »Aber du hast es doch gerade auch getan.«

»Ja, aber das war was anderes. Ich hatte meine Schuhe noch an.«

»Ich wollte mit den Absätzen keinen Schaden anrichten.«

Musste sie unbedingt darauf hinweisen, dass sie Absätze trug? Gab es überhaupt einen Mann auf der *Welt*, der keine High Heels an Frauen mochte? Sie machten die Beine einer Frau länger, formschöner, brachten sie meistens auf die perfekte Kusshöhe und lösten in ihm Fantasien darüber aus, wie er sie ihr ausziehen würde. Oder *nicht* ausziehen würde. Nur Beth und ihre Absätze, und, verdammt noch mal, er würde den Tisch gleich ohne Hände anheben können.

Er zog seine Beine unter seinem Stuhl zurück. Ein Mann konnte nur eine gewisse Menge an Qualen ertragen. Und er hatte nicht erwartet, dass sie gerade von Beth kommen würden. So viel zu dem, was er zu wissen glaubte.

Er hätte nichts dagegen, noch viel mehr über Beth zu erfahren.

Und genau das tat er während der unendlich langen Zeit, die der Kellner brauchte, um ihr Essen zu bringen, und der noch längeren Zeit, die Beth brauchte, um es zu essen. Er hätte es in unter sechs Sekunden verschlingen können, aber sein Kommentar von vorhin – sie sich über die Schulter zu werfen – war schon so viel Höhlenmensch, wie er ihr gegenüber sein wollte. Und wenn er ehrlich zu sich selbst war, genoss er ihre Bedächtigkeit. Sie ließ sich mit jeder Jakobsmuschel Zeit, kostete jeden Bissen aus, und Bryan konnte seinen Blick nicht von ihren Lippen abwenden.

Die Sache war die, dass Beth es bei diesem einen Streifen ihres Fußes an seinem Bein belassen hatte. Sobald das Essen da war, war diese kokette Sexkätzchen-Nummer, die sie ausprobiert hatte, zugunsten ihres echten, unverblümten Genusses am Essen verflogen. Er hätte ihr tagelang beim Essen zusehen können.

Am liebsten eine Woche lang. In ihrem Zimmer. Im Bett. Genau wie er es vorhin vorgeschlagen hatte. Nackt.

Wieder rutschte er unruhig hin und her. Er musste seine Reaktionen unter Kontrolle bekommen, sonst würde er nicht mal in die Nähe eines Kusses kommen, weil er nicht in der Lage sein würde, von diesem Tisch aufzustehen.

»Warum hilfst du *eigentlich* deiner Schwester aus?«, fragte sie ihn. »Das kann doch nichts sein, was du *freiwillig* tun wolltest. Ist es Recherche für eine Rolle?«

Er klammerte sich mit beiden Händen an diese Erklärung. Besser, als zu erklären, dass Mac sie alle ausgespielt hatte.

»Mac brauchte Hilfe und ich dachte mir: Warum nicht? Ich hatte gerade Zeit totzuschlagen.«

»Und danach kehrst du zurück in das glamouröse Leben? Mit der Yacht nach Monaco und im Porsche über den Rodeo Drive?«

»Warst du jemals auf dem Rodeo Drive? Ich versuche, mich von diesem

Touristen-Mekka fernzuhalten. Aber Monaco? Ja, das ist schon schick. Ein nettes Extra bei dem Job.«

Dann fragte sie ihn nach seiner Arbeit, aber nicht so, wie es die meisten Leute taten. *Die* wollten Namen von berühmten Leuten hören, die er getroffen hatte, Infos über Gagen, Insider-Klatsch. Bei Beth war es so, als würde sie fragen, wie sein Tag im Büro war, und sie war aufrichtig an seinen Antworten interessiert – von einem persönlichen Standpunkt aus, nicht von einem sensationellen. Es war schön. Neu und schön.

Mist. Er war dabei, sich hier in etwas zu verrennen, und er hatte noch drei Wochen vor sich. Würde er sich heute Abend wirklich mit bloßem Küssen zufriedengeben?

Bryan schüttelte den Kopf. Er kannte sich selbst. Aber er kannte auch Beth. Falls der Kuss, der heute Abend noch kommen sollte, alles war, was sie zuließ, wäre er damit glücklich.

Falls sie ihn überhaupt zuließ.

Beth stocherte in ihrem Reispilaw herum. Sie war nicht besonders hungrig – ihr Magen war wie zugeschnürt, seit Bryan sich ihr und Rob gegenübergesetzt hatte. Nun ja, um ehrlich zu sein, war er schon zugeschnürt gewesen, als Rob so auf Tuchfühlung gegangen war. Aber dass Bryan dann auch noch aufgetaucht war...

In dem cremefarbenen Poloshirt und der Khakihose, mit dem braunen Sakko locker über den Schultern, sah er absolut zum Anbeißen aus, als wäre ihm alles auf den Leib geschneidert worden. Was wahrscheinlich auch stimmte. Der Kerl war unglaublich attraktiv, und die Kleidung machte zwar nicht den Mann – denn Bryan war wirklich seine eigene Persönlichkeit –, aber sie ließ diesen Mann definitiv spektakulär aussehen.

Und er wollte sie küssen.

Bei dem Gedanken daran flatterte ihr Magen erneut, und sie musste sich zwingen, noch einen Bissen Reis zu nehmen. Es war eine Verzögerungstaktik. Sie hatte nicht einen Krümel von den Jakobsmuscheln wirklich geschmeckt. Sie konnte nicht sagen, ob der Wein süß oder trocken war. Sie wusste nur, wie der Spargel schmeckte, weil dieser Geschmack sich nie änderte. Denn seit dem Moment, in dem er gesagt hatte, dass er sie küssen wollte, konnte Beth an nichts anderes mehr denken.

Bryan sprach nicht von einem bloßen flüchtigen Kuss auf die Wange oder einer schnellen Berührung der Lippen, wie sie es bisher bei ihren Verabredungen erlebt hatte. Nein, bei Bryan würde es keinen keuschen Abschiedskuss geben.

Was, wenn sie es verlernt hatte? Was, wenn sie nicht mit den Filmstars mithalten konnte, die er tagtäglich küsste? Was, wenn sie in dieser Hinsicht zu wenig zu bieten hatte? Schließlich hatte sie seit Jahren außer Mike niemanden mehr richtig geküsst.

»Möchtest du einen Nachtisch?«, fragte Bryan sie.

Das wäre eine weitere Möglichkeit, das Unausweichliche hinauszuzögern – aber *warum* zögerte sie es hinaus? Sie wollte doch auch wissen, wie es sich anfühlte, ihn zu küssen. Sie hatte den ganzen Abend über kaum den Blick von seinen Lippen abwenden können.

Dann sag Nein und lass uns verschwinden!

»Danke, aber nein. Das Essen war sättigend genug.«

Lügnerin! Die Schmetterlinge füllen deinen Magen aus.

Sie brachte ihr Gewissen im Geiste zum Schweigen, tupfte sich mit der Serviette die Lippen ab und legte sie dann neben ihrem Teller auf den Tisch.

Der Kellner erschien sofort mit der Rechnung, und Bryan reichte ihm ein paar Geldscheine, noch bevor Beth blinzeln konnte, als hätten sie beide das so choreografiert. »Bryan, du musst nicht...«

»Ich will aber.« Er griff wieder nach ihrer Hand, seine Fingerspitzen streiften ihre Knöchel. »Komm schon. Lass uns hier verschwinden.«

Beth spürte einen kleinen Schauer bei der Dringlichkeit in seiner Stimme. Bei dem Befehl, der immer noch eine Frage war und auf die sie immer noch nicht sicher war, ob sie eine Antwort wusste.

»Bist du gefahren?«, fragte er, als sie das Restaurant verließen. Die nächtlichen Geräusche und die funkelnden Lichter in den Bäumen sorgten sofort für eine romantische Kulisse.

»N...« Beth räusperte sich. »Nein. Rob ist gefahren. Er ist der Cousin meiner Nachbarin Anne Marie.«

Bryan griff nach ihrer Hand. »Gut, denn jetzt habe ich das Vergnügen, dich nach Hause zu bringen.«

Er führte sie zu seinem Pick-up und hielt ihr die Tür offen. Beth spürte ein Prickeln, als ihr Kleid an ihrem Oberschenkel hochrutschte und er kurz den Atem anhielt. Nicht schlecht für eine fünffache Mutter. Und das bei einem Filmstar.

Sie sah zu, wie er um die Vorderseite des Wagens herumlief. Bryan war jedoch nicht nur ein Filmstar. Er war Maggies Vertrauter, der Kumpel der Zwillinge, Jasons Held und Kelseys... nun ja, Kelseys Schwarm.

Und Beths.

Da war es. Sie gab es zu. Sie war genauso in ihn verknallt wie ihre Tochter, aber auf einer ganz anderen Ebene. Einer Ebene, die wusste, was zwischen einem Mann und einer Frau passieren konnte, und sie war neugierig zu erfahren, was zwischen *ihnen* passieren würde.

Bryan sagte während der Fahrt nichts und schaltete nur das Radio auf einen Softrock-Sender ein. Seine Hand lag fest und sicher auf der Gangschaltung, während er die Gänge wechselte, und wieder überlief Beth ein Schauer bei der Art, wie er den Wagen beherrschte. Sie konnte sich nur allzu gut vorstellen, wie er mit ihr umgehen würde.

Und, oh, wie sehr sie wollte, dass er mit ihr umging.

Er bog auf den Parkplatz des Stadtparks ein und hielt in der Nähe des Weges, der zum Pavillon führte. Er stellte den Motor ab, legte den Unterarm auf das Lenkrad und starrte geradeaus.

Beth betrachtete sein Profil. Der Mann war einfach atemberaubend.

»Möchtest du ein Stück spazieren gehen?« Er wandte diese wunderschönen Augen ihr zu, und Beth blieb der Atem irgendwo zwischen dem Herzen und der Kehle stecken, sodass sie nur nicken konnte.

Er strich ihr kurz mit den Fingerspitzen über die Wange, sein Blick wanderte direkt zu ihren Lippen, und eine Gänsehaut breitete sich auf ihrer Haut aus.

»Bleib sitzen«, flüsterte er, glitt dann aus seinem Sitz und eilte um den Wagen zu ihrer Seite.

Er öffnete die Tür, und Beth fühlte sich, als würde sie aus dem Auto schweben, während seine Hand ihr beim Aussteigen half. Dann schlang er ihren Arm unter seinen und zog sie eng an sich, sodass ihre Schulter seinen Bizeps streifte. Sein Duft kitzelte ihre Sinne. Sie konnte das Aftershave nicht benennen, aber sie konnte definitiv den Bryan-Manley-Anteil daran identifizieren; sie kannte seinen Geruch inzwischen in- und auswendig. Er hing an den Handtüchern, die er nach dem Duschen in ihrem Badezimmer zusammengelegt und aufgehängt hatte, und an Mikes Kleidung, die sie irgendwann waschen würde. Und an ihrem rosa Bademantel...

Sie konnte Bryan im ganzen Haus riechen. Sogar in Maggies Haar, als sie ihr gestern Abend einen Gute-Nacht-Kuss gegeben hatte.

Das war nicht gut. Er wurde zu einem zu großen Teil ihres Lebens, stand zu sehr in ihrem Fokus. Und doch war sie machtlos, es zu stoppen.

Er führte sie die Stufen zu einem Pavillon hinauf, der mit Blumenampeln voller roter Pelargonien und funkelnden Lichterketten am Geländer geschmückt war.

In der Mitte blieb Bryan stehen und stellte sich vor sie, ohne ihre Hand auch nur für eine Sekunde loszulassen. Wenn überhaupt, verschränkte er ihre Finger noch fester. Er hielt sie sicherer fest. Er trat einen Schritt näher, hob seine andere Hand, um ihre Wange zu umschließen, und fuhr dann mit dem Daumen über ihre Unterlippe.

Die Schmetterlinge in Beths Bauch flatterten so wild, dass sie ihr fast den Atem raubten.

»Ich möchte dich küssen, Beth.« Er stieß mit seiner Nase sacht an ihre.

Sie leckte sich über die Lippen, ihr Blick war fest in seinen verankert. »Du musst nicht fragen.«

Das war die einzige Erlaubnis, die er brauchte. Sein Daumen wich zurück, während sich seine Lippen auf ihre senkten, und, oh Gott, es war fantastisch. Seine Lippen auf ihren, neckend, kostend, über ihre gleitend mit einer solchen Verheißung, dass Beth nach Luft schnappen musste.

Gütiger Himmel, der Mann konnte küssen.

Seine Arme schlangen sich um sie und pressten sie gegen ihn und der Kuss war nicht mehr nur ein bloßer Kuss. Es war ein Ereignis. Beth musste ihre Arme an seinem Rücken hochführen und seine Schultern greifen – diese unglaublich starken Schultern –, und seine Arme zogen sich fester um sie. Seine Zunge drang in ihren Mund vor und ließ ihre Nervenenden *zittern*, und er raubte ihr jedes Fünkchen Luft aus den Lungen. Aber Beth war das egal, denn wenn er sie einfach weiter küssen würde, wenn er sie einfach weiter festhielt, sich gegen sie presste und sie wollte, könnte sie ewig so weitermachen.

Und der Kuss ging weiter. Wie sie gedacht hatte, war dies kein kurzes Knabbern. Bryan kostete jeden Teil ihrer Lippen aus, erkundete jeden Zentimeter ihres Mundes, sein Atem war heiß und schwer auf ihrer Wange, seine Arme stark und stützend um sie herum, seine Hände... mein Gott, seine Hände... Sie hatte eine Schwäche für die Hände eines Mannes, und Bryans waren kräftig und groß und fähig und so unglaublich feinfühlig, als er mit den Fingerspitzen über ihren Rücken strich und damit eine weitere Lawine aus Feuer unter ihrer Haut auslöste.

Das konnte nicht wahr sein. Sie konnte unmöglich hier unter dem Pavillon mit seinen Blumen und dem sanften Licht stehen, während im Hintergrund ein Teich plätscherte – eine Kulisse wie im Märchen –, und *den* Bryan Manley küssen.

Nein. Nicht *den* Bryan Manley. Bryan Manley.

Bryan.

Sie stand hier und fuhr mit ihren Handflächen über den breiten Rücken und die Schultern von Bryan, dem Typen, der hier war, um ihr Haus zu putzen, der sich aber in ihr Leben geschlichen und ihm neues Leben eingehaucht hatte. Alles in weniger als einer Woche.

Beth erstarrte. Weniger als eine Woche. Sie konnte doch nicht für jemanden, den sie weniger als eine Woche kannte, so intensive Gefühle haben. Das war verrückt. Es war dumm. Und die Tatsache, dass es sich um *den* Bryan Manley handelte, einen Filmstar, war einfach unfassbar. Irgendwann würde sie aus diesem Traum aufwachen und sich mit der Realität abfinden müssen.

Dann legte er seinen Kopf schräg in die andere Richtung, und Beth erkannte, dass sich die Realität um ein paar Grad nach links verschoben hatte.

Bryan ließ seine Hand ihre Wirbelsäule hinuntergleiten und hielt knapp oberhalb der Kurve inne, die zu ihrem Hintern führte. Gott, sie wollte, dass er sie dort berührte. Dass er sie hielt und zudrückte und sie so fest an sich zog, dass kein Zweifel mehr daran bestünde, wie er sich fühlte.

Aber Bryan tat es nicht. Tatsächlich ließ er den Kuss sanfter werden und zog sich ein kleines Stück zurück, sodass ein Hauch von Luft zwischen ihnen war.

Beth zitterte.

»Kalt?«, flüsterte Bryan an ihren Lippen.

Sie schüttelte den Kopf – weil sie zu sehr von Verlangen erfüllt war, um eine zusammenhängende Antwort geben zu können.

Er strich mit den Knöcheln über ihre Wange, sein Blick bohrte sich in ihren. »Du hast recht. Du bist so heiß, dass ich mich glatt vergessen habe. Ich hätte dich nicht so überrumpeln dürfen, Beth. Ich kann nur sagen, dass ich dich so unbedingt küssen wollte, dass ich nicht anders konnte. Ich habe mich das die ganze Zeit gefragt. Habe es mir vorgestellt, davon fantasiert, seit ich dich zum ersten Mal gesehen habe. Und als ich herausfand, dass du verwitwet bist...«

Er atmete zittrig ein und lehnte seine Stirn gegen ihre. »Da konnte ich an nichts anderes mehr denken. Ich musste dich in meinen Armen halten. Musste wissen, wie es ist, dich zu küssen.«

Beth leckte sich über die Lippen und spürte ein Prickeln, als er den Atem anhielt. »Und jetzt, wo du es weißt?«

Bryan fing ihre Unterlippe mit den Zähnen ein und fuhr dann mit der Zungenspitze daran entlang. »Jetzt will ich mehr wissen.«

Einen Moment lang – okay, vielleicht zwei... oder sieben – sah Beth dieses Bild vor sich. Sie beide in ihrem Bett. Das Licht gedimmt, vielleicht ein paar Kerzen, leise Musik im Hintergrund, und Bryan über ihr, wie er ihr so intensiv in die Augen schaute, während er ihr das Haar aus dem Gesicht strich und ihr im kleinsten Detail erzählte, was er alles mit ihr anstellen wollte...

Beth presste ihre Schenkel gegen das Ziehen dort unten zusammen, das zwar nicht unbedingt überraschend war, weil sie ja wusste, wie die Dinge funktionierten, aber es war so lange her, dass sie sich manchmal gefragt hatte, ob sie sich überhaupt noch daran erinnern würde.

Sie erinnerte sich.

Bryan bemerkte die Bewegung und zog ihre Hüften eng an seine. »Hey. Wo willst du hin? Ich beiße nicht.« Er legte seine Hand tief auf ihren Rücken und umschloss die Rundung ihres Pos, um sie an sich zu drücken. »Es sei denn, du willst es natürlich.«

Er wollte sie. Daran gab es keinen Zweifel, und Beth würde niemals vergessen, was *das* bedeutete. Bryan wollte sie und, Gott steh ihr bei, Beth wollte ihn. Hier. Jetzt. Es war ihr egal. Es war ihr egal, dass es ein öffentlicher Park war. Dass es gegen die Vorschriften verstieß. Dass ihr Name in allen Lokalzeitungen im Polizeibericht stehen würde, wenn sie erwischt würden. Dass alles offen war und jeder vorbeikommen konnte ... Es spielte keine Rolle. Bryan würde ihr gehören.

»Beth...« Sein Atem war heiß an ihrem Hals. »Du machst mich wahnsinnig, weißt du das?«

Sie konnte nur nicken, denn wirklich, es strömte keine Luft mehr ein.

Schon gar nicht, als er so an ihrem Hals knabberte.

»Gott steh mir bei, du bist eine wunderschöne Frau.« Er nahm ihren

Kiefer in seine andere Hand und schmiegte sich an ihr Ohr, was ein regelrechtes Feuerwerk in ihr auslöste. Ihre Knie drohten nachzugeben, also hielt sich Beth fest, als hinge ihr Leben davon ab. Irgendwie hatte sie das Gefühl, dass es das auch tat.

Das war der Moment, in dem die Realität mit aller Gewalt zurückkehrte. Sie war verrückt. *Das hier* war verrückt. Er war Bryan Manley. Er war ein Filmstar. Er war nicht der Typ, der sich in der Vorstadt niederlässt, und sie war nicht bereit, seinen Lebensstil zu führen.

Nicht, dass er sie überhaupt darum gebeten hätte.

Stimmt. Da war ja noch was.

Beth ließ die Haare an seinem Nacken los, durch die sie, ohne es zu merken, ihre Finger gleiten ließ.

Sie nahm das Hohlkreuz zurück, damit ihre Brüste – ihre schmerzenden Brüste – nicht mehr gegen diesen prachtvollen Brustkorb gepresst waren. Damit ihr Becken keinen Kontakt mehr zu jener glorreichen Erhebung unter seiner Hose hatte, die den Himmel versprach, aber nur für eine sehr begrenzte Zeit.

Sie hatte Kinder, an die sie denken musste. Ein Herz, das es zu schützen galt. Bryan Manley war nicht das, was sie in ihrem Leben brauchte.

»Was ist los?« Er wich zurück und hob mit einem Finger ihr Kinn an. »Wo bist du gerade hin entschwunden?«

Sie sah weg, atmete dann aber – endlich! – tief ein und sah ihn wieder an. »Ich kann das nicht, Bryan.«

Etwas huschte über sein Gesicht. Enttäuschung? Das war eine Überraschung. Es war ja nicht so, als wäre sie die einzige Frau in der Stadt. Verdammt, etliche der Mütter hatten bereits mehr als deutlich gemacht, dass sie der Möglichkeit gegenüber mehr als offen waren. Nein, sie musste Dinge hineininterpretieren, die gar nicht da waren, denn selbst wenn Bryan sie wollte, dann nur, um dieses sehr angenehme, sehr *heiße*, sehr komplizierte Jucken zu stillen.

Gott, er war ein Arschloch. Sie hier so in der Öffentlichkeit zu küssen, obwohl er nicht die geringste Absicht hatte zu bleiben. Er war so sehr an den LA-Lebensstil gewöhnt, dass er vergessen hatte, dass er so etwas nicht tun sollte, besonders in dem Wissen, dass Beth keine Frau für etwas Unverbindliches war.

Er ließ ihre Wange los. Ihre glatte, weiche Wange, die so gut schmeckte, während seine Fingerspitzen jene Kuhle unter ihrem Ohr streiften. Diese sexy Stelle, die nach ihr roch und ihn um den Verstand brachte.

Er unterdrückte den Drang, mit den Fingern über ihre Lippen zu fahren. Das wäre nur grausam – ihm selbst gegenüber. Er wusste jetzt, wie diese Lippen schmeckten. Kannte ihre Form, ihre Textur und ihre Weichheit. Wusste, wie sie sich teilten, wenn er seine Zunge dazwischen gleiten lassen wollte, und wie sich ihre Unterlippe zwischen seinen Zähnen anfühlte. Beth war in jeder Hinsicht für ihn geschaffen, bis auf die Tatsache, dass sie an genau das gebunden war, an das er niemals gebunden sein wollte.

Also ließ er sie mit einem tiefen Seufzer los und rückte ein Stück von ihr ab. »Ich bringe dich wohl besser nach Hause.«

Und würde sie dort zurücklassen.

Allein.

Kapitel Zwölf

Sie musste aus dem Haus sein, bevor Bryan auftauchte.

Das war Beths erster Gedanke, als sie am nächsten Morgen die Augen aufschlug. Am Morgen danach.

Gott, sie hatte ihn *gewollt*. Im fleischlichen Sinne. Im biblischen Sinne. Mit jedem Sinn, den sie besaß. Aber dann hätte sie ihn wieder aufgeben müssen.

Das hatte sie schon einmal getan, und es war furchtbar gewesen. Mike zu verlieren, war niederschmetternd gewesen. Das konnte sie nicht noch einmal durchmachen. Und sie hatte das Gefühl, dass ein Verlust von Bryan genauso verheerend sein könnte.

Und doch ... wäre es nicht besser, wenigstens die Erinnerungen zu haben?

Beth presste ihr Kissen an den Bauch und rollte sich auf die Seite, wobei sie die Beine fest zusammendrückte. Sie sehnte sich nach ihm. Sie verzehrte sich nach ihm. Verdammt, sie wurde sogar feucht, wenn sie nur daran *dachte*, was hätte sein können.

Sie durfte heute nicht hier sein. Durfte ihn nicht in ihrem Zuhause sehen, wie er sich bückte, sich streckte, sich bewegte, als hätte er jedes Recht dazu – und ihn dabei nicht begehren. Denn das tat sie. Hier, in der Privatsphäre ihres eigenen Schlafzimmers – ihres einsamen Schlafzimmers –, konnte sie zugeben, dass sie wissen wollte, wie es wäre. Wenn auch nur für ein paar Tage.

Das machte ihr Angst. Sie würde sich damit zu weit öffnen. Und ihre Kinder ... ihre Kinder mochten ihn bereits. Wenn sie ihre Beziehung auf eine neue Ebene hob, würden die Kinder das mitbekommen? Und was würde passieren, wenn er ging?

Beth setzte sich auf und zog ihr T-Shirt über ihre brennenden Oberschenkel nach unten. Ja, sie würde heute definitiv *nicht* hier sein. Vielleicht war es genau das Richtige, den Tag mit fünf Kindern der Sorte »Ich will nicht shoppen gehen« zu verbringen, um den Kopf von einem unglaublich heißen Filmstar freizubekommen.

Bryan wollte nicht aufstehen. Das hatte nichts mit diesem dämlichen Job zu tun, sondern alles mit dem feuchten Traum, den er gerade von Beth gehabt hatte. Ja, er. Ein feuchter Traum. So was hatte er nicht mehr gehabt, seit er fünfzehn war. Aber Beth... Gott, wie er sie wollte. Und sein Unterbewusstsein hatte sie ihm gewährt.

Er griff nach den Taschentüchern und machte sauber. Er steckte tief in der Tinte, wenn sie ihn innerhalb einer Woche so weit bringen konnte. Er hatte noch drei Wochen vor sich, und die konnten gar nicht schnell genug vergehen. In der Zwischenzeit musste er *irgendetwas* tun, um sich von ihr abzulenken.

In ihr Haus zu gehen und ihr Schlafzimmer zu putzen, gehörte *nicht* dazu.

Er wollte sie so sehr, dass es ihm Angst machte. Wie hatte diese Frau mit fünf Kindern seine Gedanken so vollständig in Beschlag nehmen können? Wie war sie plötzlich zum Ersten geworden, an das er nach dem Aufwachen dachte, und zum Letzten, bevor er einschlief? Und zu jeder Minute dazwischen?

Sie zu küssen, hatte alles nur noch schlimmer gemacht. Jetzt *wusste* er, wie es sich anfühlte, sie in seinen Armen zu halten. Sie zu schmecken, sie zu spüren und sie einzuatmen. Sie zu wollen. Denn das tat er. So verdammt sehr, dass es ihn erschreckte.

Sie brachte ihn dazu, Dinge infrage zu stellen, von denen er nie gedacht hätte, dass er sie hinterfragen würde. Dinge, über die er sich vor Jahren eine feste Meinung gebildet hatte. Aber ein Lächeln aus zerzaustem Haar und grünen Augen genügte, und er bewertete alles neu. Und er wollte ihr nicht gegenübertreten, sie nicht sehen, sie nicht hören, sie nicht *begehren*, während er das tat – denn Beth konnte ihn dazu bringen, seinen eigenen

Namen zu vergessen, ganz zu schweigen von seinen bisher felsenfesten Prinzipien.

Nur der Gedanke daran, dass Mac ihm die Hölle heißmachen würde, trieb ihn aus dem Bett, in die Dusche und in diese scheußliche Uniform, die im Schritt jedes Mal zu eng wurde, wenn er an Beth dachte.

Er holte tief Luft, als er auf ihrer Veranda stand, und zwang sich, die Türklingel zu drücken, was ihm an seinem ersten Tag dieser Strafe nicht so schwergefallen war. Damals war es Widerwillen gewesen. Jetzt... Jetzt war es Furcht. Der Gedanke, Gefühle für sie zu entwickeln. Sie zu wollen. Zu versuchen, eine Beziehung zwischen ihnen aufzubauen und gleichzeitig seine Karriere und seinen Status in der Branche aufrechtzuerhalten.

Jason öffnete die Tür. »Hey, Mann. Mom ist beim Einkaufen.«

»Jason.« Bryan riss sich die Kappe der Manley Maids vom Kopf und schickte ein kurzes *Danke* an die Göttin des Shoppings gen Himmel. »Hast du dein Zimmer fertig gemacht? Ich habe vor, heute jedem Raum eine gründliche Reinigung zu verpassen.« Richtig ins Schwitzen kommen und Geist und Körper beschäftigt genug halten, damit er, falls er ihr doch begegnete, zu müde für eine Reaktion wäre.

Er hoffte, dass dieser Plan aufging. Verdammt, sie war gar nicht da, und er wollte sie *immer noch*.

»Stört es dich nicht, dass du die Häuser anderer Leute putzt?«, fragte Jason. »Dass du das tust, was eigentlich sie tun sollten?«

Es gab einen Grund für seine Frage, aber Bryan war sich nicht sicher, welcher. Aber Jason wollte etwas, und seine Haare, seine Hose und seine mürrische Art schrien förmlich nach Aufmerksamkeit, also schluckte Bryan seinen Stolz hinunter, um zu sehen, ob er Beths Sohn helfen konnte.

»An einer ehrlichen Tagesarbeit ist nichts auszusetzen. Außerdem haben die Freundinnen deiner Mutter dafür bezahlt, dass ich hier bin. Das ist nicht anders als bei einem Klempner oder Elektriker.«

»Ja, aber die tragen nicht so was wie das da.« Jason warf sich die Haare aus der Stirn, sodass Bryan einen Blick auf dieselben grünen Augen erhaschte, die auch Beth hatte.

»Kleider machen keine Leute, Jason. Taten tun es. Zu seinem Wort zu stehen, tut es. Ich habe meiner Schwester versprochen, ihr auszuhelfen. Ich habe zugestimmt, diesen Vertrag zu übernehmen, deshalb bin ich hier.«

»Aber nur für eine bestimmte Zeit, oder? Einen Monat?«

»Ja, einen Monat.«

»Ätzend.«

»Man muss das Beste daraus machen.« Bryan deutete Jason mit einem Nicken an, sich in den Sessel im Familienzimmer zu setzen, dann setzte er sich auf das Sofa gegenüber und zwang Jason so, ihn anzusehen. Das Gespräch war ein Anfang, aber wenn er zu diesem Jungen durchdringen wollte, wenn er die Gelegenheit nutzen wollte, hier etwas Gutes zu tun, indem er Jason die Realität des Lebens zeigte, damit dieser seiner Mutter half, anstatt jeden Tag mehr Chaos anzurichten, dann musste er ihn einbeziehen.

»Ich putze nicht gerne, Jason. Aber es muss getan werden, und wenn man es hinter sich hat, fühlt man sich gut, weil man stolz auf sein Haus oder sein Auto oder sein Zimmer oder seinen Spind sein kann und Verantwortung dafür übernommen hat. Wenn dir etwas gehört, sei es eine Sache oder eine Handlung, dann kümmerst du dich darum. Und indem du das tust, kümmerst du dich um *dich selbst*. Darum, wer du bist und wie du dich der Welt präsentierst.«

»Versuchst du gerade, mich dazu zu bringen, mir die Haare schneiden zu lassen? Mom macht das nicht, weißt du.«

Bryan fuhr sich durch sein eigenes Haar. »Deine Haare sind deine Haare. Das ist eine Sache zwischen dir und deiner Mutter, und ich weiß gar nicht, warum du das überhaupt ansprichst. Ich habe kein Wort darüber gesagt, sie zu schneiden.«

»Du hast es aber gedacht.«

»Was ich denke, spielt keine Rolle. Es zählt nur, was *du* denkst.« Auf keinen Fall würde er sich auf eine Diskussion über Haare einlassen. Die Zeit würde ihre eigene Rache fordern, wenn Jason später auf die Fotos von heute zurückblickte. »Ich sage nur, dass du stolz auf dein Zimmer und dieses Haus sein solltest. Nicht nur wegen deiner Mutter, sondern auch für dich selbst.«

»Alter, das Haus hier könnte mir nicht egaler sein.«

»Wirklich? Was wäre, wenn ihr umziehen müsstet?«

Jasons Kopf schnellte hoch. »Wir müssen umziehen? Mom hat gesagt, dass wir das nicht müssen. Dass die Lebensversicherung das abdeckt. Dass alles okay ist.«

Scheiße. Er hatte nicht beabsichtigt, den Jungen zu beunruhigen oder irgendetwas im Zusammenhang mit dem Tod seines Vaters aufzuwühlen. Er vermasselte es gerade. »Wenn deine Mutter das gesagt hat, dann stimmt das auch. Ich sage nur, das hier ist dein Zuhause. Deine Mutter arbeitet wirklich hart dafür, dass es so bleibt, und du könntest ihr unter die Arme greifen, indem du dein Zimmer ordentlich hältst und im Haus ein bisschen mehr mit anpackst. Ich werde nur einen Monat hier sein. Danach liegt es an euch, den Laden in Schuss zu halten. Du richtest dann vielleicht nicht mehr unnötig viel Dreck an. Und vielleicht springen ja sogar ein paar Privilegien für dich raus, wenn du tatsächlich mit anpackst.«

»Keinen Plan, wovon du redest.« Jason verfiel wieder in sein Schmollen, verschränkte die Arme und knallte seine Füße auf den Couchtisch – wobei er einen Stapel Zeitschriften auf den Boden fegte. Und er machte keine Anstalten, sie aufzuheben.

Bryan zog eine Augenbraue hoch.

Mit einem preisverdächtigen Seufzen hievte Jason seinen schlaksigen Körper weit genug aus den Polstern, um den Stapel aufzusammeln. Er klatschte sie wieder völlig ungeordnet auf den Tisch.

Bryan starrte ihn nur an.

Mit einem weiteren Seufzer, den man wahrscheinlich noch im nächsten Landkreis hören konnte, stapelte Jason die Hefte ordentlich und funkelte Bryan dann wütend an.

»War doch gar nicht so schwer.« Bryan nickte in Richtung des Stapels.

»Schon gut.«

»Gut.« Bryan stand auf. »Wie wäre es dann, wenn du dir das Zimmer vorknöpfst? Überleg dir mal, wie froh deine Mutter sein wird, wenn sie nach Hause kommt.«

Ganz zu schweigen davon, wie froh *Bryan* sein würde, wenn Beth nach Hause käme.

Aber Bryan war nicht mehr da, als Beth nach Hause kam, und Beth empfand dabei gemischte Gefühle.

Sie bekam diesen Kuss nicht aus dem Kopf. Was damit einherging, dass sie völlig *von Sinnen* war. Bryan Manley lag außerhalb ihrer Sphäre. Außerhalb ihrer Welt. Und das war ihr heute in den Geschäften schmerzlich bewusst geworden.

Da waren diese Blicke gewesen. Das Geflüster. Es hatte wie eine leichte Brise über einer Wiese angefangen, als sie das Geschäft betreten hatte, aber während sie durch die Gänge ging, spürte sie, wie die Brise an Kraft gewann; die Metapher eines aufziehenden Sturms war enttäuschend zutreffend. Als sie mit dem Einkaufswagen auf halbem Weg durch den Supermarkt waren, wusste sie, dass sie den Winden des Klatsches nicht mehr davonlaufen konnte, bevor sie den letzten Gang erreichte.

Und tatsächlich standen die Leute in den Gängen herum und warteten nur auf sie. Die Fragen über Bryan...

Nein, sie wusste nicht, was seine Lieblingsfarbe war, und nein, sie wusste nicht, wie groß er war (genau die richtige Größe zum Küssen) oder wie breit seine Schultern waren (breit genug, um sie einzuhüllen und ihr den Verstand zu rauben) oder was sein nächster Film sein würde oder ob er jemanden datete oder warum er zurück in die Stadt gekommen war ... Die Fragen nahmen kein Ende, als wäre sie seine PR-Beraterin.

Jemand hatte sie sogar direkt danach gefragt, und es hatte ihr schon auf der Zunge gelegen zu sagen, dass sie, nein, nicht seine PR-Beraterin sei, sondern die Frau, die er gestern Abend im Pavillon des Palmer Parks geküsst hatte; aber das hätte nur noch mehr Fragen aufgeworfen, und die Kinder waren von dieser Runde ohnehin schon völlig überfordert.

Die Kinder. Verdammt. Sie hatte zusehen müssen, dass sie sie schnell dort rausholte. Sie konnte denselben verstörten Blick in Kelseys Gesicht sehen, den sie damals gehabt hatte, als eine Reporterin – eine scheinbar liebenswürdige, einfühlsame junge Frau – sanft mit Kelsey gesprochen hatte, bis die Kamera lief, und dann eine Zehnjährige gnadenlos ausfragte, wie es war, ihren Vater zu verlieren.

Beth hatte damals Rot gesehen und die Frau fast weggestoßen. Stattdessen hatte sie das Interview beendet und Kelsey zum Auto verfrachtet. Im Supermarkt tat sie nun dasselbe.

Jetzt waren sie also alle wieder zu Hause, der Schatten von Mikes Tod hing über ihnen, und Beth graute es davor, die Haustür zu öffnen. Sie konnte Bryan nicht gegenübertreten. Sie konnte es einfach nicht. Sie musste für die Kinder stark sein, ihnen Abendessen machen und so tun, als wäre alles so, wie es sein sollte.

Sie holte tief Luft und schloss ihre Haustür auf, während sie betete, dass Jason es nicht geschafft hatte, die Ordnung, die Bryan in ihr Haus gebracht hatte, in einen weiteren Tornado zu verwandeln.

Sie machte sich keine großen Hoffnungen.

Doch als sie die Tür öffnete, starrte sie fassungslos in das Familienzimmer. Der Raum war tadellos. Es war aufgeräumt. Sogar das Bücherregal war in bester Ordnung. Und die Zeitschriften. Mike war beim Militär gewesen, und selbst *er* hätte sie nicht gerader stapeln können.

Als sie die vier jüngeren Kinder und die sechs Einkaufstüten in die Küche schleppte, folgte der nächste Schock. Die Katzenklappe war an der Hintertür angebracht, das Abtropfgestell war nirgends zu sehen, der undichte Wasserhahn tropfte nicht mehr, jeder Fingerabdruck war vom Edelstahlkühlschrank verschwunden, *und* die Kunstwerke der Kinder waren ordentlich ausgerichtet mit einem Magneten an jeder Ecke befestigt, der Küchenboden war so sauber, dass man davon hätte essen können, und die drei fehlenden Schrankknöpfe waren gefunden und wieder angebracht worden.

Sofern Jasons Körper nicht von Außerirdischen übernommen worden war, hatte Bryan das alles getan.

»Mark, sammle bitte diese Marshmallows auf«, sagte sie, als ihr Sohn die angebrochene Tüte, die sie im Supermarkt gekauft hatten, auf den Tisch fallen ließ – nur um ihn zu verfehlen, sodass sie sich über den Boden verteilten und Bryans harte Arbeit in zwei Sekunden zunichtemachten.

»Aber Mom, Sherman wird sie fressen.«

Genau das befürchtete sie auch.

Und natürlich kam Sherman wie gerufen in den Raum gestürmt und saugte mehrere der Leckereien auf, bevor sie ihn erreichen konnte. Und dann fing er an zu keuchen. Großartig. Noch ein Besuch beim Tierarzt.

Zum Glück strich sie ihm über die Kehle und beförderte die Marshmallows nach unten. Mark und Tommy bekamen eine strenge Standpauke über die Gefahren, Sherman Dinge zu füttern, die Hunde nicht essen sollten, und sie alle räumten die Lebensmittel und anderen Sachen weg, sodass die Küche und ihre Zimmer genau so aussah, wie Bryan sie hinterlassen hatte.

Beth ging mit der Tasche voller Toilettenartikel in ihr Zimmer und war nicht überrascht festzustellen, dass Bryan hier gewesen war. Er hatte gesagt, er würde es tun, und er hatte Wort gehalten.

Das sollte sie nicht überraschen – und das tat es auch nicht wirklich –, aber er war in ihrem Zimmer gewesen. Hatte ihre Sachen bewegt, um Staub zu wischen. Hatte gesehen, wo sie schlief. Wo sie badete.

Ihre Oberschenkel kribbelten bei der Intimität, die das implizierte. Sicher, er hatte Reinigungsmittel in der Hand gehabt, aber nach diesem Kuss... Sie war diejenige gewesen, die ihn beendet hatte. Ihr Selbsterhaltungstrieb hatte eingesetzt, und sie hätte sich dafür ohrfeigen können. Aber die Kinder gingen vor. Das mussten sie einfach, und Bryans Lebensstil war nicht das, was sie für sie wollte. *Falls* sie überhaupt eine Chance darauf gehabt hätte. Ein Kuss macht noch keine Bindung, und Bryan hatte eine so unglaubliche Karriere, dass sie sich niemals vorstellen konnte, dass er sie für das hier aufgeben würde. Für das echte Leben.

»Hey, Mom.«

Wobei das echte Leben gerade eine Neunzig-Grad-Wendung nach rechts gemacht hatte. Jasons Haare waren... *nach hinten gegelt?* »Jason?« Sie konnte tatsächlich sein Gesicht sehen, aber sie war sich immer noch nicht sicher, ob er es wirklich war.

»Ja, ich, äh, habe den Keller aufgeräumt und mich gefragt, ob ich ein paar Jungs zum Gaming-Abend einladen darf?«

Er hatte diese Nächte schon früher versucht, und normalerweise verliefen sie gegen drei Uhr morgens im Sande. Sie würden bis Mittag schlafen und dann mit einem Pfannkuchenfrühstück am späten Vormittag im Bauch nach Hause gehen, bei dessen Zubereitung Jason ihr immer geholfen hatte. Wenn das der Preis für all die Arbeit war, die Jason geleistet hatte, *und* für die neue Frisur, dann war Beth absolut dafür.

Kelsey musste dann natürlich auch *ihre* Freundinnen dabeihaben, und Mark und Tommy mussten *ihre* Freunde einladen, also Maggie ebenso, und nun ja – zumindest hielt die Aufgabe, anderthalb Dutzend Kinder in ihrem Haus nach Geschlecht und Alter getrennt zu halten, sie die ganze Nacht davon ab, ständig an Bryan zu denken.

Zumindest so lange, bis die Telefonanrufe begannen.

Kapitel Dreizehn

Früh am Morgen – verdammt noch mal zu früh – am nächsten Tag. Beth war dabei, Telefonanrufe abzuwehren. Angesichts des Zirkus im Supermarkt hätte sie eigentlich nicht überrascht sein dürfen, aber das hieß noch lange nicht, dass es ihr gefallen musste.

Und nach dem fünfzehnten Anruf reichte es ihr. Sie rief alle Eltern der Übernachtungsgäste an, gab ihnen ihre Handynummer und zog dann den Stecker des Haustelefons.

Das verschlimmerte die Sache nur noch. Bis zum Mittag parkten die Übertragungswagen der Nachrichten in ihrer Straße.

Beth rief alle Eltern zurück und informierte sie darüber, was gerade über ihr Haus hereinbrach, und schlug vor, dass sie ihre Kinder vor dem Haus der Nachbarin hinter ihr abholen sollten. Dann rief sie ihre Nachbarin an, um sie vor den Teenagern zu warnen, die ihren Garten durchqueren würden, trommelte alle Kinder zusammen und wies Jason und Kelsey an, sie hinten hinauszuführen, während sie selbst auf die vordere Veranda ging, als wäre dies eine verdeckte Operation. Ihre Nachbarin Jillian würde die Kinder dort behalten, bis die Luft rein war.

Theoretisch würde es funktionieren. In der Realität war Beth ein einziges zitterndes Nervenbündel. Sie wollte nicht mit diesen Leuten reden. Es ging niemanden etwas an, was Bryan in ihrem Haus machte. Es gab keinen Grund, warum dies in die Nachrichten kommen sollte, und obwohl es nicht so ein Skandal war wie Mikes Tod, machte es das Ganze nicht weniger aufdringlich.

Sie schaffte es zumindest, ihre Bluse richtig zuzuknöpfen und sicherzustellen, dass sie geschminkt war und Kleidung ohne Flecken trug, aber deswegen fühlte sie sich auch nicht besser. Mikrofone wurden ihr ins Gesicht gestoßen und Fragen zugeschrien, als handle es sich um einen nationalen Notstand, auf den jeder sofort Antworten brauchte.

»Putzt Bryan wirklich oder macht er das für eine Filmrolle?«

»Ist das ein PR-Gag?«

»Wie wurden Sie ausgewählt?«

»Was halten Ihre Kinder davon, dass Sie wieder einen Mann im Haus haben?«

Das war die Frage, die sie erstarren ließ. Diejenige, die sie verstummen ließ. Und sie fast zum Weinen brachte.

»Bryan ist *nicht* der Mann in meinem Haus, und selbst wenn er es wäre, ginge euch das einen feuchten Dreck an. Könnt ihr Leute mich nicht einfach in Ruhe lassen? Ihn in Ruhe lassen? Warum ist es wichtig, was er in seiner Freizeit tut? Er hilft seiner Schwester aus, und das hilft mir. Es hat nichts damit zu tun, was mit meinem ... meinem Mann oder meinem Leben passiert ist, und ich möchte, dass ihr meine Kinder da rauslasst und mein Grundstück verlasst. Sofort.«

Sie wartete nicht darauf, dass die Fragen aufhörten, denn natürlich taten sie das nicht. Diese Leute da draußen machten ihren Job und hatten kein echtes Verständnis dafür, was dieser Job mit ihr anstellte.

Sie schloss die Tür hinter sich und lehnte sich dagegen, während ihr Kopf gegen das harte Holz pochte. *Ich werde nicht die Fassung verlieren, ich werde nicht die Fassung verlieren, ich werde nicht die Fassung verlieren.*

Sie wiederholte es so lange, bis sich ihr Magen beruhigt hatte, ihre Atmung wieder normal wurde und das Brennen hinter ihren Augen aufhörte.

Dann klingelte ihr Handy. Sie erkannte die Nummer nicht, also ging sie nicht ran. Der Anruf ging an die Mailbox, aber bevor sie sie abhören konnte, klingelte es erneut. Dann erhielt sie eine SMS.

»Beth, hier ist Bryan. Bitte geh ran. Gib mir ein Zeichen, dass es dir gut geht.«

Bryan? Bryan rief sie an? Woher hatte er ihre Nummer? *Warum* hatte er ihre Nummer? Und woher wusste er, was los war?

»Geht es Ihnen gut?« Er ließ ihr nicht einmal Zeit, Hallo zu sagen, als sie seinen Anruf annahm.

»Ja.«

»Sind sie weg?«

»Ich weiß es nicht. Ich will nicht nachsehen.«

Er fluchte einfallsreich. »Sie sollten sich *nicht* damit herumschlagen müssen. Ich habe Mac gesagt, dass ich nicht will, dass das passiert. Es tut mir wirklich leid, Beth. Ich hätte ihnen einfach ein Statement geben und es hinter mich bringen sollen. Ich hätte einsehen müssen, dass ich damit nicht durchkomme. Anonymität gehört in meinem Fall nicht dazu. Es tut mir so leid.«

Beth musste den Kopf schütteln, um ihn klar zu bekommen. Wofür entschuldigte er sich? »Das ist nicht Ihre Schuld, Bryan. Sie haben sie nicht hierher geschickt.«

»Ich hätte es genauso gut tun können. Alles, was ich heutzutage mache, landet in den Nachrichten, und ich hätte das kommen sehen müssen. Es tut mir leid. Ich wollte Sie und die Kinder nicht schon wieder in so etwas hineinziehen. Wie geht es ihnen?«

»Den Kindern? Denen geht es gut. Sie sind bei meiner Nachbarin. Ich habe sie rausgeschafft, bevor die Fragerei losging.«

»Und Sie? Wie geht es Ihnen?«

»Mir geht es ... gut.« Sie lügte. Ihre Knie waren wackelig, ihr Magen war immer noch flau und ein kalter Schweiß befeuchtete ihren Nacken.

»Hören Sie, ich weiß, ich habe kein Recht, Sie darum zu bitten, aber wenn Sie ihnen sagen wollen, dass ich heute um drei Uhr eine Pressekonferenz im Büro von Manley Maids abhalte, dann lassen sie Sie in Ruhe. Sie wollen nur ein paar Infos. Die werde ich ihnen geben.«

Sie holte zittrig Luft. Sie wusste nicht, ob sie ihnen noch einmal gegenübertreten konnte. Wollte diesem Rudel Wölfe nicht die Tür öffnen.

»Beth? Haben Sie mich gehört, Liebes?« Seine Stimme war so sanft und tief, genau wie gestern Abend, als er gesagt hatte, dass er sie küssen wollte.

Oh Gott, was, wenn ihn jemand beim Küssen gesehen und ein Foto gemacht hätte und das nun überall in den Nachrichten stünde, zusammen mit der Geschichte, dass er ihr Haus putzte? Sie konnte die Schlagzeilen über das *Heile-Welt-Spielen* mit ihr förmlich schon hören. Oh Gott. Sie konnte das nicht. Nicht schon wieder. Sie konnte diesen Zirkus nicht noch einmal durchstehen. Konnte das Starren und die Blicke und die zeigenden Finger und die

Fragen nicht ertragen – immer diese Fragen, als hätten sie das Recht, in ihr Leben einzudringen, ihre persönlichsten Gedanken zur öffentlichen Erbauung offenzulegen.

»Beth, sind Sie noch da, Liebes?«

Durch einen Nebel aus Panik hörte sie Bryans Stimme.

»Beth, bitte antworten Sie mir.« Seine Stimme hatte jetzt einen unruhigen Unterton. Einen, den sie vollkommen nachempfinden konnte.

»Ich bin hier.« Allein die Tatsache, diese Worte auszusprechen, ihn wahrzunehmen, mit jemandem zu kommunizieren, der nicht versuchte, ihre Seele auszusaugen, half Beth, sich zu beruhigen.

»Gut. Ich werde das klären, Schätzchen. Versprochen. Sie werden sich keine Sorgen mehr wegen Reportern machen müssen. Das verspreche ich. Ich werde Mac sagen, dass er für den Rest des Monats jemand anderen zu Ihnen schickt, und Sie werden sich nicht mehr damit herumschlagen oder mich wiedersehen müssen.«

»Nein.« Das Wort war heraus, bevor sie darüber nachgedacht hatte.

»Was?« Er klang genauso überrascht wie sie. »Aber wenn ich nicht da bin, werden sie Sie nicht belästigen.«

»Sie können die Kinder nicht im Stich lassen. Sie können ihnen nicht beibringen, sich zu verkriechen.« Auch wenn sie genau das in diesem Moment tat – zumindest waren sie keine Zeugen davon. »Ich kann nicht zulassen, dass die Presse mein Leben bestimmt. Das Leben meiner Kinder. Sie mögen dich, Bryan. Meine Kinder haben dich gerne hier. Weißt du, dass Jason etwas mit seinen Haaren gemacht hat? Ich kann sein Gesicht sehen, wegen etwas, das du gesagt hast. Ich habe zwei Jahre lang versucht, an ihn heranzukommen, und ich habe es nicht geschafft. Du kannst dich jetzt wegen dieser Sache nicht von ihnen abwenden.«

Okay, sie bürdete Bryan eine Menge auf, aber sie würde alles tun, was für ihre Kinder nötig war. Maggie hatte ihm diesen speziellen Umarmungs-Trick gezeigt, den sie mit Mike gehabt hatte. Tommy und Mark beendeten wieder die Sätze des anderen. Kelsey genoss das Prestige in der Schule, und Jason... Sie hatte das Gesicht ihres Sohnes seit der Zeit vor der Beerdigung nicht mehr richtig gesehen. Sie würde sich mit den Folgen von Bryans Weggang auseinandersetzen, wenn sein Monat um war, aber jetzt konnte er *nicht* nicht hier sein. Was würde das den Kindern über den Umgang mit Problemen beibringen? Dass man einfach wegläuft?

»Aber Beth, wenn ich da bin, wird es nur so weitergehen.«

»Also gibst du ihnen bei deiner Pressekonferenz, was sie wollen. Du bist die Geschichte, nicht wir. Aber danach wollen wir, dass du zurückkommst.«

Bryan wollte auch zurückkommen, aber Beth hatte keine Ahnung, was passieren könnte. Sicher, *er* war die Attraktion, aber eine schöne Witwe eines Linienpiloten mit fünf Kindern und er im Haus? Beim Putzen? Die Geschichte war perfekt für die Boulevardpresse *und* die seriöse Presse. Die perfekte romantische Handlung mit dem Filmstar und der Hausfrau. Sein Agent hatte die Möglichkeit sofort gesehen, als er ihm erzählt hatte, was er für Mac tun würde, weshalb Bryan sich bedeckt halten wollte. *Besonders* nachdem er über Mikes Tod gelesen hatte. Er hätte schon damals aussteigen sollen. Hätte Mac sagen sollen, dass sie jemand anderen suchen soll, bevor die Kinder sich an ihn gewöhnt hatten.

Gewöhnt.

Ach, verdammt.

Sie waren nicht die Einzigen. Und es war das schlimmste und zugleich beste Gefühl der Welt. Er mochte ihre Kinder, und er würde lügen, wenn er sagte, dass er nicht ein winziges bisschen stolz darauf war, dass das, was er zu Jason gesagt hatte, ihn dazu gebracht hatte, nicht nur sauberzumachen, sondern auch etwas gegen diese Haare zu tun. Er hatte an Beths Stimme gehört, wie glücklich sie das gemacht hatte. Diese eine kleine Sache, und er hatte seine Finger im Spiel gehabt.

Verdammt, er sollte Mac jemand anderen schicken lassen, allein *wegen* dieses kleinen Zitterns in Beths Stimme.

Aber das würde er nicht. Er wollte niemanden sonst hier haben, der Beths Schlafzimmer oder Maggies Stofftiere oder die Figurensammlung der Zwillinge sah, oder der Kelsey sagte, dass sie hübsch aussah, und ihr großes, wunderschönes, strahlendes Lächeln sah, das ihrer Mutter so ähnlich war, oder der Jason half, zu einem Mann heranzuwachsen.

Jason helfen...? Heilige *Scheiße*. Wann war die Familie Hamilton unter den Panzer gekrochen, den er um sein Herz trug?

Das war so gar nicht das, was er im Kopf gebrauchen konnte, als er an diesem Nachmittag vor die Medien trat. Er betete, dass seine Gedanken ihm nicht im Gesicht geschrieben standen.

»Also, Bryan«, fragte einer der Reporter, »bedeutet das, dass Sie bei *The Pause Button* aussteigen?«

Die romantische Komödie hatte schon für Wirbel gesorgt, bevor das Drehbuch fertiggestellt war; jeder Schauspieler in Hollywood riss sich um die Hauptrollen. Als er die Rolle bekommen hatte, hatte sein Agent ihm eine Kiste Dom geschickt. Irgendwann würde er ihn trinken – wenn der Film abgedreht war und er ein gutes Gefühl bei seiner Leistung hatte.

»Nein, ich werde pünktlich zu den Dreharbeiten erscheinen. Dieser Putzjob ist vorübergehend. Das Reinigungsunternehmen meiner Schwester Mary-Alice Manley, Manley Maids, boomt, und sie brauchte Hilfe. Da meine Brüder und ich die gleiche Vorstellung davon haben, was ein sauberes Haus ausmacht – nämlich unsere Großmutter –, hatte Mac eine fertige Crew für die neuen Aufträge.«

»Sie meinen, dass Sie Ihr eigenes Haus selbst putzen?«, fragte ein anderer Reporter.

»Jetzt gerade natürlich nicht. Ich bin nie da. Tatsächlich bin ich aber auch Kunde bei Manley Maids.«

Ein weiterer Reporter schob Bryan sein Mikrofon ins Gesicht, während er sich durch die anderen hindurch ellbogte. »Warum also ausgerechnet *dieses* Haus? Lag es an der schönen Witwe?«

Bryan funkelte den Jungreporter wütend an. Sogar einige der Veteranen stöhnten auf. Sie mochten eine Story wittern, aber sie würden niemals die wahre Geschichte erfahren, wenn sie ihre Zielperson verärgerten, und man musste kein Gehirnchirurg sein, um zu sehen, dass Bryan über die Frage nicht glücklich war.

»Ich bin hier, um einen Job für meine *Schwester* zu erledigen. Das ist der einzige Grund für das alles.« Er bestritt nicht, dass Beth wunderschön war – das würde er nie tun, denn das war sie –, aber er musste den Spekulationen hier und jetzt ein Ende setzen. Er hatte nicht vor, noch mehr Öffentlichkeit vor ihre Haustür zu bringen. Er hatte die Nachrichtenausschnitte von dem Tod ihres Mannes gesehen, hatte die Panik in ihrem Gesicht gesehen, hatte sie vorhin in ihrer Stimme gehört; sie brauchte diesen Albtraum nicht schon wieder.

Er beantwortete noch ein paar Fragen, machte ein wenig Werbung für Manley Maids, erwähnte den Film und betete, dass der Skandal, der sich zusammengebraut hatte, sich erledigt hatte.

Glücklicherweise hatte er die Weitsicht gehabt, die hässliche Uniform zu tragen, und willigte ein, danach für Fotos zu posieren. Eine bessere PR konnte Mac nicht bekommen. Er gab ihnen, was sie wollten, und hoffte, dass sie Beth und die Kinder in Ruhe lassen würden.

Genau so, wie er es ihr angeboten hatte.

Aber sie *wollte* nicht, dass er ging. Und zwar nicht für sich selbst, sondern für ihre Kinder. Er hätte mit ihr gestritten, aber als sie anführte, es sei im besten Interesse ihrer Kinder, konnte er es nicht. Was wäre er für ein Mann, wenn er beim ersten Anzeichen, dass sie Hilfe brauchte, verschwinden würde?

Nicht die Art von Mann, auf die er stolz war.

Kapitel Vierzehn

»Mama wird so sauer auf dich sein, Mags.«

»Nein, wird sie nicht. Ich mache das hier für Bryan. Mami mag Bryan.«

Bryan wollte gerade in Beths Küche gehen, als Maggies Worte ihn stutzen ließen. Was bastelte Maggie da? Warum sollte Beth sauer sein? Und wie sehr mochte Beth ihn *tatsächlich*, dass es sogar *Maggie* aufgefallen war?

Und warum spielte das überhaupt eine Rolle? Dieser Reporter hatte ihn doch gestern erst daran erinnert, dass der Dreh in drei Wochen beginnen sollte und er vor Ort sein musste. Dieser kleine Ausflug in die Vorstadtidylle war nur vorübergehend.

»Na logisch mag Mama ihn. Jede Frau mag ihn.« Kelsey klang viel älter als zwölf.

»So wie du, Kels?«

Bryan konnte sich bildlich vorstellen, wie Maggie ihrer Schwester die Zunge herausstreckte, und es brachte ihn zum Lächeln. Zu gut erinnerte er sich daran, wie er seine Brüder aufgezogen hatte.

»Sei nicht so albern. Ich bin viel zu jung, um auf ihn zu stehen.«

»Und warum benimmst du dich dann immer so komisch, wenn er da ist?«

Bryan wollte am liebsten seufzen. Er hatte sich sein ganzes Leben lang mit den Schwärmereien von Teenager-Mädchen herumschlagen müssen, aber noch nie hatte ihn eine so sehr beunruhigt wie in diesem Moment. Kelsey konnte nicht in ihn verliebt sein. Er wollte sie nicht verletzen. Vor allem, weil *er* definitiv für ihre Mutter schwärmte.

»Ich benehme mich nicht komisch. Jedenfalls bastle ich nicht so eine dämliche Collage, bei der der ganze Tisch voller Kleber ist und die er sowieso nie irgendwo aufhängen wird.«

»Wird er wohl. Bryan mag mich. Er wird das Bild zu schätzen wissen.«

Das würde er ganz sicher. Gleich nachdem er den Kloß der Rührung in seinem Hals hinuntergeschluckt hatte. Er würde das Ding an die Tür seines Wohnwagens hängen, an jedem Set, an dem er jemals arbeiten würde.

»Mama wird den Kleber nicht zu schätzen wissen, Mags. Du kriegst Ärger.«

»Krieg ich nicht.«

»Wohl.«

»Gar nicht.«

Das war der Moment, in dem er einschreiten musste. Es war eine Sache, wenn die Jungs sich stritten; als Zwillinge hatten sie eine Verbindung, die stärker war als der Schaden, den ihre Worte anrichten konnten, aber bei dem Altersunterschied von sieben Jahren zwischen Kelsey und Maggie würde es viel länger dauern, die Wunden zu heilen, und Bryan wollte nicht der Grund für Zwietracht zwischen den Schwestern sein.

»Hey, Mädels.« Bryan tippte mit den Fingern an seine Mütze und erntete von Maggie das Gekicher, auf das er gehofft hatte. Von Kelsey erntete er den Seufzer und das schüchterne Lächeln, auf das er gehofft hatte, es *nicht* zu bekommen.

»Was machst du da, Maggie?«

Kelsey hatte recht. Es klebte genug Glitzerkleber auf dem Tisch, um den ganzen Rodeo Drive zu dekorieren. In Pink.

Er verbarg ein Lächeln. Er würde sich am Set eine Menge Spott anhören müssen, wenn er das Teil aufhängte, aber das war ihm egal.

»Ich male dir ein Bild, Bryan. Damit du uns nicht vergisst.«

Jetzt zog sich seine Kehle wirklich zusammen. Dann sah er sich das Bild an und hätte fast keine Luft mehr bekommen. Da waren die fünf Kinder – Jason mit der neuen Frisur – und dahinter eine strahlende Beth, die ihre Arme schützend über alle fünf ausstreckte.

Die Symbolik in dieser Zeichnung war unübersehbar, und Bryan brachte kaum ein Wort heraus. »Das ist ein tolles Bild, Maggie. Es wird mir eine Ehre sein, es zu besitzen.«

Kelsey seufzte.

»Aber Kelsey hat recht. Wir müssen das hier sauber machen, bevor der Kleber auf dem Tisch trocknet.« Er hatte das Gefühl, dass es bereits zu spät war. Er nahm einen Glitzerkleberstift und las das Kleingedruckte. Zumindest war er wasserlöslich. »Kelsey, könntest du einen Eimer mit warmem Wasser füllen?« Das würde ihr eine konstruktive Beschäftigung geben und sie aus der Teenie-Phase herausholen, in der sie gerade schwelgte.

»Klar, Bryan. Sonst noch was?«

Er biss sich auf die Lippen angesichts der Heldenverehrung in ihren Augen. »Wenn du einen Schwamm mit so einer Scheuerseite fändest, wäre das hilfreich.«

»Ich glaube, wir haben welche in der Speisekammer.«

»Super. Danke.« Er sah Maggie an. »Komm schon, Maggie. Lass uns das wegputzen, bevor es fest wird. Du willst den Tisch ja wieder benutzen können.«

»Mami sagt, du gehst auf Außendreh. Was bedeutet das?«

»Das heißt, dass ich an den Ort reise, an dem wir den Film drehen.«

»Ich dachte, Filme werden in Hollywood gemacht?«

»Nicht alle. Manchmal ist es einfacher und billiger, an einen echten Ort zu fahren, wie zum Beispiel an den Strand, in die Berge oder in eine Stadt, als das alles in Hollywood nachzubauen.«

»Gibt es da Telefone?«

»Sicher. Es wird fast so sein, als würden wir hier in der Stadt drehen.«

»Mit all den vielen Leuten und den Kameras, genau wie damals, als Papi gestorben ist?«

Er hielt den Atem an. Er hatte die Panik in Beths Stimme wegen der Kameras gehört und daher nicht erwartet, dass Maggie so gelassen damit umging, aber damals war sie erst drei gewesen. Vielleicht hatte es keinen so großen Eindruck hinterlassen.

»Ich habe deiner Mama schon gesagt, dass mir das leidtut. Ich hätte nicht gedacht, dass es die Leute interessiert, dass ich hier bin.«

Maggie zuckte mit den Schultern. »Also *ich* bin froh, dass du hier bist. Du bringst mich und Mami zum Lächeln. Aber Kelsey... die verhält sich irgendwie komisch. Vielleicht kannst du sie dazu bringen, nicht mehr so komisch zu sein.«

»Maggie!« Kelsey knallte den Eimer auf die Arbeitsplatte, wobei Wasser über den Rand schwappte, und warf Bryan einen verzweifelten Blick zu, bevor sie aus der Küche rannte. »Ich hasse dich!«

»Bleib hier, Maggie, und fang an zu putzen. Ich bin gleich wieder da.« Er musste die Sache im Keim ersticken, bevor Kelsey es zu einer Katastrophe auswachsen ließ.

Natürlich war sie in ihr Zimmer geflüchtet. Großartig.

Bryan hörte sie hinter der Tür weinen und holte tief Luft, bevor er anklopfte.

»Geh weg, du Nervensäge.«

»Ich bin's, Kelsey.«

Es blieb still. Dann ein Schniefen. Ein Schluchzer. Füße, die über den Boden schlurften, dann das Geräusch des Schlosses.

Ein verweintes Gesicht erschien im Türspalt. »Maggie hat keine Ahnung, wovon sie redet.«

»Können wir kurz reden, Kelsey?«

Sie schloss die Augen und schwang dann die Tür auf. »Von mir aus.«

»Lass uns auf die Veranda setzen.«

Sie knabberte an ihrer Lippe und ging vor ihm die Treppe hinunter zu den hölzernen Schaukelstühlen, wobei sie den Kopf hängen ließ, sodass ihre Haare ihr Gesicht verdeckten.

»Wegen dem, was Maggie gesagt hat—«

»Sie ist eine blöde Kuh.«

»Sie ist deine Schwester, und kleine Schwestern necken einen nun mal gern. Glaub mir, ich weiß das. Ich habe selbst eine.«

Ein zaghaftes Lächeln zeigte sich.

»Ich finde nicht, dass du dich komisch verhältst. Was du fühlst, ist ganz normal für ein Mädchen in deinem Alter. Und ich fühle mich geschmeichelt. Aber ich bin zu alt für dich.«

Ihr Gesicht glühte, aber sie war definitiv Beths Tochter und sah ihm mit demselben Trotz fest in die Augen. »Ja, ich weiß. Außerdem finden dich sowieso alle Mütter toll.«

Er verkniff es sich, darauf hinzuweisen, dass die Mütter in *seinem* Alter waren.

»Und magst du meine Mama?«

Damit hatte er nicht gerechnet. »Äh, nun ja, ja. Deine Mutter ist eine nette Frau. Und nach allem, was sie durchgemacht hat, was ihr alle durchgemacht habt... deine Mutter ist eine ganz besondere Frau.«

»Ja, aber magst du sie *richtig*?«

Wie war dieses Gespräch nur auf einen Pfad abgekommen, den er eigentlich vermeiden wollte? Er hatte gedacht, Kelseys Gefühle anzusprechen, wäre der schwierige Teil... »Ich mag deine Mutter sehr, Kelsey. Aber ich werde nicht lange hier sein. In ein paar Wochen fangen die Dreharbeiten an und ich werde monatelang weg sein. Und danach wieder. Mein Beruf führt mich um die ganze Welt. Ich kann nicht hier sein. Und deine Mutter verdient jemanden, der da ist. Der für sie da ist.«

»Oh.«

Und das sollte er sich besser selbst hinter die Ohren schreiben. Denn eine Zeit lang in der Küche mit Maggie und neulich Abend im Pavillon hatte er seinen Gedanken freien Lauf gelassen. Hatte geträumt. Sich etwas vorgemacht.

Sein *berufliches* Leben bestand nur aus So-tun-als-ob; das brauchte er nicht auch noch in seinem *echten* Leben. Und die Realität war, egal wie sehr er sich zu ihr hingezogen fühlte, egal wie sehr er es genoss, mit ihr und ihrer Familie zusammen zu sein – Beth war eine Realität, die er nicht haben konnte.

Beth trat von der Haustür zurück. Sie hätte nicht lauschen sollen, aber als sie die beiden nach draußen gehen sah, wollte sie eigentlich fragen, was los war, bis Kelseys Körpersprache sie zurückhielt. Und dann hatte sie gehört, was Bryan gesagt hatte. Er war ganz wunderbar mit Kelseys Schwärmerei umgegangen.

Und was er über sie gesagt hatte...

Er hatte recht. Jedes Wort stimmte – er würde gehen. Er konnte nicht hierbleiben, und das musste sie sich klarmachen.

Aber er mochte sie. Sie war »eine ganz besondere Frau«. Ein Prickeln war durch sie hindurchgegangen, als er das gesagt hatte. Ein Prickeln, das sie seit Jahren nicht mehr gespürt hatte – bis zu jener Nacht im Pavillon.

Bryan würde abreisen. Er würde nicht bleiben. Wenn es darauf ankam, spielte dieses Prickeln keine Rolle. Ihre Kinder brauchten Beständigkeit, und sie auch. Bryans Lebensstil war für keinen von ihnen gut.

Kapitel Fünfzehn

Bryan packte die Reinigungsausrüstung der Manley Maids zusammen und ließ seinen Blick ein letztes Mal prüfend durch die Küche schweifen. Maggies Kleber war ein Albtraum gewesen, und der ganze Glitzer auf dem Boden hatte auch keinen Spaß gemacht, aber die beiden hatten hart gearbeitet, um alles aufzuwischen, während das Bild, das sie für ihn gebastelt hatte, auf der Arbeitsplatte trocknete. Er hatte die Ecken mit Gewichten beschwert, damit sie sich nicht einrollten, und darauf bestanden, dass Maggie unterschrieb, sobald es trocken war.

Sie hatte ihn über das ganze Gesicht angestrahlt, als sie fertig war, und Bryan wusste, dass er dieses krumme, pinkfarbene Machwerk immer in Ehren halten würde. Maggie Hamilton würde man nicht so leicht vergessen. Das galt für alle Hamiltons. Genau wie Tommy und Mark, die in diesem Moment wieder durch die Küche stürmten; sie schleppten ein schlammkrustiges Seil hinter sich her und hinterließen schlammige Fußabdrücke von der Hintertür quer durch die Küche. Wenn er nicht gerade im Durchgang zum Wohnzimmer gestanden hätte – dem Tor zum Rest des Hauses –, hätten sich diese Abdrücke unaufhaltsam fortgesetzt.

»Halt!«, rief er und streckte den Arm aus. »Wer da, Soldaten?«

Die Jungs sahen sich einen Moment lang verwirrt an, dann breitete sich ein breites Grinsen auf ihren Gesichtern aus, und sie nahmen Haltung an.

»Ich bin's, Sir Markus. Ich bin gekommen, um der Königin zu sagen, dass ihr königlicher Hund entkommen ist!«

»Hund?«, verdrehte Tommy die Augen. »Es ist der *Gefangene* Ihrer Majestät, der getürmt ist. Er rennt gerade durch den Garten der Nachbarn.«

Sherman. Schon wieder.

Bryan stellte den Werkzeugkasten mit den Putzsachen auf die Arbeitsplatte. »Führt mich an, Männer!«

Es wurde ein Nachmittag der Qualen. Für seinen letzten Film war er in Topform gewesen und hatte eigentlich nicht geglaubt, dass er inzwischen so sehr abgebaut hatte, aber die Jagd nach einem Hund, der wie ein Energizer-Hase auf Speed war, und zwei kleinen Jungs zeigte ihm, wie sehr er sich geirrt hatte.

Der verdammte Hund hatte seit dem Zaun-Eskapade ein paar neue Tricks gelernt, und es brauchte die gesamte »Armee« aus Freunden von Sir Markus und Sir Thomas, um ihn in die Enge zu treiben.

Bryan und das Dutzend Zehnjähriger kesselten Sherman schließlich am Pool eines Nachbarn ein, rückten auf ihn zu und zogen den Kreis immer enger. Unglücklicherweise befand sich genau in der Mitte dieses Kreises das Becken selbst, und Bryan hatte so ein Gefühl, dass das kein gutes Ende nehmen würde.

Erst recht nicht, als Sir Thomas beschloss, den Angriff der Lichtschwert-Brigade anzuführen.

Sieben Kinder landeten im Wasser. Ein Hund kam wieder heraus.

Und flitzte mit einem kurzen Schütteln, einem Kläffen und viel zu viel Energie im Schritt davon.

Bryan fischte die Jungs aus dem Becken, rang T-Shirts und Shorts aus, gab ihnen eine kurze Lektion in Sachen Kampf am Poolrand für das nächste Mal und führte sie dann durch das Gartentor hinter dem verdammten Hund her.

Der verdammte Hund amüsierte sich prächtig. Buchstäblich auf dem Feld. Am Rande der Siedlung gab es eine Wiese, aber sie war das letzte Bollwerk der Sicherheit vor der viel befahrenen Straße.

»Okay, Leute, so sieht's aus.« Bryan trommelte die Jungs zum Brainstorming zusammen. »Tommy, Johnny, Kevin und Kyle: Ihr flankiert ihn von rechts.«

»Was heißt flankieren?«, fragte Kyle.

»Ihr geht rechts herum.« Bryan zeigte auf einen Hartriegel. »Seht ihr den

Baum da? Ich will, dass ihr dahinter vorbeigeht und bis zu diesem Baumstumpf vorrückt. Dann schleicht ihr euch leise an und rückt immer näher zusammen. Ihr anderen Jungs kreist ihn von der anderen Seite ein. Wir werden Sherman zwischen uns in die Falle locken, genau wie beim letzten Mal.«

Mark erzählte den anderen von dem Vorfall mit dem Komposthaufen – inklusive Bryans Kopfsprung mitten hinein. »Bryan hat den Tag *und* den Hund gerettet. Es war der Hammer!«

Na gut, den Sturz in den Kompost würde er wohl als Heldentat verbuchen, wenn die Jungs das so toll fanden.

Die anschließende Dusche und Beth danach zu sehen, war allerdings auch ziemlich toll gewesen.

Bryan warf einen Blick auf Sherman. Der Hund saß auf seinen Hinterläufen, die Zunge hing ihm links aus dem Maul, und diese grinsende Kurve an seiner Schnauze schien sie regelrecht zu verspotten. »Okay, Leute, geht langsam auf eure Positionen.«

Sherman bewegte sich unruhig, als die Jungs ausschwärmten, und zog die Augenbrauen hoch. Bryan war bisher gar nicht klar gewesen, dass Hunde überhaupt Augenbrauen *hatten*.

Der Hund blickte zwischen den beiden Gruppen von Kindern hin und her. Jedes Mal, wenn Sherman den Kopf wegdrehte, schlich Bryan ein paar Schritte vorwärts. Einmal sah Sherman in seine Richtung, woraufhin Bryan sofort erstarrte.

Der Hund wirkte nervös. Bryan beobachtete die Jungs aus den Augenwinkeln. Sie waren fast an ihren Positionen, um mit dem Vorrücken zu beginnen. Wenn er Sherman auf sich fokussiert hielt, konnten die Jungs nah genug herankommen, um den Kreis so eng zuzuziehen, dass der Hund keine Chance zur Flucht mehr hatte.

Tommy gab ein Handzeichen. Mark tat es ihm kurz darauf gleich.

Bryan nickte, und die Jungs kamen langsam näher.

Sherman rappelte sich auf. Mist.

Bryan breitete die Arme aus und versuchte, sich so groß wie möglich zu machen. Tiere reagierten normalerweise auf größere Drohungen mit Einschüchterung.

Natürlich tat *dieser* verdammte Hund das nicht.

Sherman tänzelte praktisch auf den Zehenspitzen, drehte sich im Kreis und sein kleiner Schwanzstummel wurde steif, als er die Jungs sah. Bryan nutzte die Gelegenheit für ein paar weitere Schritte nach vorn.

Der Hund sah über seine Schulter – was Tommy und Mark die Chance gab, vorzurücken.

Bryan hätte ihnen am liebsten zugerufen, wie stolz er auf sie war, weil sie die Taktik so gut umsetzten, aber er wollte Sherman nicht noch mehr aufscheuchen.

Er machte einen weiteren Schritt, als Sherman wieder zu den Jungs sah. Dann noch einen. Er war nur noch einen knappen Meter von dem Hund entfernt, als einer der Knirpse stolperte.

Das war für Sherman Grund genug, die Flucht zu ergreifen.

Zum Glück beging er den Fehler, an Bryan vorbeirennen zu wollen, und Bryan warf sich auf ihn.

Und landete in einem Haufen Kaninchenböppel.

Immerhin war es kein Hinterlassenschaft von Rehen oder Pferden, aber trotzdem... Dieser verdammte Hund war schuld daran, dass er zum zweiten Mal eine Dusche brauchte.

»Wir haben ihn! Super gemacht, Bryan!«, rief Mark aus. Die Jungs klatschten sich alle gegenseitig ab, feierten ihren Teamgeist, während Bryan den zappelnden, stinkenden Jack Russell wie eine Trophäe festhielt.

Er klemmte sich den Hund unter den Arm und hakte seinen Daumen fest in das Halsband ein, damit das kleine Biest nicht versuchen konnte, sich durch irgendeine windige Drehung wieder zu befreien.

Die Gruppe marschierte im Stil einer römischen Legion zurück zum Haus. Beth hatte die Mädchen versammelt – die offensichtlich wieder miteinander sprachen – und hielt ein Tablett mit Keksen bereit. »Siegreiche Helden müssen belohnt werden. Danke, Männer.«

Sie stürzten sich auf die Kekse, wie man es von einer Horde hungriger Zehnjähriger erwartete. Ein Glück, dass Bryan keine wollte; die Jagd nach Sherman hatte ihm gezeigt, dass er besser die Finger von Süßigkeiten lassen sollte.

Ganz besonders von Beth.

»Und was bekomme ich, edle Dame?« So viel dazu. Sie sah so verdammt süß aus, wie sie den Jungs die Kekse »darbot«, und schließlich hielt er ja den Preishund fest.

Kelsey sah ihre Mutter an. Verdammt. Er hätte diese Frage nach dem

Gespräch auf der Veranda wirklich nicht in Gegenwart ihrer Tochter stellen sollen. Vor allem nicht, als Beth errötete.

»Ich, ähm, könnte noch mehr backen?«

Kelsey verdrehte die Augen. »Ma-ma.« Sie nahm Sherman von Bryan entgegen. »Du musst dem Ritter einen Kuss geben. Weißt du denn gar nichts?«

Oh, Beth wusste alles über das Küssen. Das konnte Bryan bezeugen. Und einen Kuss von ihr hier zu bekommen, vor all diesen Zeugen, war *keine* besonders gute Idee.

Aber Kelsey ließ nicht locker. Nicht mit diesem vielsagenden Blick auf Bryan.

Also griff er nach Beths Hand, ging auf ein Knie und gab ihr den kürzesten, züchtigsten Kuss, den er zustande brachte – obwohl er sie am liebsten zu sich heruntergezogen hätte, um sich mit ihr die ganze Nacht lang im Gras zu wälzen und sie zu küssen, bis morgen früh die Sonne aufging.

Stattdessen holte er sich in die Realität zurück, stand schnell auf und verbeugte sich sowohl vor Maggie als auch vor Kelsey. »Und nun, meine Damen, wenn ihr mich entschuldigen würdet, ich habe eine Arbeit zu beenden.« Diese schlammigen Fußabdrücke würden sich nicht von selbst wegputzen.

»Warte mal, Bryan.« Beth tippte ihren Söhnen auf die Schultern. »Jungs, in der Küche wartet ein Chaos, auf dem eure Namen stehen. Wie wäre es, wenn ihr beiden da reinmarschiert und euch darum kümmert? Das ist nicht Bryans Aufgabe.«

Die Jungs stopften sich die Kekse in den Mund und taten, was sie verlangte.

Bryan zog die Augenbrauen hoch und sah Beth an. »Keine Widerrede?«

Sie zuckte die Achseln. »Was soll ich sagen? Sie sind siegreiche Helden. Sie haben Sherman gerettet.«

Maggie zupfte am Saum von Beths Shirt – wodurch der weite Ausschnitt so tief rutschte, dass Bryan einen Blick auf ihr Dekolleté erhaschen konnte.

Noch fünfzehn Sekunden Folter.

»Mami, *Bryan* hat Sherman gerettet. Er ist voll auf ihn draufgesprungen. Kyle hat's mir erzählt.«

Bryan tätschelte ihr das Kinn. »Nein, Maggie. Das war eine Teamleistung.

Jeder hat seinen Teil beigetragen. Ich war nur zufällig zur Stelle, als Sherman losgerannt ist. Wir *alle* haben Sherman gerettet.«

Maggie verschränkte die Arme. »Nee-ee. Du warst das. Kyle hat es gesagt. Du bist bloß bescheiden.«

Der Blick, den Beth ihm zuwarf, verriet, dass sie ihn am liebsten umarmt hätte. Er hoffte, dass es noch andere Gründe dafür gab, als nur die Tatsache, dass er ihren Söhnen den Ruhm überließ.

»Kelsey«, sagte sie und löste den Blickkontakt zwischen ihnen, der einen Herzschlag zu lang gedauert hatte, um noch als schicklich durchzugehen, »bitte bring Sherman in den Hauswirtschaftsraum. Er muss gebadet werden.«

»Genau wie Bryan«, hielt sich Maggie die Nase zu. »Puh, das stinkt!«

Und so fand sich Bryan einmal mehr nackt in Beths Badezimmer wieder.

Diesmal ließ er sich Zeit. Beim letzten Mal war ihm die Intimität der Situation noch so unangenehm gewesen, aber jetzt, nachdem er sie in den Armen gehalten hatte, nachdem er wusste, was sie in ihm auslöste... begehrte er jede Intimität, die er kriegen konnte. Das Erlebnis im Pavillon hatte seine Neugier erst so richtig geweckt.

Er hätte sie nicht küssen dürfen. Er hätte sich nicht auf diese Weise quälen sollen. Genauso wenig wie er sich jetzt quälen sollte, indem er sich vorstellte, wie sie hier bei ihm wäre, wie sie die Seife auf ihrem ganzen Körper verteilte, wie er sich unter dem herabperlenden Wasser gegen sie rieb, wie er ihren Fuß anhob, damit sie ihn um seinen Oberschenkel schlang, während sie ihre Brüste und Nippel gegen seine Brust presste, und, oh verdammt, er würde noch in ihrer Dusche kommen, wenn er diesen Gedankengang nicht sofort stoppte.

Er drehte die Wassertemperatur herunter und beschloss, *nicht* länger als nötig zu verweilen. Das rosa Handtuch, auf dessen Benutzung Maggie wieder einmal bestanden hatte, half dabei, die Situation zu entschärfen, und als er die Tür zu ihrem Schlafzimmer öffnete, hatte er sich wieder unter Kontrolle.

Bis auf die Tatsache, dass er nun auf ihr Bett starrte.

Die Bilder kehrten mit voller Wucht zurück und mit ihnen seine Erektion. Gott, er wollte sie. Wollte sie auf dieses Bett legen und sie küssen, von ihren wunderschönen Augen über die kecke Nase bis hin zu ihren verdammt sexy Lippen. Hinunter zu ihrem Kinn, dann mit der Zunge darunter entlangfahren, den Hals hinunter, die Kuhle an ihrem Schlüsselbein kitzeln, bevor er sich an ihren Brüsten gütlich tat. Er wollte seine Hände auf ihnen spüren, seine

Lippen, seine Zunge, sie in seinen Mund nehmen und sie vor Verlangen wahnsinnig machen.

Sie war in jenem Pavillon ganz bei ihm gewesen. Sie hatte ihn gewollt. Sie war klug gewesen, es nicht zu weit gehen zu lassen – um unser beider willen –, denn er hatte sie verdammt begehrt. Das konnte sie *unmöglich* nicht bemerkt haben.

Er band sich das rosa Handtuch fester um die Taille, in der Hoffnung, den Druck etwas zu lindern, aber die Reibung der Baumwolle auf der empfindlichen Eichel ließ ihn nur noch mehr vor Sehnsucht schmerzen. Er wollte Beth, und er fing an zu befürchten, dass er vielleicht nicht stark genug sein würde, der Versuchung zu widerstehen.

Bryan schüttelte den Kopf. Das war lächerlich. Tausende von Frauen – wunderschöne, sexy Models – warfen sich ihm an den Hals. Er konnte jede haben, die er wollte.

Aber er wollte nur Beth.

Er riss das Handtuch herunter, halb in der Hoffnung, dass ihn der Peitschenhieb der Stoffkante am Oberschenkel treffen und seinen Fokus von der Tatsache ablenken würde, dass sein Schwanz hart war, pochte und tief in ihr vergraben werden wollte. Beth. Eine verwitwete Mutter. Von fünf Kindern.

Zum ersten Mal jagte ihm dieser Gedanke keine Heidenangst ein.

Er schnappte sich seine Boxershorts vom Bett und ließ den Bund hart gegen seine Bauchmuskeln schnappen, in der Hoffnung, dass der Schmerz seine Gefühle ablenken würde. Fehlanzeige. Nichts. Immer noch steinhart. Dann griff er nach den Shorts. Den Shorts ihres *Ehemannes*.

Er ließ sich Zeit beim Hineinschlüpfen und stellte sich vor, wie Mike dasselbe getan hatte. Nachdem er mit Beth Liebe gemacht hatte. *Das* sollte ihn doch eigentlich abkühlen.

Tat es nicht. Es sorgte nur dafür, dass er sie noch mehr wollte.

Er verlor den Verstand. Das Hiersein setzte ihm zu. Er brauchte eine Pause. Neutralen Boden. Irgendetwas anderes, auf das er sich konzentrieren konnte.

Er schlüpfte in das T-Shirt – ebenfalls eines von Mike – und wählte Seans Nummer auf seinem Handy.

»Hey, Bry, was gibt's?«

Seinen Ständer, aber wenn er das sagte, würde er es sich von Sean ewig anhören müssen. Und es *nicht* zu hören, war genau der Grund, warum er seinen Bruder überhaupt anrief. »Brauchst du auf deinem Anwesen Hilfe bei irgendetwas? Ich habe gerade etwas Zeit totzuschlagen und könnte ein Workout gebrauchen.«

»Du bietest freiwillig deine Hilfe an? Gratis, oder erwartest du, dass ich dich bezahle? Filmstar-Gagen kann ich mir heutzutage nicht leisten.«

Das war Sean, er musste immer einen Seitenhieb verteilen. Seine Brüder freuten sich zwar über seinen Erfolg, aber es war zu verlockend für sie, sich über seinen verschwenderischen Lebensstil jenseits der Vorstadtidylle lustig zu machen.

»Betrachte es als Arbeitsbeteiligung.«

Er hatte bereits eine ordentliche Summe investiert, um Teilhaber an dem Anwesen zu werden, das sein Bruder in ein exklusives Resort verwandeln wollte. Liam war auch mit im Boot, und sobald das Testament vollstreckt war, würde das Grundstück Sean gehören. Dann würde die eigentliche Arbeit beginnen. Im Moment hatte Sean das Glück gehabt, von Mac dorthin versetzt zu werden, also passte alles wunderbar zusammen. Besonders, wenn es Bryan für ein paar Stunden aus Beths Haus herausbrachte und ihm etwas Luft zum Atmen verschaffte.

Kapitel Sechzehn

»Ich finde, du solltest ihn zur Happy Hour mitbringen.«

»Oooh, tolle Idee, Jenna. Auf die Weise könnten wir ihn alle mal kennenlernen.«

Beth zog angesichts ihrer beiden Freundinnen, die sich gerade eher wie Kelseys Gleichaltrige benahmen als wie erwachsene Frauen, die Augenbrauen hoch. Jenna und Kara wollten Bryan gaffen. Sie waren beide glücklich verheiratet, aber es war kein Geheimnis, dass Bryan Manley bei jeder von ihnen auf der Liste für einen Freifahrtschein stand.

Ihre armen Ehemänner. Als das Thema Freifahrtschein-Liste damals im Gespräch aufgekommen war, hatten die Männer den Spaß mitgemacht, aber jetzt, wo der Typ, der bei jeder von ihnen auf Platz eins stand, tatsächlich in der Stadt und in ihrem Haus war …

»Er ist keine Trophäe, die man ausstellt, Kar.« Sie beobachtete, wie Mark über das Fußballfeld rannte, und zuckte zusammen, als er am Knöchel getroffen wurde. Von seinem Bruder. War ja klar. Die beiden *waren* buchstäblich wie zwei Erbsen in einer Schote.

»Dann, Schätzchen, hast du ihn noch nicht genug beobachtet. Was machst du denn, wenn er sich vorbeugt, um deine Kissen aufzuschütteln? Wegsehen?«

Beth stieg die Röte ins Gesicht und sie kramte in ihrem Rucksack nach den Ersatz-Wasserflaschen der Jungs, die sie immer für den Fall einpackte, dass sie die anderen schon geleert hatten. »Er ist kein Stück Fleisch.«

Jenna machte sich nicht einmal die Mühe, so zu tun, als würde sie das Spiel verfolgen. Aber gut, ihr Sohn Ben saß momentan auch auf der Bank. »Süße, er ist ein Prachtexemplar von einem Mannsbild und du kannst mir nicht erzählen, dass dir das nicht aufgefallen ist. Dein Erröten spricht Bände, auch wenn du selbst schweigst.«

»Schön. Ja, er ist ein gut aussehender Kerl. Ich hab's begriffen. Aber er ist nicht hier, um begafft zu werden, und ihr zwei bezahlt ihn nicht dafür, nach Feierabend hier zu sein, also nein, ich werde ihn nicht zur Happy Hour einladen.«

Es war eine Sommertradition. Jeden Freitagabend gab jemand eine Party. Unter sich nannten sie es Happy Hour – für die Kinder hieß es Familienstunde, denn eigentlich war es keine gute Idee, den Kleinen beizubringen, dass Happy Hours ein normaler Vorgang waren. Außerdem würde die Schule einen Tobsuchtsanfall bekommen, wenn die Lehrer die Sommertagebücher der Kinder lesen würden.

»Komm schon, Beth. Frag ihn wenigstens. Was ist das Schlimmste, was passieren kann? Dass er Nein sagt?«

Nein, das Schlimmste wäre, wenn er Ja sagen würde. Bryan war in den letzten zwei Tagen punkt vier Uhr aus ihrem Haus verschwunden. Er tauchte pünktlich um acht auf, machte seine Stunde Mittagspause – auf die Minute genau – und ging in dem Moment, in dem er konnte. Eigentlich hatte sie ihm gesagt, er könne früher gehen, wenn er etwas zu erledigen hätte, aber er hatte sie nur angesehen und gesagt, dass er bis vier arbeiten würde.

Sie wusste nicht, was passiert war. Warum er sich von diesem Ritter in pistaziengrüner Uniform in diesen ... höflichen Fremden verwandelt hatte. Aber aus irgendeinem Grund hatte er beschlossen, sie und die Kinder auf Distanz zu halten. Was sie selbst anging, war sie damit einverstanden, weil sie ohnehin viel zu viel über ihn nachgedacht hatte, aber die Kinder vermissten die Kameradschaft, die sie geteilt hatten. Und sie vermisste das Lachen.

Der Schiedsrichter pfiff und Mark stürmte vom Feld, sein Gesicht so rot wie ihres, aber vor Wut. Sie wollte gerade die Tribüne hinunterklettern, als sein Trainer, Mr. Weston, den Arm um ihn legte und ihn zurück zur Bank führte, wobei er die ganze Zeit auf ihn einredete.

Beth tat das Herz weh. Die Kinder brauchten einen Vater. Mike hätte gewusst, was er Mark jetzt sagen musste. Dinge, die der Trainer wahrscheinlich gerade sagte, aber würden sie aus dem Mund von Erics Vater, dem Vater seines Freundes, genauso viel bedeuten wie von seinem eigenen?

Wieder einmal drohte die Welle der Traurigkeit, die sie nach Mikes Tod umschlossen hatte, über ihr zusammenzuschlagen. Die Selbsthilfegruppe lehrte, das Gefühl würde über die Jahre nachlassen, aber nie ganz verschwinden. Dass die *Was-wäre-wenn*-Fragen immer im Hinterkopf lauern würden.

Sie hasste diese Szenarien. Sie konnte nicht in einem *Was-wäre-wenn* leben; sie lebte im Hier und Jetzt. Genau wie ihre Kinder. Was auch immer für weise Worte Mark gerade brauchte – sie war realistisch genug zu wissen, dass der Trainer derjenige sein musste, der sie ihm gab.

Dann sah sie Bryan von der anderen Seite des Parks auf das Spielfeld zustreiten. Immer noch in seiner grünen Uniform war der Mann ein Anblick zum Niederknien, und die Schmetterlinge, die er in ihrem Bauch im Pavillon entfacht hatte, erwachten und wurden aufmerksam; sehnsüchtig flatterten ihre Flügel in ihrem Inneren.

Aber er steuerte nicht auf sie zu. Für einen Moment ließen die Schmetterlinge die Flügel hängen, doch als er auf die Bank zuging, dem Trainer die Hand schüttelte und sich dann vor Mark hinhockte und mit ihm sprach, spielten sie verrückt.

»Und du meinst, *das* ist kein Hauptgewinn? Was bist du, blind?« Jenna fächelte sich Luft zu. »Ernsthaft, Beth, siehst du *das* etwa nicht?«

Das war ja das Problem. Sie sah ihn sehr wohl. Und es wurde immer schwerer, wegzusehen, je länger er da war.

Also tat sie es nicht. Sie beobachtete ihn mit ihrem Sohn. Das Spiel um sie herum ging weiter, Kinder kamen und gingen auf der Bank, Pfeifen ertönten, die Menge jubelte oder stöhnte auf, und Jenna sagte hin und her etwas zu ihr, aber Beth hatte nur Augen und Ohren und jeden anderen Sinn für das geschärft, was sich dort auf der Bank vor ihr abspielte.

Marks hängende Schultern entspannten sich allmählich. Sein Rücken wurde etwas gerader, sein Nicken etwas fester. Dann band er seine Schuhe neu und stand auf, tänzelte von einem Fuß auf den anderen und zerrte am Hemd des Trainers, um dessen Aufmerksamkeit zu erlangen.

Bryan stieg an einer Stelle über die Bank und trat ein paar Schritte zurück zum Rand der Laufbahn, die das Innenfeld umgab. Er steckte die Hände in seine Vordertaschen – was sehr nette Dinge mit der Rückseite seiner Hose anstellte, was ebenfalls schwer zu ignorieren war – und nickte, als Mark zu ihm zurückblickte.

Mark bekam schließlich die Aufmerksamkeit des Trainers und sie hielten ein kurzes Vier-Augen-Gespräch. Mr. Weston warf einen Blick auf Bryan und nickte Mark dann zu. Dann rannte ihr Sohn wieder ins Spiel.

Tränen brannten in Beths Augenwinkeln. In diesem Moment allein war Bryan ihr Märchenprinz.

»Oh mein Gott. Er kommt hierher!« Kara presste die Worte zwischen den Zähnen hervor. »Schnell! Jenna! Hast du ein Kaugummi?« Sie hielt sich die Hand vor den Mund und atmete aus.

»Im Ernst? Du glaubst, du hast jetzt die *Chance*, Bryan Manley zu küssen? Hier? Wo Beth direkt neben uns sitzt?«

Diesmal errötete Beth nicht. Diesmal ließ sie Jennas Worte einsinken. Ließ sie auf der Zunge zergehen, um sie zu genießen.

Wenn doch nur ...

Nein. Sie schüttelte den Kopf. *Wenn-doch-nur*-Gedanken waren genauso schlimm wie *Was-wäre-wenn*-Fragen.

»Hey.« Bryan erklomm die Tribüne. Diese Hose schmiegte sich an ein paar kräftige Oberschenkel und das Hemd spannte sich über ein paar verdammt gute Schultern. All das war ihr schon aufgefallen, als sie ihn zum ersten Mal auf dem Bildschirm gesehen hatte, aber ihn jetzt hier in Fleisch und Blut zu sehen ... Und das machte das Problem nur noch größer.

»Was war bei Mark los?«

Ihre Freundinnen teilten sich wie das Rote Meer und gaben ihm die perfekte Gelegenheit, sich neben sie zu setzen.

Zu ihrem Glück ergriff er sie. Oder vielleicht auch nicht zu ihrem Glück, denn einer dieser festen Oberschenkel war nun gegen ihren gepresst und der Geruch der Anstrengungen seines Tages wehte um sie herum, legte sich auf ihre Zunge und forderte sie heraus, ihn zu kosten.

Gott, wie sehr sie das wollte.

Aber sie würde es nicht tun. Sie musste an ihre leicht beeinflussbaren Kinder denken. Und an die Mütter, die sie voller Neid beäugten.

Und an ein Teleobjektiv, das von der Tribüne auf der gegenüberliegenden Seite des Feldes auf sie gerichtet war.

Mistkerl.

»Er hatte ein paar deutliche Worte für seinen Bruder übrig, weil der ihn am Knöchel erwischt hat. Der Coach wollte das im Keim ersticken, bevor es eskalierte.«

Sie wollte auch etwas anderes im Keim ersticken, hatte aber Angst, dass sie nur noch mehr unerwünschte Aufmerksamkeit erregen würde, wenn sie es ihm sagte. »Und was hast du zu ihm gesagt?«

Bryan zuckte mit den Schultern. »Dass Tommy ihn aus Versehen erwischt hat und dass er zur Familie gehört. Seine Familie beleidigt oder respektiert man *nicht*. Das tut man bei niemandem, aber ganz besonders nicht bei denen, die immer für einen da sein werden.«

»Och, das ist so süß.« Kara streckte ihre Hand aus. »Kara Leopold. Ich bin eine Freundin von Beth. Und das ist Jenna Harte.«

»Freut mich.« Jenna ließ sich die Chance ebenfalls nicht entgehen, ihn zu berühren, und Beth überraschte es, wie sehr ihr das missfiel. »Unsere Söhne spielen mit den Zwillingen Fußball.«

»»Ben und Nick.« Kara strich sich eine Strähne hinter das Ohr und legte den Kopf ein kleines Stück schief, mit einem sanften Lächeln auf den Lippen, das Beth noch nie bei ihr gesehen hatte.

Oh, bitte! Ernsthaft? Die Frau war glücklich mit ihrem Highschool-Schatz verheiratet, und doch reichte ein Lächeln von Bryan – okay, es *war* ein umwerfend charmantes Lächeln –, und sie vergaß glatt, dass sie eigentlich schwer verliebt in den Mann war, den sie seit der vierten Klasse kannte?

»»Freut mich, die Damen.« Bryan war ein Experte darin, sich aus brenzligen Situationen zu befreien – Frauengeschichten – das hatte sie bei Kelsey aus nächster Nähe miterlebt – und diese Erfahrung nutzte er nun. »Die Jungs und ich hatten erst heute Morgen ein Gespräch darüber, dass man seinem Bruder den Rücken freihält, deshalb war ich etwas überrascht, als ich Tommys Gesicht sah.«

»Tommys Gesicht?« Beth konnte *ihre* Überraschung nicht verbergen.

Bryan nickte. »Ich habe den Spielzug gesehen und Marks Reaktion darauf, obwohl ich nicht hören konnte, was sie gesagt haben. Aber dann sah Tommy aus, als würde er gleich weinen. Nach dem, was wir heute Morgen besprochen hatten, nun ja ...« Er knetete seinen Nacken. »Ich hoffe, ich bin nicht zu weit gegangen, Beth, aber angesichts unseres Gesprächs dachte ich, ich könnte der Standpauke des Trainers noch ein bisschen was hinzufügen.«

Beth wusste nicht, worüber sie zuerst weinen sollte. Dass sie eine so unfähige Mutter war, dass sie Tommys Schmerz nicht bemerkt hatte, oder dass

Bryan die weisen Worte für ihre Jungs parat hatte, die sie selbst nie finden würde. Sie hoffte nur, dass der Fotograf diesen Moment nicht erwischt hatte.

Was sollte sie wegen dieses Fotografen unternehmen? So sehr sie es auch wollte, sie konnte nicht einfach so tun, als wäre er nicht da. Davon verschwanden die nie.

»Nein ... nein. Es ist okay. Ich weiß es zu schätzen, dass du dir die Zeit nimmst.«

»Kein Problem. Sie haben mich gebeten zu kommen.«

Hatten sie? Das war Beth neu. Die Jungs waren vom Fußball nicht mehr so begeistert, seit Mike nicht mehr ihr Trainer war. Sie hatte sie mit dem Aussicht auf die Eisdiele danach bestechen und ihnen einen langen Vortrag darüber halten müssen, dass sie ihre Mannschaftskameraden nicht im Stich lassen dürften, bevor sie vor jedem Spiel ihre Trikots anziehen wollten. Zu wissen, dass Bryan hier sein würde, erklärte, warum sie heute kein Theater gemacht hatten. Ihre Familie baute eine etwas *zu* starke Bindung zu Bryan Manley auf.

Genau wie Kara, die sich ein Stück näher heranrückte und ihren Körper gerade so weit drehte, dass Beth fast hätte schwören können, dass sie ihre Brust herausstreckte – ohnehin schon eine beachtliche Größe dank des Geschenks ihres Mannes zum zwanzigsten Jahrestag. Nichts, was Beth gewollt hätte, aber Kara war zufrieden damit gewesen.

Wenn sie jetzt sah, wie sie versuchte, Bryans Aufmerksamkeit zu erregen, und das offene Interesse, das sie zeigte, musste Beth sich fragen, ob die Brüste eher ein Versuch gewesen waren, die Ehe zu retten, statt sie zu verschönern.

»Maggie!« rief Beth hinüber zum Sandkasten, wo Maggie mit ihrer dritten Flasche Wasser an einer Miniaturburg arbeitete. Beth hatte gelernt, mindestens sechs mitzubringen, denn Maggie hatte ihr Element in nassem Sand gefunden. Beth schwor sich, dass ihre Jüngste eines Tages Künstlerin werden würde. Möglicherweise Bildhauerin.

»Was ist, Mami?«

»Bryan ist hier. Willst du ihm zeigen, was du gerade baust?«

Ja, es war falsch, ihre Tochter zu benutzen, um Bryan abzulenken und ihn aus der Schusslinie des Fotografen zu bringen, aber nichts, was sie tun konnte, würde Kara ablenken. Beth hatte das Gefühl, dass es Kara nicht einmal ablenken würde, wenn ihr Ehemann splitterfasernackt hier auftauchen würde.

Ein weiterer Grund, Bryan von der Bildfläche dieses Typen mit dem Teleobjektiv zu kriegen.

Maggie hüpfte aus dem Sand hoch und zerstörte dabei die Burg, bevor sie losstürmte und über das Gras auf die Tribüne zurannte. »Bryyyyy-yaaaaaaaaaaaannnnnnnnnnnnnnnn!«

Verdammt, Beth hatte gehofft, Bryan dorthin hinunterzulocken, weg von dem Fotografen, aber auch weg von der Versuchung durch Jenna und Kara. *Nicht*, dass er irgendwie in Versuchung aussah. Verführerisch, ja. In Versuchung durch die beiden, nein.

Dann sah er *sie* an und Beth war selbst halb in Versuchung.

»Bist du sicher, dass es dich nicht stört, dass ich hier bin?«, fragte er. »Ich weiß, das ist deine Zeit mit den Kindern, aber da die Jungs gefragt haben ...«

»Es stört mich überhaupt nicht. »Es ist schön für sie, wenn sie noch jemanden haben, der sie anfeuert.« Er dachte, sie wollte diese Zeit mit den Kindern allein? Realisierte er nicht, dass sie so viel Zeit mit den Kindern verbrachte, dass die Spielzeit *ihre* Zeit war? Die Chance, sich mit anderen Eltern auszutauschen, während die Kinder beschäftigt und glücklich waren? Es hatte in den letzten zwei Jahren so viel Traurigkeit in ihrem Leben gegeben, dass es ein Segen war, hier draußen bei den Spielen unter Freunden zu sein.

»Bryan! Du bist gekommen!« Maggie kletterte auf allen Vieren die Tribüne hoch wie ein herumwuselndes kleines Äffchen und stürzte sich dann in Bryans ahnungslose Arme.

Die Umarmung warf ihn so weit zurück, dass er Maggie mit einer Hand auffing und sich mit der anderen auf der Sitzreihe hinter ihr abstützte, und für einen Moment – einen kurzen, winzigen *Was-wäre-wenn*-Moment – stellte Beth sich vor, dass der Arm um sie gelegen hätte und dass er das Recht dazu gehabt hätte. Dass sie das Recht hätte, es zu erwarten und anzunehmen.

Begehren schlug so hart und schnell in ihre Magengrube ein, dass es ihr den Atem raubte. Guter Gott, sie wollte das. Wollte, dass Bryan seinen Arm um sie legte. Dass er ihr gehörte. Dass er ihr gehören *wollte* und sein Revier vor allen anderen markierte.

Einschließlich des Fotografen, der sicher jede Menge Fotos von Bryan und ... Maggie schoss.

Oh, verdammt, nein. Sie würde nicht zulassen, dass diese Fotos irgendwo veröffentlicht wurden. Ihre Tochter hatte ein Recht auf Privatsphäre und

Beth würde verdammt sein, wenn sie zuließ, dass irgendein geldgieriger Paparazzo ihr das wegnahm.

Sie stand auf. »Bryan, kannst du ein Auge auf Maggie haben? Ich bin gleich wieder da.« Sie hatte so was von genug von diesem Mist.

»Hoppla, Kleine! Du hättest mich fast vom Sitz gehauen.« Bryan richtete sich auf und setzte Maggie auf sein Knie, während er versuchte, wieder zu Atem zu kommen, während er ihrer Mutter dabei zusah, wie sie die Tribüne hinunterstieg. Um ehrlich zu sein, hatte die Rückseite ihrer Mutter, wie sie die Stufen hinunterwippte, einen großen Anteil daran, ihm den Atem zu rauben, aber Maggie hatte den Rest mit einem Knie in seiner Magengrube erledigt.

»Du bist gekommen, Bryan! Genau wie du gesagt hast.«

Ihr Lächeln erledigte den Rest in Sachen Atemlosigkeit. »Na klar bin ich das. Warum sollte man etwas sagen, wenn man es nicht auch tut?«

Maggie küsste ihn auf die Wange und entfernte damit auch den letzten Rest Luft aus seiner Lunge. »Jason hat gesagt, du kommst nicht. Dass du viel zu beschäftigt bist. Ich hab ihm gesagt, dass er Unrecht hat, und jetzt hast du es ihm gezeigt.«

Er strich sich mit einer überraschend zittrigen Hand über ihr Haar. »Ich stehe immer zu meinem Wort, Maggie. Darauf kannst du dich verlassen.«

Oh Gott, was tat er da nur? Er sollte nicht hier sein und ihr erzählen, dass sie auf ihn zählen könne, oder Mark väterliche Ratschläge und Tommy Mitgefühl schenken. Maggie in seinen Armen und auf seinem Knie zu halten und sich verdammt noch mal darüber zu freuen, dass sie da war. Und in Beths Nähe zu sein ...

Eine ihrer Freundinnen hatte einen hungrigen Blick in den Augen, die andere war völlig hingerissen, aber er hatte nur Augen für Beth. Er hatte sie in der Sekunde, in der er auf dem Parkplatz aus seinem Auto gestiegen war, auf der Tribüne sitzen sehen. Wie ein Leuchtfeuer war die Sonne auf ihr Haar gefallen und es hatte ihn gerufen. Er hatte gesehen, wie ihr Lächeln ihr Gesicht erhellt hatte, und es war, als hätte sie ihn verzaubert; er war beinahe über das Gras zu ihr geschwebt.

Er wäre die ganze Tribüne hochgeschwebt, wenn nicht der Pfiff des Schiedsrichters und die Worte von Tommy und Mark gewesen wären. Ihr Streit hatte ihn aus dem Nebel gerissen, in dem er sich befunden hatte, seit die

Jungs ihn heute gebeten hatten zu kommen, während er an nichts anderes hatte denken können, als bei Beth und ihrer Familie zu sein.

Auf der Tribüne um sie herum brandete Jubel auf und Bryan riss seinen Blick von Beth los, die gerade auf der Laufbahn stand, um zu beobachten, wie die Jungs einem anderen Jungen, der stolz mit dem Fußball unter dem Arm herumlief, ein High-Five gaben.

»Oh, schauen Sie mal, Mrs. Harte! Ben hat das Tor geschossen!«

Die Frau – Jenna? – hörte endlich auf, ihn anzustarren, und fing an zu jubeln. »Super, Benny!«

Ihr Sohn sah auf und schüttelte den Kopf.

»Mist. Ich vergesse immer, dass er diesen Namen nicht mag«, murmelte seine Mutter.

»Die meisten Jungs wachsen früher aus ihren Spitznamen heraus als ihre Mütter. Meine Großmutter nennt mich immer noch—« Bryan hielt sofort den Mund. *Das* war zu persönlich. Er brauchte das nicht in den Medien breitgetreten. Abgesehen davon, dass es peinlich war, wäre seine Großmutter verletzt, wenn Leute sich über ihren Spitznamen für ihn lustig machen würden. Und als »Baby Bry-Bry« wollte er nun wirklich nicht bekannt sein. Nur Gran durfte ihn so nennen und damit durchkommen.

Er musste zugeben, dass er es mochte, wenn sie es tat. Meistens war es dann, wenn er sie fest umarmte und sie es ihm ins Ohr flüsterte. »Du bist mein Liebling, Baby Bry-Bry.«

Er wusste, dass es nicht stimmte, dass sie jeden von ihnen als ihren Liebling bezeichnete, aber es hatte ihm immer das Gefühl gegeben, etwas Besonderes zu sein. Gewollt. Geliebt. Das hatte er in den Jahren nach dem Tod ihrer Eltern gebraucht.

»Wie nennt sie dich, Bryan?« Maggie zerrte an seinem Kragen.

»Ein besonderer Spitzname nur für mich. Das ist privat, Maggie.«

»Ich habe keinen privaten Spitznamen. Kelsey nennt mich Mags. Jason nennt mich Zwerg.«

»Ältere Brüder können nerven. Ich weiß das, ich habe zwei.«

»Ich habe drei Brüder. Tommy und Mark ärgern mich nicht, nur Jason. Und Kelsey. Aber das war nur, weil es ihr peinlich war, weil sie nicht wollte, dass du weißt, dass sie dich mag.«

Er konnte sehen, wie das Interesse der Frauen geweckt wurde. Großartig.

Kelsey würde diesen Klatsch genauso wenig zu schätzen wissen wie Maggies freudige Enthüllung.

»Das hättest du mir nicht sagen sollen, Maggie. Du wusstest, dass es sie kränken würde.«

Maggie verzog die Lippen und hörte auf, seinen Arm zu tätscheln. »Schon möglich.«

»Hast du dich bei ihr entschuldigt?«

»Nein.«

»Ich finde, das solltest du tun, wenn wir nach Hause kommen.«

Maggies Gesicht erstrahlte in einem Lächeln, das genau wie das ihrer Mutter aussah, und es war ein weiterer Grund, warum die Luft in seinen Lungen sich verabschiedete.

»Kommst du *wirklich* mit zu mir nach Hause? Ich dachte, du wolltest nicht bei uns wohnen?« Maggies Stimme wurde eine Oktave höher und einige Dezibel lauter. Das Interesse der beiden Frauen galt plötzlich nicht mehr dem Spiel.

Toll. *Beth* brauchte so einen Klatsch nun wirklich nicht. »Genau wie andere Leute in ein Büro gehen oder in ein Restaurant oder in Geschäfte, um zu arbeiten—«

»Oder in ein Flugzeug.«

»Oder in ein Flugzeug. Genau wie die alle zur Arbeit gehen, gehe ich zu euch nach Hause, um zu arbeiten. Ich wohne nicht dort.«

»Aber du könntest. Wir brauchen einen Papi. Das hat Oma gesagt, als sie und Opa das letzte Mal zu Besuch waren.«

Kindermund tut Wahrheit kund. Und Großelternmund auch.

Obwohl, wenn er ehrlich zu sich selbst war, musste er zugeben, dass ihm der Gedanke irgendwie gefiel.

Und dieser Gedanke brannte sich in sein Gehirn ein, jagte sein Nervensystem hoch und nistete sich irgendwo in seinem Brustkorb ein. Direkt bei seinem Herzen.

Kapitel Siebzehn

»Gib mir die Kamera.«

»Verschwinde, Lady.« *Klick, klick.*

Das Arschloch hörte nicht einmal auf zu fotografieren. Beth hatte das Gefühl, dass er sie während ihres gesamten Weges durch den Park geknipst hatte.

»Das auf diesen Fotos ist mein Kind, und ich erlaube Ihnen nicht, diese Aufnahmen zu verkaufen.«

»Ihr Gesicht wird verpixelt. So machen wir das bei Minderjährigen.«

»Und meines?«

»Hör mal, Lady. Bryan Manley ist eine große Nummer. Du bist eine große Nummer. Die Kombination von euch beiden könnte meine Miete für ein ganzes Jahr bezahlen.«

»Miete? Es geht hier um deine *Miete*?« Beth wollte diesem Kerl am liebsten die Kamera aus den Händen reißen, aber damit würde sie sich nur noch mehr Ärger einhandeln, als wenn sie zuließ, dass Bilder von ihr auftauchten. Ein Polizeifoto wegen Körperverletzung brauchte sie nicht auch noch. »Wir reden hier über meine *Familie*. Meine Privatsphäre. Mein Leben. Wie kannst du deine Miete mit meiner Familie rechtfertigen? Haben Leute wie du nicht schon genug Schaden angerichtet? Weißt du, wie es ist, meine Kinder beruhigen zu müssen, wenn die Kameras nicht aufhören zu klicken? Ihnen erklären zu müssen, warum die Leute sie nicht in Ruhe lassen? Und jetzt willst du mich wieder ins Rampenlicht zerren?«

»Dann solltest du dich eben nicht mit einem Filmstar abgeben. Das gehört in dem Milieu nun mal dazu, weißt du?«

»Ich *gebe mich nicht mit ihm ab*. Er arbeitet für den Reinigungsdienst. Er macht seinen Job. Lass ihn in Ruhe.«

»Du scheinst ja verdammt beschützerisch gegenüber jemandem zu sein, der nur für dich arbeitet. Fast so, als hättest du etwas zu verbergen.«

Sie ballte die Fäuste und versuchte verzweifelt, ihm nicht das Gesicht zu zerkratzen. Vergiss die Kamera. Sie atmete tief durch und zählte bis zehn, wohl wissend, dass es nichts bringen würde. Nicht, wenn er ihre Familie bedrohte.

Sie versuchte es mit einer anderen Taktik. »Wie heißt du?«

»Vergiss es, Lady. Das verrate ich dir nicht. Ich habe keine Lust auf eine Klage.«

»An wen willst du die Fotos denn verkaufen?«

»Auch das sage ich dir nicht. Ich brauche keine Drohgebärden von dir, bevor ich bezahlt werde. Sobald die Bilder den Käufern gehören, kannst du klagen, so viel du willst. Ich bin dann aus dem Schneider.«

»Nicht, wenn du mich anfasst.« Mit einem Manöver, das sie sich selbst nicht zugetraut hätte, riss Beth an ihrem Hemdärmel, bis er einriss, und zerzauste sich das Haar. »Ein Wort. Ein einziger Schrei von mir, und das war's für dich. Zwing mich nicht dazu.« Sie legte die Hände an den Bund ihrer Shorts.

»Jesus, Lady, du bist ja wahnsinnig.«

»Nein, ich bin eine Mutter, die ihre Kinder beschützt. Ich werde alles tun, was nötig ist, um sie vor der Hölle zu bewahren, durch die du sie gleich schleifen willst. Gib mir die Speicherkarte.«

»Auf keinen Fall.« Er wich einen Schritt zurück und machte zum Glück keine Fotos mehr.

Beth zerrte an ihren Shorts, bis der Knopf absprang. Sie machte einen Schritt auf ihn zu. »Noch ein Schritt, und ich fange an zu schreien.«

Der Typ wirkte zögerlich. Gut. Er sollte sich ruhig fragen, ob sie es ernst meinte. *Sie* fragte sich das nicht; sie würde alles tun, um diese Bilder zu bekommen und ihre Familie zu schützen.

Sie öffnete ihre Shorts noch ein Stück weiter. »Willst du es wirklich riskieren? Ich habe nichts zu verlieren, was du mir mit diesen Fotos nicht sowieso nehmen würdest.«

Der Kerl blickte sich um, als erwartete er, dass jeden Moment jemand aus den umliegenden Bäumen springen würde.

Beth holte tief Luft, überraschend ruhig angesichts dessen, was sie vorhatte. Sie öffnete den Mund, um zu schreien.

»Nicht!«, presste der Fotograf hervor. »Ich kann es nicht riskieren. Meine Karriere wäre schon beim bloßen Verdacht am Ende. Meine Frau ... sie würde mich verlassen.«

»Ist es das wert? Deine Miete auf diese Weise zu bezahlen? Für alles, was du verlieren wirst?« Beth ließ eine Hand an ihren Shorts und streckte die andere aus. »Gib mir die Speicherkarte.«

Der Typ sah aus, als wollte er jeden Moment wegrennen.

»Tu es nicht, Steve.«

Er starrte sie mit aufgerissenen Augen an.

»Steve McAllister. Es steht auf deiner Kameratasche. Ich kann dich identifizieren.«

»Scheiße. Verdammte Scheiße.«

»Gib mir die Speicherkarte, Steve.« Sie wollte seinen Namen immer wieder sagen, damit er begriff, dass sie ihn kannte.

»Fuck.« Er starrte auf das Display der Kamera. Dann sie an. Dann die Bäume hinter ihnen.

»Gib mir die Karte, Steve, oder ich schreie. Sofort.« Zur Untermauerung fuhr sie sich mit der Hand wild durchs Haar. »Willst du wirklich alles aufs Spiel setzen?«

»Sicher nicht, Lady.« Er öffnete das Fach der Kamera und nahm die Karte heraus. »Behalt deine verdammten Bilder. Deine Privatsphäre ist sowieso im Eimer. Jeder weiß, wer du bist. Wer deine Kinder sind. Wer dein Mann war. Du wirst niemals Frieden finden.«

Sie ging nicht auf seine Stichelei ein. Sie nahm einfach die Speicherkarte und steckte sie sich in den BH. Wenn er jetzt danach greifen würde, hätte sie wirklich etwas gegen ihn in der Hand.

»Wenn ich dich noch einmal sehe, erzähle ich deiner Frau, dass du mich für eine Story angemacht hast. Ich werde sie dazu bringen, mir zu glauben; glaub bloß nicht, dass ich das nicht tue.«

Sie hatte die Genugtuung, zuzusehen, wie er kreidebleich wurde. Gut.

Jetzt wusste er, wie es war, wenn die eigene Familie und das Privatleben bedroht wurden.

Überraschend gelassen machte sie sich auf den Weg zurück zur Tribüne. Sie hatte ihre Haare gerichtet und die Hose hochgezogen, aber der Knopf war weg, und den Riss im Hemd würde sie damit erklären, dass sie an einem Ast hängengeblieben war.

»Mama!« Maggie kletterte von Bryans Schoß und hüpfte die Tribünenstufen zu ihr hinunter. »Darf Bryan mit uns in die Eisdiele kommen? Darf er?«

»Na gut, Schatz.« Warum auch nicht? Sie sah furchtbar aus, war mies gelaunt und ihre Kleidung war zerrissen. Absolut der beste Zeitpunkt, um sich in der Öffentlichkeit mit Bryan Manley zu zeigen, dem es gelang, in einer Uniform, die ihm eigentlich jegliche Männlichkeit hätte rauben sollen, unglaublich lecker auszusehen.

»Beth? Alles okay?« Bryan kam Maggie hinterher; Besorgnis stand in seinem attraktiven Gesicht geschrieben. Und Neugier in denen von Kara und Jenna. »Wo warst du denn?«

»Ich dachte, ich hätte den Hund der Dynerts gesehen.« Die arme Muffy war schon seit über einer Woche verschwunden. Beth fühlte sich schlecht dabei, den Verlust der Dynerts auszunutzen, aber sie würde alles tun, um ihre Familie zu schützen. Und dazu gehörte in diesem Moment auch Bryan. Er musste nichts von dem Fotografen wissen.

»War sie es, Mama? Kommt Muffy nach Hause?«

Sie nahm Maggies Kinn in die Hand, traurig darüber, ihrer Tochter noch mehr schlechte Nachrichten überbringen zu müssen. »Nein, Liebes, es war nicht Muffy. Ich glaube, es war ein Fuchs.« Ein schlauer, listiger, den sie zum Glück übertölpelt hatte.

»Oh.« Maggies Unterlippe bebte. »Ich vermisse Muffy. Ich wünschte, sie wäre nicht auch weggegangen.«

Ach, verdammt. Beth fühlte sich ganz klein mit Hut. Sie hätte den Hund nicht als Ausrede benutzen sollen, aber es war das Einzige gewesen, was ihr eingefallen war. Und selbst jetzt war sie sich nicht sicher, ob Bryan ihr die Geschichte ganz abkaufte.

Sie zerrte ihr Hemd über den fehlenden Knopf. Maggies ernstes Gesicht rührte Beths Herz. »Wenn du willst, können wir morgen nach ihr suchen gehen.«

»Ja. Das würde ich gern.«

Sie tätschelte Maggie den Rücken. »Schon gut. Wie wäre es, wenn wir die Jungs einsammeln und Eis essen gehen?«

»Das Spiel ist noch nicht vorbei«, sagte Bryan.

Ja, Bryan sah viel zu viel, und der Blick, den er ihr zuwarf, verriet, dass er Fragen hatte.

»Oh. Stimmt.« Sie blickte zum Spielfeld. Beide Jungs saßen gerade draußen, also verpasste sie wenigstens nicht ihre Spielzeit. Aber sie hätte es nicht riskieren können, dass der Fotograf mit diesen Fotos davonkam; selbst wenn sie dafür einen Bruchteil eines Spiels verpasst hätte, wäre es das wert gewesen.

Um sie herum brach erneut Jubel aus, während sie zurück zu den Plätzen gingen. Innerhalb von zehn Minuten war das Spiel vorbei, das Team der Zwillinge hatte gewonnen, und die drei jüngeren Kinder schrien ihr bereits ihre Eisbestellungen entgegen.

»Moment mal, Leute, ich bin nicht die Kellnerin. Sagt es ihr, wenn wir da sind.«

»Kommst du mit uns, Bryan?« Mark ließ seine Schienbeinschoner um die Spitze eines Fingers kreisen.

Beth schnappte sie sich, damit sie nicht durch die Gegend flogen. Dieses harte Plastik konnte wehtun.

»Ja, Bryan kommt mit. Und ich bin sicher, er wird auch etwas Fabelhaftes bestellen.« Sie nahm die Sporttasche und stopfte die Schienbeinschoner beider Jungs hinein.

»Darf ich bei dir mitfahren, Bryan?«, fragte Tommy und rannte an Bryans Seite, ohne eine Antwort abzuwarten.

»Ich auch!«, schloss sich Mark natürlich sofort an.

»Nun, ich weiß ni—«

»Von mir aus ist das okay, Beth.«

»Darf ich mitkommen?«, fragte Maggie.

»Aber Maggie, Mama braucht doch auch Kinder bei sich«, sagte Mark.

»Jason und Kelsey können mit ihr fahren. Die reden eh nicht, dann hat Mama ihre Ruhe.«

Bryan wuschelte Maggie durchs Haar. »Vielleicht *will* deine Mama sich ja unterhalten. Vielleicht solltest du mit ihr fahren.«

»Aber ich will mit dir fahren!«

Bryan sah Beth an. »Ist das für dich in Ordnung?«

Es war so sehr in Ordnung, dass es fast schon unheimlich war. Nein, streich das. Es war absolut beängstigend. Ihre Kinder hingen an ihm wie die Kletten, und wenn sie das *gewollt* hätte, wäre es bestimmt nicht passiert.

Die Frage war: Wollte sie es jetzt, wo es passiert war?

Das allgemeine Liebesfest setzte sich in Busters Eisdiele fort, wobei die Kleineren lautstark darum stritten, neben ihm sitzen zu dürfen. Beth hatte Schiedsrichter spielen müssen, da es nur zwei Plätze neben Bryan gab; sie überzeugte Tommy und Mark, sich alle halbe Stunde abzuwechseln, während der andere ihm gegenüber saß. Das hielt Kelsey glücklicherweise aus der Rotation heraus, aber ihre älteste Tochter saß an der Ecke, von wo aus sie Bryan ständig im Blick hatte.

Es war ein seltsames Gefühl, auf die eigenen Kinder eifersüchtig zu sein, aber Beth war es. Bryan ging so natürlich mit ihnen um, lachte und riss Witze. Er brachte Jason sogar dazu, zu verraten, wo er sich die Haare hatte schneiden lassen: bei der Mutter seiner Freundin.

Er hatte eine Freundin? Bei dieser Neuigkeit wäre Beth fast in Ohnmacht gefallen. Wie war es ihr entgangen, dass ihr ältestes Kind diesen Meilenstein erreicht hatte?

Gott, sie fühlte sich manchmal wie eine totale Versagerin als Mutter, besonders jetzt, wo sie sie alle mit Bryan beobachtete. Er hatte einen natürlichen Draht zu Kindern, und das beschränkte sich nicht nur auf ihre eigenen. Sie hatte ihn beobachtet, als das Spiel zu Ende war und alle Kinder ihm die Hand schütteln wollten. Bryan Manley war eine große Nummer in dieser Stadt, und alle wollten ein Stück von ihm abhaben.

Genau wie sie.

Da, sie gab es zu. Es war schwer, es nicht zu tun. Bryan begann, den Großteil ihrer Gedanken am Tag einzunehmen. Sie wachte auf und dachte an ihn, sie ging ins Bett und dachte an ihn – und sehnte sich nach ihm. Sie sah ihm den ganzen Tag dabei zu, wie er an ihrem Haus arbeitete. Er hatte sogar angefangen, die Hecke unter ihrem Küchenfenster zu stutzen. Sie hatte eingewandt, dass das nicht zu seiner Aufgabenbeschreibung gehöre, aber er hatte gekontert: »Mac sagt, man muss immer dafür sorgen, dass der Kunde zufrieden ist. Also mache ich genau das.«

Sie wüsste schon andere Wege, wie er diese Klientin zufriedenstellen könnte ...

Beth schnappte nach Luft und schob sich einen großen, kalten Löffel Eis in den Mund. Das Ende dieses Monats konnte gar nicht schnell genug kommen.

Denn wenn sie weiterhin darüber nachdachte, wie er sie befriedigte, würde sie es am Ende noch zulassen.

Kapitel Achtzehn

Bryan erschien am nächsten Morgen früh zur Arbeit.

Und er wusste ganz genau, warum er das getan hatte.

Diese frühen Morgenstunden waren in Beths Haus kostbar. Normalerweise nutzte er sie, um das wieder in Ordnung zu bringen, was er am Vortag erledigt hatte und die Kinder wieder zunichtegemacht hatten. Aber heute herrschte das Chaos, das die Jungs hinterlassen hatten, als sie nach dem Besuch in der Eisdiele durch das Haus getrampelt waren. Wenn er sie nach Hause gefahren hätte, hätte er es schon damals erledigen oder sie zumindest dazu anhalten können, *keine* Spur der Verwüstung zu hinterlassen.

Sie brauchten wirklich einen Vater.

Er ließ den Wischmop in den Wassereimer sinken. Er musste komplett den Verstand verloren haben, um überhaupt solche Gedanken zu hegen. Ja, sicher, sie brauchten einen Dad, aber sie brauchten nicht *ihn* als diesen Dad. Er war nicht dafür geschaffen, Vater zu sein.

Und doch, gestern Abend ... Gott, es war so schön gewesen. So lustig. Er, Beth, die Kinder, alle plauderten in der Eisdiele. Sie neckten sich gegenseitig und ließen die Höhepunkte des Spiels Revue passieren. Sie diskutierten sogar über den Vorfall, bei dem jemandem in die Hacken gelaufen worden war. Es war alles so nett gewesen. So normal. Wie damals mit seinen Brüdern und Mac und Gran –

Bryan stockte der Atem. Er hatte ganz vergessen, wie Gran sie immer zu Papa Ginos Markt mitgenommen hatte. Ein Gemischtwarenladen mit einer Feinkosttheke, einer Metzgerei und einer Milchbar. Sie hatten Root Beer Floats getrunken und in einer der Sitznischen gesessen – ein Luxus für »zahlende Kundschaft«, wie Gran immer gesagt hatte. Sie hatte nicht viel Geld gehabt, also waren diese Eis-Limos etwas ganz Besonderes gewesen.

Bryan konnte noch immer spüren, wie es war, an diesem Tisch zu sitzen und wie die Kellnerin ihn mit einem freundlichen Lächeln ansah und fragte, was er wollte. Liam und Sean hatten es sofort gewusst, aber er und Mac hatten bei der riesigen Auswahl Schwierigkeiten gehabt, sich so schnell zu entscheiden. Gran hatte nur gelächelt, seine Hand getätschelt und der Bedienung gesagt, dass sie noch einen Moment Bedenkzeit bräuchten.

Ach, was für eine Geduld sie doch gehabt hatte, sich vier verängstigter, trauriger Kinder anzunehmen. Sicher, sie liebte sie, aber es konnte nicht leicht gewesen sein. Als Witwe, die kaum mehr als ihr altes Haus besaß, war Gran irgendwie über die Runden gekommen. Sie hatte sie vor dem Pflegefamiliensystem bewahrt, und dafür würde er ihr ewig dankbar sein. Deshalb bezahlte er auch den Aufpreis in ihrer Seniorenwohnanlage für das Apartment, das sie sich gewünscht hatte. Niemand wusste davon, weder Liam noch Sean, nicht Mac und schon gar nicht Gran. Die Abmachung bestand nur zwischen ihm und dem Leiter; er hatte die Wohneinheit direkt gekauft, sodass Gran nur noch für ihre Pflege aufkommen musste. Er hätte das auch noch für sie geregelt, aber Gran hatte ihren Stolz. Und mit Stolz kannte er sich aus.

Er führte den Mop über die Abdrücke der Fußballschuhe auf dem Hartholzboden und beseitigte auch Shermans schlammige Pfotenabdrücke gleich mit. Selbst der Hund fing allmählich an, ihm ans Herz zu wachsen.

Er ließ den Mop zurück in den Eimer klatschen. Noch zweieinhalb Wochen. Wie sollte er das überstehen, ohne sich in sie alle zu verlieben?

Gott sei Dank klingelte sein Handy und riss ihn zurück in die Realität.

Es war sein Agent.

»Hey, Don, was gibt's?«

»Ich habe einen Anruf bekommen, dass sie mit den Dreharbeiten früher beginnen, wenn sie genug Leute am Set zusammenkriegen. Wärst du dabei?«

Eigentlich schon, aber das würde bedeuten, dass er seine Zusage gegenüber Mac brechen müsste. Es würde auch bedeuten, Beth und die Kinder zu verlassen. Das *konnte* er nicht tun.

»Ich bin an diesen Job hier gebunden, Don. Ich kann da nicht wirklich raus. Wird das ein Problem sein?«

Äh, verdammt noch mal, ja. Du stellst deine Karriere auf Eis, um zu putzen?

»Die Witwe, also? Läuft da irgendwas, von dem ich wissen sollte? In der Presse gibt es schon erste Gerüchte.«

»Du weißt doch, wie die Presse ist. Die stürzen sich auf jede Geschichte, die sie finden können. Hier ist absolut nichts im Busch.«

Lügner.

»Schade. Das wäre gute Publicity gewesen. Bist du sicher, dass du nicht was anfangen willst?«

»Das hast du mich jetzt nicht wirklich gefragt.« Er war überrascht. Sicher, er wusste, dass Leute Geschichten erfanden, um Interesse zu wecken und sich besser vermarkten zu können, aber das hatte er nie getan. Don wusste das auch. Sie hatten darüber gesprochen. Entweder würde er es in seiner Karriere aus eigener Kraft schaffen oder gar nicht, aber er würde niemals lügen, um voranzukommen.

»Sorry.« Don klang nicht besonders reumütig. Nicht, dass Bryan es ihm verübeln konnte, aber das war die schmierige Seite dieses Geschäfts. Besetzungscouches waren ein anderes Thema. Wer behauptete, so etwas gäbe es heutzutage nicht mehr, hatte schlicht keine Ahnung von der Branche.

»Ich sage PJ also, dass du für den frühen Dreh nicht zur Verfügung stehst, richtig?«

Bryan lächelte. Das war der Grund, warum Don so ein guter Agent war; er wollte in jedem Punkt Klarheit, sowohl von den Studios als auch von seiner eigenen Klientel. Seine Karriere war bei Don in guten Händen.

»Geht nicht, Don.«

»Alles klar. Ab übernächstem Freitag bist du dann am Set.«

Insgesamt siebzehn Tage. Das war alles, was ihm mit Beth und den Kindern noch blieb. »Ja, so machen wir's. Dann bin ich da.«

Selbst wenn er es gar nicht wollte.

»Bryyyyyaaaannnnn!« Maggie rannte über den Küchenboden, ihre Arme weit ausgestreckt und ein Lächeln im Gesicht, das so groß war, dass es fast ihr ganzes Gesicht einnahm. Gott, er würde das vermissen. Sie vermissen. Ihr Aufblicken zu ihm vermissen – und zwar nicht wegen seiner Filme oder seines Berufs. Maggie liebte ihn einfach dafür, wer er war.

Maggie liebte ihn.

Mist. Das tat sie tatsächlich.

Man musste nur ihr Gesicht ansehen. Diese strahlenden Augen. Das Lächeln, das von einem Ohr zum anderen reichte. Sie hatte gewollt, dass er bei ihnen einzieht. Dass er ihr Vater ist.

Und er würde sie verlassen.

Es war nicht seine Schuld, dass sie einen Papa brauchte. Er war hier, um zu putzen. Also half er ein bisschen aus. Er hatte sie ins Herz geschlossen. Mochte ihre Neugierde. Ihre Fragen. Ihre Teepartys und ihre unordentlichen Zeichnungen. Warum musste sie ihn deshalb gleich lieben? Warum konnte sie nicht einfach die Zeit und die Aufmerksamkeit genießen, ohne dass es gleich eine große Sache war?

Weil sie fünf ist, ihren Vater vermisst und genau in ihrem eigenen Zuhause einen Ersatz gefunden hat, deshalb, du Idiot.

»Machst du mir ein Erdnussbutter-Apfelmus-Sandwich?« Sie blinzelte ihn aus ihren großen braunen Augen an.

Eines Tages würde sie Herzen brechen. Er hoffte nur inständig, dass seins nicht gebrochen wäre, wenn er ging, denn *ihres* würde es definitiv sein.

Er musste sich distanzieren. Sich nicht so sehr in das Leben der Kinder einmischen. Er musste diesen Abstand schaffen, damit sie nicht so am Boden zerstört wären, wenn er ging. Verdammt, das hätte alles nicht passieren dürfen. Er hätte reinkommen, das Haus putzen und wieder verschwinden sollen. Sein Leben fernab von Macs Firma leben.

Aber er hatte sich für zusätzliche Projekte gemeldet – heute nahm er sich die Schränke im Schmutzschleusen-Flur vor –, um »der Witwe« unter die Arme zu greifen.

Beth.

Mutter von fünf Kindern.

Verwitwete Mutter von fünf Kindern.

Sexy verwitwete Mutter von fünf Kindern.

Die ihn mit nur einem Blick um den Verstand bringen konnte.

Und mit einem Kuss ... ihn Dinge denken ließ, von denen er nie geglaubt hatte, dass er sie jemals denken würde.

»Du willst ein Sandwich zum Frühstück?«

»Japp. Papi mochte Sandwiches zum Frühstück. Das vermisse ich.«

Noch ein Stich ins Herz. Er konnte *nicht* Maggies Dad sein.

Er würde ihr dieses Sandwich aber trotzdem machen. »Bist du sicher, dass du Apfelmus auf deinem Sandwich willst? Nicht Apfelbutter?«

»Apfel*butter*?« Maggie rümpfte die Nase. »Butter kommt von Kühen, nicht von Äpfeln.«

Na gut. Dann eben Apfelmus. Er wollte jetzt keine Diskussion über die Butterherstellung anfangen, denn er hatte das Gefühl, dass er gegen Maggies Überzeugungen den Kürzeren ziehen würde.

Er lehnte den Mop in den Eimer und ließ sich von ihr an der Hand zurück in die Küche führen. So viel zum Thema Distanz.

Maggie hatte bereits angefangen, ihr Sandwich zuzubereiten. Die Beweise tropften von der Arbeitsplatte die Schränke hinunter. Sherman befand sich in einem Rausch der Glückseligkeit und rannte zwischen den Schränken hin und her, um die verschiedenen Zutaten aufzulecken.

Bryan hoffte inständig, dass Erdnussbutter für Hunde nicht giftig war. Obwohl es dem Köter recht geschähe, wenn er Bauchschmerzen bekäme.

»Erste Amtshandlung: Wir bringen Sherman raus.« Er schnappte sich den Hund und suchte nach seiner Leine. Er fand sie eingeklemmt hinter dem Kartoffelbehälter.

Als Sherman draußen war, bellte und an der Leine zerrte, schloss Bryan die Hintertür, um den Lärm zu dämpfen, und holte dann ein paar Schwämme aus der Speisekammer. »Komm schon, Maggie. Machen wir erst mal die Sauerei weg, bevor wir eine neue anrichten.«

»Das ist doch albern. Wir sollten einfach weiter dieselbe Sauerei machen, damit wir sie nur einmal wegputzen müssen.«

Worte der Weisheit einer Fünfjährigen.

»Hast du eigentlich schon mal Erdnussbutter und Apfelmus gegessen, als du klein warst, Bryan?«

Er versuchte, sich zu erinnern – was ihm schwerfiel, weil er in den Jahren dazwischen so hart versucht hatte, alles zu vergessen. »Apfelmus nicht, nein. Aber ich hatte Erdnussbutter und Banane.« Beides Grundnahrungsmittel aus der Sozialhilfe.

Ihm zog sich der Magen zusammen. Er hatte sich geschworen, nie wieder Erdnussbutter zu essen, sobald er einen Job hätte, und doch war er nun kurz davor, genau das zu tun.

Überraschenderweise schmeckte das Apfelmus gut zur Erdnussbutter. Es verteilte sich auch jedes Mal auf Maggies Gesicht, wenn sie einen Bissen nahm, und tropfte auf ihren Teller, einmal so ein großer Klecks, dass er ihr ans Kinn spritzte.

Maggies Augen funkelten vor Lachen, als sie kicherte und es abwischte. »Kelsey sagt, ich kleckere beim Essen.«

»Ich glaube, du isst einfach Sachen, mit denen man gut kleckern kann.«

Sie legte den Kopf mit einem Gesichtsausdruck schief, der ihm den Atem raubte, weil sie ihrer Mutter so ähnlich sah. »Ich glaube, du hast recht. Ich mag Sachen, mit denen man kleckern oder matschen kann. Glitzerkleber, Apfelmus, Erdnussbutter, mein Zimmer. Naja, außer bei Mrs. Beecham. Ihre Hinterlassenschaften mag ich nicht. Aber ich mag sie. Sie ist kuschelig.«

Bryan hatte die Maine-Coon-Katze schon öfter kurz zu Gesicht bekommen. Kuschelig traf es gut. Haarend auch. Die Katze verlor genug Fell, um daraus eine Winterdecke zu stricken. Das war es auch, was er am häufigsten aufputzen musste, besonders in den Ecken des Esszimmers auf dem Hartholzboden. Vergiss Wollmäuse, die Katze verlor ganze Woll*miezen*. Sie hatte ihm einmal dabei zugesehen, wie er ihr Fell wegputzte. Saß einfach da, leckte sich die Vorderpfote, während sie sich die Schnurrhaare putzte, die personifizierte Langeweile. Katzen waren in dieser Hinsicht eigenartig. Aber er fing sogar an, das verdammte Ding fast so sehr zu mögen wie Sherman.

Moment mal. Wann zum Teufel hatte er eigentlich beschlossen, dass er den Hund mochte?

Bryan schüttelte den Kopf. Hunde, Katzen, Kinder ... sie alle würden keine Rolle mehr spielen, sobald sein Vertragsdatum abgelaufen war.

Und willst du vielleicht auch noch eine Brücke in Brooklyn kaufen, während du schon dabei bist, Manley?

»Hilfst du uns beim Suchen nach Muffy, Bryan? Mami und ich gehen gleich raus, um sie zu suchen. Du bist so gut darin, Sherman zu finden, ich wette, du kannst auch Muffy finden.«

Gar kein Druck ... Bryan dachte nicht einmal daran, sich davor zu drücken. In Wahrheit *wollte* er ihnen helfen, den vermissten Hund zu finden, obwohl er sich nicht so sicher war, ob er Beths Geschichte von gestern glaubte. Da war ein Glitzern in ihren Augen und eine Entschlossenheit in ihrem Schritt gewesen, die nicht recht zu der Einstellung passte, mit der man einen entlaufenen Hund suchte, aber als er sie darauf angesprochen hatte, war sie bei ihrer Geschichte geblieben.

Er wollte wissen, was die Wahrheit war und warum sie sie verheimlichte, und schon allein deshalb würde er mitkommen.

Um in Beths Nähe zu sein ... nun, das verstand sich von selbst.

Und wenn man vom Teufel sprach – beziehungsweise vom Engel –: Beth eilte in diesem Moment in die Küche und blieb abrupt stehen, als sie ihn sah.

»Bryan! Was machst du denn hier?«

»Er arbeitet hier, Mami«, antwortete Maggie in all ihrer fünfjährigen Weisheit. »Und er wird uns helfen, Muffy zu finden.«

Großartig. Beth hatte darauf gezählt, Maggie in einer halben Stunde wieder zu Hause zu haben, mit der Ausrede, sie müsse sich wohl geirrt haben. Aber mit Bryan ... Ihm würde sie das nicht so leicht verkaufen können.

Nach dem Fußballspiel hatte er den Riss in ihrem Shirt, den fehlenden Knopf und ihre Haare betrachtet. Er hatte sie glattgestrichen, und es war ein hartes Stück Arbeit für sie gewesen, die Fassung zu bewahren, damit sie nicht in seinen Armen dahinschmolz und ihm die Wahrheit sagte.

Besonders nachdem sie sich gestern Abend die Bilder angesehen hatte. Wenn sie Mr. Steve McAllister nie wiedersehen würde, wäre es noch zu früh. Auf seinen Bildern sah es so aus, als liefe da etwas zwischen ihnen. Er hatte sie, Maggie und Bryan beim Lachen eingefangen, wobei Maggie auf Bryans Schoß saß. Sie hatte nicht einmal mehr in Erinnerung gehabt, dass Bryan eine Hand auf ihr Knie gelegt hatte, aber Steve McAllister hatte diesen Moment für die Ewigkeit festgehalten.

Sie hatte die Speicherkarte behalten, anstatt sie zu vernichten. Sie hatte sie in ihren Safe gesteckt, wo niemand außer ihr jemals diese Fotos sehen würde. Für den Fall, dass es jemals nötig sein sollte.

Oder falls sie in den einsamen Jahren, die kommen mochten, diese überraschenden Tage noch einmal erleben *wollte*.

»Äh, sicher, das ist toll, wenn er mitkommen will. Ein weiteres Paar Augen ist immer gut.« Obwohl es eine Tortur für ihr schauspielerisches Talent sein würde, den Schein zu wahren. Er war der Schauspieler in der Runde, nicht sie. Sie konnte nicht einmal überzeugend über den Weihnachtsmann lügen. Mike war derjenige gewesen, der diesen Mythos für ihre Kinder aufrechtgehalten hatte. Als er starb und Maggie so vernarrt in den Weihnachtsmann, den Osterhasen und den Klapperstorch war ... Weihnachten war in den letzten zwei Jahren hart gewesen.

Die nächste Stunde konnte es an Härte locker mit Weihnachten aufnehmen.

»Bist du sicher, dass du hier drüben was gesehen hast?«,, fragte Bryan zum x-ten Mal und schob Zweige beiseite.

Beth nickte. Oh ja, sie hatte definitiv etwas gesehen, aber es war viel höher gewesen als das kniehohe Gebüsch, durch das Bryan gerade suchte. Mr. Steve McAllister war mindestens eins achtzig groß und sein Stativ ebenfalls. Schade, dass er die Kamera – die sehr große, sehr teure Kamera – nicht dazu benutzt hatte, einen vermissten Hund zu finden, anstatt jemandes Privatsphäre und Wohlbefinden zu stehlen.

»Ich sehe nichts. Erst recht kein Loch für einen Fuchsbau.« Er ließ die Zweige wieder zurückfallen. »Bist du *ganz* sicher, dass das hier die Stelle war?«

»Ja, aber das heißt ja nicht, dass der Fuchs hier wohnt. Er könnte einfach nur herumgestreift sein.«

»Nicht am Tag. Füchse sind nachtaktiv.«

Verdammt. Das wusste sie eigentlich. Sie wusste aber auch, dass Maggie das *nicht* wusste. »Vielleicht war er tollwütig?«

»Und du bist einem tollwütigen Tier hinterhergejagt?«

Da hatte er sie erwischt. Das hätte sie niemals getan. »Ich dachte, es wäre Muffy.«

Er zog wieder diese Augenbraue hoch, sagte aber nichts. Gut, dass sie die Schauspielerei nicht als Beruf gewählt hatte.

Beth ließ sie noch eine Stunde herumirren, obwohl sie genau wusste, dass sie nicht auf Muffys Fährte waren, aber sie wollte weder ihre Kinder erschrecken noch Bryan noch mehr ein schlechtes Gewissen wegen der Paparazzi machen, als er ohnehin schon hatte.

»Hey, bist du nicht Bryan Manley?« Ein Junge auf einem Skateboard machte einen Wheelie, um neben ihnen zum Stehen zu kommen.

»Der bin ich.« Bryan blieb stehen, um mit dem Jungen zu reden. Beth bewunderte das an ihm, dass er nicht vergessen hatte, wo er herkam, und es zu schätzen wusste, dass er es seinen Fans zu verdanken hatte, dass er tun konnte, was er tat.

»Könntest du vielleicht mein Board signieren?«

»Hast du einen Stift?«

»Ja.« Der Junge zog einen Marker hervor – Beth hatte keine Ahnung, warum er einen dabeihatte – und dankte Bryan für die Unterschrift, bevor er davonfuhr.

»Warum wollen die Leute, dass du Sachen unterschreibst, Bryan?« Maggie zupfte an seinem Shirt.

Er hob sie hoch und setzte sie auf seine Hüfte. »Das zeigt den Leuten, dass sie mich getroffen haben.«

»Warum wollen sie dich denn treffen?«

»Ich schätze, sie mögen meine Filme, und es gibt ihnen das Gefühl, ein Teil davon zu sein, wenn sie mich treffen.«

Ähm ... nein. Zumindest war das nicht der Grund, warum Kelseys Freundinnen und deren Mütter ihn treffen wollten. Aber Beth war dankbar, dass er diese Information nicht mit Maggie teilte. Sie würde es noch früh genug erfahren. Und wenn sie erst erfuhr, dass Bryan sie in seinen Armen gehalten hatte ...

»Hey, kann ich ein Foto von euch beiden machen?« Sie holte ihr Handy hervor. Das war eine Erinnerung für Maggie, kein Werbefoto.

»Au ja, Mami!« Maggie schlang ihre Ärmchen um Bryans Hals und schmiegte ihren Kopf an seine Wange.

Der Ausdruck in Bryans Gesicht war unbezahlbar. Verblüfft und glücklich zugleich.

Beth spürte einen Kloß im Hals. Er hielt ihre Tochter so fest, eine Hand auf ihrem Rücken, der andere Arm hielt sie an seiner Taille, und dieses Lächeln auf Maggies Gesicht ...

Beth zwang sich trotz des Kloßes im Hals zu einem Lächeln. »Das ist toll, Maggie. Das ist ein schönes Foto von euch beiden.« Nicht, dass einer von beiden auf einem Foto schlecht aussehen könnte.

»Zeig mal!« Maggie zappelte mit den Beinen.

Zum Glück reagierten Bryans Reflexe rechtzeitig, sodass er Schlimmeres – autsch – verhindern konnte.

Beth verbarg ein Lächeln, als sie ihnen das Foto zeigte.

»Oh cool! Vielleicht kannst du mir das unterschreiben, Bryan?« Maggie schlang wieder die Arme um seinen Hals und gab ihm einen Kuss auf die Wange. »Bitte?«

Bryan wich Beths Blick aus. Dann räusperte er sich. »Äh, ja. Natürlich, Maggie.« Er drückte sie noch einmal fest und setzte sie dann ab. »Wie wäre es, wenn wir noch ein paar Minuten nach Muffy suchen und dann nach Hause gehen? Deine Mama kann es dann ausdrucken.«

»Nee, lass uns jetzt nach Hause gehen. Muffy wird eh nicht hierhergehen. Sie mag Bruiser, den Hund von den McNultys, nicht. Er ist ein Fiesling.«

Ein Bully – eine Bulldogge –, aber das war nah genug dran. Beth nahm Maggie an die Hand. »Okay, Kleine, gehen wir nach Hause.«

Maggie griff nach Bryans Hand. »Komm schon, Bryan. Du musst mit uns gehen.«

Bryan war froh, dass er nicht stolperte. Zu viele Emotionen schnürten ihm die Brust zu und machten das Atmen schwer. In dem Moment, als er Maggie in den Armen gehalten hatte und sie die ihren um seinen Hals geschlungen hatte ... Dieser Blick von Beth, und dann dieses Foto ...

Er würde die restliche Zeit niemals überstehen, ohne etwas zu tun, was er wahrscheinlich bereuen würde.

Aber verdammt, wenn er nichts tat, würde er das wohl genauso bereuen.

Gott sei Dank rief Liam an und erzählte, dass ihr Freund Jared kurzfristig Baseballkarten ergattert hatte, sodass die vier Pläne für den Abend hatten. Er verließ Beths Haus sogar früher, obwohl Maggie ihn anflehte, zum Essen zu bleiben, aber das war zu viel der Versuchung. Seine Brüder würden es ihm nie verzeihen, wenn er sie wegen einer Fünfjährigen versetzen würde. Na ja, und wegen ihrer Mutter. Aber trotzdem ...

Doch obwohl er mit seinen besten Freunden der Welt unterwegs war, ganz zu schweigen von den dreißigtausend anderen Leuten im Stadion, wurde es ein ziemlich einsamer Abend, an dem er an nichts anderes denken konnte als an die sechs Menschen, die er zurückgelassen hatte.

»Oh nein, Sherman, nicht schon wieder!«

Bryan zuckte zusammen, als er Kelseys Jammern hörte.

Beth kam aus der Küche geschossen. »Was hat er jetzt wieder angestellt?«

Bryan lugte aus dem Schmutzfangraum um die Ecke. Er würde den ganzen Tag brauchen, um diesen Raum zu putzen; die Hamilton-Kinder hatten den Namen des Zimmers wörtlich genommen. Außerdem gab es einen Riss im Vinylboden, dessen Reparatur einiges an Arbeit erfordern würde. Beth brauchte eher einen Handwerker als einen Reinigungsservice. Er würde definitiv mit Mac darüber sprechen, diesen Service mit aufzunehmen.

»Er hat meine Unterwäsche durch den Hintergarten der Templetons geschleift.«

Die Wäscheleine. Schon wieder. Das war das vierte Mal, seit er hier war. Kein Wunder, dass sie so viel Wäsche hatten; der Hund sorgte für noch mehr Arbeit.

Das war's; er würde Beth eine freistehende Wäscheleine bauen, an die der Hund nicht herankam.

»Hey, Jason, willst du mitkommen? Ich muss zum Baumarkt.«

»Nicht wirklich.« Der Junge lag flach auf dem Rücken auf dem Sofa, eine Spielkonsole in den Händen, während seine Daumen fieberhaft die Knöpfe drückten.

»Alter.« Bryan zog ihm das Spiel aus den Händen. »Das war eigentlich keine Frage. Los geht's.«

»Och, Mann. Muss ich wirklich?« Jason schwang seine langen, schlaksigen Beine vom Sofa und sah seine Mutter an. »Ich hab heute noch was vor, Be... Mom.«

Beth zog die Augenbrauen hoch. »Was für Sachen denn?«

»Äh, du weißt schon. Zeug. Schulkram.« Jason setzte ein Lächeln auf, als würde er glauben, dass Beth ihm das abkauft.

»Das kannst du machen, nachdem du mit Bryan mitgegangen bist. Ich bin sicher, er hätte dich nicht gefragt, wenn es nicht wichtig wäre.«

Es war keine Bitte, und Bryan wusste die Unterstützung zu schätzen.

Er tippte Jason auf die Schulter. »Komm schon. Lass uns loslegen. Je schneller wir fahren, desto schneller sind wir zurück, damit du dich deinem Kram widmen kannst.« Kram, von dem sowohl er als auch Beth wussten, dass er nicht existierte. Jason konnte ihm helfen, wenn sie zurückkamen. Es wäre gut für den Jungen, etwas über Werkzeuge und das Bauen von Dingen zu lernen. Mike hatte eine beachtliche Auswahl an Elektrowerkzeugen in der Garage.

Beth konnte nicht anders, als zuzusehen, wie ihr Sohn mit Bryan aufbrach. Sie konnte nicht anders, als sich vorzustellen, wie echt sich das alles anfühlte. Wie es wohl gewesen wäre, wenn Mike noch am Leben wäre. Er hätte Jason mitgenommen und ihm Dinge gezeigt, ihm beigebracht, den Rasen zu mähen, den Mäher zu reparieren, vielleicht sogar einige der Werkzeuge zu benutzen, die er über die Jahre gesammelt hatte. Obwohl... *sie* war eigentlich ziemlich geschickt mit dem Bohrer; sie könnte ihm — ihnen allen — zeigen, wie man Dinge reparierte.

Komisch, aber darüber hatte sie bis jetzt nie wirklich nachgedacht. Es war ein ständiger Kampf gewesen, sicherzustellen, dass ihr seelisches Wohlbefinden bei all dem nicht auf der Strecke blieb, und weiterhin einfach ihre Mutter zu sein. Den Vater zu ersetzen, war eine ganz andere Sache, und sie wurde wichtiger, als ihr klar gewesen war. Falls sie noch eine Erinnerung daran gebraucht hatte, dann hatte ihr die Lektion im Reifenwechseln die Augen geöffnet. Jason wurde nicht jünger. In zwei Jahren würde er Auto fahren. Zwei Jahre danach auch Kelsey. Wenn man bedachte, was in den letzten zwei Jahren passiert war. Diese siebenhundertdreißig Tage vergingen schneller, als ihr lieb war.

»Mami, warum guckst du so?« Maggie streckte den Kopf vom Couchtisch hoch, wo sie mal wieder zeichnete. Der Therapeut hatte gesagt, sie sollten Maggie einen Block und Buntstifte geben, da sie noch zu jung zum Schreiben gewesen war, als Mike starb. Dieser Block war zum ständigen Begleiter ihrer Tochter geworden, und es stellte sich heraus, dass Maggie auf diesem Gebiet echtes Talent besaß. Beth hatte die beängstigenden Bilder, die sie direkt nach dem Unfall gezeichnet hatte, weggestellt, sobald die Bilder angefangen hatten, sich in angenehme Dinge zu verwandeln. Schmetterlinge, Blumen, Sherman, Mrs. Beecham — eine weitere Ergänzung, die die Beraterin vorgeschlagen hatte und die Maggie nach ihrer Erzieherin im Kindergarten benannt hatte.

»Wie gucke ich denn, Schätzchen?«

»Als ob du mit Bryan und Jason mitgehen wolltest.«

Beth schreckte aus ihrem Tagtraum auf. Maggie hatte *das* bemerkt? Die Dinge gerieten allmählich außer Kontrolle. Nein, nicht die *Dinge*. Ihre *Gefühle*. Sie musste auf Distanz zu Bryan gehen. Musste die Kinder dazu bringen, das Gleiche zu tun. Mikes Abschied war nicht seine Entscheidung gewesen; Bryans Abschied würde es sein. Ein notwendiger Abschied, da er in seine Karriere zurückkehren musste, aber die Kinder würden das nicht so sehen. Er war nur für einen kurzen Augenblick in ihrem Leben; sie hatte das Gefühl, dass sie das nicht begriffen. Wenn er also ging, würde wieder ein Mensch, der ihnen am Herzen lag, sie verlassen.

Bryan spürte, wie sich die Schlinge zuzog. Die Kinder wuchsen ihm ans Herz. Jason hatte die ganze Fahrt zum Baumarkt herumgemurmelt, hauptsächlich wegen des magnetischen Firmenlogos am Truck und wie *uncool* das sei. Bryan sagte ihm, dass *Coolness* am Verhalten einer Person liege, nicht am Schnickschnack, und steuerte den Truck mit einem beeindruckenden Manöver in eine Parklücke, das ihm einer der Stuntmänner bei seinem letzten Film beigebracht hatte. Das hatte Jasons Aufmerksamkeit geweckt und die Tür dafür geöffnet, was sie eigentlich im Baumarkt wollten.

»Bist du sicher, dass Sherman da nicht rankommt?«, fragte er, während er Bryan half, das Holz zum Truck zu schleppen.

»Ich bin mir ziemlich sicher.«

»Warum machst du es dann, wenn du dir nicht ganz sicher bist? Dieser Hund ist ein Monster.«

Bryan musste Jason in diesem Punkt zustimmen, behielt es aber für sich. »Ich denke, wir können uns etwas einfallen lassen, um einen Hund zu überlisten.« Er kreuzte die Finger.

»Keine Ahnung.« Jason hob die Rolle Nylonseil auf. »Ich wette, der Köter kaut das an einem Tag durch.«

»Die Wette gilt.« Nicht, dass es eine gute Sache war, einem Vierzehnjährigen das Wetten beizubringen, aber so blieb er bei der Sache, wenn sie mit dem Bauen fertig waren. »Du hilfst mir also, das Ding zu bauen, richtig?«

Jason strich sich seine nicht vorhandene Haarmähne aus dem Gesicht und schien überrascht, als er feststellte, dass sie weg war. Oder vielleicht rührte die Überraschung daher, was Bryan ihn gerade gefragt hatte. »Ich? Bauen? Ich weiß nicht, wie das geht.«

»Gut.« Bryan klopfte ihm auf die Schulter. »Dann hast du keine schlechten Angewohnheiten, die ich dir erst austreiben muss. Du lernst es von Anfang an auf die richtige Art.«

»Warum machst du das? Das steht nicht in deiner Jobbeschreibung.«

»Weil Sherman allen nur noch mehr Arbeit macht. Ein bisschen zusätzlicher Aufwand jetzt spart später einen Haufen Arbeit.«

»Aber es steht nicht in deiner Jobbeschreibung.«

»Manchmal, Jase, geht es nicht darum, was man tun soll. Manchmal geht es darum, was das Richtige ist. Und das Richtige ist hier, den Hund daran zu hindern, das zu tun, was er ständig tut. Es wird das Leben für alle leichter machen.«

Jason sah aus dem Fenster und murmelte etwas.

»Was? Ich hab dich nicht verstanden.«

Einen Moment lang war sich Bryan nicht sicher, ob Jason ihn gehört hatte — oder ob er gar nicht vorhatte zu antworten. Aber dann drehte er den Kopf und sah Bryan an. »Ich hab gesagt, es wäre schön für Mom, wenn ihr Leben einfacher würde. Sie ist total gestresst, seit Dad gestorben ist.«

Bryan holte tief Luft und betete um die richtigen Worte. »Dann ist es gut, dass wir das hier machen. Jede Kleinigkeit, die wir alle tun können, um ihr das Leben zu erleichtern, wird eine Hilfe sein.«

»Ja. Deshalb hab ich auch mein Zimmer gemacht. Du hattest recht.«

Das war ein besonderer Moment. Ein Teenager sagte ihm, dass er recht hatte. Bryan sollte diesen Moment für die Nachwelt festhalten.

Aber... wozu? Er würde gehen, vergessen werden? Jason würde mehr solcher Momente mit dem nächsten Mann in Beths Leben haben.

Bryan wollte nicht, dass es einen anderen Mann in ihrem Leben gab — was lächerlich war, da er es ja nicht sein konnte.

Ja, es ergab keinen Sinn, aber das taten viele Dinge in den letzten zwei Wochen nicht.

Oder vielleicht taten sie es doch, und er weigerte sich nur, hinzuhören...

»Aber Jason, ich will den Zement anrühren. Bryan hat gesagt, ich darf«, streckte Mark seinem älteren Bruder die Zunge raus.

Jason hielt die Kelle über seinen Kopf. »Du bist zu klein, Mark. Du hast nicht genug Kraft in den Armen. Es muss gründlich und schnell gehen, und das schaffst du nicht.«

Bryan nahm Jason die Kelle ab und kniete sich neben das Loch für den Pfosten. »Das ist alles hinfällig, wenn wir das Zeug nicht angerührt und den Pfosten nicht versenkt bekommen, Jungs. Also lasst uns zusammenarbeiten, okay?« Er wischte sich den Schweiß von der Stirn an seiner Schulter ab. Im Garten gab es viel Schiefer unter der Oberfläche, deshalb hatte er noch einmal zum Baumarkt fahren müssen, um Schnellzement zu holen. Natürlich hatte Maggie ihn anrühren wollen, dann hatten sich die Zwillinge angeschlossen, und plötzlich war das Zementanrühren zu einer Familienangelegenheit geworden.

Und er steckte mittendrin. Würden seine Brüder sich nicht den Arsch ablachen, wenn sie ihn jetzt sehen könnten? Und wenn man bedachte, dass er heute Abend mit ihnen und Gran aß, musste er ihnen keinen Hinweis darauf geben, was hier vor sich ging.

Was geht *hier eigentlich vor, Manley?*

Er wollte es nicht zu genau analysieren.

»Okay, Leute, lasst uns den Pfosten fixieren.« Er hatte vier Seile am Pfosten befestigt und gab jedem der älteren Kinder, einschließlich Kelsey, ein Seil mit einem Hering am Ende. »Maggie, du achtest auf die Wasserwaage, damit die Luftblase genau in der Mitte bleibt, okay?«

»Wird gemacht, Kapitän«, salutierte ihm Maggie. Aus irgendeinem Grund setzte sie den trockenen Zement mit dem Strand gleich und machte den ganzen Nachmittag lang nautische Anspielungen.

Was immer funktionierte.

Bryan hielt den Pfosten gerade, während die Kinder die Heringe in den Boden schlugen. Er hatte Jason gezeigt, wie man die Seile nachjustierte, damit er, sobald sie im Boden waren, herumgehen und sie festziehen konnte.

»Okay, alle zusammen, während das aushärtet, bauen wir die Wäscheleine zusammen. Seid ihr bereit zu helfen?«

»Ja!«

»Cool!«

»Sicher.«

»Meinetwegen.« Das Letzte kam von Kelsey, die nicht so eifrig war wie die Jungs, aber sich dennoch für die Bauarbeiten entschieden hatte, statt ihrer Mutter beim Mittagessen zu helfen.

Apropos: Hin und wieder trat Beth in ihren rosa Shorts und dem fließenden weißen Oberteil auf die Terrasse, barfuß und ihr Haar im natürlichen, vom Wind zerzausten Zustand, und Bryan blieb jedes Mal die Spucke weg, weil sie ihm den Atem raubte.

Gott sei Dank reichte das Surren der Kappsäge aus, um seine körperliche Reaktion unter Kontrolle zu bringen — nichts geht über ein rotierendes Stahlblatt mit fiesen Zähnen auf Schritthöhe.

Er maß den Winkel aus, glich ihn mit der Zeichnung ab, die er angefertigt hatte, und bereitete alles vor, damit Tommy den Schnitt machen konnte. »Denk dran, Tom, mach langsam. Du darfst das Sägeblatt nicht zu schnell runterdrücken, sonst splittert das Holz, und das können wir nicht gebrauchen.« Er rückte Tommys Schutzbrille zurecht. »Denk dran, Sicherheit geht vor.«

»Ich weiß. Das sagt Mom auch immer.«

Natürlich tat sie das, denn Beth war eine großartige Mutter.

Jedes Kind durfte einmal die Säge und den Bohrer bedienen, aber als sie bei den zweiten Schrauben angekommen waren, war der Reiz des Neuen verflogen. Nur Maggie blieb übrig, um ihm zu helfen, den Rahmen zusammenzusetzen und das Seil hindurchzufädeln. Sie wurden genau in dem Moment fertig, als Beth ein Tablett mit Sandwiches auf die Terrasse trug.

»Mittagessen!«, rief sie.

Kinder kamen aus allen Ecken des Hauses angerannt, manche gehörten nicht einmal zu Beth.

»Kelsey, du und Amanda bringt bitte den Eistee raus. Mark, du schnappst dir die Becher. Tommy, das Eis. Kevin, du kannst einen großen Löffel bringen, und, Jason, auf der Kücheninsel stehen Chips und Obst.«

»Und was ist mit mir, Mami? Ich will auch was holen.« Maggie zerrte wieder an Beths Shirt.

Und genau wie zuvor dachte Bryan nicht im Traum daran, ihr zu sagen, sie solle aufhören. Besonders als der Ausschnitt tiefer rutschte und der Ansatz des Dekolletés, den sie preisgab, mehr als nur ein Ansatz war.

Nicht, dass er sowieso etwas hätte sagen können, denn sein Mund war staubtrocken. Seine Kehle auch, und seine Brust fühlte sich eng an, während das Blut nach Süden schoss.

Herrgott noch mal, er war ein Hund. Ihre Kinder waren hier, um Himmels willen. Die Nachbarskinder auch. Es war unangebracht. Es war dumm. Es war einfach falsch.

Aber das hielt ihn nicht davon ab, hinzusehen.

Sie trug einen rosa BH. Hellrosa, eine Nuance dunkler als ihre Haut, und Bryans Fantasie lief auf Hochtouren. Er wollte ihr dieses Shirt ausziehen, über den Kopf ziehen, dann seine Handflächen an ihren Armen herabgleiten lassen und um ihren Rücken führen, ihren BH öffnen und ihn abstreifen, sie ihm in winzigen, verlockenden Blicken offenbaren, mit den Fingerspitzen sanft über ihre Haut streichen und sie zum Zittern bringen. Dann würde er ihre Brüste in seine Hände betten, mit den Daumen über ihre Brustwarzen streichen und zusehen, wie sie hart wurden, während er den Kopf senkte, genau in dem Moment, als sie sagte—

»Möchtest du auch etwas, Bryan?«

Gott sei Dank sah er auf, ohne ihr genau zu sagen, was er wollte. Gott sei Dank sah er auf, bevor er es sich einfach nahm.

Ihre gesamte Familie starrte ihn an.

»Alles okay mit dir, Bryan? Du siehst irgendwie komisch aus.« Tommy reichte ihm ein Glas mit irgendetwas. »Siehst du? Wir haben dir doch gesagt, dass das zu viel Arbeit für dich ist. Deshalb haben Mark und ich ja auch eine Pause gemacht.«

Er schluckte das Getränk hinunter. Eistee. Gut. Er brauchte etwas, um seinen Kopf klarzukriegen.

Er leerte das Glas mit einem lauten »Ahhhh« und wischte sich dann mit dem Unterarm den Mund ab, nur für die Jungs.

Beth verdrehte die Augen und reichte ihm eine Serviette. »Ich schwöre, ihr Jungs werdet in der Hinsicht nie erwachsen.«

»Da hast du recht. Es macht einfach zu viel Spaß.« Er benutzte die Serviette, um zu beweisen, dass er nicht der Barbar war, für den sie ihn halten würde, wenn sie seine Gedanken lesen könnte.

»Und wann machen wir die Leine an der Stange fest?«, fragte Mark und griff über den Tisch nach den Chips.

»Mark Joseph Hamilton, wir greifen nicht über den Tisch. Vor allem nicht, wenn wir Gäste haben.«

»Aber Bryan ist kein Gast. Er ist—«

Das machte ihn sprachlos. Und Bryan auch. Was genau war er eigentlich? Kein Angestellter — er arbeitete nicht für sie. Er arbeitete für Mac. Er könnte ein externer Auftragnehmer sein, aber er bezweifelte, dass die Kinder wüssten, was das war.

»Er gehört zur Familie!« Maggie tauchte unter dem Picknicktisch auf und drückte die massige Katze in ihren Armen. »Genau wie Mrs. Beecham!«

Die Katze stieß ein langes, genervtes »Mrrrrooooowwwww« aus, was alle zum Lachen brachte.

Ein Glück, denn Bryan war eigentlich gerade alles andere als zum Lachen zumute.

Ein Mitglied der Familie. Sah Maggie ihn so? Sahen sie ihn alle so? Nun, die Kinder jedenfalls. Beth wusste es besser. Aber was hielt sie von Maggies Erklärung?

Er wagte einen Blick zu ihr. *Bestürzt* war das Wort, das ihm in den Sinn kam.

Na toll. Sie war entsetzt. Aufgebracht. Überhaupt nicht einverstanden mit der Idee. Andererseits war er es auch nicht. Aber die Kinder... Das war nicht gut für die Kinder. Sie durften so nicht über ihn denken.

Er hatte gewusst, dass es keine gute Idee war, sich so vereinnahmen zu lassen, aber er war damit klargekommen. Die Kinder hingegen... Er musste etwas dagegen unternehmen.

Bryan wurde früher fertig.

Beth sollte eigentlich froh darüber sein. Und das war sie auch. Irgendwie. Sie mussten reden. Was Maggie beim Mittagessen gesagt hatte...

Sie bekam den Gedanken nicht aus dem Kopf. Und es war ein schlechter Gedanke. Schlecht für ihre Kinder, so etwas zu denken. Schlecht für sie, es zu *wollen*. Schlecht, weil Bryan so ausgesehen hatte, als hätte ihm jemand ein glühendes Schüreisen in den—

Gesagt aus dem Mund einer Fünfjährigen, und es gab nichts, was Beth tun konnte, um es ungeschehen zu machen. Und sie *musste* etwas dagegen tun. Maggie war von Mrs. Beecham abgelenkt worden, und dann hatte Kelsey sie klugerweise beschäftigt, damit sie Bryan nicht mehr auf die Nerven ging, aber ihre Aussage hing immer noch über ihnen.

Ein Mitglied der Familie.

Sie hätte nie gedacht, dass es jemals wieder einen Mann geben würde, den sie auch nur in Betracht ziehen würde, in Mikes Heim zu lassen. In Mikes Bett. Aber Bryan, mit seinem sexy Aussehen und der Art, wie er küsste, und vor allem wegen der Art, wie er mit ihren Kindern umging — und mit ihr, wenn man ehrlich war —, er hatte sich unter ihre Schutzmauern geschlichen und sie dazu gebracht, zu wollen, dass Maggies Beschreibung wahr wäre.

Er hatte etwas davon gesagt, sich die Garage vorzunehmen, und war verschwunden. Er hatte Jason nicht einmal um Hilfe gebeten, was sie vorher besprochen hatten. Sie war unschlüssig gewesen, ob sie das Thema in diesem Moment ansprechen sollte, aber Jason hatte plötzlich beschlossen, seine jüngeren Brüder zu bespaßen. Da sie sonst nie so viel Aufmerksamkeit von ihm bekamen, hatten sie es aufgesogen, und die drei waren abgezogen, um ein Quidditch-Feld zu entwerfen. Auch Kelsey hatte plötzlich Interesse daran gefunden, Maggies Haare zu flechten, und die beiden waren für den Rest des Nachmittags nach oben verschwunden. Beth hatte fast Angst, das Chaos in ihrem Badezimmer zu sehen, sobald sie hörte, wie das Wasser in die Wanne lief, aber das Chaos, das über dem Picknicktisch schwebte, war genug für einen Tag.

Ihr Handy klingelte, als sie die Haustür schloss, nachdem Bryan gegangen war. Dumm von ihr, aber ihr Herz fing an zu klopfen, weil sie dachte, er wäre es. Obwohl es ein Rätsel war, warum er sie anrufen sollte, wenn er den ganzen Nachmittag keine zwei Worte mit ihr gewechselt hatte.

Es war leider Kara Leopold. Nein, *glücklicherweise*. Es hatte keinen Sinn, sich das zu wünschen, was nicht sein konnte — und nicht sein sollte. »Hey Kar, was gibt's?«

»Morgen Abend. Du *musst* ihn mitbringen. Mein Neffe kommt. Er will

Schauspieler werden, und wenn er nur mal mit Bryan reden könnte, hätte er vielleicht eine Chance.«

»Kar, ich habe ihn noch nicht einmal gefragt.« Und würde es jetzt auch nicht tun. »Er hat vielleicht was vor.« Oh, er hatte was vor. Ob er es wusste oder nicht.

»Du machst wohl Witze! Du hast ihn nicht gefragt? Warum? Versuchst du, ihn ganz für dich allein zu behalten? Willst du niemanden sonst in seiner Nähe haben?«

Beth hielt das Handy ein Stück vom Ohr weg und starrte es überrascht an. Ja, das war Karas Name auf ihrem Display, aber die Frau am Telefon? Beth wusste nicht, wer das war. »Bist du verrückt? Hörst du dir eigentlich selbst zu? Ich behalte Bryan Manley nicht für mich allein und ich werde ihn *nicht* zur Happy Hour einladen, damit du ihn ausquetschen kannst, wie er Dylan ins Geschäft bringt. Der Mann macht gerade Pause von dem ganzen Kram. Er putzt mein Haus, um Himmels willen.«

»Und deine Rohre? Putzt er die auch?«

Beth klappte der Mund auf und sie schüttelte den Kopf. »Mir gefällt nicht, was du da andeutest. *Du* hast ihn für diesen Job ausgesucht, nicht ich. Ich hatte da kein Mitspracherecht. Tatsächlich erinnere ich mich genau daran, dass sowohl du *als auch* Jenna gesagt habt, wenn ich euer Geschenk ablehne, würdet ihr nie wieder ein Wort mit mir reden.« In diesem Moment klang das ziemlich verlockend.

»Ich finde es einfach ziemlich egoistisch von dir, ihn den ganzen Tag in deinem Haus zu behalten und keinen von uns mit ihm abhängen zu lassen.«

»Er ist nicht hier, um Freunde zu finden, Kar. Er ist hier, um zu arbeiten, erinnerst du dich noch?«

»Ja, aber nur Arbeit und kein Vergnügen macht Bryan zu einem sehr gelangweilten Typen. Bring ihn mit.«

Auf gar keinen Fall. Sie hatte Ansätze von dem weiblichen Fressrausch gesehen, den Bryan auslöste; sie würde ihm ihre Freundinnen nicht antun. Wer weiß, am Ende würden die anderen genauso durchdrehen wie Kara und sie stünde ohne Freunde da. Und ohne Bryan.

Ein Mitglied der Familie.

Nein. Das würde sie am Ende auch nicht haben. Und so sollte es auch sein.

Kapitel Zwanzig

»In Grün siehst du echt verdammt hübsch aus, Bryan. Passt toll zu deinen Augen.«

Bryan ballte die Fäuste, während er im Wohnzimmer von Grans neuem Seniorenwohnheim wartete. Sean liebte es, ihn zu triezen, und obwohl er normalerweise genauso gut austeilen wie einstecken konnte, war heute Abend *nicht* der richtige Zeitpunkt dafür. »Reiz es nicht aus, Scene.« So. Sollte Sean doch über seinen alten Spitznamen schmoren. Das hatte ihn schon als Kind immer auf die Palme gebracht, und im Moment hätte Bryan nichts gegen eine kleine Schlägerei einzuwenden. Er musste dieses... dieses... irgendwie loswerden.

Dieses was? Wut? Nein, er war nicht wütend. Terror? Ja, das traf es wohl eher.

Frustration?

Verdammt, ja. Er war definitiv frustriert.

Und diese verdammte Uniform half auch nicht gerade.

Er nahm sich eine Ausgabe der *People* und blätterte sie durch, aber die Fotos von heißen Frauen in Kleidern, die kaum etwas verhüllten, halfen ebenfalls nicht. Keine war so schön wie Beth.

Er pfefferte das Magazin zurück auf den Tisch. »Im Ernst. Wie erwartet Mac eigentlich von uns, dass wir uns *Manley Maids* nennen, wenn wir die unmännlichsten Hosen in der Geschichte der Arbeitsuniformen tragen? Siehst du? Das hier, *das* ist eine Arbeitsuniform.«

Er zeigte auf das PR-Foto aus seinem letzten Film, auf dem hinter ihm Bomben explodierten, er eine Knarre in jeder Hand hielt und ihm an jedem Arm eine Frau hing. Frauen im Bikini. Damals, als er noch *nicht* frustriert gewesen war.

»Hey, ich wäre sofort dabei, Mac das Geld für neue Uniformen zu geben.« Liam klatschte Sean bei seiner Ankunft auf die Schulter. »In diesen Klamotten komme ich mir wie ein verdammtes Schulmädchen vor.«

»Wir könnten auch fast so singen«, sagte Sean und rückte sich die Hose zurecht. »Wer zum Teufel hat die entworfen?«

»Ich war das.«

Oh Mist. Gran.

»Ich nehme an, es gibt ein Problem?«

»Tut mir leid, Gran«, sagte Sean. »Wir wussten nicht—«

»Das ist mir klar, Sean. Ich weiß, dass ihr Jungs mich niemals absichtlich verletzen würdet.« Sie berührte Bryans Arm, und er beugte sich hinunter, um ihr einen Kuss auf die Wange zu geben, in dem Versuch, den Schaden wiedergutzumachen, den ihre Kommentare angerichtet haben mussten.

»Die Uniform ist völlig okay, Gran«, flüsterte er. Er würde das Ding sogar tragen, wenn es bedeutete, ihre Gefühle zu schonen.

Sie zog eine Augenbraue hoch, Skepsis stand ihr ins Gesicht geschrieben. »Dann sagt mir doch einfach, was geändert werden muss, und ich setze mich an einen neuen Entwurf.«

Bryan kannte diesen Blick. Sie war fest entschlossen, es in Ordnung zu bringen. Und wenn ihr nicht einer von ihnen eine Richtung vorgab, wusste Gott allein, in welche Richtung sie loslegte.

Er holte tief Luft und wagte den Sprung. Wenn er jetzt den Mund aufmachte, kam ja vielleicht wenigstens etwas Brauchbares für sie drei dabei heraus. »Sie ist ein bisschen, äh, eng, Gran.«

»Eng, inwiefern?«, fragte Gran, als würde die Antwort sie nicht gleich alle zu Tode blamieren, während sie die Jungs wie die Schlossherrin den Flur entlang zu einem privaten Speisezimmer führte.

»Na ja, du weißt schon, Gran, *eng* eben.« Bryan nickte den Bewohnern zu, an denen sie vorbeikamen. Hier war er einfach nur Catherine Manleys

Enkel, und er genoss es, genau das zu sein. Das Rampenlicht war toll, aber manchmal war es schön, einfach nur er selbst zu sein.

Liam hielt ihrer Großmutter die Tür offen, und sie folgten ihr wie die Entenküken. Bryan unterdrückte ein Lächeln. Früher hatten seine Brüder ihn immer das hässliche Entlein genannt. Das Foto in der *People* erzählte eine andere Geschichte, und wenn sein Gesicht und sein Körper die Eintrittskarte dafür waren, sich nie wieder Sorgen um ein Dach über dem Kopf machen zu müssen, dann sollte es eben so sein.

»Sean, du bringst das Hähnchen zum Tisch. Liam, die Kartoffeln. Und Bryan, du kannst den Wein einschenken. Aber nicht diese Hollywood-Portionen, an die du gewöhnt bist. Ich will nicht, dass einer von euch Jungs betrunken wird.«

»Ja, Ma'am.« Er verdrehte die Augen. *Hollywood-Portionen.* Er hatte ein paar Mal versucht, sie an die Westküste zu holen, um ihr zu zeigen, dass dort nicht alles Sodom und Gomorra war, wie sie dachte, aber Gran wollte davon nichts hören. *In ihrem Alter würde sie in kein Flugzeug mehr steigen, und sie könne Bryan im Fernsehen viel besser sehen als zwischen Horden von Leuten, die ihm Mikrofone ins Gesicht stießen.*

Er kannte ihre Argumente auswendig, weil sie jedes Mal dasselbe sagte, wenn er das Thema anschnitt. Gran war hier in diesem kleinen Kaff zufrieden, ein Gefühl, das er nie verstanden hatte.

Dann blitzte ein Bild von Beth und den Kindern beim Fußballspiel in seinem Kopf auf, und für einen Moment – einen Moment, so kurz wie dieser Blitz – dachte er darüber nach.

Nein. Auf keinen Fall. Er hatte zu hart geschuftet, um hier rauszukommen. Um weiterzukommen. Um aufzusteigen. Er würde nicht für seine Großmutter hierher zurückkehren, erst recht nicht für eine Witwe mit fünf Kindern.

Fünf Kinder, die einen Vater brauchten.

Eine Witwe, die einen Mann in ihrem Leben brauchte.

Du meine Güte. Er war nicht dieser Mann, und er sollte sich diesen verdammten Gedanken aus dem Kopf schlagen. Er musste einen Film drehen. Ein weiterer war bereits im Kasten. Promotouren, Preisverleihungen, Werbeverträge, die geprüft werden mussten. Endlich passierte etwas; jetzt war *nicht* der richtige Zeitpunkt, alles für Fußballspiele und Fingermalfarben hinzuschmeißen.

»Verdreh hier nicht die Augen vor mir, junger Mann. Du magst zwar glauben, du wüsstest alles, nur weil du ein großer Filmstar bist, aber ich kann dir immer noch den Hintern versohlen, wenn du zu hochmütig wirst.«

»Genau das versuche ich dir doch zu sagen, Gran.« Bryan stellte den Wein vor sie hin. »Ich *bin* einfach schon zu groß für diese Hose.«

»Bryan Matthew Manley, es gibt keinen Grund, ausfällig zu werden.«

Sean verschluckte sich an seinem Wein, und Liam sah aus, als würde ihm gleich dasselbe passieren.

Bryan wollte am liebsten im Erdboden versinken. »Ich... ich meinte das nicht...« Er hatte *keineswegs* so etwas angedeutet; sie war seine *Großmutter*, um Himmels willen!—

Und um dem Ganzen noch die Krone aufzusetzen, machte Sean mit seinem Handy ein Foto von ihm.

»Was zum Teufel sollte das?«„ Bryan versuchte immer noch zu verarbeiten, dass Gran gerade eine sexuelle Anspielung gemacht hatte.

»Altersvorsorge. Gegen die Armut.« Sean setzte sich. »Ich bin sicher, irgendein Magazin würde einen Haufen Geld für diesen Gesichtsausdruck auf deiner hübschen Visage bezahlen.«

»Sean Patrick Manley, hör auf, deinen Bruder zu necken«, sagte Gran, als hätte sie nicht gerade über... *das* gesprochen. »Gib mir das Telefon.«

»Ach, Gran—«

»Das Telefon.« Sie wackelte mit den Fingern.

Bryan empfand eine nicht geringe Genugtuung, als Gran das Foto löschte. Er musste sogar ein Kichern unterdrücken, als sie auch noch den Rest von Seans Fotos löschte – versehentlich natürlich, aber trotzdem... es geschah ihm recht.

Was ihm *nicht* recht geschah, waren die Komplikationen bei Seans aktuellem Projekt, auf die sich einige dieser Bilder bezogen – ein Projekt, in das eine Menge von Bryans Geld geflossen war.

»Was für Komplikationen?«

Sean verzog das Gesicht. »Merriweather hat uns einen Strich durch die Rechnung gemacht. Sie gibt ihrer Enkelin die Chance, das Anwesen zu erben.«

»Verdammt noch mal.« Bryan warf seine Serviette auf den Tisch. Das Anwesen sollte Seans Vorzeigeobjekt und das erste Projekt der Manley-Brüder werden. Wenn sie das verloren, würde es kein zweites Projekt geben.

»Zügle deine Zunge, Bryan.« Gran nahm einen Bissen Hähnchen; diese drei Worte waren Ermahnung genug. Sie hatte es schon immer geschafft, sich allein durch ein Wort oder einen Blick Gehör zu verschaffen. Sie alle hatten sich zu große Sorgen um ihre Gesundheit gemacht, als dass sie sie jetzt verärgern wollten.

»Entschuldigung.« Bryan legte die Serviette zurück auf seinen Schoß. »Was wirst du jetzt tun, Sean?«

Sein Bruder fuhr sich mit der Hand über den Mund. »So wie ich das sehe, habe ich drei Möglichkeiten. Erstens: Dafür sorgen, dass Livvy scheitert und der Verkauf wie geplant über die Bühne gehen kann. Zweitens: Ich wollte euch fragen, ob ihr die Differenz decken wollt. Gegen eine entsprechende Gewinnbeteiligung, versteht sich.«

»Du wärst dann also der Juniorpartner?«, fragte Liam.

Sean nickte. »Offensichtlich nicht das, was ich wollte, als ich das geplant habe, aber wir können die Bedingungen aushandeln, und ich kaufe euch nach und nach wieder aus. Wenn ihr das Geld flüssig habt, wäre das meine zweite Option. Die dritte wäre, externe Investoren dazuzuholen, aber das würde den Anteil für alle schmälern.«

»Diese Option fällt flach.« Liam rieb sich das Kinn. »Das soll ein Projekt der Manley-Brüder sein. Wenn wir jemand anderen reinholen, verlieren wir diesen Vorteil, sowohl was die Entscheidungsfreiheit als auch was die Publicity angeht.«

»Aber ihr habt doch Bryan«, sagte Gran. »Er ist die beste Publicity, die man sich wünschen kann.«

Bryan schüttelte den Kopf. Vor drei Wochen hätte er vielleicht noch Ja gesagt. Jetzt? Er würde nicht dafür verantwortlich sein – nun ja, nicht mehr, als er es ohnehin schon war –, das Rampenlicht auf Beth und ihre Kinder zu lenken. Und genau das würde passieren, wenn er sich öffentlich an einem lokalen Unternehmen beteiligte. »Das geht nicht, Gran. Ich bin der stille Teilhaber. Mir fehlt der Hintergrund, den die beiden hier für dieses Geschäft haben. Wenn wir anfangen, mein Gesicht überall draufzuklatschen, wird das ein Zirkus. Die Medien sind toll, bis sie es eben nicht mehr sind. Sean bekommt das, was ich mir leisten kann.« Ganz zu schweigen davon, dass er Beth und die Kinder nicht noch tiefer hineinziehen wollte, als sie es ohnehin schon waren.

»Und wie laufen eure Aufträge so, Jungs?«, fragte Gran.

»Wie es läuft?« Bryan verschluckte sich fast an den Worten, bevor er über die Konsequenzen nachdachte, sie auszusprechen. Konsequenzen, die er schnell abzumildern versuchte, als Gran ihn scharf ansah. »Ich habe im Ernst keine Ahnung, warum Menschen sich fortpflanzen. Ihr solltet diese fünf Kinder mal sehen. Ich mache die Bude blitzblank, und wenn ich mit dem letzten Zimmer fertig bin, kann ich schon wieder von vorne anfangen. Es ist, als wäre jedes Kind ein eigener Tornado. Und zwar umgekehrt proportional zu ihrer Größe. Die Kleine... *puh.* Die kann ein Chaos von epischem Ausmaß anrichten.«

»Sie leidet, Bryan. Sie lehnt sich auf. Hab Geduld«,, sagte Gran. »Ihr Vater war der Pilot bei diesem Flugzeugabsturz vor ein paar Jahren. Traurig.«

Viel trauriger, als irgendjemand geahnt hatte. Und angesichts dessen, was mit *seinen* Eltern passiert war, war Bryan in der perfekten Position, um mitzufühlen, was seine *Probleme* nur noch verstärkte.

Er schnitt sich eine Scheibe Brot ab. »Ich weiß *genau*, wie sie sich fühlt, Gran.«

»Ich weiß, dass du das tust.«

Gran drückte seine Hand, und für einen Augenblick war er wieder in der Kirche am Tag der Beerdigung, als sie dasselbe getan hatte, bevor er völlig zusammengebrochen war.

Und genau wie damals wechselte sie das Thema. »Liam? Wie läuft's mit Cassidy?«

Liam schüttelte den Kopf. »Sie ist eben Cassidy.«

»Jetzt komm schon, Liam, beurteile sie nicht nach dem, was alle über sie sagen.«

Dass sie eine verwöhnte Society-Tusse war, die nicht den leisesten Schimmer davon hatte, wie man ein normales Leben führt, weil ihr reicher Vater alles bezahlte. Absolutes Hohlbrot.

Die Sache war nur: Es wäre einfacher, mit Cassidy Davenport und ihrer Ahnungslosigkeit fertigzuwerden als mit Beth und ihrer bodenständigen Art. Ihrer Echtheit. Und die Kinder... Gott, die Kinder. Die Tatsache, dass er wusste, was sie durchmachten... Warum hatte Mac ihm bloß *diesen* Auftrag geben müssen? Warum hätte er nicht irgendeine alte Frau mit Spinnweben und Staubmäusen aus fünfzig Jahren bekommen können? Oder, verdammt, sogar Cassidy. Er würde Cassidy jederzeit vorziehen, anstatt Beth so sehr zu begehren, dass ihm die Brust wehtat, wenn er nur daran dachte.

Und er dachte verdammt oft daran. Er verpasste die Hälfte der Tischunterhaltung, weil er nur daran dachte, wie sehr er Beth wollte. Herrje. Er war ein Wrack. Er nahm einen kräftigen Schluck von seinem Wein. Er musste wirklich hier raus, solange er noch konnte. »Was hältst du davon, wenn wir tauschen, Sean?«

Sean schüttelte den Kopf. »Tut mir leid, was hast du gesagt?«

»Dein Auftrag. Sie muss ja eine Granate sein, wenn du uns noch kein einziges Wort über sie erzählt hast. Ich überlege mir schon, sie mir mal anzuschauen, wenn du keine Ansprüche anmeldest. Vielleicht können wir ja die Jobs tauschen.« Kaum hatte er es ausgesprochen, wusste er, dass er es nicht tun würde. Sean war zwar kein Filmstar, aber er war ein gut aussehender Kerl. Und er wohnte hier. Beth und die Kinder könnten sich genauso gut an Sean binden wie an ihn.

»Du hast deine eigene Klientin, um die du dich kümmern musst.«

Gran durchbohrte ihn mit ihrem Blick. Die Leute sagten, ihre Augen seien schieferblau; Bryan nannte sie stahlblau. Seine Großmutter war aus hartem Holz geschnitzt, und ihr entging nichts. Das hatte es schon verdammt schwer gemacht, als Kind mit irgendetwas durchzukommen, und es sah so aus, als hätte sich daran in all den Jahren nichts geändert. »Und sie ist wirklich bezaubernd, wenn ich mich recht an das Foto in der Zeitung erinnere.«

Die Zeitungen waren Beth nicht im Geringsten gerecht geworden. »Ja, sie ist heiß, aber sie hat fünf Kinder. Nichts zerstört die Attraktivität einer Frau schneller als ein Haufen Kinder, die ständig um sie herumhängen.« Er log. Beth hätte zehn Kinder haben können, und es würde nichts an seinen Gefühlen für sie ändern – wen also versuchte er hier eigentlich zu überzeugen?

Seine Brüder. Denn wenn sie auch nur den leisesten Schimmer von dem inneren Kampf hätten, den er wegen Beth und ihrer Familie ausfocht, würde er das bis ans Ende seiner Tage zu hören bekommen.

»Hm-hm.« Gran fixierte ihn mit ihren Augen. Ihren harten, kalten, stahlblauen Augen.

Warum?

Oh Mist. Gran hatte selbst vier Kinder großgezogen, und er hatte gerade diese dämliche Bemerkung gemacht... »Es, äh, tut mir leid, Gran. Ich, äh –«

Gran hob die Hand. »Ich habe dich besser erzogen als das, Bryan Matthew. Diese Frau hat einem Mann viel zu bieten, und diese Kinder sind ein Segen. Du solltest dich glücklich schätzen, wenn sie auch nur darüber *nach-*

denkt, mit dir auszugehen. Mit solchen Kommentaren hast du sie gar nicht verdient.«

Das wusste er. Er verdiente sie nicht. Und was noch wichtiger war: Sie verdiente etwas Besseres.

Warum also, ein paar Stunden später, nachdem er das Abendessen mit der adleräugigen Gran überstanden hatte, ergriff er sofort die Chance, den Freitagabend mit ihr zu verbringen, als ihre Freundin Kara anrief, um ihn zum Nachbarschaftsumtrunk einzuladen?

Weil er offensichtlich ein Narr war, der förmlich um Bestrafung bettelte.

Kapitel Einundzwanzig

Er war definitiv ein Masochist; den gesamten nächsten Tag verbrachte er damit, an den Schränken in Beths Schlafzimmern zu arbeiten. Sie hatte ihm eine Liste mit Aufgaben hinterlassen – er weigerte sich, sie eine »Schatz-erledige-das«-Liste zu nennen, denn das würde implizieren, dass er ihr Schatz war, und solche Implikationen brauchte er *nicht* –, und das Dringendste schien die losen Kleiderstangen zu sein. Er hatte nicht damit gerechnet, was genau er dabei berühren würde.

Oder vielleicht doch.

Da stand er nun, Schulter an Schulter – und Wange an Wange – mit ihren Kleidern, nahm sie heraus, hängte sie sich über die Arme, spürte, wie der seidige Stoff über seine Haut gleitete, und stellte sich vor, wie er dasselbe auf ihrer tat. Stellte sich vor, wie *sie* an ihm entlangglitt. Er spielte den Kuss im Pavillon immer und immer wieder in seinem Kopf ab, bis sein *Schwanz* die gesamte Garderobe hätte halten können. Und ihr Parfüm ... Es hing in der Luft ihres Schranks, umgab ihn, verspottete ihn mit etwas, worauf zu hoffen er kein Recht hatte.

Gott sei Dank war sie für den Tag weg. Wenn er schon mit einer Erektion herumlief, die groß genug war, um Kleider daran aufzuhängen, war wenigstens niemand da, der es bezeugen konnte.

»Alter, sag mir bitte, dass du nicht auf Frauenkleider stehst.«

Außer Jason.

Mist. Er hatte vergessen, dass Jason alt genug war, um nicht bei jedem Ausflug mitzugehen, den Beth unternahm.

Na ja. Nichts ließ einen Ständer schneller erschlaffen als das Kind der Frau, wegen der man ihn überhaupt erst hatte.

»Ich repariere den Schrank deiner Mutter.«

»Eigentlich ist das der von meinem Dad.«

Doppelter Mist. Erektion weg; Empathie stieg um sechs Trillionen Grad an.

Stille. Jason starrte ihn finster an und forderte ihn heraus, etwas zu sagen.

Also tat er es.

»Dann solltest du mir vielleicht helfen, ihn zu reparieren.«

Jason blinzelte. Schnell. Ein paar Mal. Er schaute auch kurz weg. Aber dann riss er sich zusammen, schluckte die Tränen hinunter, von denen Bryan sehen konnte, dass sie kurz unter der Oberfläche schimmerten, und nickte.

Das reichte.

Beth starrte auf das Preisschild. Schon wieder. Sie konnte nicht einmal sagen, wie lange sie es schon anstarrte oder was der Preis überhaupt *war*, denn ihre Gedanken waren meilenweit entfernt. Nun ja, um genau zu sein, 6,7 Kilometer. Das war exakt die Entfernung von ihrer Haustür bis zu diesem Laden. Sie fuhr hunderte Male im Jahr hierher, aber das war nicht der Grund, warum sie wusste, dass es 6,7 Kilometer von ihrem Zuhause waren. Nein, das wusste sie, weil sie beobachtet hatte, wie der Kilometerstand stieg, während sie heute Morgen weiter von ihrem Haus wegfuhr. Bevor Bryan angekommen war.

Sie hatte nicht dort sein wollen. Nun, das stimmte nicht ganz. Sie hatte sich nichts *sehnlicher* gewünscht, als dort zu sein, und genau das war das Problem. Bryan. Würde. Gehen. Sie musste das durch den dichten, vom Charisma erzeugten Nebel in ihren Schädel bekommen, der sich dort eingenistet hatte, seit er aufgetaucht war.

»Mami, kaufst du das jetzt oder nicht? Mir wird nämlich langweilig.« Maggie stützte ihr Kinn in die Hand und sah mit Mikes Augen zu Beth auf.

Beth ließ das Preisschild los und schüttelte den Kopf. »Es ist nicht ganz das, was ich suche.« Denn das, was sie wollte, konnte man nicht von der Stange kaufen.

Noch zwei Wochen. Der Reinigungsservice war das perfekte Geschenk gewesen, aber je mehr Bryan in ihrem Haus arbeitete, je mehr er ihr Zuhause ästhetisch instand setzte, desto mehr tat er es auch auf emotionaler Ebene. Mental. Spirituell.

Es war schön, einen Mann im Haus zu haben. Schön, seine breiten Schultern zu sehen, wie er an Stellen herankam, die sie nicht erreichte, Dinge erledigte, für die sie keine Zeit hatte. Ihr Heim wieder in Ordnung brachte. Als wäre eine Brise Testosteron alles, was sie brauchten, um das Haus wieder so herzurichten, wie es gewesen war, bevor Mike an jenem Morgen aufgebrochen war.

Nur durfte dieses Testosteron nicht das von Bryan sein. Vielleicht sollte sie ausgehen und versuchen, jemanden zu finden. Jemanden für sich. Vielleicht war es das, worum es hier eigentlich ging. Die rohe, unverblümte, umwerfende Anziehungskraft von Bryans Sexualität hatte sie wachgerüttelt. Hatte sie wieder begehren lassen. Hatte diesen Schmerz des Verlangens in ihr geweckt, und sie hatte vergessen, wie sich das anfühlte. Vergessen, wie es war, sich nach jemandem zu sehnen. Jemandem physisch und emotional nahe sein zu wollen. Nein, Bryan konnte nicht dieser Mann sein, aber er war verdammt noch mal der beste Weckruf überhaupt. Sie war es ihren Kindern schuldig, jemanden zu finden. Das Haus wieder zu einem Heim zu machen. Und sie war es sich selbst schuldig, zu lieben und geliebt zu werden. Diese Gefährtenschaft zu finden, die die Laune der Natur ihr entrissen hatte.

Heute Abend war Happy Hour. Es gab einige Singles in der Gegend. Viele ihrer Freundinnen brachten Bekannte mit. Vielleicht würde sie ein wenig aus ihrer Schale herauskommen und tatsächlich mit einigen von ihnen sprechen, mit der Absicht zu daten, anstatt sich hinter ihrem Witwendasein zu verstecken. Vielleicht war es endlich an der Zeit, wieder zu leben.

»Können wir Hotdogs haben, Mama? Bitte?«, fragte Tommy.

»Ja, ich will Senf auf meinem. Und Kraut«, sagte Mark.

»Du magst gar kein Kraut.«

»Doch, mag ich.«

»Nein, tust du nicht.«

»Wohl.«

»Nicht.«

»Wohl.«

»Nicht.«

»Ihr Spinner!« Kelsey legte den Zwillingen jeweils eine Hand auf den Kopf und drehte sie zu sich um. »Erinnert ihr euch, was Bryan gesagt hat? Ihr müsst aufeinander aufpassen. Das könnt ihr nicht, wenn ihr euch streitet, also hört auf damit. Du magst kein Sauerkraut, Mark. Du hast gesagt, es schmeckt wie seekranke Würmer, und wir brauchen dich nicht beim Kotzen auf der Heimfahrt.« Kelsey blickte auf und schüttelte vor Beth den Kopf.

Erinnert ihr euch, was Bryan gesagt hat... Großartig. Jetzt zitierten ihre Kinder ihn schon. Lebten nach seinen Regeln. Nach dem Vorbild, das er gesetzt hatte.

Sie würde ihn niemals in ihrem Leben ersetzen können.

Dann tauchte sie bei der Happy Hour auf und stellte fest, dass sie das, zumindest für heute Abend, gar nicht musste.

Kapitel Zweiundzwanzig

»Hast du *gesehen,* wer da ist?«

»Oh mein Gott, es ist Bryan Manley!«

»Bryan *Manley* ist hier!«

»Ein *Filmstar* ist auf Karas *Terrasse*!«

»Ich kriege in dieser Sekunde einen Orgasmus!«

Beth konnte jeden Kommentar nachempfinden. Besonders den letzten, obwohl es einfach falsch war, dass er von Jasons Mathelehrerin kam. Es war schon seltsam genug, Mrs. Shuman sonntagmorgens im Bademantel beim Zeitungholen in der Nachbarschaft zu sehen, aber jetzt das?

Jemand schob sich neben sie und legte einen Arm um ihre Taille. »Beth! Ich bin so froh, dass du dich entschieden hast, ihn zu teilen.«

Beth sah die Frau neben sich an. Bethany Cavanaugh. Sie wohnte vier Häuser weiter, fuhr einen Jaguar und war Single. Beth hatte in all den Jahren, in denen die Frau hier lebte, vielleicht sechsmal mit ihr gesprochen, und jetzt waren sie beste Freundinnen? »Ich, äh –«

»Oh, das war nicht Beth.« Kara schlüpfte mit einem verschmitzten Lächeln durch die Menge und reichte Beth ein Glas Wein. »Ich habe ihn eingeladen.«

»Wie bist du an seine Nummer gekommen?« Bethany stellte die Frage, die Beth gestellt hätte, wenn sie fähig gewesen wäre zu sprechen.

»Ich habe meine Wege.« Kara hob Selbstgefälligkeit auf ein ganz neues Niveau.

Natürlich hatte sie das. Und natürlich würde sie diese Wege nutzen, um ihn hierher zu bekommen. Beth hätte das kommen sehen müssen. Aber was verdammt noch mal bedeutete das? Kara war verheiratet. Glücklich, oder zumindest hätte Beth das gedacht, aber man konnte eben nie wissen, was in den Ehen anderer Leute vorging. Sie nippte am Wein.

»Na, bist du nicht die geborene Gastgeberin?« Bethany rückte näher an Kara heran.

Beth verspürte plötzlich das Bedürfnis zu duschen.

Erst recht – und auf eine ganz andere Weise –, als Bryan in diesem Moment aufblickte und sie beim Starren erwischte.

Sie wollte mit *ihm* duschen. Mit ihm erst so richtig ins Schwitzen kommen und sich dann gemeinsam einseifen. Sich an ihn schmiegen, zwischen ihren Laken, dann unter der Dusche und, verdammt, vielleicht sogar auf dem Badezimmervorleger.

»Du wusstest also *nicht*, dass er kommt?«, grinste Bethany. Obwohl ihre Namen ähnlich waren, war Beth die *schlichte Beth*, während Bethany so schnittig und sexy wie ihr Jag war. »Süße, *ich* wüsste verdammt sicher, wenn er *käme*.«

Oh, diese Zweideutigkeit. Beth konnte so gar nichts damit anfangen.

Bethany anscheinend schon. Sie ließ ihre neue *beste Freundin* Kara stehen, um zu Bryan hinüberzuschlendern.

Beth empfand einen kurzen Moment der Genugtuung, als sie sah, wie Bryan Bethany kurz anschaute, ihr luftiges Sommerkleid musterte, das an genau den richtigen Stellen geschlitzt war, und dann zu *ihr* zurücksah. Auf seinen Lippen schwebte ein leichtes Lächeln, das verriet, dass er so etwas schon oft erlebt hatte.

War es falsch, dass es sie glücklich machte, zu wissen, dass Bryan die Frau durchschaute?

Getreu seiner Liebenswürdigkeit und seinem Charme legte Bryan jedoch los, als Bethany sich vor ihm aufbaute und ihm ihre Hand hinhielt – den Handrücken nach oben, als würde sie erwarten, dass er sie küsste. Beth hätte ihm sagen können, dass er sich die Mühe hätte sparen können; Bethany war ohnehin bereit für ihn, selbst wenn er nur seinen Text mit ihr hätte üben wollen, während sie sich über ihn hermachte. Es war fast lächerlich.

Fast.

»Und wie lange darfst du ihn noch genießen?«, fragte eine der anderen Frauen.

»Hat er schon deine Schubladen eingeräumt?«

»In deiner Küche gekocht?«

»Deine Betten frisch bezogen?«

Die Anspielungen hörten nicht auf, und obwohl Beth den Humor und das gutmütige Necken dahinter eigentlich schätzen konnte, fiel es ihr schwer, die Fassung zu bewahren.

Dann tauchte er an ihrer Seite auf. »Hey, Beth. Meine Damen.«

Er hatte sie herausgepickt. Der Neid in den Augen der anderen Frauen war fast greifbar. Besonders der von Bethany, als er sich vorbeugte, um ihr etwas ins Ohr zu flüstern. »Deine Freundin Kara hat mich heute Abend eingeladen.«

»Hab ich gehört.«

»Nett von ihr.«

Nett hatte rein gar nichts damit zu tun, warum Kara ihn eingeladen hatte.

»Danke, dass du die Stangen in meinen Schränken repariert hast. Das waren Unfälle, die nur darauf warteten zu passieren.«

»Ja, sie waren ziemlich locker. Jason hat mir geholfen.«

»Jason?«

»Du weißt schon, dein Sohn? Früher hatte er einen Wuschelkopf, aber jetzt kann man sein Gesicht sehen. Ein mürrischer Kerl.«

Gott, der Mann war umwerfend, wenn er sie neckte.

Konzentrier dich auf das Gespräch, nicht auf seine Grübchen.

Sie nahm einen schnellen Schluck Wein. »Oh. Er. Ja, ich glaube, wir sind uns schon mal begegnet. Aber der Jason, den ich kenne, hatte null Interesse daran, mir im Haus zu helfen.«

»Nun, plötzlich war er sehr interessiert. Er hat auch beim Rest des Wäscheleinen-Projekts mit angepackt.« Seine Finger tippten gegen ihre Taille und Beth war plötzlich ebenfalls an etwas interessiert.

Nun ja, nein. Das stimmte nicht. Sie war an *diesem einen* interessiert, seit sie ihn zum ersten Mal auf ihrer Veranda gesehen hatte.

Sie schob den Gedanken beiseite, nahm noch einen Schluck Wein und zwang ihr Gehirn zurück zum Gespräch. Um Himmels willen, sie unterhielten sich über ihren *Sohn*. Sie sollte wohl in der Lage sein, lüsterne Gedanken in

Schach zu halten, während sie über ihr *Kind* sprach. »Er hat ein berechtigtes Eigeninteresse an der Wäscheleine. Er will nicht, dass seine Boxershorts wieder in den Hecken der Nachbarn landen.«

Bryans linke Augenbraue wanderte nach oben und, oh, dieser Look stand ihm ausgezeichnet. »Wieder?«

Beth nickte. »Sherman ist ein Demütiger, der vor niemandem Halt macht.«

»Ah. Das erklärt Jasons Enthusiasmus, als wir sie endlich aufgerichtet haben.«

Musste er unbedingt *dieses* Wort benutzen? Beth musste sich beherrschen, nicht auf seinen Schritt zu starren.

Einige der Frauen waren jedoch nicht so zurückhaltend, und Beth sah verblüfft, wie Bryan errötete.

»Sag mal, gibt es in Macs Stall noch mehr von deiner Sorte? Wenn ja, melde mich für einen lebenslangen Vertrag an«, sagte eine der Frauen, was eine ordentliche Runde Gelächter erntete.

»Tut mir leid, Ladys. Meine Brüder und ich sind für diesen Monat ausgebucht, aber ich bin sicher, Mac wird noch mehr Leute einstellen, da das Interesse so groß ist.«

Nein, *er* war es, der das Interesse weckte. Mac Manley hatte genau gewusst, was sie tat, als sie ihre Brüder an die Arbeit geschickt hatte.

Genau wie Kara gewusst hatte, was sie tat, als sie ihn zur Party einlud. Sie dauerte länger als jede andere Happy Hour zuvor, bis zu dem Punkt, an dem die Kinder wie die Fliegen umfielen und Karas Kellerzimmer zu einem riesigen Schlaflager wurde, weil keins der Elternteile gehen wollte.

Tatsache war, dass Bryan sie alle bezauberte, nicht nur die Frauen. Die Männer legten ihre anfängliche Feindseligkeit ab, um über seine Filme, die Stunts und die Arbeit mit »heißen Bräuten« zu sprechen, sowie über all die Stars, mit denen er schon gedreht hatte. Bryan war jedoch großartig darin, viel Aufmerksamkeit von sich abzulenken. Wenn das Gespräch zu lange um sein Leben kreiste, lenkte er es um und fragte die anderen nach ihrem Beruf oder wohin sie in den Urlaub fuhren oder wie es ihren Kindern beim Sport, in der Schule oder bei den Pfadfindern ging... Der Mann verstand es wirklich, eine Menge zu unterhalten und es dabei echt wirken zu lassen.

Aber Bryan *war* echt. Das gefiel Beth am meisten an ihm. Sicher, er war hübsch anzusehen und er konnte sie vermutlich mit nur einem Kuss aus ihren Kleidern befördern, wenn er es darauf anlegte, aber letztendlich war er ein aufrichtig netter Kerl. Da war keine überhebliche Art, kein Seht-mich-an-ich-bin-was-Besseres, keine falsche Bescheidenheit, sondern einfach eine Echtheit und eine selbstironische Ehrlichkeit, die ihn nur noch attraktiver machten.

»Also, Beth, warum bringst du Bryan am Sonntag nicht einfach mit?« Dena Reardon strich sich mit einer verführerischen Kopfneigung die einzige Locke, die aus ihrer Hochsteckfrisur hing, hinter das Ohr.

Nur in dieser Truppe konnte eine Einladung in einen Freizeitpark wie eine Anmache klingen.

»Sonntag?« Bryan legte seinen Kopf ebenfalls schief, aber es war völlig natürlich und frei von Hintergedanken.

Das hielt Beth nicht davon ab, mit ihren Lippen an seinem Kiefer entlangfahren zu wollen, sich an seinem Hals hinunterzuküssen und ihre Finger durch sein Haar gleiten zu lassen –

»Ähm, wir fahren in den Martinson's-Freizeitpark. Die Kinder wollen schon hin, seit er im April eröffnet hat, aber wegen der Schule war es schwer zu planen. Ich habe ihnen versprochen, dass wir zu Sommerbeginn fahren, und Sonntag ist der einzige Tag, an dem es bis August passt.«

»Ich erinnere mich an Martinson's.« Bryans Gesicht hellte sich zu einem Lächeln auf. Wenn er nicht schon ein Filmstar wäre, würde dieses Lächeln den Sack zumachen. »Ich konnte als Kind nie genug von dem Laden bekommen.«

»Du solltest mitkommen«, sagte Dena und zwirbelte nun an dieser einen Locke.

Ihr Ernst jetzt?

Dann berührte sie ihren Mundwinkel mit der Zungenspitze. »Ich bringe meine Jungs mit, sie sind mit Tommy und Mark befreundet.«

»Und Alex«, warf Beth ein. »Du bringst Alex mit, oder?« Alex war Denas Ehemann. Eine wichtige Person, die man erwähnen sollte.

Dena wandte ihren Blick nur widerwillig von Bryan ab. Für etwa eine Minute. »Äh, ja. Natürlich kommt Alex mit. Er liebt es, mit den Jungs die Fahrgeschäfte auszuprobieren. Also, du solltest Bryan mitbringen. Dann ist Alex nicht der einzige Mann.«

Nichts ist schöner, als so in die Enge getrieben zu werden. Beide wurden in die Enge getrieben.

»Danke für die Einladung, Dena«, sagte er, und Beth lächelte. Das war ihr Ausweg.

»»Ich muss mal drüber nachdenken.««

Er würde *darüber nachdenken*? Nicht: *Ich habe schon was vor, denn warum zum Teufel sollte ich mir die Vorstadt und fünf Kinder antun, ganz zu schweigen von einer Mutter, die all den Schauspielerinnen, mit denen ich täglich zu tun habe, nicht das Wasser reichen kann?*

»Du *solltest* ihn mitnehmen, weißt du.« Kara zog Beth zurück an die Steinmauer, als sich jemand zwischen sie und Bryan schob.

»Er will den Tag nicht mit meinen Kindern im Freizeitpark verbringen.«

»Nein, ich vermute, er will den Tag im Freizeitpark mit *dir* verbringen, und deine Kinder gibt es eben im Paket dazu.«

Beth war anscheinend die Einzige in Bryans Nähe, die noch einen Sinn für die Realität hatte. »Das wird nicht passieren.«

»Schade.« Kara nippte gemächlich an ihrem Getränk, aber Beth ließ sich nicht täuschen. Kara mochte sie zwar anstarren, aber aus den Augenwinkeln hatte sie Bryan fest im Blick, und das berechnende Funkeln in ihren Augen verriet, dass sie die Sache nicht auf sich beruhen lassen würde. »Also... noch zwei Wochen, was?«

Beth hielt sich zurück, nicht mit den Augen zu rollen. »Jep.«

»Du *darfst* ihn nicht gehen lassen.«

»Kara, ich habe keinerlei Macht über ihn.«

Kara rollte *tatsächlich* mit den Augen. »Ach, bitte. Ich sehe doch, wie er dich ansieht.«

»Du irrst dich.«

»Nein, tue ich nicht. Er blickt immer wieder zurück, als würde er sich versichern wollen, dass du noch da bist. Du hättest ihn fragen sollen, ob er heute Abend mit dir herkommt. Du solltest ihn fragen, ob er am Sonntag mitkommt. Markiere dein Revier, damit nicht jede Frau hier versucht, ihre Krallen in ihn zu schlagen.«

»Du etwa auch?«

»Hey, wenn ich dächte, ich hätte eine Chance, wer weiß?«, fuhr sie fort, während Beth versuchte, ihren Mund wieder zuzubekommen. »Aber ich bin verheiratet und du ... du *hast* eine Chance. Und du bist Single. Es gibt nichts, was dich davon abhält, die Gelegenheit beim Schopf zu packen, Beth. Verdammt, wenn nicht für dich selbst, dann tu es für den Rest von uns.«

»Meinst du nicht eher, ich soll ihn für den Rest von euch *vernaschen*?« Der Sarkasmus sprudelte nur so aus ihr heraus.

»Verdammt ja, genau das meine ich.«

Dieser Sarkasmus prallte offensichtlich wirkungslos an Kara ab.

»Ich meine, warum nicht? Du bist jung, Single, und der Mann ist zum Niederknien attraktiv. Der strahlt Sex pur aus. Das wäre wirklich ein Fall von ›sich für das Team opfern‹, denn du weißt, dass jede Frau hier heute Abend nach Hause gehen und sich vorstellen wird, wie es ist, mit ihm zusammen zu sein. Stell dir vor, wie es ist, du zu sein.«

Vor zwei Jahren wollten sie nicht sie sein. Einige von ihnen wollten es immer noch nicht – nun ja, bis zu dem Moment, als Bryan Manley ihre Schwelle überschritten hatte.

»Ich schlafe nicht mit ihm, um die Fantasien von irgendjemandem zu befriedigen.«

»Oh, Liebes, befriedige einfach deine eigenen. Das wird für den Rest von uns reichen.«

»Wie sind wir eigentlich auf dieses Thema gekommen?« Was war mit ihrem normalen, alltäglichen Leben passiert? Diese Scherwinde hatten mehr als nur Mikes Flugzeug durchgeschüttelt, und Beth taumelte immer noch unter den Auswirkungen, von denen die Anwesenheit von Bryan Manley in ihrem Haus nicht die *geringste* war.

»Du hast es immer noch nicht kapiert, oder? Jess und ich haben Bryan nicht engagiert, um für dich zu *putzen*, Beth. Wir haben ihn für *dich* engagiert. In dem Moment, als ich Mac sagen hörte, was sie plante und wen sie dafür einsetzen wollte, wusste ich, dass wir das für dich tun mussten. Wer wäre besser geeignet, dich aus deiner selbst auferlegten Witwentrauer zu reißen, als einer der Manley-Brüder? Und von allen ausgerechnet Bryan!«

Beth hielt das Weinglas auf dem Weg zu ihrem Mund an. Sie konnte *unmöglich* gehört haben, was sie dachte zu hören. »Ihr habt versucht, mich mit ihm zu *verkuppeln*?«

»Na, logisch. Wenn wir schon so viel Geld ausgeben, um dich aufzuheitern, dann sicher nicht fürs Putzen. Staub kommt nach ein paar Wochen wieder; das wäre rausgeschmissenes Geld. Nein, Schätzchen. Wir haben Bryan Manley für dich gekauft.«

Beth wurde schlecht. Ihre Freundinnen hatten einen der nettesten Kerle in einen Gigolo verwandelt. Oder zumindest hofften sie das.

»Bist du wahnsinnig geworden, Kara?« Beth zog Kara beiseite und senkte ihre Stimme zu einem lauten Flüstern. »Das ist Prostitution.«

»Nur, wenn du mit ihm schläfst.« Kara grinste und wackelte mit den Augenbrauen. »Und selbst dann bezahlst *du* ihn nicht. Und wir bezahlen ihn so oder so, egal ob er mit dir schläft oder nicht; es ist also nicht so, als würde er speziell für Sex bezahlt.«

Beth blickte zurück zu Bryan und hoffte, dass das Lächeln, das sie ihm zuwarf, nicht verriet, dass ihr gleich übel wurde, während sie gleichzeitig betete, dass er – und alle anderen – Kara nicht gehört hatten. »Oh mein Gott. Hörst du dir eigentlich selbst zu? Wie kannst du glauben, dass das okay ist?«

»Ach komm schon, Beth. Du kannst mir nicht erzählen, dass du nicht darüber nachgedacht hast, wie es wäre. Verdammt, jede Frau an diesem Ort hatte diesen Gedanken. *Du* hast tatsächlich die Chance, es herauszufinden. Jede Frau hier beneidet dich. Was hält dich zurück? Er ist definitiv interessiert. Du kannst mir nicht sagen, dass du es nicht bist. Mike ist seit zwei Jahren tot. Eine Frau hat Bedürfnisse, und wer könnte die besser erfüllen als der Sexiest Man Alive?«

Beth konnte nicht einmal mehr sprechen. Kein Wort herausbringen. Es war… unglaublich. Wahnsinn. In ihrer Nachbarschaft gab es Sex auf Bestellung und ihre Freundinnen hielten das für eine gute Idee? Sie kannte diese Frauen nicht.

Und sie kannten sie verdammt noch mal auch nicht, wenn sie glaubten, sie würde einfach so eine lockere Affäre mit jemandem anfangen. Und dann auch noch darüber *reden*?

»Ich muss gehen.«

»Beth –«

»Nein, Kara, lass es. Ich kann nicht hierbleiben. Ich hol die Kinder und gehe. Wir müssen sowieso früh raus.« Sie ging auf den Kellerabgang zur Einfahrt zu, um den allzu neugierigen Blicken zu entgehen, die sie erntete.

»Aber was ist mit Bryan?«

Was sollte mit ihm sein? Sie war nicht sein Vormund, und so wie er aussah, amüsierte er sich prächtig. Warum sollte sie ihn der Lächerlichkeit dessen aussetzen, was ihre sogenannten Freundinnen getan hatten? Sollte er ruhig in Unwissenheit leben, denn die Wahrheit war einfach so… so… schäbig.

Das war das Wort. Ein bisschen altmodisch, aber es war das richtige. Was

Kara getan hatte, lag so weit unter jedem Standard, dass es das einzige Wort war, das passte.

Gott, Bryan durfte das nie erfahren. Die *Klatschpresse* durfte das nie erfahren.

»Bryan wird am Montag ganz normal bei der Arbeit sein, so wie er es in den letzten zwei Wochen war. Das wird sich nicht ändern, sonst gäbe es zu viele Fragen. Aber so wahr mir Gott helfe, Kara, wenn du das weiter forcierst, wenn du irgendwem gegenüber auch nur ein Wort darüber verlierst, ist unsere Freundschaft beendet. Ich kann nicht glauben, dass du mich – oder Bryan – in diese Lage bringst und es dann auch noch *zugibst*. Wo ist dein gesunder Menschenverstand geblieben? Ich habe Kinder, Kara, Kinder, die keine Parade von Männern brauchen, die durch unsere Vordertür und in mein Schlafzimmer marschieren.«

»Und was ist mit dem, was *du* brauchst, Beth? Zwei Jahre sind zu lang, um in deinem Alter allein zu sein. Du bist jung. Lebendig. Sexy. Du brauchst einen Mann in deinem Leben.«

»In meinem *Leben* ist verdammt noch mal was ganz anderes als in meinem *Bett*, Kar.«

»Nein, ist es nicht. Das gehört dazu.«

»Dazu. Es ist nicht alles. Und bei Bryan könnte es auch nie mehr sein.«

»Ah, du gibst also zu, dass da was sein könnte.«

Beth wollte ihren Kopf gegen die Wand schlagen. Oder eigentlich Karas Kopf. »Dieses Gespräch ist sinnlos. Sag einfach niemandem was, okay? Es wird nicht passieren.«

»Das ist ein Jammer.«

»*Du* solltest dich schämen. Für was für eine Frau hältst du mich eigentlich?«

»Auf die Gefahr hin, dass mir vorgeworfen wird, ich würde mich wiederholen: Du bist eine ganz normale, gesunde, lebensfrohe Frau, die mal wieder ein bisschen Spaß im Leben braucht.«

Spaß klang gut; Herzschmerz eher weniger. »Deine Definition von Spaß unterscheidet sich von meiner.«

Kara zuckte mit den Schultern, und Beth konnte sehen, dass ihr Argument auf taube Ohren stieß. »Ich sage ja nur: Lebe ein bisschen, Beth. Hör auf, dich schuldig zu fühlen, weil du noch am Leben bist. Genieße den Augenblick.«

. . .

Heiliger Strohsack, das war hart. Bryan hörte diesen Satz und wollte am liebsten dazwischenstürzen und Beths Drachenlady den Garaus machen, denn wer zur Hölle sagte so etwas zu einer Witwe, die immer noch trauerte?

Nur dass sie in jener Nacht im Gartenpavillon nicht getrauert hatte. In jener Nacht waren es nur sie beide gewesen.

»Misch dich nicht in mein Leben ein, Kara. Das geht dich nichts an.«

»Du bist meine Freundin, Beth. Ich hasse es zu sehen, wie du dich vor der Welt verschließt.«

»Ich habe fünf Kinder, um die ich mich kümmern muss, einen Job und ein Haus. Ich verschließe mich nicht, selbst wenn ich es wollte, ich habe Verpflichtungen.«

»Und das ist alles, was du hast. Was ist aus dem Spaß geworden? Aus dem Mädelsabend im Wellnessbereich? Hast du den Gutschein schon eingelöst, den dir die Frauen aus der Kirche geschenkt haben?«

»Ich hatte keine Zeit.«

»Du hast dir keine Zeit *genommen*. Und was ist mit dem Mittagessen im Bistro? Oder dem Babysitting, das Courtney und ihre Freundinnen angeboten haben?«

»Ich werde nicht abhauen, um mir eine Gesichtsbehandlung verpassen zu lassen, während ein paar Teenager, die kaum älter als meine eigenen sind, versuchen, hier die Stellung zu halten. Allein die Zwillinge sind eine Herausforderung.«

»Und sie würden zwei Stunden lang überleben. Aber du gönnst dir diese Zeit nicht, Beth. Du bist ständig auf Achse, tust alles für deine Kinder. Das ist toll, aber manchmal musst du auch etwas für dich selbst tun.«

Bryan verstand allmählich. Beth liebte ihre Kinder, aber Kara hatte recht; sie brauchte Zeit für sich. Um Beth zu sein. Nicht Mama-Beth oder Witwen-Beth oder Lehrerin-Beth, sondern die Frau unter all dem, denn wenn sie *die* nicht pflegte, sich nicht um *sie* kümmerte, gäbe es bald keine dieser anderen Beths mehr, die all das erledigen konnten, was getan werden musste. Und wenn diese Frau am Ende ihrer Kräfte wäre, würde im Hause Hamilton das nackte Chaos ausbrechen.

»Ich weiß, es ist hart, aber du musst mal wieder raus. Mike würde nicht wollen, dass du zur Einsiedlerin wirst.«

Beth atmete scharf ein. »Lass Mike da aus dem Spiel.«

Ihre Stimme zitterte merklich. Ob vor Wut oder Tränen, Bryan war sich nicht sicher, ob er es wissen wollte. Mit beidem hatte er nicht gern zu tun.

»Du hast keine Ahnung, was Mike gewollt hätte oder nicht.«

»Wirklich? Willst du mir erzählen, dass er glücklich wäre, dich in deinem Witwendasein verkümmern zu sehen, während ein heißer Typ in deinem Haus hockt und dich ansieht, als könne er es kaum erwarten, dich aufzuheben und irgendwohin zu verschleppen?«

Das war es, was Kara sah? Jesus. Er hatte geglaubt, er hätte seine Emotionen besser im Griff gehabt.

»Du übertreibst, Kara.«

Tat sie nicht.

»Nein, tue ich nicht. Der Mann will dich, und du müsstest schon unamerikanisch sein, um ihn nicht zu wollen. Worauf zum Teufel wartest du noch?«

»Du stellst es so dar, als wäre er nur dazu da, meine Befehle auszuführen. Er ist ein Mensch, Kara. Du kannst ihn zu nichts zwingen, was er nicht will, genau wie du mich nicht zwingen kannst. Also halt dich zurück, okay? Ich werde mein Leben in meinem eigenen Tempo weiterführen, nicht in deinem.«

Falls er noch irgendeinen Beweis gebraucht hätte, dass eine Affäre mit Beth keine gute Idee war, dann war es das. Man nenne es ironisch. Seit er denken konnte, warfen sich ihm Frauen an den Hals, ob er nun etwas von ihnen wollte oder nicht, doch die eine Frau, mit der er *tatsächlich* etwas anfangen wollte, war die einzige, die nicht wollte.

Kapitel Dreiundzwanzig

»Bryan, was machst du denn hier?« Er war nicht gerade die Person, mit der Beth gerechnet hatte, als es an einem Samstagmorgen um neun Uhr an ihrer Haustür klingelte. Vor allem, da sie die Happy Hour am Vorabend noch vor ihm verlassen hatte – Gott allein wusste also, wann er nach Hause gekommen war.

Und sie wollte es auch gar nicht wissen. Vielleicht war er gerade auf dem Heimweg aus dem Bett irgendeiner glücklichen Hausfrau.

Was wohl der Grund war, warum sie ihn so anfauchte.

»Ich bin gekommen, um dich zu retten«, sagte er mit seinem charmantesten Lächeln.

Das hätte vielleicht sogar funktioniert, wenn sie sich nicht gerade vorgestellt hätte, wie er aus dem Bett von Mrs. Shuman kletterte. Oder aus Karas. Oder aus Bethanys.

Sie hievte Maggie ein Stück höher auf ihre Hüfte. Ihre Jüngste hatte ordentlich an Gewicht zugelegt. »Ich komme allein ganz gut zurecht, danke.«

Er legte den Kopf schief und, verdammt noch mal, der Look stand ihm verdammt gut. »Alles okay bei dir?«

Nein. »Mir geht's gut. Ich habe heute nur eine Menge zu erledigen. Sherman hat beschlossen, dass Mülleimer lustiger sind als Wäscheleinen, und herausgefunden, wie er sich in den Küchenschrank winden kann, um an unseren ranzukommen. Außerdem muss ich heute irgendwann noch zum Supermarkt, Kelsey hat einen Termin beim Kieferorthopäden und Jason will zu einem Freund.«

»Und ich gehe zu Carly!«, warf Maggie ein, wobei ihr Lächeln fast ihr ganzes Gesicht einnahm.

»Ja, Schätzchen, das tust du. Irgendwie.« Sie sah zu Bryan. »Wie du siehst, renne ich gerade in sieben verschiedene Richtungen gleichzeitig.«

Er nahm ihr Maggie ab. »Dann ist es ja ein Glück, dass ich hier bin.«

»Warum *bist* du eigentlich hier?« Es fühlte sich seltsam an, Maggie nicht mehr auf dem Arm zu haben, und doch fühlte es sich ganz natürlich an, sie in Bryans Armen zu sehen. Und genau *das* fühlte sich seltsam an.

»Ich habe beschlossen, dass du einen freien Tag brauchst.«

»Ich habe den ganzen Sommer frei.«

»Du hast im Sommer frei vom *Job*. Nicht vom Elternsein.«

»Es *gibt* keine freien Tage vom Elternsein. Besonders wenn ...« Sie sah ihn vielsagend an. Sie wollte Mike nicht vor Maggie erwähnen.

»Nun, heute *ist* dieser freie Tag. Du wirst jetzt irgendetwas Frauliches unternehmen und ich kümmere mich um die Kinder. Wir erledigen all deine Besorgungen und ich setze Maggie und Jason da ab, wo sie hinmüssen.«

»Aber Kelsey muss zum Kieferorthopäden. Das kannst du nicht machen; das darf nur ein Erziehungsberechtigter.«

»Ich muss heute nicht hin.« Kelsey tauchte – Gott sei Dank – im günstigsten Moment auf. »Es ist ja nicht so, als hätte Dr. Taylor diesen Termin nicht schon fünfmal verschoben.«

»Dreimal, Kelsey. Übertreib nicht.«

»Wie auch immer. Ich sag ja nur: Lass dich von mir nicht an deinem Mädels-Tag hindern. Bryan hat recht; du brauchst mal eine Pause. Ich kann zu Maddy gehen.«

»Na, siehst du?« Bryan ließ sein berühmtes Lächeln aufblitzen und Beth merkte, wie ihr Widerstand bröckelte. »Problem gelöst.«

»Hat Kara dich dazu angestiftet?« War das wieder so ein Manöver ihrer gutmeinenden, aber fehlgeleiteten Freundin?

»Nein. Warum?«

Es war ätzend, dass er so ein guter Schauspieler war, denn sie konnte beim besten Willen nicht sagen, ob er log oder nicht. Aber andererseits hatte sie keinen Grund, ihm zu misstrauen; es war wohl nur die Paranoia wegen Karas

Machenschaften, die ihren Verdacht schürte. »Kein Grund. Und ich weiß das Angebot zu schätzen, aber ...«

»Geh ruhig, Mama.«

»Was?« Jetzt stimmte auch noch ihre Jüngste in das Ganze mit ein?

Maggie nickte so heftig mit dem Kopf, dass ihre Locken Bryan im Gesicht herumwirbelten. »Du musst mal zum Friseur gehen und dich ganz hübsch machen.«

Großartig. Jetzt sah sie also auch noch unmöglich aus. Und das, während Bryan Manley direkt vor ihr stand. Kein Wunder, dass keine Aussicht auf Erfolg bestand. Warum sollte er sich mit der Vorstadtmutter abgeben, wenn er die schönsten Frauen der Welt haben konnte?

»Hör mal, Maggie, deine Mutter sieht wunderschön aus, genau so, wie sie ist. Heute geht es nur darum, dass sie sich *gut* fühlt. Wie bei einer Massage oder einer Gesichtsbehandlung oder so.« Bryan küsste Maggie auf den Kopf und sah Beth mit dem Blick an, der seine Karriere begründet hatte – und das Ding war, es wirkte bei ihm völlig natürlich. »Verändere kein einziges Haar auf deinem Kopf, Beth. Das hast du nicht nötig.«

Ein sanfter Schlag traf ihre Magengegend und erfüllte sie wieder mit Wärme und diesem Flattern. Warum musste er nur so verdammt nett sein?

»Geh. Amüsier dich gut. Ich habe die Kinder im Griff. Kümmer dich heute mal nur um dich.«

Sie wollte gehen. Wirklich. Andererseits wollte sie am liebsten hier bei ihm bleiben.

Und genau das war der Grund, warum sie ging. Ein Tapetenwechsel würde ihr guttun.

Fünf Stunden später war *Bryan* derjenige, der einen Tapetenwechsel gebrauchen konnte. Er hatte nur gescherzt, als er sich bei seinen Brüdern und Gran darüber beschwert hatte, welches Chaos fünf Kinder anrichten konnten, aber jetzt ... Allein Mark und Tommy reichten aus, um ihn an seine Grenzen zu bringen.

Er hatte den Kieferorthopäden-Termin verschoben, Jason, Kelsey und Maggie bei ihren Freunden abgesetzt und war dann mit den Zwillingen zum Lebensmittel-Shopping gefahren. Natürlich war er Sean über den Weg gelaufen, der ihn gnadenlos damit aufzog, dass er jetzt den Hausmann gab. Zu allem Überfluss hatten die Jungs einen Turm aus Makkaroni-Packungen umgestoßen, während sie mit imaginären Lichtschwertern durch die Gänge rannten und die ganze Zeit um Limonade bettelten.

Seans Klientin, Olivia Carolla, war auch da gewesen. Und obwohl er und seine Brüder sie eigentlich loswerden wollten, hatte die Frau den Jungs ein Experiment mit der Limonade vorgeschlagen, das sie angeblich für immer von ihrem Heißhunger auf Limo heilen würde. Vielleicht war sie also doch nicht so übel. Nur eben unpassend für ihre Pläne.

Jetzt stand er in Beths Küche, goss drei Gläser Cola ein – weil er *wusste*, dass Maggie bei dem Experiment mitmachen wollte – und legte in jedes ein hartgekochtes Ei.

»Und was jetzt?«, fragte Mark und stützte sein Kinn in die Handflächen.

»Ja, was jetzt?«, ahmte Tommy ihn nach, nur spiegelverkehrt. Sie waren zweieiige Zwillinge, aber manche ihrer Bewegungen waren unheimlich synchron.

»Jetzt warten wir. Ms. Carolla hat gesagt, dass etwas mit dem Ei passieren wird, wenn wir das so stehen lassen.«

»Was denn?«, fragte Tommy.

»Bryan weiß es nicht«, sagte Mark.

»Weiß er wohl.«

»Weiß er nicht.«

»Wohl.«

»Leute.« Bryan hockte sich mit den Ellbogen auf der Arbeitsplatte neben sie. »Es ist okay, wenn man es nicht weiß. Deshalb machen wir ja das Experiment. Wir schauen morgen nach, was passiert ist.«

»Also dürfen wir die Limo nicht trinken, oder?«, fragte Mark.

»Aus dem Glas? In dem das Ei liegt? Nein. Warum solltet ihr das überhaupt wollen?«

Die Jungs bekamen das gleiche Grinsen im Gesicht, sahen sich kurz an und sagten im Chor: »Um zu sehen, was passiert.«

Er lachte. Er konnte gar nicht mehr aufhören. Vor allem, als die Jungs in schallendes Gelächter ausbrachen und es schließlich in eine riesige Lach-Attacke ausartete. Und dann fing das Kitzeln an – die beiden auf ihn.

Irgendwie landete Bryan auf dem Küchenboden, während die zwei auf ihm herumhopsten und ihn kitzelten, bis er keine Luft mehr bekam.

Er wand sich auf dem Boden zurück und lehnte sich gegen die Spülmaschine. »Leute, lasst mich mal kurz verschnaufen, ja? Ich bin ein alter Mann.«

»Du bist nicht alt«, sagte Tommy.

»Du bist gut gereift«, sagte Mark.

»Was?« Er schmunzelte. »Wo hast du das denn her?«

Tommy zuckte mit den Schultern und setzte sich neben ihn. »Opa. Das sagt er immer zu Oma, wenn ihr Rheuma wieder anfängt.«

Mark setzte sich auf seine andere Seite. »Was ist Rheuma?«

Gott, er liebte diese Kinder. »Darüber müsst ihr euch noch lange keine Sorgen machen.«

»Oma wird doch nicht sterben, oder?«

»Wird Rheuma sie umbringen?«

Oha. Die Stimmung wurde schlagartig ernst, und Bryan wurde klar, wie wichtig seine Antwort für die beiden sein würde. »Nein, Leute. An Rheuma stirbt Oma nicht.«

»Juhu!«, riefen sie gleichzeitig und gaben sich vor ihm ein High-Five.

Klasse. Wenn ihre Großmutter dann irgendwann *tatsächlich* starb, würden sie denken, er hätte sie angelogen. »Aber ihr wisst, dass sie irgendwann gehen wird. Wir alle sterben.«

»Ja, unser Papa ist gestorben«, sagte Tommy.

»Aber das hätte er nicht gedurft«, fügte Mark hinzu. »Das sagen alle.«

»Ja, das stimmt.« Tommy nickte weise. »Aber davon kommt er auch nicht zurück.«

»Das ist, weil er im Himmel ist«, sagte Mark.

»Stimmt gar nicht, du Dussel. Er ist in der Erde.«

»Na ja, erst kam er in die Erde, aber dann ist er in den Himmel gekommen«, sagte Mark, als würden sie darüber diskutieren, wie man Blumen einpflanzt.

Doch dann änderte sich alles, als Mark hinzufügte: »Stimmt's, Bryan? Papa ist im Himmel.«

Mist, Mist, Mist. Darauf war Bryan nicht vorbereitet. Er kannte Beths religiöse Ansichten nicht. Er wollte die Kinder nicht in eine Richtung drängen, die sie nicht gutheißen würde, aber er musste ihnen irgendetwas sagen.

»Euer Papa wird immer bei euch sein, Jungs. Genau hier.« Er tippte den Jungen auf die linke Brustseite und spürte sein eigenes Herz klopfen. Bitte Gott, lass ihn das Richtige sagen. »Erinnert euch immer so an ihn, wie ihr ihn gekannt habt, und wisst, dass er euch sehr geliebt hat. Wenn er den Unfall hätte überleben können, um bei euch zu sein, dann hätte er es getan.«

Natürlich hätte Mike das; das taten Eltern schließlich. Bryan hoffte, dass der Unfall schnell gegangen war und Mike keine Zeit mehr gehabt hatte zu realisieren, was geschah, oder sich Sorgen um seine Familie zu machen.

Du brauchst dir keine Sorgen zu machen, Kumpel. Ich kümmere mich um sie.

Der Gedanke schoss ihm einfach so in den Kopf, und Bryan ertappte sich plötzlich dabei, wie er durch den Kücheneingang auf das Porträt über dem Kamin starrte.

Was um Himmels willen tat er da eigentlich, einem Toten etwas zu versprechen, worüber er sich eigentlich gar keine Gedanken machen sollte?

Kapitel Vierundzwanzig

Beth zog ihre Bluse an und schloss die Knöpfe mit butterweichen Fingern. Gott, sie hatte seit Jahren keine Massage mehr gehabt. Sie hatte ganz vergessen, wie herrlich das war.

Sie würde hingegen *nicht* vergessen, wie toll Bryan war, weil er ihr das heute ermöglicht hatte.

»Kann ich sonst noch etwas für Sie tun?«, fragte Molly, die Empfangsdame, während sie ihr die Rechnung überreichte.

Beth war fast versucht, »Bryan Manley« zu sagen, aber das Thema hatte sie gestern Abend schon mit Kara durchgekaut.

Aber gestern Abend war er noch *Bryan Manley* gewesen. Heute war er einfach nur Bryan. Ein Mann, der rücksichtsvoll genug war, sich um ihre fünf Kinder zu kümmern, nur damit sie sich eine Auszeit gönnen konnte.

Warum?

Das war die Frage, die sie sich den ganzen Tag gestellt hatte. Sicher, er war ein netter Kerl, aber das hier ging weit über *nett* hinaus, und sie war sich sicher, dass Babysitten nicht zu seinen Pflichten als »Manley Maid« gehörte. An einem Samstag musste er doch andere Dinge zu tun haben. Vor allem, wenn er am Montag ohnehin wieder bei ihr sein würde.

Bei diesem Gedanken wurde ihr tatsächlich ganz schwindelig vor Vorfreude.

Beth schüttelte den Kopf, nahm ihr Wechselgeld entgegen, rollte ein paar Scheine als Trinkgeld für ihre Masseurin zusammen und gab sie Molly zurück. »Können Sie das Hayley geben?«

Molly wollte das Geld nicht annehmen. »Ein Autogramm von Bryan Manley wäre ihr lieber. Wir haben gerade darüber gesprochen.«

Natürlich hatten sie das. Wie Beth nun klar wurde, taten das wohl auch alle anderen Frauen im Salon. Mit den Gurkenscheiben auf den Augen, der New-Age-Musik aus den Ohrstöpseln und dem reinen Loslassen der Anspannung durch die Gesichtsbehandlung und die Massage hatte Beth die Blicke gar nicht bemerkt. Jetzt allerdings schon.

»Ich werde sehen, was ich tun kann.« Eigentlich wollte sie es nicht. Sie wollte ihn nicht fragen. Aber es war so eine Kleinigkeit und würde Hayley so viel bedeuten, dass Beth ihre Peinlichkeit herunterschlucken musste. Er würde es tun; sie wusste es. Das war nicht das Problem. Das Problem war, dass sie nicht wie ein weiteres Groupie wirken wollte.

Tja, aber das bist du nun mal, also finde dich am besten damit ab.

Sie würde sich lieber mit ihm abfinden – im wahrsten Sinne des Wortes. Und zwar nicht wegen seines Berufs, sondern wegen seines Charakters. Dieser Tag war so ein Geschenk gewesen. Ein paar kostbare Stunden, in denen sie sich keine Sorgen um die Kinder machen oder alles stehen und liegen lassen musste, um jemanden irgendwohin zu fahren.

»Ich schaue mal, was sich machen lässt«, sagte sie noch einmal und steckte die Scheine in ihren Geldbeutel.

Wenn Kara gestern Abend bloß nicht das gesagt hätte, was sie gesagt hatte, würde Beth sich nicht so schämen, ihn zu fragen. Verdammt, nach dieser Enthüllung hatte sie gestern kaum ein Wort mit ihm herausgebracht. Gott, wenn er das jemals herausfände oder, noch schlimmer, dächte, sie stecke da mit drin, könnte sie ihm nie wieder in die Augen sehen. Da war er nun, ein ganz normaler Mensch, und ihre Freundinnen wollten ihn für ihre Sexfantasien buchen. Wo war ihr normales Leben nur hin?

»Er scheint ein wirklich netter Kerl zu sein«, sagte Molly.

Das Aushorchen würde nicht aufhören, bis Bryan weg war. Und selbst dann, da war Beth sich sicher, würden die Fragen noch monatelang weitergehen. Sie holte ihre Schlüssel heraus und ließ sie klimpern, damit kein Zweifel daran bestand, dass sie ging und die Quelle für den Kleinstadtklatsch bald versiegen würde. »Ist er auch. Sehr nett. Er leistet im Haus auch gute Arbeit.«

»Wenn er bei mir im Haus wäre, dürfte er einfach nur dasitzen und umwerfend aussehen.«

O nein, das würde sie nicht. Molly würde auf andere Aktivitäten aus sein. Genau wie die Hälfte der Frauen hier, wenn man Kara glaubte. »Glaub es oder nicht, das würde irgendwann langweilig werden. Außerdem geht es bei einem Menschen nicht nur ums Aussehen.«

Molly, die Anfang zwanzig war, sah Beth an, als spräche sie eine Fremdsprache. Für eine Mitzwanzigerin tat sie das wahrscheinlich auch. »Echt jetzt? Das glaube ich nicht.«

Beth zuckte mit den Schultern und streifte sich den Riemen ihrer Handtasche über die Schulter. »Wenn man das durchgemacht hat, was ich in den letzten zwei Jahren erlebt habe, merkt man, dass der Charakter zählt, nicht das Aussehen.«

»Ja, aber wie cool ist es bitte, wenn die Verpackung zum Inhalt passt?«

Hm. Für eine Mitzwanzigerin hatte Molly eine ziemlich gute Auffassungsgabe.

Dieser Gedanke begleitete Beth den ganzen Heimweg. Und er flammte wieder auf, als sie zur Tür hereinkam und Bryan mit ihren drei Jüngsten um den Küchentisch versammelt vorfand, wo sie sich etwas auf einem iPad ansahen.

»Iiiih. Das ist eklig.«

»Die lügen. Das wird gar nicht passieren.«

»Siehst du? Mama sagt immer, dass Limo schlecht für dich ist. Wenn du die weiter trinkst, wirst du aussehen wie ein Schneemensch ohne Zähne.« Maggie lehnte sich in ihrem Stuhl zurück und verschränkte die Arme mit einem entschiedenen Nicken. »Stimmt's, Mama?«

Drei weitere Augenpaare wandten sich ihr zu, und für einen Moment fühlte es sich an, als hätte Bryan jedes Recht, hier zu sein, und sie jedes Recht, ihn hier zu erwarten.

»Äh, was stimmt?«

»Eine Frau im Supermarkt hat Mark und Tommy erzählt, dass Limo die Zähne auffrisst. Stimmt das?«

Bei dieser Frage sah sie Bryan an. »Die Zähne auffrisst?«

»Den Zahnschmelz zerstört.« Er hielt das iPad hoch, auf dem ein wirklich ekliges Bild zu sehen war. »Siehst du?«

»Äm, nein danke. Das möchte ich mir nicht ansehen.« Sie trat näher und schob das iPad zurück auf den Tisch, mit dem Bild nach unten.

Bryan lächelte sie an, und ehe sie sich versah, lag sein Arm um ihre Taille und sie saß auf seinem Bein.

Beide sahen gleichzeitig erschrocken aus.

»Ich...«

»Äh...«

»Ich sollte...«, Beth stand auf.

»Tut mir leid.« Bryan verschränkte die Arme und vergrub seine Hände in den Armbeugen. »Ich wollte nicht... Also, ich hätte nicht... Ich weiß nicht, warum ich das getan habe.«

Wusste er nicht? Verdammt. Sie hatte gehofft, es wäre aus demselben Grund gewesen, aus dem sie es zugelassen hatte. Nicht dass sie bewusst darüber nachgedacht hätte; es war einfach passiert. Er hatte sie zu sich herangezogen, und sie war mitgegangen. Die natürlichste Bewegung der Welt. Sie und Mike hatten das tausendmal gemacht.

Aber Bryan ist nicht Mike.

Als ob sie die Erinnerung nötig gehabt hätte.

»Mama, warum siehst du so komisch aus?«

Und jetzt wurde ihr Gesicht knallrot. »Weil ich gerade eine Massage hatte und mein Gesicht in einem Loch im Tisch lag.«

Das führte zu weiterem Surfen im Internet, damit sie ihnen zeigen konnte, wie ein Massagetisch aussah – *vorsichtigem* Surfen, denn nach »Massage« zu suchen kam fast einer Suche nach Pornos gleich. Sie musste schließlich vom iPad wegtreten, während Bryan die Suche übernahm, weil einige der Bilder einfach zu eindeutig waren, um sie sich mit Bryan Manley in ihrer Küche vor den Augen ihrer Kinder anzusehen.

Hauptsächlich deshalb, weil sie nichts dagegen hätte, einige dieser Bilder mit Bryan Manley in der Küche *auszuprobieren*, aber definitiv *nicht* vor ihren Kindern.

Glücklicherweise verloren die Kinder das Interesse an der Massagediskussion, zeigten ihr dann ihre Eierexperimente und wollten natürlich wissen, was es zum Abendessen gab. Sie war es so leid, darüber nachzudenken, was es zum Abendessen geben sollte. Wer was essen würde, was sie im Haus hatte, wie lange es her war, dass sie dieses spezielle Gericht hatten. Wenn es nach den Kindern ginge, gäbe es jeden Abend Hotdogs und Hamburger – was wohl auch das war, wofür sie sich heute entscheiden würde, weil es einfach war.

»Warum gehen wir nicht zum Essen aus? Ich lade euch ein.« Bryan schaltete das iPad aus und stand auf. »Wir können Kelsey und Jason unterwegs einsammeln. Worauf hat jeder Lust? Beth?«

Worauf sie Lust hatte, war nichts zum Abendessen. »Bryan, das musst du nicht tun.«

»Ich weiß, aber du hattest einen entspannten Tag. Da musst du nicht nach Hause kommen und kochen. Lass uns ausgehen. Das wird lustig.«

»Ja! Gehen wir! Ich will Tacos!«

»Ich will Fischstäbchen!«

»Ich will Eis!«

»Du kannst kein Eis zum Abendessen haben«, sagte Mark und schnippte an Maggies Locke.

»Kann ich wohl, wenn ich will, oder, Bryan?« Ihre Tochter richtete ihre rehbraunen Augen auf Bryan, und Beth sah, wie er förmlich dahinschmolz.

»Da wirst du deine Mama fragen müssen, Maggie.«

»Toll. Mach mich nur zur Bösen«, murmelte Beth so leise, dass nur er es hören konnte.

»Tut mir leid. War nicht meine Absicht«, flüsterte er zurück.

»Schon klar.« Der arme Kerl sah aus wie ein Reh im Scheinwerferlicht, was ziemlich lustig war, wenn man bedachte, dass er Talkshow-Runden hinter sich hatte und mit Hunderten von Reportern und Fanmassen auf der Straße fertiggeworden war, aber bei einer Fünfjährigen keine Antwort auf die Eisfrage fand?

»Wir können nach dem Essen ein Eis essen, Maggie.« Sie strich Maggie die Locken aus dem Gesicht. »Aber zuerst musst du etwas Gesundes essen.«

»Aber du hast gesagt, Eis ist gesund, Mama. Es ist aus Milch gemacht. Und Erdbeereis hat Früchte drin.«

Mist. Sie hasste es, wenn man ihr ihre Worte vorhielt. Besonders aus einer Nacht, in der sie keine Lust zum Kochen gehabt und der Idee von Eis zum Abendessen nachgegeben hatte. »Nur zu besonderen Anlässen, Maggie.«

»Heute ist ein besonderer Anlass. Bryan ist bei uns.«

Hatte Kara Maggie instruiert?

Bryan hüstelte. »Lass uns das Eis als Nachtisch nehmen, okay?«

»Zwei Kugeln?«

Bryan sah Beth an.

Sie nickte.

»Okay, abgemacht, zwei Kugeln. Lasst uns euren Bruder und eure Schwester holen und in den Truck steigen.«

»In den Van, du Dussel. Wir passen nicht alle in deinen Truck.«

Bryan hätte nie im Leben gedacht, dass er jemals einen Minivan fahren würde, außer vielleicht an einem Filmset, und doch tat er es hier in seiner Heimatstadt. Aber mit Beth und den Kindern an Bord war es komisch, wie wenig es ihm ausmachte.

Du steckst bis zum Hals in Schwierigkeiten, Manley.

Es war seltsam, dass ihm auch *das* nichts ausmachte.

Ihm machte der Minivan nichts aus, ihm machten die Blicke nichts aus, als sie alle das Restaurant betraten. Ihm machte es nichts aus, dass die Kellnerin kaum in der Lage war, ihre Bestellung aufzunehmen, und ihm machte sogar der Erbsenzwischenfall nichts aus, der Beth fast um den Verstand brachte. Offenbar waren die Zwillinge bei Erbsen unterschiedlicher Meinung, und Mark fand Vergnügen daran, sie heimlich in Tommys Kartoffelbrei zu schmuggeln. Tommy revanchierte sich damit, sie Mark unters T-Shirt zu schieben.

»Mark Joseph Hamilton, du tauschst auf der Stelle den Platz mit Jason«, flüsterte Beth mit Nachdruck über den Tisch.

»Aber er hat angefangen.«

»Gar nicht.«

»Doch wohl.«

»Es ist mir egal, wer angefangen hat, ich will, dass es aufhört. Beweg dich, mein Freund. Jetzt sofort. Sonst fällt morgen so manch ein Fahrgeschäft für dich aus.«

Ein Beweis für Beths Erziehungskünste (oder ihre Drohung): Mark setzte sich tatsächlich um. Noch beeindruckender war, dass Jason nicht einmal murrte, weil er nun zwischen Tommy und Maggie sitzen musste.

Nicht dass Maggie ihnen Ärger gemacht hätte. Die »Blockhütte«, die sie aus Pommes auf ihrem Teller baute, hielt sie bestens beschäftigt.

»Darf ich morgen trotzdem noch mit dem Wirbelnden Teufel fahren, weil ich mich umgesetzt habe?«, fragte Mark mit einer reuigen Stimme, die Bryan in den elf Tagen, die er bei der Familie war, noch nie gehört hatte.

»Es heißt Wirbelnder Derwisch, und ja«, antwortete seine Mutter, die es schaffte, in einem einfachen weißen T-Shirt und ein paar baumelnden rosa Ohrringen, von denen Maggie stolz verkündet hatte, dass Beth sie heute Abend tragen müsse, weil sie ausgingen, umwerfend auszusehen. Maggie hatte sie letztes Jahr auf dem Weihnachtsbasar ihrer Schule für Beth ausgesucht.

»Cool. Ich werde den ganzen Tag damit fahren.«

»Davon wird dir schlecht«, sagte Jason und schaufelte Spaghetti in sich hinein, als würde er Heu wenden. »Ein Typ namens John in meiner Klasse hat das gemacht. Der sagt, er kann das Teil seitdem nicht mal mehr ansehen. Ihm wird allein beim Gedanken daran schlecht.«

»Ihm wurde richtig schlecht? So direkt während der Fahrt?« Tommy vergaß die Landminen in seinem Brei, während Jason die für Teenager angemessene Geschichte zum Besten gab, während die Mädchen immerzu »Eklig« und »Iih« sagten und Beth Jason mindestens dreimal aufforderte, den Mund zu halten. Nicht in diesen Worten, aber vielleicht hätte sie es tun sollen, denn Jason musste erst die ganze Geschichte erzählen, bevor er aufhörte.

»Und mit was für Sachen fährst du, Bryan?«,, fragte Maggie, seine größte Fürsprecherin im Hause Hamilton. Es erwärmte ihm das Herz, wie sie ihn immer mit einbeziehen wollte. Keine gute Idee, das wusste er, da sie sich zu sehr an ihn band, aber Bryan brachte es nicht über sich, sie aufzuklären und ihr zu sagen, dass das, was sie sich erhoffte, niemals passieren würde. Er und Beth würden kein Paar werden.

»Du kommst mit uns in den Park?«, horchte Jason auf. »Cool. Die Leute werden sich das Maul zerreißen.«

Kelsey erwachte aus ihrer SMS-Trance. »Echt? Du kommst mit? Ich muss Maddy schreiben. Sie muss morgen unbedingt auch in den Park.« Sie wandte sich wieder ihrem Handy zu, diesmal jedoch mit einem Lächeln statt einem finsteren Blick im Gesicht.

»Moment mal, Leute, ich habe nicht gesagt, dass ich mitkomme.« *Beth* musste sagen, dass er mitkam. Er würde sofort mitgehen, aber nur, wenn *sie* es wollte, nicht weil ihre Kinder es wollten.

»Du musst mitkommen!« Tommy schob sich eine Gabel voll Kartoffelbrei in den Mund und verzog nicht einmal das Gesicht wegen der Erbse, die Bryan am Ende der Gabel sah.

»Ja, du musst mit uns Achterbahn fahren. Die sind der Hammer!«, sagte Mark. »Bitte, Mama? Kann Bryan mitkommen? Ich bezahle sein Ticket.«

»Ich auch!«, sagte Tommy.

»Ich auch. Ich habe noch Geld in meinem Sparschwein«, sagte Maggie.

Kelsey und Jason stimmten mit ein, und Bryan verschluckte sich fast an dem letzten Bissen seines Steaks. Die Großzügigkeit der Kinder rührte ihn zutiefst.

»Tja, Bryan, ich schätze, das heißt, du bist morgen zum Parkbesuch eingeladen.« Beth sagte es mit einem Lächeln, aber er war sich nicht sicher, ob die Einladung wirklich ernst gemeint war.

Nicht dass es eine Rolle gespielt hätte, denn der Jubel der Kinder ließ ihm keinen Ausweg mehr. Er würde mitgehen, oder er hätte am Montag fünf sehr enttäuschte Kinder am Hals.

Er nahm einen Schluck Wasser, um sich zu räuspern. »Ich käme liebend gerne mit, aber nur unter einer Bedingung.«

»Welche?«, sagten die Kinder wie aus einem Munde und sahen ihn mit so hoffnungsvollen Augen an, dass ihm erneut die Kehle eng wurde.

Er nahm noch einen Schluck. »Ihr müsst alle mit mir in den Wirbelnden Derwisch.«

»Maggie kann nicht. Sie ist zu klein.«

»Dann fährst du eben etwas anderes mit mir, Maggie. Zweimal.«

Maggies Schmollmund verwandelte sich in ein breites Grinsen, genau wie er es erwartet hatte. »Okay. Wir können mit den Teetassen fahren. Die drehen sich im Kreis.«

Beth verschluckte sich fast hinter ihrer Serviette, und ihre Augen funkelten. »Ich hoffe, du leidest nicht unter Reisekrankheit.«

»Glaub mir. Nach einigen der Stunts, die ich gemacht habe, sind die Teetassen gar nichts.«

»Wenn du meinst.«

Damit war es beschlossene Sache. Er würde morgen mit ihnen in den Freizeitpark gehen. Und am Montag würde er wieder bei Beth im Haus anfangen. Zwölf Tage hintereinander mit dem Hamilton-Clan.

Irgendetwas sagte Bryan, dass dies keine gute Idee war, aber jetzt gab es kein Zurück mehr.

Außerdem: Was auch immer ihm sagte, er solle weglaufen, etwas anderes in ihm war ebenso laut und drängte ihn zu bleiben.

Es war keine Frage, auf welche Stimme er hören würde.

Kapitel Fünfundzwanzig

Das war der beste Tag, den Beth in den letzten zwei Jahren erlebt hatte.

Ihre Kinder lächelten und lachten und jagten einander mit so unbeschwerter Ausgelassenheit und Fröhlichkeit, dass es fast so war, als hätte es den Flugzeugabsturz nie gegeben.

Fast.

Denn anstelle von Mike, ihrem Vater, war da Bryan. Ihr Haushalter.

Beth kicherte. Er sah in der grünen Hose und dem Hemd, die seine Schwester als Uniformen ausgesucht hatte, immer furchtbar süß aus, aber heute in den Cargoshorts und dem T-Shirt sah er noch besser aus. Er rückte seine Baseballkappe zurecht – sie hatte überraschenderweise die neugierigen Blicke ferngehalten, weil niemand damit rechnete, dass *der* Bryan Manley mit einer Schar Kinder bei Martinsons abhängen würde.

»Kommt schon, ihr Trantüten!«, rief er Beth, Maggie und Kelsey am Ende der Gruppe zu. »Wir lassen euch gleich im Staub stehen.«

»Hier gibt es keinen Staub, Mami«, sagte Maggie und blickte sich ganz verwirrt um. »Das ist alles Asphalt.«

»Das ist nur so ein Spruch, Mags.« Kelsey twitterte immer noch ununterbrochen mit ihren Freundinnen, aber sie hatte Bryan versprochen, nicht zu erwähnen, dass er bei ihnen war. Es brachte ihre Tochter im Teenageralter fast um, aber Beth war stolz auf sie, dass sie der Versuchung widerstand.

Wahrscheinlich war es nur der Gedanke daran, fotografiert zu werden, während sie »Fahrgeschäft-Haare« hatte, der sie davon abhielt, aber Beth nahm alles, was funktionierte. Heute war nur für sie. Eine Chance für Bryan, einfach Bryan zu sein, Macs Bruder, der Freund ihrer Kinder und ihr... tja, was auch immer er war. Es war einfach schön, sich keine Sorgen um Reporter und Kameras machen zu müssen oder darum, ob jemand etwas aufnahm, das für eine Story aus dem Zusammenhang gerissen werden könnte. Sie verstand nicht, wie er in so einem Glashaus leben konnte, aber es war gut, dass er es konnte, da es eben zum Job gehörte.

Und sie war definitiv nicht traurig gewesen, als Dena angerufen hatte, um zu sagen, dass ihr Sohn Fieber hätte und sie nicht mitkommen könnten, aber man es ja vielleicht ein andermal nachholen könne. Beth hatte Dena nicht daran erinnert, dass es kein »andermal« mit Bryan geben würde, wenn er erst einmal weg war.

Bryan joggte zurück und nahm Maggie auf die Arme. »Komm schon, Mags. Du musst uns anführen.«

»Au ja! Das mache ich gern. Das habe ich in der Schule schon mal gemacht. Ich war die Anführerin der Halloween-Parade.«

Das war das letzte Halloween gewesen, an dem Mike noch gelebt hatte. Natürlich hatten sie es damals nicht gewusst, aber Gott, wie Beth sich jetzt daran erinnerte. Sie waren beide völlig weggetreten vor lauter glücklichem Lachen und Tränen, als Maggie, verkleidet in ihrem Lieblings-Prinzessinnen-kostüm, das königliche Winken perfektioniert hatte, während sie ihre Klassen-kameraden über die Paradestrecke im Kindergarten anführte. Dann war sie direkt vor ihnen stehen geblieben, hatte einen Knicks gemacht und ihnen eine Kusshand zugeworfen, wobei sie laut genug rief, dass alle Eltern es hören konnten: »Ich hab euch lieb, Mami und Papi!« Sogar jetzt noch klopfte Beths Herz bei der Erinnerung. Manchmal schenkte Gott einem Dinge auf eine Weise, die man nie erwartet hätte, und es waren genau jene Momente, die sie immer unvorbereitet trafen und die sie dann noch viel mehr zu schätzen wusste.

So wie jetzt. Bryan hatte ihre Tochter auf den Schultern und sie legte den Kopf in den Nacken, während sie ihr ansteckendes, tiefes Lachen hören ließ. Es brachte auch die Jungs zum Lachen, und dann steckte es auch sie und Kelsey an. Ein Moment, den sie ewig in Ehren halten würde; als ein neuer Mann in ihr Leben getreten war und das Lachen zurückgebracht hatte.

»Ich will auf die Wildwasserbahn!«

Für etwa eine Minute.

»Ich will an die Kletterwand!«

»Nein, ans Kletternetz!«

»Die Spinne!«

»Riesenrad!«

»Leute«, sagte Bryan und verschaffte sich mit diesem einen Wort auf eine Weise Gehör, wie es sonst niemand konnte. »Wir sind den ganzen Tag hier. Wir haben Zeit für alles. Also machen wir erst das, was Maggie will, und dann ist abwechselnd jeder andere dran. Einschließlich eurer Mom.«

Bryan lächelte sie an und Beth spürte, wie ihre Knie weich wurden.

»Also, was willst *du* machen, Beth?«

Er fragte sie das, und Beth dachte zu ihrer Schande sofort an ein Bett und sie beide nackt.

»Wildwasserbahn.« Das war keine Frage. Sie brauchte etwas zum Abkühlen.

Und so kam es, dass sie wieder hinter Bryan herlief, diesmal mit seinen Shorts, die an seinem Hintern klebten; sie genoss den Anblick in vollen Zügen und machte sich vor sich selbst auch gar nichts vor. Eine Trantüte zu sein, hatte eben seine Vorteile.

Als Nächstes war das Riesenrad dran, damit sie den Rest des Parks auskundschaften konnten – *und* weil es für alle eine Qual gewesen wäre, Maggie warten zu lassen.

Beth und Bryan fuhren in einer Gondel mit Maggie und den Zwillingen, während Kelsey und Jason ihre eigene Gondel bekamen, versehen mit einer strengen Ermahnung von Bryan, sich anständig zu benehmen.

Beth verbarg ein Lächeln. Die beiden wussten es besser, als irgendetwas Dummes im Riesenrad anzustellen. Sie hatte noch etwa anderthalb Jahre, bevor Jason wieder in dumme Teenie-Jungs-Allüren verfiel, aber im Moment war die Angst immer noch seine Triebfeder. Trotzdem ließ die Tatsache, dass Bryan auf ihre Kinder aufpasste, die Schmetterlinge in ihrem Bauch wieder flattern.

»Oh, guckt mal, unser Van da unten!«, sagte Maggie und lehnte sich etwas zu aufgeregt über den Rand ihrer Gondel. »Er sieht aus wie eines von Mark und Tommys Spielzeugautos.«

Beth wollte nach ihr greifen, aber Bryan hatte den Bund ihrer Shorts bereits fest im Griff.

»Wo?« Tommy kletterte auf den Sitz und Beth musste vorschnellen, um ihn daran zu hindern, hinüberzukippen. »Thomas John Hamilton, setz dich sofort wieder auf deinen Platz.«

»Och Menno, Mom, dann kann ich unseren Van aber nicht sehen.«

»Wenn du über den Rand segelst, wirst du ihn *gar nicht mehr* sehen.« Bryan zog an Tommys Bein. »Setz dich.«

Kein einziges Wort des Protests kam über Tommys Lippen. Mit ihr hätte er diskutiert und seine Taten gerechtfertigt. Sie war sicher, dass er später einmal Anwalt werden würde.

»Ja, Tommy, im Riesenrad muss man sitzen bleiben«, sagte sein Bruder hämisch. »Weißt du denn gar nichts?«

»Ich weiß, dass du ein Idiot bist.«

Maggie kicherte, was die Sache nicht gerade besser machte.

»Bin ich gar nicht.«

»Bist du wohl.«

»Leute.«

Und schon hielten die Jungs den Mund. Sogar Maggie hörte bei Bryans Tonfall auf zu kichern. Sie waren gute Kinder und hörten normalerweise auf sie, auch wenn es etwas mehr Mühe kostete als bei Bryan, aber er war neu für sie. Eine Besonderheit. Sein Wort hatte mehr Gewicht als ihres, weil sie schon so lange auf sie gehört hatten. Sie hatte ganz vergessen, wie viel einfacher es mit einem Partner war, mit dem man sich die Erziehungsaufgaben teilen konnte.

Ein dumpfer Schlag traf sie in der Magengrube. Erziehungsaufgaben. Genau so fühlte sich das an. Seit Bryan heute Morgen aufgetaucht war, war es so gewesen. Es hatte sich alles um die Kinder gedreht. Er hatte ihr ein kurzes Lächeln geschenkt – ein kurzes, *umwerfendes* Lächeln, das alle möglichen *Was-wäre-wenn*-Szenarien in Gang gesetzt hatte – und dann begonnen, alle fertig zu machen und in den Van für den Park zu verfrachten, als hätten sie das schon ein Dutzend Mal gemacht. Beth war erstaunt – und besorgt –, wie schnell sie – und sie alle – das akzeptiert hatten.

Die Fahrt endete mit einem fertigen Plan für den Rest der Fahrgeschäfte am Vormittag und das anschließende Mittagessen. Bei fünf Kindern hatte immer jemand Hunger, und meistens war es Jason. Beth mochte sich den Tag nicht vorstellen, an dem alle drei Jungs Teenager sein würden. Sie müsste einen Zweitjob annehmen, nur um sie satt zu bekommen.

»Ich hole mir zum Mittagessen auch drei Hotdogs.« Natürlich würde Mark das tun, weil Jason es gerade gesagt hatte, und Mark hatte es sich seit Mikes Tod zur Angewohnheit gemacht, seinem älteren Bruder nachzueifern. Davor war es ihm immer nur darum gegangen, genau wie Mike zu sein.

Mark brauchte einen Vater. Ebenso wie Tommy. Genauso wie Jason.

Und die Mädchen... Mädchen brauchten ihren Vater.

»Um die Wette, Bryan!«

Kelsey forderte Bryan zu einem Wettrennen heraus? Kelsey rannte eigentlich nie – das brachte ihre Frisur durcheinander und sie ins Schwitzen. Sie hasste es zu schwitzen. Der einzige Grund, warum sie nicht den ganzen Eyeliner und die Mascara aufgetragen hatte, die sie so gern trug – und die sie sich bei irgendwem stibitzt hatte, weil Beth kein Fan von geschminkten Zwölfjährigen war –, war die Gefahr von Waschbärenaugen durch die Hitze.

Aber anscheinend war das alles nebensächlich, wenn Bryan in der Nähe war, und das lange braune Haar ihrer Tochter flog wie ein Pferdeschwanz hinter ihr her, als sie mit großen Schritten in Richtung Tilt-A-Whirl losstürmte.

Sie würde einmal wunderschön sein. Alle Anzeichen waren da, auch das Interesse, für Jungs gut auszusehen... Beth musste ihre Tochter nur ansehen, wie sie Bryan beobachtete, um zu erkennen, dass die Hormone eingesetzt hatten.

Ein Mädchen sollte einen Vater haben, der ihr half, sich in der komplizierten Welt der hormonüberladenen Teenager-Jungs zurechtzufinden.

Hör auf damit. Du wirst Bryan Manley nicht in diese Rolle drängen. Er geht wieder weg, erinnerst du dich? Er hat ein Leben, zu dem deine fünf Kinder nicht gehören. Und du auch nicht. Kapier das endlich, dann bist du viel glücklicher. Kara hatte keine Ahnung, wovon sie redete.

Sie hätte ihrem Unterbewusstsein vielleicht geglaubt, wenn es diesen letzten Teil nicht hinzugefügt hätte. Kara hatte *genau* gewusst, was sie tat, sowohl als sie Bryan gezielt eingestellt hatte, als auch als sie beim Happy Hour alles ausgeplaudert und Beth damit den Floh ins Ohr gesetzt hatte. Nun ja, sie hatte den Gedanken in Beths Kopf noch *größer* gemacht.

Sie schüttelte den Gedanken aus ihrem Kopf ab, oder verdrängte ihn zumindest in die hintersten Winkel, und eilte zu ihren Kindern und Bryan am Fahrgeschäft. Als Kind hatte sie dieses hier geliebt.

»Mom, du musst mit Bryan und Maggie fahren, sonst ist das Gewicht ungleichmäßig.«

»Willst du damit sagen, dass ich so viel wie Bryan wiege?« Sie zauste Kelsey liebevoll durchs Haar.

Kelsey wich aus. »Mom! Meine Haare werden ganz wuschelig.«

»Duh, das sind sie sowieso schon.« Maggie verdrehte die Augen mit einer Weltgewandtheit, dass Beth sich fast fürchtete zu fragen, woher sie das hatte. »Du bist doch gerannt.«

»Bryan hat dich übrigens geschlagen«, sagte Jason, der sie schließlich mit seinem eigentümlichen Trott einholte, den er für niemanden und nichts änderte.

»Stimmt gar nicht. Ich habe gewonnen. Stimmts, Bryan?« Kelseys Hand landete auf Bryans Arm und das Lächeln in ihrem Gesicht war so echt, dass Beth der Atem stockte. Wie natürlich es für ihre Tochter war, ihn zu berühren, ihm eine Frage zu stellen, diese Kameradschaft zwischen ihnen zu haben.

Wenn er nur nicht wieder gehen würde. Wenn er nur bleiben und ein ganz normales Leben mit ihnen führen könnte.

Wenn-nur-Gedanken waren in ihrem Leben genauso nutzlos wie *Was-wäre-wenn*-Szenarien, also schlug Beth diese gedankliche Tür kräftig zu und konzentrierte sich auf die Tatsache, dass sie gleich in ein Fahrgeschäft steigen würde, das sie gegen den heißesten Mann der Welt pressen würde. Gab es daran irgendeinen Nachteil?

Sie stiegen ein und zogen den Sicherheitsbügel zurück. Beth saß in der Mitte, Bryan zu ihrer Rechten und Maggie zu ihrer Linken – um der Zentrifugalkraft Rechnung zu tragen, die sie gegen ihn schleudern würde.

Beth versuchte, dagegenzuhalten. Das tat sie wirklich, aber die Fliehkraft war zu stark, und nachdem sie das erste Mal durch die Kabine geschleudert worden waren und ihre Handgelenke schmerzten, weil sie sich so krampfhaft am Sicherheitsbügel festhielt, gab Beth auf. Seine Schultern waren breit und stark genug, um ihr Gewicht abzufangen. Er hatte gewusst, worauf er sich einließ, als er eingestiegen war.

Maggie kreischte vor Vergnügen, als sie der zweite Stoß traf, bevor sie die Richtung änderten. Beth legte den Arm um ihre Jüngste, während die Wucht sie erneut gegen Bryan prallen ließ.

Seine Brust war genauso fest wie seine Schultern. Und, oh Gott, wie sich seine arbeitenden Muskeln an ihrem Rücken anfühlten...

Und dann war da der Arm, den er um ihre Schultern legte und sie so fest an seine Seite drückte.

»Bleib so«, sagte er ihr ins Ohr; durch die laute Musik und das Kreischen der Kinder klang es wie ein Flüstern – mitsamt einem schauerverursachenden Atemzug in ihrem Nacken. »Halt dich an Maggie fest und wir lassen uns einfach treiben.«

Sich treiben lassen wollte sie, oh ja.

»Entspann dich, Beth. Ich beiße nicht, versprochen.« Er lachte, als er das sagte, was sie daran erinnerte, wie er es unter dem Pavillon gesagt hatte, als er sie geküsst hatte.

Das Fahrgeschäft wirbelte sie wieder herum und Bryans andere Hand landete neben ihrer auf dem Sicherheitsbügel, und, oh mein Gott, das Prickeln auf ihrer Haut steigerte sich zu einem regelrechten Beben. Und dann verlagerte er seinen Fuß, um sich abzustützen, wobei seine Wade die ihre streifte, und Beth konnte ein leichtes Zittern nicht unterdrücken.

Ernsthaft? Sie zitterte?

»Alles okay?«, sagte er wieder in ihr Ohr und bescherte ihr damit noch *mehr* Gänsehaut.

Verdammt, sie hasste es, dass Karas Idee Hand und Fuß hatte. Sie *sollte* einfach eine Affäre mit ihm haben. Sie hatte offensichtlich Bedürfnisse, und Bryan konnte sie definitiv befriedigen.

Könnte sie das? Eine Affäre haben?

Duh...

Okay, körperlich konnte sie es offensichtlich, aber psychisch? Emotional? So etwas hatte sie noch nie gemacht. Sie war eher der Typ für feste Bindungen. Wie würde es sein, wenn sie für einmal einfach das Abenteuer annahm und ein bisschen lebte?

»Beth?«

Sie sah über die Schulter zu ihm, und in diesem Moment änderte das Fahrgeschäft die Richtung, und irgendwie landeten Beths Lippen auf seinen.

Heiliger Strohsack, es war fantastisch.

Die Hand, die er auf ihrer Schulter gehabt hatte, um sie an seiner Seite zu halten, vergrub er nun in ihrem Haar. Bryan ließ nicht zu, dass sie sich bewegte (nicht dass sie es vorgehabt hätte), während er mit seinen Lippen auf ihren köstliche, hautprickelnde und zehenverbiegende Manöver vollführte.

Was vielleicht durch die Zentrifugalkraft begonnen hatte, setzte sich nun dank einer Naturgewalt fort.

Er küsste Beth.

Er sollte nicht.

Er musste aufhören.

Das war keine gute Idee.

All das schoss ihm durch den Kopf, aber Bryan hörte nicht auf. Konnte nicht. Das hier war...

Es war Beth.

Das Fahrgeschäft ruckte erneut, aber Bryan weigerte sich, sich von ihr trennen zu lassen. Er krallte seine Finger in ihr Haar und hielt ihren Kopf genau da fest, wo er war, damit er ihre Lippen genau dort behalten konnte, wo sie waren – genau da, wo er sie haben wollte – und er ergriff ihre andere Hand auf dem Sicherheitsbügel, der engste körperliche Kontakt, den er gerade bekommen konnte. Er wollte mehr, aber er nahm, was er kriegen konnte.

Und Gott, er wollte das hier. Er wollte sie. Wollte sie wieder schmecken, diesen Duft und diesen Geschmack einatmen, die ganz Beth waren. Jene, die ihn nachts wachhalten würden, wenn er erst einmal weg war.

Nein, er würde jetzt nicht daran denken, sie zu verlassen. Noch nicht. Nicht jetzt.

Die Fahrt änderte sich und, verdammt, trennte sie. Beths erschrockener Blick traf seinen und er konnte sehen, wie sehr der Kuss auch sie mitgenommen hatte. Ihr Atem ging flach und der Griff, mit dem sie sich unter seinen Fingern am Sicherheitsbügel festhielt, sprach Bände.

»Beth.« Er wusste nicht, was er sagen sollte, aber er musste etwas sagen, und ihr Name war Musik in seinen Ohren. Ein so einfacher, aber schöner Name; man konnte ihn mit einem Seufzer voller Gefühl aussprechen oder in einem Moment – oder einer Stunde – voller Leidenschaft hervorschnauben oder ihn leise mit voller Emotion flüstern. Er war ein perfekter Name, genau wie sie.

Dann leckte sie sich über die Lippen und, heilige Hölle, der Rest von ihm wollte auch mitmischen.

Er musste lachen. Da war er nun, in der Öffentlichkeit auf einem Jahrmarkt-Fahrgeschäft, wo die ganze Welt zusehen konnte, mit ihrer fünfjährigen Tochter direkt daneben, und alles, woran Bryan denken konnte, war, Beth zu sich herumzudrehen, sie aus ihren Shorts zu pellen und auf sich zu setzen. *Das wäre mal eine verdammt wilde Fahrt.*

Gott sei Dank endete diese Fahrt, bevor seine Hormone seinen Verstand völlig vernebelten, und er strich ihr mit dem Handrücken über die Wange; er wollte gar nicht aufhören, sie zu berühren, wusste aber, dass er es musste. »Danke.«

Sie sah ihn erschrocken an. »Wofür?«

Er war froh zu hören, dass ihre Stimme zittrig war. Und hauchig.

»Für diesen Kuss. Das habe ich gebraucht.«

Sie warf einen Blick auf Maggie, die dankenswerterweise viel zu sehr in die Anblicke und Geräusche um sie herum vertieft war als in das, was sich in dieser Gondel abgespielt hatte. »*Gebraucht*?«

Mist. Er hatte nicht so weit gehen wollen. Er strich ihr eine Haarsträhne aus dem Gesicht, als die Sicherheitsbügel der Bahn mit einem Klicken aufsprangen. »Lass uns später reden.«

Reden. Bryan wollte reden.

Das war nicht das, was Beth wollte. Was sollte sie denn sagen? *Gott, ja, darf ich über dich herfallen?*

Wie genau gab man einem Typen das Einverständnis, die Sache ins Rollen zu bringen?

Und *war* sie bereit, die Sache ins Rollen zu bringen?

Als sie beobachtete, wie er Maggie auf seine Schultern schwang und dann die Zwillinge zu sich herwinkte, damit sie neben ihm liefen, jeden fragte, wie die Fahrt war, und Jason und Kelsey dafür dankte, dass sie auf ihre Brüder aufgepasst hatten, wusste Beth, dass ihre Antwort ein unmissverständliches *Ja* war. Sie wollte Bryan, und wenn sie ihn nur für eine Nacht haben konnte, wäre sie dumm, diese Chance nicht zu nutzen.

Aber sie würde nichts davon mit irgendwem teilen. Was auch immer sie zusammen taten, würde ganz allein ihnen gehören.

Kapitel Sechsundzwanzig

Bryan konnte sich an keinen Tag erinnern, an dem er so viel Spaß gehabt hatte. Oder so erschöpft gewesen war. Und er hatte gedacht, Stunts zu drehen sei harte Arbeit? Nichts war vergleichbar damit, in einem Vergnügungspark den Überblick über fünf Kinder zu behalten, besagte Brut zu füttern *und* den Schiedsrichter zu spielen bei Streitereien über alles Mögliche – vom Mittagessen über die Geschmacksrichtung der Zuckerwatte bis hin zur Frage, wer auf der Heimfahrt im Van wo sitzen durfte.

Gott sei Dank waren die drei Jüngeren eingeschlafen und die beiden Älteren hatten ihre Ohrstöpsel drin.

Er warf einen Blick auf Beth, deren Gesicht vom Armaturenbrett und den Straßenlaternen erhellt wurde. Sie war auf eine anmutige, stille Art schön. Beruhigend. Wohltuend. Nun ja, außer wenn er sie berührte. Und sie küsste. Und sie hielt.

Oder auch nur daran *dachte*, eines dieser Dinge zu tun. Er begehrte Beth mit einer Intensität, die jeder Logik spottete, wenn man bedachte, dass sie eigentlich alles verkörperte, was er nicht wollte.

Und doch war sie alles, was er wollte.

Er griff nach ihrer Hand. Die beiden Älteren waren völlig abgeschaltet und niemand sonst würde es bemerken.

Würde sie ihn ihre Hand halten lassen?

Sie sah ihn erschrocken an, blickte dann kurz nach hinten und entspannte sich, als sie sah, was er bereits bemerkt hatte.

Er drückte sanft ihre Finger. Sie starrte auf ihre Hände, dann sah sie ihn wieder an.

Sie fuhr sich mit der Zunge über die Lippen.

Gott, was das mit ihm machte. Er wusste, wie sich ihre Zunge anfühlte. Wollte sie wieder auf seinen Lippen spüren. Wollte sie zu sich heranziehen und ihren weichen, kurvigen Körper gegen sich pressen und sie spüren lassen, was sie in ihm auslöste.

Das wirst du bereuen, Manley.

Wahrscheinlich. Aber im Moment war es ihm egal. Der Tag war perfekt gewesen. Was gab es Perfekteres, als ihn mit ihr in seinen Armen ausklingen zu lassen?

Er führte ihre Hand an seine Lippen und küsste ihren Handrücken. Beths wunderschöne schokoladenbraune Augen folgten ihm die ganze Zeit, ihre Lippen teilten sich zu einem weichen O, dessen sie sich wahrscheinlich gar nicht bewusst war.

Aber er war es. Er bemerkte das beschleunigte Pochen an ihrem Hals und wie sich ihre Augen weiteten, als er mit dem Daumen über die Stelle strich, die er gerade geküsst hatte, bevor er sie erneut küsste.

Sie bogen in ihre Einfahrt ein und Bryan ließ widerstrebend los, um den Van in die Garage zu manövrieren.

Kelsey und Jason erwachten aus ihrer Trance, als das Garagentor hochging und das Licht anging, aber die drei Jüngeren rührten sich nicht.

»Ich trage sie rein, wenn du die Türen aufhalten kannst.«

Beth schüttelte den Kopf und erwischte Jason am Ärmel, als er an ihr vorbeigehen wollte. »Jase, nimm Tommy. Bryan trägt Mark und ich nehme Maggie. Kelsey, bitte halte uns die Tür auf.«

Sie schälte ihren schlafenden Kindern die verschwitzten, schmutzigen Kleider vom Leib, zog ihnen T-Shirts über und deckte sie zu, bevor sie in die Küche ging, um sich bei Bryan zu bedanken, ehe er ging.

Sie wollte so gar nicht, dass er ging.

Er reichte ihr ein Glas Eiswasser, als sie hereinkam, und griff dann um sie herum, um das Küchenlicht auszuschalten, sodass nur noch das Mondlicht den Raum erhellte, das durch das Fenster über der Spüle und die Schiebetüren zur Terrasse hereinfiel.

»Lass uns auf die Terrasse gehen«, sagte er mit einer so leisen Stimme, dass sie glaubte, er müsse ihr Herzklopfen lauter hören als seine eigenen Worte.

Beth schluckte den Schluck Wasser hinunter, den sie gerade genommen hatte, und trat vor ihm auf die Terrasse, nachdem er ihr mit einer Handbewegung den Vortritt gelassen hatte.

Sie sah zu, wie er die Schiebetür hinter sich schloss, und erlaubte sich, jeden Schritt zu genießen, den er machte, bis er an ihrer Seite stand.

Nervös nippte sie erneut an ihrem Wasser und spürte Bryans Augen die ganze Zeit auf sich ruhen.

Er nahm ihr das Glas ab, als sie fertig war. »Noch durstig?«

Sie schüttelte den Kopf. Wenn sie versucht hätte, etwas zu sagen, wäre sie eine Lügnerin gewesen, denn plötzlich war ihr Mund staubtrocken und es kostete sie alle Mühe, diesen letzten Schluck hinunterzuwürgen.

»Ich hatte heute eine tolle Zeit«, sagte er und strich ihr eine Haarsträhne aus der Stirn.

»Sollte das nicht eigentlich mein Text sein?« Sieh an, sie war noch klar genug im Kopf, um mit ihm zu scherzen. Das hätte sie nie gedacht.

»Das ist kein bloßes Gerede.«

Okay, da war es wieder, dieses Gefühl, als würden ihre Knie schmelzen. Sie würden es tun. Sie würden es wirklich tun.

Was genau dieses »es« beinhaltete, blieb abzuwarten, aber Beth war mehr als bereit, es herauszufinden.

»Ich hatte heute eine großartige Zeit mit dir und deinen Kindern, Beth. Eine schönere Zeit, als ich mich seit langem erinnern kann.« Er trat einen Schritt näher und die Schmetterlinge in Beths Magen meldeten sich erneut zu Wort.

»Das sagst du nur so. Du willst mir doch nicht erzählen, dass ein lokaler Vergnügungspark die Oscar-Verleihung in den Schatten stellt.«

»Das tut er, wenn ich nicht für einen Preis nominiert bin. Und selbst dann ... das ist nur der äußere Schein meines Berufs. Was wir heute gemacht haben ... das war echt. Das ist es, worum es im Leben geht.«

Beths Herz setzte einen Schlag aus. Worum es im Leben ging? Wo wollte er damit hin? Filmstars pendelten nicht aus der Vorstadt nach Hollywood.

Sie leckte sich erneut über die Lippen. Sie konnte nicht anders; sie waren so trocken.

Sein Blick fixierte ihren Mund und aus den Schmetterlingen wurden

Libellen. Oder noch besser, gleich Drachen, denn ihr Inneres stand in Flammen, ein Knäuel aus Sehnsucht und Verlangen, und wenn *er* nicht *irgendwas* unternahm, dann müsste sie es tun.

»Beth –«

»Bryan –«

Beide taten etwas. Sie lehnten sich vor, ihre Lippen trafen sich, und es war, als hätten sie den Vergnügungspark nie verlassen. Beths Magen vollführte die gleichen Kurven und Loopings wie auf der Achterbahn, und ihr Körper fühlte sich an, als säße sie wieder im Karussell, nur dass diesmal Bryan fest gegen sie gepresst war, seine Arme sie richtig hielten und sie ihre Hände über seinen starken, muskulösen Rücken gleiten lassen konnte, hinunter bis zu seinem Hosenbund, wobei die Versuchung zu spüren, wie perfekt sein Hintern war, sie fast aus dem Moment gerissen hätte.

Fast.

»Gott, Beth, ich will dich«, murmelte er irgendwo zwischen ihrem Kiefer und der Kuhle unter ihrem Ohr, wobei seine Worte ihre Haut kitzelten, während ihre Bedeutung Schauer durch den Rest ihres Körpers schickte.

Das war er. Der Moment. Ja oder Nein?

»Bryan –«

»Ich weiß. Ich verstehe schon. Ich reise ab und du bist nicht diese Art von Frau, aber bitte, darf ich dich einfach nur küssen und ein bisschen halten? Ich habe nicht mehr viel Zeit und« – er drückte ihr einen weiteren knieweich machenden Kuss auf die Lippen – »ich will dich kennenlernen, Beth. Will erkunden, was zwischen uns ist, und wenn es nur durch Halten und Küssen ist. Ich werde dich nie vergessen, Beth Hamilton. Du bist eine ganz besondere Frau.«

Sie war eine ganz schön *dahinschmelzende* Frau. Sein Begehren, sein Respekt, seine Beherrschung, die Art, wie er mit ihren Kindern umging … und mit ihr … Sie könnte sich sehr leicht in Bryan verlieben.

»Ja, Bryan«, flüsterte sie, bevor sie sich vorlehnte, um ihn zu küssen. Ja zu allem, was er wollte, und zu so vielem mehr, was sie wollte. Sie schlang ihre Arme um seinen Hals und presste ihre sehnsüchtigen Brüste gegen seine Brust, wobei sein dünnes Baumwoll-T-Shirt nichts tat, um die Perfektion darunter zu verbergen. Gott, sie wollte das. Wollte ihn.

Er packte sie am Hintern und zog sie gegen sich.

Er wollte sie auch.

Wie sollte das nur gehen? Die Logistik war etwas schwierig, da ihr Zimmer am Ende des Flurs im Obergeschoss lag. Sie müssten an allen Kinderzimmern vorbei, und so ein Beispiel konnte sie ihnen nicht geben.

Zum Scheitern verurteilt, bevor es überhaupt angefangen hatte.

Er lehnte sich gegen das Terrassengeländer zurück und zog sie zwischen seine Beine. Es gab keinen Zweifel daran, wie sehr er sie wollte, und Beth konnte den Stolz nicht unterdrücken, das bei ihm ausgelöst zu haben. Sie. Mutter von fünf Kindern, und er wollte sie trotzdem.

Es ist ja nicht so, als wollte er dich heiraten; er ist ein Mann und du eine Frau. Keine große Sache.

Außer für sie. Also würde sie sich das Ganze nicht durch Zweifel oder Unsicherheiten ruinieren lassen.

Sie vergrub ihre Finger in seinem Haar, liebte die Struktur und die Locken und die Tatsache, dass sie einen neuen Mann küsste und jede Sekunde davon in vollen Zügen genoss und gar nicht genug davon bekommen konnte. Das Herumgefummle an ihrer Tür bei diesen anderen Verabredungen ... das war nichts im Vergleich zu dem hier.

Er löste sich von ihrem Mund und ließ seine Lippen an ihrer Kieferlinie entlangwandern, küsste jeden Zentimeter, dann hinunter an ihrem Hals. Sie legte den Kopf in den Nacken, um ihm mehr Raum zu geben, während jeder Fleck, den er berührte, sie Sterne sehen ließ. Gott, was die Berührungen dieses Mannes mit ihr anstellten.

»Du schmeckst so süß«, flüsterte er.

Die nächtliche Brise strich über ihre erhitzte Haut, aber das war nicht der Grund für den Schauer, der sie plötzlich überlief. Nein, die Schuld gab sie eindeutig Bryans Fingerspitzen – buchstäblich, denn er hatte seine Arme so fest um sie geschlungen, dass seine Finger die Seiten ihrer Brüste streiften, und, meine Güte, was das in ihrem Inneren auslöste. Und im Äußeren – ihre Brustwarzen waren so hart, dass sie schmerzten.

Sie stöhnte in die Nachtruhe hinaus, und das reichte aus, um sie erschrocken die Augen öffnen zu lassen. Oh mein Gott. Der Vollmond beleuchtete ihre Terrasse wie ein Scheinwerfer, genau dort, wo sie mit Bryan Manley herumknutschte. War sie von Sinnen? Jeder konnte sie sehen.

Sogar Jason und Kelsey, wenn sie aus dem Fenster schauten.

»Bryan ...« Sie löste ihre Finger aus seinem Haar und stemmte sie gegen seinen Bizeps. »Jemand könnte uns sehen.«

Er gab ihr einen letzten Kuss auf das Schlüsselbein und schmiegte sich an die Haut direkt darunter, was ihre Brustwarzen erneut kribbeln ließ, bevor er den Kopf hob.

»Vermutlich«, seufzte er. »Aber Gott, Beth, ich wollte das schon den ganzen Tag tun. Und noch so viel mehr.«

»Wir können nicht.«

»Ich weiß.«

»Es ist, nun ja, es ist nicht klug.«

»Ich weiß.«

»Und wir könnten nicht, ich meine, mein Zimmer, es liegt hinter denen der Kinder.«

»Oh, glaub mir. Ich weiß ganz genau, wo dein Zimmer ist.«

Ihr Körper erhitzte sich bei dem Gedanken, dass er dort drin war und ihre Sachen berührte. Sie hielt, sie wieder an ihren Platz stellte. Den intimsten Teil ihres Hauses sah, wo sie schlief und träumte und sich nach ihm verzehrte.

Sie war so lange allein gewesen.

»Das Baumhaus.« Die Worte waren aus ihrem Mund, noch bevor sie darüber nachgedacht hatte.

»Das was?«

Jetzt konnte sie keinen Rückzieher mehr machen. Sie hatte es ausgesprochen, und ehrlich gesagt hatte die Vorstellung, mit Bryan im Baumhaus Liebe zu machen – wo es niemand jemals erfahren würde, wo es nur sie beide gäbe – einen riesigen Reiz.

»Das Baumhaus.« Sie nickte in Richtung der großen Eiche an der hinteren Ecke ihres Gartens. »Wir könnten dort hingehen.«

Bryan lächelte dieses umwerfende Lächeln und küsste ihre Nasenspitze, bevor er ein wenig auf Abstand ging. »So verlockend diese Idee auch klingt und so sehr du mir auch das Gefühl gibst, wieder ein Teenager zu sein, Beth, ich werde dich sicher nicht in einem Baumhaus vernaschen. Ich habe mehr Stil als das und du verdienst so viel Besseres.«

Pfeif auf den Stil; sie wollte ihn so sehr, dass sie sogar diese Terrasse in Betracht gezogen hätte, wenn sie ein Dach hätte, damit ihre Kinder sie nicht versehentlich sehen konnten. Zum Teufel mit den Nachbarn. Sie konnten vor Neid erblassen.

Oh mein Gott, wer war diese Frau? Exhibitionismus? Wozu konnte dieser Mann sie nur treiben?

Er fuhr mit dem Handrücken über ihre Wange und strich dann mit der Kuppe seines Daumens über ihre Lippen. »Außerdem ist jetzt nicht der richtige Zeitpunkt. Ich muss bald zum Set aufbrechen und du, nun ja, du hast das alles hier zu stemmen. Du bist keine Frau für eine Nacht, und ich werde dich nicht dazu bringen, deine Prinzipien zu opfern. Du brauchst weder das noch mich, um dein Leben komplizierter zu machen.«

»Aber was, wenn ich möchte, dass du mein Leben komplizierter machst?« Wieder fragte sie sich: Wer war diese Frau, und Gott sei Dank war sie aufgetaucht.

»Ach, Beth, du bringst mich in Versuchung, genau das zu tun.« Er küsste sie flüchtig – bei weitem nicht lange genug. »Aber ich könnte nicht mehr in den Spiegel schauen.«

Und er würde nicht bei ihr leben. Das blieb ungesagt, schwebte aber zwischen ihnen.

Sie sollte froh sein, dass er so rücksichtsvoll war. Froh, dass er sie und ihre Kinder genug respektierte, um nicht auf ihr Angebot einzugehen. Aber das hieß nicht, dass es nicht furchtbar war.

Er lehnte seine Stirn gegen ihre. »Danke für einen tollen Tag. Ich werde ihn nie vergessen. Und das hier werde ich nie vergessen.« Er stupste sie an der Nase an, damit er ihr in die Augen sehen konnte. »Ich werde dich nie vergessen.«

Von Beth wegzugehen, war das Schwerste, was er je tun musste. Er ließ sie auf ihrer Terrasse zurück, gegen das Geländer gelehnt, das Haar von seinen Fingern zerzaust, die Lippen von seinen Küssen geschwollen, die Brustwarzen deutlich unter ihrem T-Shirt abgezeichnet, und er hatte die Feuchtigkeit zwischen ihren Oberschenkeln gespürt, als er sein Knie dazwischen gepresst hatte. Hatte ihren Seufzer gehört, als er mit der Zunge über ihren Hals gefahren war.

Und diese Sache mit dem Baumhaus ...

Er schüttelte den Kopf, als er in den Pick-up stieg und seine Position korrigierte, um bequem in den Schalensitzen zu sitzen, aber er hatte das Gefühl, dass er in Beths Nähe nie wieder bequem sitzen würde. Er begehrte sie. Massiv. Und sie hatte ihn gewollt. Hatte ihm ausgerechnet *das Baumhaus* angeboten. Für eine Sekunde hatte er es in Erwägung gezogen, aber dann ... nein. Was er gesagt hatte, stimmte. Sicher, es würde die Leidenschaft für den Augenblick stillen, aber mit Beth Liebe zu machen, war ein Moment, den man schätzen sollte, keiner, den man im Baumhaus der Kinder hastig hinter sich brachte. Wenn er Beth jemals ins Bett bekäme, dann mit allem romantischen Schnickschnack: Champagner, Rosenblätter, leise Musik und ein Bett, das groß genug war, dass sie sich auf so viele Arten vergnügen konnten, denn wenn er sie erst einmal im Bett hätte, würde er es nie wieder verlassen wollen.

Er fuhr aus der Einfahrt und sah Beth in ihrem Zimmer, ihre Silhouette beleuchtet von der kleinen Lichterkette, die sie im Seidenbaum in ihrem Wohnzimmer hatte. Sie sah ihm nach, wie er wegfuhr, während er nichts lieber getan hätte, als dort oben bei ihr zu sein.

Er schaltete die Gänge hoch, froh über die Ablenkung. Er wollte Beth, aber er konnte sie nicht haben. Auch wenn die Klatschblätter ihn als Playboy bezeichneten, diese Edelmut würde ihn noch umbringen.

Kapitel Siebenundzwanzig

»Hey, ist das nicht der Film, den du drehst, Bryan?«, schob Kelsey Bryan die Zeitung direkt vors Gesicht, kaum dass er am nächsten Morgen durch die Haustür getreten war.

Seine Augen trafen Beths Blick, bevor er das Blatt nahm.

Beth widmete sich wieder dem Aufräumen der Hundespielzeuge, die Sherman wieder einmal im ganzen Haus verteilt hatte. Der Hund hatte noch nicht begriffen, dass er eigentlich mit den Spielsachen spielen sollte und nicht mit dem Korb, und dass er nicht ständig alles durcheinanderbringen musste. Zumindest war es besser als die Sache mit der Wäscheleine, aber trotzdem ... Der Hund machte mehr Arbeit als die Kinder.

»Hier steht, dass die Schauspielerin das Set für ein paar Tage dichtgemacht hat. Heißt das, du musst nicht weg?«

Bryan nahm die Zeitung und zog seine Baseballkappe ab. Jason nahm sie ihm ab und hängte sie an den Schlüsselhaken neben der Tür. Dann lugte er über Bryans Arm, um den Artikel zu lesen.

»Hmmm«, murmelte Bryan, überflog den Rest und blätterte dann zur nächsten Seite. »Mein Agent hat nicht angerufen, also bin ich, soweit ich weiß, immer noch startklar.«

»Was ist passiert?«, fragte Beth mit einem flauen Gefühl im Magen. Sie wollte nicht, dass er ging, sie wollte nicht über seinen Film reden, und sie wollte *wirklich* nicht über die Schauspielerin reden, mit der er zusammenarbeiten würde. Und die er wahrscheinlich küssen würde. Er küsste in all seinen Filmen wunderschöne Frauen.

Und in seinem Privatleben auch, vergiss das nicht.

Als ob sie das könnte.

Sie warf einen Blick auf den Kaminsims. Auf Mikes Foto. Er hätte gewollt, dass sie glücklich ist; sie hatten darüber gesprochen, in dieser Was-wäre-wenn-Art, wie Ehepaare es tun, obwohl sie damals davon ausgegangen war, dass sie darüber diskutierten, dass der andere jemand anderen *heiratet*, nicht dass man sich auf eine Nacht voller Leidenschaft einlässt.

Gott, sie könnte so eine jetzt wirklich gut gebrauchen.

»Hier steht, die Schauspielerin hätte einen Wutanfall bekommen und das Set zertrümmert.« Kelsey sah ein bisschen zu glücklich aus, als sie die Geschichte vortrug.

Beth warf Shermans Spielzeug zurück in den Korb. Natürlich ging eines daneben. »Kelsey ...«

Bryan schnappte sich den entflohenen Tennisball. »In dem Bericht steht, dass Carina Dempsey Einwände gegen die Inszenierung hatte und Änderungen wollte.« Er las noch ein bisschen weiter, faltete die Zeitung dann zusammen und klemmte sie sich unter den Arm. »Du darfst nicht alles glauben, was du liest, Kels.«

»Ja, ich weiß.« Kelsey ließ sich aufs Sofa fallen und verschränkte mit säuerlicher Miene die Arme.

Beth musste die Klatscherei im Keim ersticken, bevor sie später Probleme bereitete. Teenager-Mädchen konnten grausam sein.

»So wie damals, als die Reporter sagten, Dad hätte vor dem Flug getrunken.«

Beth wäre so viel glücklicher gewesen, wenn es bei Kelseys Einstellung *nur* um Klatsch gegangen wäre.

»Stimmt gar nicht. Sie haben *spekuliert*, dass er es getan hätte.« Jason, der besessen vom Ruf seines Vaters war, hatte jeden Artikel gelesen, den Beth nicht vor ihm hatte verbergen können. Er hatte die Bedeutung hinter dem Konzept des *Spekulierens* schon in der ersten Woche gelernt, und es war sein Mantra geworden. Es war ihr wie eine Ewigkeit vorgekommen, bis die NTSB die Ergebnisse der toxikologischen Untersuchung veröffentlicht und Mike entlastet hatte. »Und sie lagen falsch.«

»Du meinst also, sie hat den Laden *nicht* kurz und klein geschlagen?« Die Macht des Klatsches übernahm wieder die Oberhand.

Beth schüttelte den Kopf. Teenager-Mädchen ...

»Schwer zu sagen, was Sache ist«, sagte Bryan. »Ich weiß mehr, wenn ich dort bin.«

»Wann fährst du?«

»Ich soll in zwei Wochen am Set sein. Ich kann jederzeit los, also fahre ich vielleicht schon am Wochenende davor hin. Den Wohnwagen einrichten, die Lage sondieren, sehen, wer schon da ist. Es ist hilfreich zu wissen, mit wem man arbeitet, bevor man zum Drehen erscheint.«

»Du wirst schießen?«, horchte Mark bei dem Wort natürlich sofort auf. »Mit einer Pistole? Oder mit einem Laser?« Er schwang sein Lichtschwert.

»Ich wette, es ist ein Maschinengewehr«, fügte Tommy hinzu und schnappte sich das Wasser-Maschinengewehr, das Mikes Vater ihnen zum Geburtstag geschenkt hatte. Mist. Das Ding musste sie dringend nach draußen befördern. Es hatte heute schon eine Wasserschlacht im Badezimmer gegeben.

»Nein, eine Kanone.«

»Ein Panzer!«

»Ja, ein Panzer wäre cool!«

Nichts an Bryans Abreise war cool. Beth bückte sich, um die Gefühle zu verbergen, die dieser Gedanke hervorrief, und fand unter dem Sofa mindestens acht Socken, die Sherman wohl zweckentfremdet hatte. Sie würde ihn in Sockenmonster umbenennen und ihn einfach nur noch Monster rufen. Das passte.

Und *natürlich* rammte das passend umbenannte Monster sie genau in die Kniekehlen, sodass sie kopfüber ins Sofa stürzte und, *natürlich*, gegen den Holzrahmen prallte. Daraufhin sah sie einen Moment lang Sterne. Leider waren es nicht die Sterne, die sie gestern Abend mit Bryan gesehen hatte.

»Sherman!« Tommy rannte los, um den Quälgeist zu retten, der abgeprallt war und jetzt über den Hartholzboden schlitterte.

»Mami!« Maggie kam herbeigeeilt, um Beth zu helfen, und strich ihr die Haare aus dem Gesicht. »Geht's dir gut, Mami? Musst du ins Krankenhaus?«

Maggie hatte eine krankhafte Angst vor Krankenhäusern. Ihrer Erfahrung nach gingen die Leute dorthin, um zu sterben.

»Nein, Schatz, alles okay.« Beth rieb sich die Beule und setzte sich auf die Couch.

Bryan kniete sich vor ihr nieder, und oh, was für ein Anblick das war.

Mann, sie musste sich den Kopf wirklich heftig gestoßen haben.

»Hier. Lass mich mal sehen.« Er strich ihr das Haar aus der Stirn. »Du hast da ein Ei.«

»Ein Ei? Warum hat Mami ein Ei am Kopf? Du hast es doch nicht aus unserem Speriment genommen, oder, Mami?«

»Das Experiment!« Tommy sprang mit dem Maschinengewehr in der Hand über die Rückenlehne des Sofas.

»Mein Ei!« Mark rannte ihm hinterher.

Nach einer Sekunde Unentschlossenheit rannte Maggie ebenfalls in die Küche.

»Tja, ich schätze, das zeigt mir wohl, wo ich hier auf der Prioritätenliste stehe.«

Bryan lächelte, und dadurch tat ihr Kopf gleich viel weniger weh. Er streifte mit den Fingerrücken über ihre Wange. »Sie haben sich vergewissert, dass es dir gut geht, und dann haben sie sich dem, ich zitiere, coolsten Experiment der Welt gewidmet. Wenn ich Seans Klientin jemals wiedersehe, muss ich ihr danken.« Er berührte die Beule erneut. »In der Zwischenzeit sollten wir das kühlen.«

»Großartig. Genau das, was ich brauche. Ein Riesenei auf der Stirn.«

Er hielt ihr die Hand hin, um ihr beim Aufstehen zu helfen. »Die gute Nachricht ist: Es liegt unter dem Haaransatz. Und Blau steht dir ausgezeichnet.«

Sie stupste ihn mit der Schulter an, übermäßig erfreut, dass ihm aufgefallen war, welche Farben ihr standen, und verärgert über sich selbst, weil sie sich darüber freute.

Es klingelte an der Tür, gerade als sie die Küche erreichten, wo drei sehr konzentrierte Kinder die Eier in den Bechern studierten.

»Ich gehe schon«, sagte Bryan. »Du schaust mal nach, was Louis Pasteur, Madame Curie und Pawlow da drin so treiben«, meinte er und ging zur Haustür, als gehöre er hierher.

Aber das tat er nicht. Und er konnte es auch nicht. Also wandte sie ihre Aufmerksamkeit den Kindern zu, die *tatsächlich* hier lebten, die der Mittelpunkt ihres Lebens *waren* und der Grund, warum sie Bryan nicht zu irgendwelchen Filmsets hinterherjagen konnte.

Ein paar Minuten später lief sie ihm allerdings doch hinterher, als er nicht zurückkam, um zu sehen, was ihn aufhielt.

Sie hätte es wissen müssen. Ein Rudel hungriger Schakale – äh, Reporter – belagerte ihre Veranda.

»Dazu gebe ich keinen Kommentar ab«, sagte Bryan gerade. »Ich bin nicht vor Ort, also weiß ich nicht, was dort los ist.«

»Planen Sie, früher als geplant hinzufliegen?«

»Wie Sie sehen können, habe ich hier Verpflichtungen.« Bryan nickte in Richtung ihres Hauses. »Ich werde am Set sein, wenn ich an der Reihe bin. Was den Rest angeht, werde ich mich nicht äußern. Nun, wenn Sie jetzt bitte gehen würden, damit diese Familie wieder ihre Privatsphäre hat, wäre ich Ihnen dankbar.«

»Erwarten Sie, dass Carina gefeuert wird?«

»Es gab Berichte von anderen Sets, die sie ruiniert hat, wenn sie unzufrieden war.«

»Es heißt, man suche bereits nach einem Ersatz.«

»Würden Sie den Film fortsetzen, wenn sie ersetzt wird?«

Die Fragen rissen nicht ab, aber Bryan wiegelte ab. Beth musste seine Professionalität und Moral bewundern, die Schauspielerin nicht in die Pfanne zu hauen, obwohl *sie* dasselbe über Carina gehört hatte, die für ihre Allüren bekannt war. Ehrlich gesagt war Beth immer der Meinung gewesen, dass die Frau das absichtlich tat, um in den Schlagzeilen zu bleiben. Wie man in Hollywood sagte: Es gibt keine schlechte Presse. In der Vorstadt war das jedoch eine ganz andere Geschichte. Beth könnte gut darauf verzichten, jemals wieder namentlich in der Zeitung erwähnt zu werden.

Was *natürlich* bedeutete, dass ein Reporter beschloss, sie in das Gespräch hineinzuziehen.

»Mrs. Hamilton, möchten Sie sich zu Bryans Dienstleistungen in Ihrem Haus äußern?«

Oh, was für ein Kichern *diese* Frage bei der versammelten Menge auslöste – und oh, was für einen Zorn bei Bryan. »Beth hat damit *nichts* zu tun. Lassen Sie sie da raus.«

»Aber sicher würde sich Ihre Schwester über die Werbung für Manley Maids freuen? Wir brauchen nur ein Zitat von Ihrer *Klientin*.«

Ja, der Reporter legte es voll auf Anspielungen an. Beth war zum Kotzen zumute.

Bryan wurde nur noch wütender. »Meine Schwester würde diese Anspielungen sicher nicht zu schätzen wissen.«

Er war kurz davor, seine professionelle Fassung zu verlieren, und das wäre nicht gut für sein Image – oder für ihren Ruf, denn in dem Moment, in dem er anfing, sie zu verteidigen, würden die Leute glauben, er hätte ein Recht dazu, was bedeuten würde, dass da etwas zwischen ihnen sein musste, und das würde das nächste Fass aufmachen.

»Mac führt ein professionelles Unternehmen, und Kommentare wie die Ihren haben dort nichts zu suchen. Die Pressekonferenz ist beendet, Leute.« Er drehte sich um und betrat ihr Haus, ohne einen Blick zurückzuwerfen – aber mit einem deutlichen Knallen der Tür. »Tut mir leid.«

»Es ist nicht deine Schuld.«

»Nun, technisch gesehen schon. Wenn ich nicht hier wäre, müsstest du dich nicht mit ihnen herumschlagen.«

»Du bist nur noch ein paar Tage hier. Ich bin sicher, so lange halte ich das noch aus.« Es war ein geringer Preis dafür, ihn um sich zu haben, denn zumindest war ein Ende in Sicht.

Warte. Sollte das etwa etwas Gutes sein?

»Schön, dass *du* das kannst.«

»Äm, okay?«

Bryan blickte hinter sich zur Haustür hinaus und steuerte sie dann ins Arbeitszimmer, weg von den neugierigen Blicken der Presse, die immer noch auf ihrer Veranda lauerte.

Er schloss die Tür. Dann legte er seine Hand in ihren Nacken und zog sie in einen weiteren Kuss, bei dem ihr die Knie weich wurden.

Fünf Minuten später – oder vielleicht auch dreißig – ließ er sie schließlich los. Und, meine Güte, es fiel ihr schwer, ihn loszulassen.

»Es tut mir leid«, sagte er, als seine Lippen die ihren verließen. »Das hätte ich nicht tun sollen.«

»Mich küssen?«

»Ja.«

»Weil? Ich meine, du hast es gestern Abend auch getan, und ich habe mich nicht beschwert, falls du dich erinnerst.«

»Das tue ich. Und genau das ist das Problem.«

»Es ist ein Problem, dass ich dich nicht bitte, aufzuhören, mich zu küssen?«

»Ja. Denn wenn du es tätest, würde ich aufhören. Und dann würde ich nicht daran denken, was ich sonst noch alles mit dir machen will.«

»Was *sonst noch*?«

Er zog eine Augenbraue hoch. »Komm schon, Beth. Du hast fünf Kinder. Vermutlich waren das keine unbefleckten Empfängnisse.«

Sie errötete. »Natürlich nicht.«

»Dann weißt du ja, wovon ich rede.«

»Nun, ja, aber ... Aber du gehst.«

»Genau. Und das treibt meine Beherrschung an ihre Grenzen. Ich kann dich nicht haben; du bist nicht diese Art von Frau, aber das hält mich nicht davon ab, dich zu wollen. Und wenn ich davon spreche zu gehen, dich nicht wiederzusehen, aus deinem Leben zu verschwinden, damit jemand anderes hineintreten kann – nun, das ist nicht das, was ich will.«

»Was *willst* du denn, Bryan?« Gott, sie hätte auf so vieles hoffen können ...

»Das ist es ja gerade, Beth. Ich will *dich*. Aber ich will das hier nicht.«

»Das hier?« Ihre Kinder? Ihr Leben? Ihre Welt? Gott, das tat weh. Er gab ihr alles in einem Satz und riss es ihr im nächsten wieder weg.

»Ich habe eine Karriere, die gerade erst richtig anläuft. Ich kann jetzt nicht einfach davonlaufen. Ich habe zu hart gearbeitet, um dorthin zu kommen, wo ich jetzt bin.«

»Ich verlange doch gar nicht, dass du davonläufst.«

»Ich weiß. Aber ich denke darüber nach.«

Gott, sie auch. Aber falls sie jemals geglaubt hatte, es gäbe einen Kompromiss für ihre unterschiedlichen Lebensstile, hatte der Auflauf auf ihrer Veranda diesem Gedanken ein Ende gesetzt. Ihre Kinder verdienten diesen Trubel nicht. Und sie verdiente diesen Herzschmerz nicht. »Dann solltest du vielleicht jetzt gehen, Bryan. Um den Bruch einfacher zu machen.«

Einen Moment lang sah er aus, als hätte er Schmerzen. Aber er war ein guter Schauspieler, der Emotionen nach Belieben abrufen konnte, und sie sah zu, wie er es tat. Wie er sie runterschluckte, wegsteckte und seine professionelle Seite hervorkehrte.

Er fuhr sich mit der Hand durchs Haar – der Hand, die nicht mehr in ihrem Nacken lag. »Ja, vielleicht wäre das das Beste. Du hast recht; deine

Familie braucht diesen Eingriff nicht. Ihr habt alle schon genug durchgemacht. Meine Karriere und alles, was damit zusammenhängt, ist meine Entscheidung, und es ist nicht fair, sie euch aufzuzwingen. Es tut mir leid, Beth. Wegen so vieler Dinge.«

Wegen all dem, was hätte sein können ...

»Ich werde mich nur noch von den Kindern verabschieden und –«

»Mir wäre es lieber, wenn du das nicht tätest.«

»Was?«

Sie atmete tief durch, wohl wissend, dass sie das Richtige tat, aber auch wissend, dass sie verletzt sein würden, weil er sich nicht verabschiedete. Aber lieber ein klarer Schnitt als ein Abschied, der sich mit Tränen und Versprechungen, die niemals gehalten werden könnten, in die Länge zog. »Sie brauchen dieses ganze Abschiedstheater nicht. Geh einfach. Ich werde ihnen sagen, dass du ans Set gerufen wurdest und gehen musstest. Wenn du bleibst und eine große Szene aus deinem Abschied machst, werden sie der Sache mehr Bedeutung beimessen, als sie sollte. Nach einer Woche oder so werden sie darüber hinweg sein.«

Bryan hatte nicht geglaubt, dass sein Innerstes noch mehr zerreißen könnte, nachdem sie ihn gebeten hatte zu gehen, aber ihm zu sagen, die Kinder würden darüber hinwegkommen ... Das gab ihm den Rest.

Als Schauspieler kannte er die Macht der Worte, aber als Mann war er noch nie mit den wahren Gefühlen konfrontiert worden, die sie hervorriefen.

Er schluckte diese Regung hinunter, blinzelte ein paar Mal, weil – ja, es tat weh – und holte dann den *Stoiker* aus seinem Repertoire. »Du hast natürlich recht.« Er bewegte seine Finger in ihrem Nacken und war überrascht festzustellen, dass er sie dort immer noch berührte. Vor nicht einmal zwei Minuten hatte er sie noch geküsst, seine Finger tief in diese seidigen Locken vergraben, die er am liebsten auf einem Kissen unter ihnen ausgebreitet gesehen hätte, und jetzt musste er sie gehen lassen.

Er atmete aus und ließ seine Hand sinken. »Ich wünsche dir alles Gute, Beth.«

»Dir auch, Bryan.« Ihre Stimme klang heiser, und wenn sie nicht diejenige gewesen wäre, die ihn weggeschickt hatte, hätte er schwören können, dass ihr die Tränen kamen.

»Nun ja ...« Er räusperte sich, um das Belegte aus seiner eigenen Kehle zu vertreiben. »Ich schätze, ich schnappe mir meinen Hut und gehe. Mac kann vorbeikommen und die Sachen holen, die ich hiergelassen habe.«

»Ja. Das ist in Ordnung.«

»Leb wohl«, sagte sie.

»Leb wohl, Bryan. Viel Glück mit deinem Film.«

Mit dieser verdammten romantischen Komödie, bei deren Dreh er gerade nicht einen Funken Fröhlichkeit verspürte, weil er auf der Leinwand das darstellen würde, was er im wirklichen Leben womöglich gerade aufgegeben hatte.

Kapitel Achtundzwanzig

Die Kinder waren enttäuscht. Nun ja, Kelsey war am Boden zerstört, felsenfest davon überzeugt, dass ihre neu gewonnene Popularität auf Twitter einen Sturzflug hinlegen würde. Auch Jason wirkte bedrückt und verfiel wieder in die mürrische Miene eines Teenagers, die er in den letzten zwei Wochen abgelegt hatte.

Die Zwillinge sagten immer wieder: »Wenn Bryan zurückkommt«, und Maggie hatte sich einen besonderen Platz auf ihrem Schreibtisch eingerichtet, um eine Liste mit all den Dingen zu führen, die sie tagsüber erlebte. Sie wollte daran denken, Bryan alles zu erzählen, wenn er zurückkäme, um ihr Puppenhaus von Mrs. Beechams Fell zu befreien.

Beth brachte es nicht übers Herz, ihr zu sagen, dass das nicht passieren würde. Sie würden es alle irgendwann begreifen, hoffentlich dann, wenn die Aufregung über seine Anwesenheit verflogen war. Sie wollte ihre Träume nicht zerstören.

Aber, Herrje, *ihre* Träume. Jeder einzelne handelte von Bryan. Sie wachte am nächsten Tag mit einem Ziehen zwischen den Schenkeln auf, das nicht einmal da gewesen war, als er noch *da* war.

Sie hätte mit ihm schlafen sollen. Hätte ihn dazu bringen sollen, ihr Angebot mit dem Baumhaus anzunehmen. Sie hätte Erinnerungen schaffen sollen, die sie durch die nächsten Wochen tragen würden – vielleicht sogar

Monate –, bis sie über ihn hinweg war. Verdammt; sie hasste es, dass Kara recht behalten hatte.

Das Telefon klingelte und verschaffte ihr dankenswerterweise die Ablenkung, die sie brauchte – bis sie hörte, wer am Apparat war.

»Hallo, Mrs. Hamilton. Hier ist Mac Manley. Ich habe erfahren, dass Sie die Anstellung meines Bruders beendet haben, und wollte nachhaken, was das Problem war. Ich würde es gern wiedergutmachen, falls ich kann.«

Das einzige Problem war, dass er zu sexy für ihr eigenes Wohl war. »Es gab kein Problem. Er hat einfach alles erledigt, was getan werden musste, und nun ja, er hat ja diesen Film vor sich –«

»Mit dem er erst in anderthalb Wochen anfangen sollte. Hat er irgendetwas angestellt? Etwas ruiniert?«

Nur sie für jeden anderen Mann.

Reiß dich zusammen!

Beth schüttelte den Kopf, um ihn frei zu bekommen, auch wenn Mac es nicht sehen konnte. »Nein. Bryan war ein großartiger Arbeiter. Er hat mehr getan, als er musste, aber er war eben fertig. Ich habe nichts mehr, womit ich ihn beschäftigen könnte, und es erschien mir töricht, seine Zeit zu verschwenden, indem ich mir Dinge ausdenke, die er tun soll. Ich dachte mir, er ist am Filmset besser aufgehoben.«

Mac seufzte am anderen Ende der Leitung. »Ich könnte jemand anderen vorbeischicken. Kostenlos natürlich. Den Restbetrag der Zahlung werde ich Ihnen erstatten.«

»Das ist wirklich nicht nötig. Bryan hat die Arbeit nach bestem Wissen und Gewissen erledigt. Ich war diejenige, die ihn entlassen hat. Behalten Sie das Geld. Und nein, ich möchte niemanden sonst.«

Sie hatte das Gefühl, dass sie das nie wieder wollen würde.

Okay, Beth, im Ernst. Reiß dich zusammen! Du wirst nicht den Rest deines Lebens damit verschwenden, diesem Kerl hinterherzutrauern. Er hat damit abgeschlossen; das musst du auch.

»Das Geld werde ich ganz sicher nicht behalten, wenn Manley Maids es sich nicht verdient hat«, sagte Mac. »Ich werde es zurückzahlen.«

»Warum spenden Sie es dann nicht? An die Bibliothek oder die Schule oder so etwas. Jemand anderem, der Ihre Dienste gebrauchen kann, sie sich aber nicht leisten kann. Wirklich, es ist nicht nötig. Bryan hat einen tollen Job gemacht; es ist jetzt einfach vorbei.«

Etwas, woran sie sich in den kommenden Nächten noch oft erinnern würde.

»Was hast du getan?«

»Mac –«

»Gnade dir Gott, Bryan, was hast du getan?«

»Mac –«

»Du hinterlässt mir so eine dämliche Nachricht, und ich muss meine eigene Klientin anrufen, um herauszufinden, was passiert ist. Und *sie* wollte mir nichts sagen. Hast du wieder eine deiner Rico-Suave-Nummern abgezogen und dafür gesorgt, dass sie sich in dich verliebt, nur um sie dann wie ein Sternchen von gestern abzuservieren?«

»Mac –«

»Vier Wochen, Bry! *Vier* Wochen! Das war alles, worum ich gebeten habe. Das war unsere Wette, weißt du noch? Und nicht mal das hast du geschafft? Im Ernst, was ist nur *los* mit dir? Musst du hinter allem herjagen, was einen Rock trägt? Ich dachte, eine Frau mit fünf Kindern wäre Abschreckung genug, aber neeeein. Nicht mein Bruder, der Prachthengst, der wohl in jeden Bettpfosten eine Kerbe schnitzen muss. Ich kann es nicht fassen –«

»Jetzt halt mal verdammt noch mal die Luft an, Mary-Alice Catherine Manley!« Bryans Blutdruck stieg zusammen mit seiner Stimme und er ließ die Boxershorts fallen, die er gerade in die Reisetasche zu stopfen versucht hatte. Sein Wagen würde in weniger als fünf Minuten hier sein. Er hatte *keine* Zeit für so etwas. »Ich bin kein Neandertaler, der überall, wo er hinkommt, eine Eroberung machen muss, und das weißt du. Sag so einen Scheiß nicht zu mir! Ich war Beth und ihren Kindern gegenüber absolut respektvoll.«

Nun ja, außer als er sie geküsst hatte. Da war er verdammt scharf gewesen. Aber Beth war es auch gewesen, also bezweifelte er, dass sie ihn deshalb bei seiner Schwester verpfiffen hatte.

Er hob die Boxershorts auf, stopfte sie in die Tasche und zog den Reißverschluss zu – und *natürlich* verfingen sich die verdammten Zähne im Stoff. Er klemmte das Telefon zwischen Ohr und Schulter und versuchte, den Stoff loszureißen. »Beth hatte Probleme mit dem Medienrummel, der nun mal zum Paket Bryan Manley dazugehört, und ich kann es ihr nicht verübeln. Nach dem, was sie und ihre Kinder durchgemacht haben... Warum zum

Teufel hast du mich dahin geschickt?« Etwas, das Mac gesagt hatte, kam ihm wieder in den Sinn. »Fuck. Du hast mich zu ihr geschickt, *weil* sie fünf Kinder hat? Weil du weißt, dass das das *Letzte* ist, was ich in meinem Leben will, und du solche Angst davor hattest, dass ich deine Klientinnen anbaggere, dass du mich zu der geschickt hast, von der du dachtest, dass ich sie nicht wollen würde?«

Er war beleidigt. Er hatte Mac nie einen Grund gegeben, an seiner Professionalität oder seinem Wort zu zweifeln. Und er hatte ihr sein Wort *gegeben*, dass er professionell sein würde, während er für sie arbeitete – zugegeben, er hatte damit gemeint, wie er die Häuser putzte, da er schließlich versucht hatte, aus dieser verdammten Wette herauszukommen, aber im Ernst? Sie dachte, er würde sich an ihre Kundinnen ranmachen?

»Oh, dreh mir jetzt nicht das Wort im Mund um, Bryan Matthew. Ich habe es für dich getan. Ich meine, niemand käme auf die Idee, dass du an einer Witwe mit Kindern interessiert sein könntest, am allerwenigsten sie selbst. Es war der sicherste Auftrag, der mir einfiel. Kannst du dir vorstellen, wenn eine andere Klientin es auf dich abgesehen hätte? Du hättest Laken gewechselt, Glühbirnen ausgetauscht und Schubladen im Schlafzimmer repariert und dich gefragt, wie du da am Ende des Tages wieder rauskommst. Ich habe dir einen Gefallen getan.«

Er würde ihr nicht sagen, wie groß der Gefallen *tatsächlich* gewesen war. Nun ja, für ihn *gewesen wäre*, wenn die Sache mit Beth eine Zukunft gehabt hätte. Aber das hatte sie nicht. Und Beth war eine kluge Frau und hatte das gut genug erkannt, um ihn zu bitten, zu gehen.

Er sah sich nach der Mappe mit seinem Drehbuch um. Er musste seine Texte noch ordentlich büffeln, weil er beim Auswendiglernen nicht so gewissenhaft gewesen war wie sonst, da er so mit Beth und den Kindern beschäftigt gewesen war. »Ich habe nichts getan, Mac, aber ich bezahle für den Rest des Monats.«

»Sie lässt mich das Geld nicht zurückzahlen. Sie sagte, ich solle es spenden.«

Ah. Da war die Mappe, oben auf der Kücheninsel zwischen einem halben Dutzend Rechnungen, die er besser bezahlte, bevor er verschwand. Mist, er hatte keine Zeit. Er steckte sie in die Mappe. »Such dir eine Opferhilfe-Organisation aus. Ich verdopple alles, was du spendest.«

»Du bist ein Schatz, Bry.«

»Ja, ja, das sagen sie alle.« Er schob die Mappe in das Frontfach seiner Laptoptasche.

»Das war sarkastisch gemeint. Nichts läge mir ferner, als dein Ego noch mehr aufzublasen, als es eh schon ist.«

Es war ein altes Mantra. Mac würde aus reiner Geschwisterliebe niemals zulassen, dass er abhob.

»Also ist alles wieder gut zwischen uns?« Er sah sich in seinem Haus nach etwas um, das er vergessen haben könnte. Leider war die Bude erschreckend leer an *Dingen*. Nur ein HD-Fernseher, eine Soundanlage, die das Dach wegblasen konnte, und ein paar Gemälde, die eine von ihm engagierte Dekorateurin zum Kauf empfohlen hatte. Er mochte nicht mal impressionistische Kunst, und doch hing sie da an seinen Wänden. Dieser Ort war ungefähr so heimelig wie Maggies Puppenhaus. Eigentlich war das Puppenhaus gemütlicher, da Mrs. Beechams Fell ihm ein bewohntes Gefühl verlieh, während seine Bude sich eher wie eine Durchgangsstation anfühlte. »Hörst du jetzt auf damit, dass ich irgendwas getan hätte, um sie sauer zu machen?«

»Du versprichst es?«

»Ich verspreche es.« Beth sauer zu machen, war nie seine Absicht gewesen. Sie anzumachen, sie heiß zu machen, ja. All die Dinge, von denen Mac felsenfest überzeugt gewesen war, dass Beth daran kein Interesse hätte.

Mac war nicht in diesem Gartenpavillon gewesen. Und gestern Abend nicht auf der Terrasse.

Er schwang sich die Riemen der Reisetasche über die Schulter, als die Limousine draußen vorfuhr. Ein schönes Privileg, das. »Ich muss los, Mac. Schick jemand anderen zu Beth. Sie hat eine Pause verdient.«

»Wie ich schon sagte, Bry, du bist ein Schatz.«

»Und jetzt darf ich einen im Film spielen. Ich fahre an die Küste.«

»Du stehst trotzdem noch in meiner Schuld, Bruderherz.«

»Was?« Er jonglierte das Handy und seine Schlüssel, während er abschloss.

»Die Wette. Sie ging über vier Wochen und du drückst dich vorzeitig.«

»Reicht es nicht, dass ich dafür bezahle? Doppelt?« Er warf seine Schlüssel in die Tasche. Er würde sie eine Weile nicht brauchen.

»Brichst du immer deine Wetten?«

»Niemals.« Er hing sich die Tasche über die Schulter und jonglierte mit dem Telefon und seinem Temperament. »Schön. Wenn ich das nächste Mal eine Drehpause habe, mache ich die restlichen acht Tage.«

»Darauf werde ich dich festnageln.«

Er nickte dem Fahrer zu, der die Tür öffnete, und rutschte auf den Rücksitz. »Tu das.«

»Werde ich.«

»Gut.«

»Schön.«

»Tschüss, Schwesterherz.«

»Tschüss, großer Bruder.«

Sie legte natürlich vor ihm auf. Mac liebte es, das letzte Wort zu haben, und sie liebte es, ihn damit aufzuziehen, dass er ihr großer Bruder war. Er war der jüngste von drei Brüdern, und es nervte ihn jedes Mal tierisch, wenn seine Brüder ihn *das Baby* nannten. Denen hatte er es jedenfalls gezeigt. Der größte Name auf dem Plakat für diesen Film würde seiner sein. Er war endlich auf dem Weg ganz nach oben.

Schade nur, dass es sich eher so anfühlte, als wäre er lediglich auf dem Weg zu einem Job.

»Du hast ihn einfach so gehen lassen?« Kara ließ buchstäblich fast die Weinflasche fallen, was im Kara-Land eine schwere Sünde war.

Beth nahm sie ihr ab und stellte sie auf den Schiefer-Gartentisch. »Ich habe ihn nicht *lassen*. Er war fertig, also ist er gegangen.«

»Das kaufe ich dir nicht ab.« Jess warf die Hände in die Luft. »Niemand, und ich meine *niemand*, lässt Bryan Manley gehen, bevor seine Zeit um ist. Du hattest ihn in deinem Haus, in deiner Hand, wenn du gewollt hättest, und er war vertraglich verpflichtet, dazubleiben, und du lässt ihn gehen? Ehrlich, Beth, versuchst du, dein Liebesleben zu sabotieren?«

Beth sah sich nach dem Flaschenöffner um. Irgendetwas, um sie von diesem Gespräch abzulenken. Wein sollte eigentlich helfen. »Es *gibt* kein Liebesleben, Mädels. Das versuche ich euch doch zu sagen. Nur weil ihr ihn in mein Haus setzt, heißt das nicht gleich, dass die Funken sprühen.«

»Hm-hm.« Die beiden lehnten sich zurück und verschränkten die Arme.

»Du vergisst, wir haben dich bei der Happy Hour gesehen. Wir haben *ihn* bei der Happy Hour gesehen. Der Mann konnte die Augen nicht von dir lassen.«

Sie hatte die Blicke gespürt. Zumindest hatte sie gehofft, dass es das war, aber realistisch betrachtet hatte sie sich gesagt, es sei nur Wunschdenken gewesen.

Die *ganze* Sache mit Bryan war Wunschdenken gewesen.

»Können wir das Thema wechseln? Ich habe es langsam satt, über ihn zu reden.« Das lag vor allem daran, dass die Reporter nicht abgezogen waren. Komisch, dass sie und Bryan sich einig gewesen waren, dass er gehen würde, um die Belagerung zu beenden, aber das hatte nur eine neue Welle des Interesses ausgelöst. Sie hatten sich auf seine Pflichten in ihrem Haus gestürzt und darauf, warum sie ihn gefeuert hatte.

Also hatte sie natürlich dieses Gerücht entkräften müssen, und dann kamen die Fragen, wie ihre Kinder mit dem neuen Ruhm umgingen, angesichts dessen, was vor zwei Jahren passiert war. Es war nicht schön gewesen, als sie versuchte, die Kinder vor den Fragen und Kommentaren zu schützen, während sie gleichzeitig versuchte, diese Leute von ihrem Grundstück zu vertreiben, ohne ihnen zu zeigen, wie schmerzhaft das war. Denn ihrer Erfahrung nach stürzten sie sich umso heftiger wie die Bienen auf ein Thema, je emotionaler es war. Wenn sie so tat, als wäre es keine große Sache, würden sie lockerlassen.

Beth hatte also gute Miene zum bösen Spiel machen müssen und so getan, als würde der ganze Trubel in ihrem Garten sie nicht in ein einziges Nervenbündel verwandeln; sie lächelte süß und beantwortete ihre Fragen so unverbindlich wie nur möglich. Daher rührte auch die heutige Zusammenkunft bei Kara, mit den Kindern im Pool und im Spielzimmer und mit ihr mit einem Glas Wein vor sich, nachdem sie nun den Korken herausgezogen und für jede von ihnen eingegossen hatte.

»Okay, worüber willst du sonst reden?« Kara hob ihr Glas und schwenkte es wie eine Sommelière. »Die neue Wäscheleine in deinem Garten? Oh, Moment. Die hat Bryan gemacht. Wie wäre es mit dem neuen Waschbecken im Kinderbad? Oh, Moment. Wieder Bryan. Und was ist mit dem Loch im Zaun, das geflickt wurde – huch, wieder Bryan.« Sie betonte jeden Satz, indem sie ihren Wein schwenkte. »Euer Ausflug zu Martinsons Amusements? Oh, Bryan war dabei, nicht wahr? Und was ist mit dem Arzt, mit dem du essen warst? Du weißt schon, derjenige, der aus dem Restaurant befördert wurde, und zwar von keinem Geringeren als Bryan-Manley-dem-Retter-in-der-Not. Mensch, Beth, worüber gäbe es da noch zu reden?«

Beth funkelte Kara über den Rand ihres Glases hinweg an. »Wie wäre es mit Sommercamps? Oder wo ihr in Urlaub hinfahrt? Was ist mit dem Wintergarten, den du anbaust, Jess? Welche Lehrer eure Kinder nächstes Jahr bekommen? Es gibt eine Menge, worüber wir reden können, ohne dass es sich um Bryan drehen muss.«

»Ich begreife es einfach nicht. Willst du denn niemanden in deinem Leben haben?« Karas Wein kreiste immer noch im Glas. »Willst du nicht wieder begehrt werden, Beth? Einen Gefährten haben?«

Ach, scheiß drauf. Beth leerte ihr Glas. Nicht dass es viel war, da sie nur ein Viertel eingegossen hatte, aber trotzdem fühlte es sich gut an, dieses Statement zu setzen.

»Natürlich will ich das. Aber nicht mit Bryan. Kommt schon, Mädels, ihr wisst, was für ein Leben er führt. In diesem Goldfischglas kann ich keine Kinder großziehen. Und wer sagt denn, dass ich überhaupt die Chance dazu bekäme? Bryan will nicht die Kinder von jemand anderem großziehen. Und ganz bestimmt nicht fünf Stück.«

»Wann immer ich ihn gesehen habe, sah er mit deinen Kindern wahnsinnig vertraut aus«, sagte Jess.

»Und er ist beim Fußballspiel aufgetaucht, obwohl er nicht musste.« Kara deutete noch einmal mit ihrem Weinglas. Ein Glück, dass Beth ihr nur wenig gegeben hatte; der Wein wäre über den Rand geschwappt, wenn es mehr gewesen wäre. »Und dann war da noch der Ausflug in den Freizeitpark. Das war sein freier Tag, und trotzdem hat er ihn mit euch verbracht. Mit euch allen sechs.«

Die Argumente waren nichts, was Beth sich nicht selbst schon überlegt hatte. Aber sie war diejenige gewesen, die ihn sagen gehört hatte, dass er das, was sie hatte, nicht wollte. Sie kannte die Realität; warum konnten ihre Freundinnen nicht einfach mitspielen? »Er ist mitgekommen, weil sie ihn *gefragt* haben. Er ist ein netter Kerl; er würde nicht Nein sagen, wenn er nicht müsste.«

»Im Ernst? Ein großer Filmstar wie er hat nichts Besseres zu tun, als einen Tag im Freizeitpark zu verbringen, nur weil ein Kind ihn *gefragt hat*? Er wäre jeden Tag in irgendwelchen Freizeitparks, wenn er das täte. Deine Kinder sind nicht die einzigen, die gerne mal einen Tag mit einem Filmstar verbringen würden.«

»Sie haben ihn nicht gefragt, *weil* er ein Filmstar ist. Sie haben ihn gefragt, weil sie ihn mögen.«

»Genau das ist unser Punkt.«

Kara lehnte sich mit einem selbstgefälligen Grinsen zurück und hob ihr Glas. »Deine Kinder mögen ihn. Er mag sie. *Du* magst ihn und er mag *dich*. Was stimmt an diesem Bild nicht?«

Verflixt. Sie wünschte, sie hätte ihren Wein nicht schon ausgetrunken, denn sie brauchte ein paar Minuten, um sich ein Argument einfallen zu lassen. Es hatte so gut geklungen, als sie es sich selbst zurechtgelegt hatte. »Okay, sie mögen sich also alle. Aber das bedeutet noch lange nicht, dass wir eine Beziehung führen werden. Er hat eine Karriere, die sich nicht mit der Erziehung von Kindern verträgt, und ich habe Kinder, die nicht mit einem Jetset-Leben rund um den Globus vereinbar sind. Das würde niemals funktionieren.«

»Das weißt du erst, wenn du es versuchst.« Kara hatte ein Grinsen wie eine Grinsekatze im Gesicht, während sie einen Schluck von ihrem Wein nahm.

»Man braucht zwei Leute, damit eine Beziehung funktioniert, Kar. Er ist in der Minute gegangen, als ich es vorgeschlagen habe. Er hat sogar« – verdammt; sie wünschte, sie hätte noch etwas Wein, um den nächsten Teil erträglicher zu machen – »mir gesagt, dass das, was ich habe, nicht das ist, was er will.«

»Das hat er ganz sicher nicht so gesagt.«

»Doch, hat er.«

»Er hat es nicht so gemeint, wie du denkst.« Jess lehnte sich vor und drehte den Stiel ihres Glases zwischen den Händen.

»Es ist völlig egal, *wie* er es gemeint hat; er ist weg. Er ist am Set. Macht seinen Job. Lebt das Leben, das er will. Das kann ich ihm nicht verübeln. Und ich werde ihm ganz sicher kein Ultimatum oder so was stellen.«

Kara stellte ihr Glas mit einem deutlichen *Klirr* auf den Schiefer. »Scheint so, als hättest du das schon getan.«

»Was?«

»Du hast ihm gesagt, dass es für dich nicht funktionieren würde, also ist er gegangen. War die Rede von einem Kompromiss? Hast du gefragt, ob du ihn am Set besuchen kannst? Jede Menge Schauspieler haben Familien, die am

Set auftauchen. Haben die nicht diese riesigen Wohnwagen? Ich wette, in seinem könnten alle sieben von euch schlafen. Besonders, wenn ihr zwei euch ein Bett teilt.«

Was Beth nicht alles dafür geben würde, sich ein Bett mit Bryan zu teilen – abgesehen von der Stabilität und dem Sicherheitsgefühl ihrer Kinder. Die waren nicht verhandelbar. Ihre Kinder waren ihr Ein und Alles. Ihre Zeit würde kommen, wenn sie alle erwachsen und auf eigenen Beinen standen. Gut gerüstet und erfolgreich im Leben. Dann würde ihre Zeit sein.

Wer wusste das schon? Vielleicht wäre Bryan dann immer noch zu haben.

Er? Ernsthaft? Hast du nicht gerade zwei Wochen mit dem Typen verbracht? Irgendwer wird ihn sich krallen, sobald er auch nur ans Sesshaftwerden denkt. Du hast deine Chance vertan, Schätzchen.

»Ich finde, du solltest dahin fahren, wo er gerade filmt.« Kara füllte Beths Glas nach, und diesmal war es nicht nur ein Viertelglas.

»Versuchst du mich abzufüllen?«

Kara reichte ihr das Glas. »Ja. Vielleicht bringt dich das zur Vernunft, denn Nüchternheit scheint dir nicht gutzutun.«

Beth rührte es nicht an. »Ich werde nicht an sein Filmset fahren.«

»Warum nicht?«

»Weil er mich nicht eingeladen hat. Und da sind noch die Kinder.«

»Dann nimm sie mit.« Sie schob das Glas näher zu Beth.

»Oh, klar. Als ob ich mit fünf Kindern im Schlepptau bei seinem Dreh aufschlagen würde.«

Kara zuckte mit den Schultern. »Warum nicht? Wenn ihr zusammenkommt, werden die Kinder sowieso mit dir vor Ort sein. Da kannst du genauso gut jetzt damit anfangen.«

»Bryan und ich werden nicht zusammenkommen.«

»Tja, das werdet ihr bestimmt nicht, wenn ihr nicht endlich mal *zusammenkommt*. Das muss zuerst passieren.«

»Ich sage, du nimmst die Rückzahlung, die Mary-Alice dir angeboten hat«, sagte Jess, »und kaufst Flugtickets für dich und die Kinder nach San Francisco. Filmen die nicht dort? Mach einen schönen Familienurlaub daraus und besuch Bryan, wenn ihr schon mal da seid. Wann hattest du das letzte Mal Urlaub?«

Etwa drei Monate vor Mikes Tod. Sie war seitdem in keinem Flugzeug mehr gewesen und bezweifelte stark, dass sie es jemals wieder tun würde.

»Die Kinder fahren dieses Wochenende zu Mikes Eltern.« Seine Mutter hatte heute Morgen angerufen, um sie daran zu erinnern. Gott sei Dank hatte Donna das getan, denn bei all dem, was mit Bryan in ihrem Leben los war, hatte Beth es völlig vergessen.

»Also lass mich das kurz zusammenfassen.« Kara tippte mit dem Fingernagel auf die Schieferplatte. »Deine fünf Kinder sind übers Wochenende bei ihren Großeltern und du hast den wohl heißesten Mann der Welt weggeschickt? Dir ist schon klar, dass du dieses Wochenende allein sein wirst, oder, Beth? Ich meine, der Mann kann dein Gehirn ja wohl nicht so weit kurzgeschlossen haben, dass du das nicht merkst. Du hättest ihn zwei ganze Tage lang für dich allein haben können! Was sitzt du hier noch rum? Du solltest eigentlich unterwegs sein und dir sexy Dessous kaufen.«

»Hey, bei einer Shoppingtour bin ich dabei.« Jess kippte den Rest ihres Weins hinunter. »Ich ruf uns ein Taxi.«

»Wirst du nicht.« Beth schob ihr Glas in die Mitte des Tisches. Nichts für sie, danke bestens. Sie brauchte nichts, was ihr Urteilsvermögen trübte, sonst würde sie am Ende noch auf diese absurde Idee eingehen. »Ich werde das Wochenende nicht mit Bryan verbringen. Es führt zu nichts, also was soll das Ganze?«

»Oh mein Gott.« Kara trank etwas von Beths Wein. »Im Ernst? Ein heißes Wochenende mit Wahnsinns-Sex, nachdem du zwei Jahre lang enthaltsam gelebt hast? Du siehst den Vorteil darin nicht? Es ist ja nicht so, dass du den Kerl gleich heiraten müsstest. Hab einfach eine gute Zeit.«

»Es sei denn...« Jessicas Augen verengten sich. »Du *willst* den Kerl heiraten.«

»Okay, ihr habt definitiv zu viel getrunken.« Beth kippte den Rest der Flasche über das Geländer der Terrasse ins Blumenbeet. »Ich kenne ihn seit zweieinhalb Wochen. Ich werde Bryan Manley *nicht* heiraten.«

»Schade.« Kara holte eine weitere Flasche aus der Kühlbox. »Er ist genau das, was du brauchst, Beth. Ein toller Typ, der deine Kinder mag und dich auch ziemlich gut fand. Und er kann dich sicherlich standesgemäß unterhalten. Ich sehe da keinen Haken.«

»Tja, abgesehen von der Tatsache, dass wir seine Zustimmung bräuchten, gibt es da noch den Aspekt des Lebens in der Öffentlichkeit. Erinnert ihr euch nicht mehr daran, wie es war, als Mike starb? Die ständige Belagerung durch die Presse? Die Kinder hatten Angst, das Haus zu verlassen. Das könnte ich ihnen nicht noch mal antun, selbst wenn Bryan auch nur *ansatzweise* an einer Beziehung interessiert wäre. Was er nicht ist.«

»Und woher willst du das wissen?«

Ach, verdammt. Das steuerte in eine Richtung, in die sie mit diesen Frauen nicht gehen wollte. Sie mochten ihre zwei besten Freundinnen sein, aber manche Dinge waren einfach zu persönlich, um sie zu teilen.

»Du hast mit ihm schon darüber gesprochen, nicht wahr? Ihr beide habt über eine Beziehung geredet.« Jess hob ihr Glas, damit Kara es einschenkte, und hatte ein selbstgefälliges Grinsen im Gesicht. »Ich wusste es.«

»Er hat nur gesagt, dass er den Glamour seines Filmstar-Lebensstils will. Das Vorstadtleben bietet diesen Glanz und Glamour leider nicht. Es wird nicht passieren, Mädels, also können wir das Thema jetzt bitte begraben?«

»Na gut, okay, aber das heißt nicht, dass du dir nicht dieses Wochenende nehmen kannst. Los. Flieg dahin, wo er gerade dreht. Amüsier dich. Dann komm am Montag zurück und kehr in dein ganz normales Leben zurück. Denk an die tolle Zeit, die du haben wirst, und an die Erinnerungen, die du schaffst. Niemand verlangt von dir, eine Heilige zu sein, Beth. Du bist eine ganz normale Frau mit Bedürfnissen, genau wie wir alle. Bryan kann diese Bedürfnisse erfüllen.«

Sie würde liebend gerne hinfahren. Wirklich. Kara und Jess hatten gute Argumente, und wenn sie ihn nicht schon so sehr mögen würde, würde sie es vielleicht sogar tun. Aber das Problem war: Sie mochte ihn *zu* sehr. Wenn sie hinführe, hätte sie Angst, dass aus diesem *Mögen* mehr werden würde, und diesen Herzschmerz wollte sie nicht riskieren.

Nein, im Interesse der Selbsterhaltung und der Reife blieb sie hier.

Ein verantwortungsbewusster Erwachsener zu sein, war manchmal echt ätzend.

Kapitel Neunundzwanzig

Bryan stieg an seinem Wohnwagen am Set aus der Limousine. Ein neuer Wagen. Vorbei waren die Zeiten des Standardmodells für Nebendarsteller. Sie hatten sich für ihn richtig ins Zeug gelegt.

Er gab dem Fahrer Trinkgeld. Sicher, eigentlich sollte er das nicht; das Studio kümmerte sich darum, aber er hatte nicht vergessen, wie hart es war, sein Geld zu verdienen. Und jetzt, wo er mehr hatte, als er brauchte, teilte er den Wohlstand gerne.

»Hey, Bry. Schön dich zu sehen!« Einer der Oberbeleuchter, Josh, hatte beim letzten Film mit ihm zusammengearbeitet.

»Ich wusste gar nicht, dass du bei diesem Streifen dabei bist.«

»Ja, hab im letzten Moment einen Anruf bekommen. Ziemlich cool, auch wenn es wohl nicht so ein Adrenalinkick wie beim letzten Mal wird, was? Keine Knarren und Sprengstoffe und keine heißen Miezen in Bikinis.«

»Carina sieht in einem Bikini verdammt gut aus.« Und er war sich ziemlich sicher, dass es in diesem Film einige Bikini-Szenen gab. Komisch, dass er sich nicht genau erinnern konnte, obwohl er mit einer der heißesten Schauspielerinnen der Branche zusammenarbeitete.

Er würde lieber Beth in einem Bikini sehen. Oder *ohne* Bikini.

Herrgott. Er musste sie aus seinem Kopf kriegen. Dieser Teil seines Lebens war V-O-R-B-E-I.

»Carina mag im Film gut aussehen, aber mal unter uns«, Josh beugte sich vor, um es ihm wie ein Bühnenflüstern mitzuteilen, »ihre miese Einstellung macht sie echt unattraktiv. Die Kostümbildner sind kurz davor hinzuschmeißen, so sauer sind sie alle, weil sie ständig neue Kostüme will. Die Frau glaubt ernsthaft, dass eine Hausfrau aus der Vorstadt in Abendkleidern rumlaufen sollte.«

Beth hatte ein paar hübsche Kleider in ihrem Schrank gehabt. Wahrscheinlich für irgendeine schicke Veranstaltung, die sie mit ihrem Mann besucht hatte.

Er würde sie liebend gerne in einem davon sehen, wie der anschmiegende Stoff ihre Kurven umschmeichelte. Beth war gebaut, wie eine Frau gebaut sein sollte, und seine Finger brannten förmlich darauf, sie überall zu liebkosen.

Sein Schwanz juckte auch.

Verdammt. Er musste wirklich über sie hinwegkommen.

»Sie ist also noch am Set? Nach dem, was ich in den Zeitungen gelesen habe, war ich mir nicht sicher.«

»Ja, sie ist hier. Nicht gerade glücklich darüber, und PJ ist nicht gerade glücklich mit ihr. Macht die Dreharbeiten zu einem echten Spaß, weißt du?«

PJ, der Regisseur, hatte ein halbes Dutzend Rom-Com-Hits gelandet und Carina zu dem gemacht, was sie heute war. Mit den beiden bei diesem Projekt war Bryan ein gewisser Hype sicher gewesen, aber wenn Carina Schwierigkeiten machte, konnte das Ganze in einem Desaster enden. Dann hätte er Beth umsonst zurückgelassen.

Er riss die Tür zu seinem Wohnwagen auf. »Danke für die Vorwarnung, Josh. Ich werde mich noch ein bisschen aufs Ohr hauen, bevor ich mich rauswage. Klingt so, als würde ich die Energie brauchen, um mit Carina mitzuhalten.«

»Wenn es nach ihr geht, wirst du diese Energie für noch viel mehr brauchen, was sie betrifft. Sie hat schon jede Frau in der Crew davor gewarnt, sich von dir fernzuhalten.«

Bryan hielt auf der dritten Stufe inne. »Willst du mich verarschen?«

»Hey Mann, was soll ich sagen? Die Frau will dich.«

»Ja, nun, vielleicht will ich sie aber nicht.«

»Ernsthaft? Die Frau ist eine Granate. Eine Nervensäge, klar, aber was macht das schon für einen Unterschied, wenn du sie flachlegst?«

»Ich werde Carina Dempsey nicht flachlegen.« Bryan wurde bei dem Gedanken fast übel.

Komisch, früher hätte er sich vielleicht darauf gefreut, mit ihr zusammen zu sein, aber jetzt? Er wollte einfach nur die Szenen hinter sich bringen und zurück in seinen Wagen. PJ hatte gesagt, er könne den Zeitplan anpassen, als er erfuhr, dass Bryan früher kam. Er hatte ihm sogar dafür gedankt. Jetzt wusste Bryan, warum.

Josh erzählte ihm weiter brandneue Geschichten über Carinas Allüren, aber Bryan hörte nur halbherzig zu. Er zog die Mappe mit dem Drehbuch heraus, um zu sehen, welche Szenen sie zuerst drehen würden. Er hoffte inständig, dass es keine der romantischen war. Das war das Letzte, was er gebrauchen konnte, wo er sich doch so sehr nach Beth sehnte.

Maggies Zeichnung lag in der Mappe.

Sie versetzte ihn sofort zurück in dieses Zuhause. In die Küche und das Chaos, das sie angerichtet hatte, als sie es malte. Die Art, wie ihre kleine Zunge über ihren Mundwinkel gefahren war, während sie so konzentriert arbeitete.

Da waren alle fünf Kinder – Jason mit seinen kurzen Haaren – und Beth.

Er sank auf die Lederbank am Tisch und schob sich die Haare etwas fester als nötig aus der Stirn. Das erklärte das Zusammenzucken und die Feuchtigkeit in seinen Augen.

»Alles okay, Bry?«, fragte Josh mitten in einer weiteren Carina-Katastrophenstory. »Brauchst du was? Ich glaube, sie haben deinen Kühlschrank mit Bier bestückt.«

»Nein, alles bestens.« Mehr oder weniger.

»Okay, Mann. Also, wenn du Lust hast: Heute Abend gibt's eine Pokerrunde in Zimmer zweihundertzweiunddreißig im Holiday Inn. Läuft schon seit fünf Tagen durchgehend. Ich bin hundertfünfzig im Plus. Du bist herzlich eingeladen, wenn du willst.«

Eine Pokerrunde? Genau das hatte ihn erst in diesen Schlamassel geritten, er würde ganz sicher nicht noch einmal spielen. Gott allein wusste, was die nächste Runde mit ihm anstellen würde.

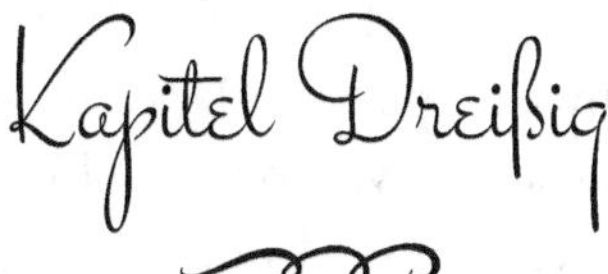

»Bist du sicher, dass du nicht mitkommst, Mama?« Maggie umarmte Mrs. Beecham ein letztes Mal. Die arme Katze sah aus, als könnte auch sie eine Pause gebrauchen.

»Schatz, ich hab es dir doch gesagt. Das ist nur für euch und eure Großeltern. Es ist eine besondere Zeit. Du wirst gar nicht merken, dass ich nicht da bin.«

»Werde ich wohl. Opa schnarcht und Oma macht uns glibberige Eier. Ich mag keine glibberigen Eier.«

Die arme Donna hatte versucht, Maggies beidseitig gebratene Eier genau richtig hinzubekommen, aber Maggie war eigen. Gerade über den Punkt hinaus, an dem sie noch flüssig waren, aber noch nicht ganz fest. Mike war der Einzige gewesen, der sie richtig hinkriegte – bis zu dem Unfall, dann hatte Beth über drei Stunden und sechs Dutzend Eier verbraucht, um das Lieblingsfrühstück ihrer Tochter zu perfektionieren.

»Oma gibt sich Mühe, Schatz. Und vielleicht könntest du versuchen zu essen, was sie macht, ohne dich zu beschweren. Wenn sie es so machen könnte, wie du es magst, würde sie es tun, aber zumindest versucht sie es.«

Maggie stieß einen tiefen Dieser-Fünfjährige-versteht-alles-Seufzer aus. »Ich weiß.« Mrs. Beecham wurde noch einmal gedrückt. »Tschüss, Mrs. B. Werd ohne mich nicht einsam.«

»Sie hat Sherman, der ihr Gesellschaft leistet«, sagte Tommy und kraulte dem Monster die Ohren – eine Handlung, die bei einem Jack Russell Terrier wie ein Einschaltknopf wirkte.

Sherman fing an, buchstäblich die Wände hochzugehen. Er wusste, dass die Kinder wegfuhren, und er war nicht glücklich darüber. Damit blieb ihm nur noch die Katze zum Ärgern, und Mrs. Beecham hatte die Kunst perfektioniert, den Hund wann immer möglich zu ignorieren. Es blieb ihm auch noch Beth, eine Aussicht, über die keiner von beiden glücklich war.

»Und, krieg ich jetzt Extensions, Mom?«, fragte Kelsey und verfiel plötzlich in den Tonfall eines Valley Girls. Teenager. Ständig versuchen sie, sich neu zu definieren, was diesen neuesten Wunsch ihrer ältesten Tochter erklären würde. »Die kosten so dreihundertfünfzig das Stück an den Pinnwänden, und ich kann lauter verschiedene Farben kriegen. Jenna sagt, die sind total cool und dass die diesen Sommer alle kriegen.«

»Drei. Du darfst drei haben. Nicht mehr.« Sie schob Kelsey fünfzehn Dollar in die Hand. »Und ich will das Wechselgeld zurück.«

»Ich muss ihnen doch Trinkgeld geben, weißt du.«

»Na gut, okay. Aber nur drei.«

»Wie wär's mit einem Bauchnabelpiercing?«

Beth verdrehte die Augen. Kelsey musste immer bis an die Grenze gehen. »Raus mit dir. Jetzt. Und komm nicht mit mehr Löchern im Körper nach Hause, als Gott dir mitgegeben hat.«

»Igitt, das ist ja ekelhaft.« Tommy machte ein Würgegeräusch.

Mark musste Kelsey natürlich necken. »Kelsey hat Löcher im Körper. Kelsey hat Löcher im Körper«, sang er.

Kelsey packte ihn oben am Kopf wie einen Basketball. »Ich sag dir gleich, wer Löcher im Kopf hat, wenn er nicht die Klappe hält.«

»Ooooh, Kelsey hat ‚Klappe halten' gesagt!« Maggie machte eine *Tz-tz-*Bewegung mit den Fingern – was dazu führte, dass sie Mrs. Beecham fallen ließ, die in dem Moment die Flucht ergriff, als sie einen Blick auf Sherman erhaschte – und sein Knurren hörte.

Gott sei Dank tauchten in diesem Moment Donna und John auf. Das Großeltern-Chaos war viel besser als das Kinder-jagen-Hund-jagt-Katze-Chaos, und Sherman würde sich beruhigen, sobald der ganze Lärm weg war.

»Hallo Kinder! Seid ihr bereit für eine tolle Zeit am Strand?« John hatte eine dröhnende Stimme, genau wie sein Sohn sie gehabt hatte.

Beths Herz krampfte sich bei dem Gedanken zusammen, dass Mike niemals das für ihre Enkelkinder tun würde, was John tun konnte.

Gott, wie sollte sie das Dasein als Großmutter jemals allein überstehen? Beth scheute sich davor, sich vorzustellen, wie es für ihre Schwiegereltern war. Sie hatte sich während der Beerdigungsplanung kurz darauf eingelassen, und es war zu viel gewesen. Sie war nicht in der Lage gewesen, ihre eigene Trauer, die Trauer ihrer Kinder und deren Angst – und ihre eigene – zu schultern *und* gleichzeitig Mitgefühl für Mikes Eltern aufzubringen. Es war einfach nicht genug Kraft in ihr gewesen, und jetzt, zwei Jahre später, konnte sie sich immer noch nicht vorstellen, wie es für sie gewesen sein musste, nicht nur ein Kind zu verlieren, sondern ihr *einziges* Kind. Es würde ihr nie etwas ausmachen, so viele Kinder zu haben. Egal wie viel Arbeit und Stress und Geld es kostete, diese Kinder waren ihr Ein und Alles, und das verlor sie nie aus den Augen.

Nicht einmal, als Kara und Jess ihr gestern Abend einen sehr verlockenden Vorschlag unterbreitet hatten.

Sie schnappte sich die nächstbeste Reisetasche und hievte sie sich über die Schulter, froh über die Ablenkung. Bryan war tabu – aus all den Gründen, die sie Kara und Jess genannt hatte. »Kommt schon, Leute, bringen wir eure Taschen zum Auto.«

»Es ist ein Truck, Mama«, flüsterte Maggie verschwörerisch. »Opa hat gesagt, es ist sein Truck.«

»Es ist ein SUV, Mags.« Jason hob seine kleine Schwester auf den Arm, eine Premiere für ihn, und nahm ihr ohne Aufforderung die Reisetasche ab.

Beth wurde die Kehle eng, als Maggie vor Vergnügen quiekte, genau wie sie es früher bei Mike getan hatte. Wie sie es bei Bryan getan hatte. Und jetzt bei Jason. Ihre Familie baute sich wieder auf. Sie fanden das Lachen im Alltag wieder. Sie fanden zu sich selbst zurück. Zwei lange Jahre, und endlich konnten sie nach vorne blicken.

»Bist du sicher, dass du nicht mitkommen willst?«, fragte Donna, während John fünf aufgeregte Kinder zur Haustür hinauslotste.

»Danke fürs Fragen, aber das ist eure Zeit mit ihnen. Ihr braucht mich nicht dabei. Genießt es, Großeltern zu sein. Verwöhnt sie.« Beth schob ein weiteres von Shermans Spielzeugen mit dem Fuß unter das Sofa. Oder eigentlich glaubte sie, dass dieses hier Tommy gehört haben könnte. Vielleicht würde ihre Wohnung dieses Wochenende tatsächlich einmal länger als fünf Minuten vorzeigbar bleiben.

»Ja, das ist das Vorrecht der Großeltern.«

»Und sie brauchen das. Bei mir dreht sich alles um Zeitpläne, Pflichten im Haushalt und Sommerlektüre.« Sie schüttelte ein Kissen auf dem Sofa auf. Das erste Mal seit zwei Jahren. »Sie haben eine Pause verdient.«

»Und du auch.«

Sie schüttelte ein weiteres Kissen auf. »Ich liebe meine Kinder.«

»Wir wissen, dass du das tust, Schatz.« Donna legte ihre Hand auf Beths Arm. »Aber du bist ein Mensch wie wir alle. Du brauchst eine Pause. Du musst dich entspannen und du selbst sein. Einfach nur du.«

Beth konnte Donna nicht antworten, weil diese Erkenntnis zu überwältigend war. Sie musste tatsächlich sie selbst sein. Herausfinden, wer dieses *sie* eigentlich wieder war. Und dieses neue *Ich* vielleicht sogar neu definieren.

Sie drückte Donnas Schultern und küsste sie auf die Wange. »Vielen Dank, dass ihr das macht.«

»Oh, es ist uns ein Vergnügen, Beth. Wir wünschten nur, wir könnten mehr tun, aber dort, wo wir wohnen – nun ja, da gibt es Regeln.«

Das Schöne und der Fluch einer Ü55-Siedlung war, dass Enkelkinder nicht länger als ein Wochenende bleiben durften. Da Donna und John anderthalb Stunden entfernt wohnten, lohnte sich der Aufwand für solche Wochenenden nicht regelmäßig, weshalb dieses lange Wochenende an der Küste so geschätzt wurde.

»Ich hoffe, du hast etwas Besonderes für dieses Wochenende geplant.« Donna schüttelte ein Kissen auf und sie lächelten einander an. »Ich habe von diesem Filmstar gehört, der für dich gearbeitet hat. Vielleicht ergibt sich da ja was ...«

Ja, es fühlte sich irgendwie seltsam an, wenn die Schwiegermutter versuchte, Kupplerin zu spielen.

»Es ist nichts dergleichen, Donna. Außerdem ist er weg, um seinen neuen Film zu drehen. Er hat nur seiner Schwester geholfen. Ihr gehört der Reinigungsdienst.«

»Oh. Das ist schade. Ich meine, Michael hätte nicht gewollt, dass du allein bist. Du brauchst einen Partner bei all dem, Beth. Fünf Kinder großzuziehen ist schon für zwei Eltern schwer genug, aber für einen...« Donna tätschelte ihren Arm. »John und ich machen uns Sorgen um dich, Liebes. Du wirst immer unsere Schwiegertochter sein, aber es macht uns nichts aus, dich zu teilen, wenn du jemanden findest, der dich und die Kinder liebt. Wir wollten nur, dass du weißt, dass du unseren Segen hast.«

Beth konnte nicht antworten. Sie bekam kaum Luft, geschweige denn ein Wort heraus. Stattdessen nahm sie ihre Schwiegermutter in eine feste Umarmung und kämpfte gegen die Tränen an. Sie wäre in ihrem Leben so gesegnet, wenn dieser verdammte Flugzeugabsturz nicht gewesen wäre.

Donna klopfte ihr auf den Rücken und richtete sich dann mit all der forscher Entschlossenheit auf, mit der sie ihren Sohn erzogen hatte. »Also hab ein schönes, entspanntes Wochenende ganz für dich allein. Verwöhne dich mal richtig, Beth. Eine Massage, eine Gesichtsbehandlung. Geh ins Kino. Geh schick essen. Gönn dir was.«

»Oh, das hat Mama schon gemacht«, plapperte Maggie an der Tür dazwischen. »Bryan hat sie dazu gezwungen. Dann ist er mit den Jungs shoppen gegangen, damit wir Eier devolvieren konnten.«

Donna zog eine Augenbraue hoch und sah Beth an.

»*Dissolvieren*, auflösen. Sie haben ein Experiment über die Auswirkungen von Limonade auf Eierschalen gemacht, um zu zeigen, wie sie die Zähne angreift.«

»Ja, und es war eklig. Ich werde nie wieder Limo trinken, weil ich meine Zähne behalten will. Ist das der Grund, warum Opa keine mehr hat? Hat er zu viel Limo getrunken?«

John hatte einmal aus Versehen vor den Kindern seine Prothese herausgenommen. Sie hatten keine Angst gehabt und ihn jedes Mal, wenn sie ihn sahen, angefleht, sie wieder herauszunehmen.

»Warum gehen wir ihn das nicht einfach fragen, Maggie?« Donna streckte ihre Hand aus und blickte über die Schulter zurück zu Beth, als Maggie zugriff. »Wir sehen uns Sonntagabend, Beth. Mach was Besonderes aus diesem Wochenende.«

Kara hatte einen guten Vorschlag.

Einen Moment lang zog Beth es in Erwägung, einfach das erstbeste Flugzeug an die Westküste zu nehmen und Bryan am Filmset zu besuchen.

Es war ein verlockender Gedanke.

Ein Wochenende nur für sie. Niemandem Rechenschaft ablegen oder sich um jemanden sorgen oder jemanden von einem Freund abholen oder zu einer Aktivität bringen müssen. Sie könnte nur an sich selbst denken und an das, was sie wollte. Was sie brauchte. Denn so sehr sie es auch hasste, es zuzugeben, ja, sie brauchte Bryan. Sie brauchte diese menschliche Nähe. Diesen körperlichen Kontakt. Sie hatte nie gemerkt, wie wichtig Umarmungen waren. Wie sehr sie sie vermissen würde. Doch mit Mikes Tod hatte sich eine ganz neue Welt der Leere und Einsamkeit vor ihr aufgetan, und in den letzten zwei Wochen hatte Bryan einen Teil davon gefüllt.

Sie war eine erwachsene Frau. Sie konnte sich dieses Wochenende für sich selbst nehmen. Niemand müsste es jemals erfahren. Nur sie und er und –

Und die Paparazzi. Schon die Berichterstattung darüber, dass Bryan am Set war, hatte es bis in ihre Lokalnachrichten geschafft. Die Presse interessierte sich immer noch brennend dafür, was er tat, wo er hinging und mit wem er zusammen war.

Also würde sie nicht hinfahren, so sehr sie es auch wollte. Abgesehen von der Tatsache, dass Bryan ihren Wunsch respektiert hatte und gegangen war, müsste sie in ein Flugzeug steigen. Das wäre schwieriger, als eine Frau für eine flüchtige Affäre zu sein.

Kapitel Einunddreißig

»Und aus!«

Bryan holte tief Luft und versuchte, Carina nicht wütend anzustarren. Sie sabotierte die Szene mit voller Absicht.

PJ kam hinter der Kamera hervor. »Carina, du kannst dich nicht rittlings auf Bryan setzen. Das steht nicht im Drehbuch, und Megan würde das nicht tun.«

»Megan ist ein bisschen zu zurückhaltend.« Carina, die sich keinen Millimeter von seinem Schoß wegbewegte, auf dem sie klebte, holte einen Lippenstift aus ihrer Gesäßtasche und schmierte ihn sich auf ihre silikonverstärkten Lippen.

Bryan versuchte, den Würgereiz zu unterdrücken. Er hasste den Geschmack von Lippenstift wirklich. Frauen trugen ihn definitiv für sich selbst und nicht für Männer, denn kein Kerl, den Bryan kannte, hatte jemals erwähnt, wie toll der Lippenstift einer Frau nach dem Küssen geschmeckt hatte.

PJ riss sich seine Baseballkappe vom Kopf und fuhr sich mit dem Arm über die Stirn. Es war erst halb neun und die Gemüter waren bereits erhitzt. »Megan *soll* zurückhaltend sein. Das ist einer der Gründe, warum sie und Mike nicht sofort miteinander ins Bett springen.«

»Also ich finde, sie sollten es tun. Das würde den Film mal bisserl aufpeppen.« Sie musterte Bryan von oben bis unten.

Gott, nein. Bryan versuchte, nicht unruhig hin- und herzurücken. Je weniger Liebesszenen er mit Carina drehen musste, desto besser.

Er hustete, um sein Lachen zu verbergen. Da saß er nun mit einer der schönsten Frauen des Planeten in einem Job, für den mehr als die Hälfte der männlichen Bevölkerung morden würde, und er suchte händringend nach Wegen, sie *nicht* küssen zu müssen.

»Dann hätten wir keinen Film mehr.«

Carina verdrehte die Augen, starrte dann demonstrativ auf seinen Mund, bevor sie ihr Bein langsam über seinen Schoß gleiten ließ, die Einladung in ihren Augen immer noch unübersehbar. »Ich glaube, wir hätten einen besseren.«

»Nun, er wäre zumindest ein anderer, das ist sicher.« Bryan stand auf und bemerkte Carinas Blick auf seinen Schritt. *Tut mir leid, Schätzchen, aber er reagiert nicht auf dich.* Wahrscheinlich war es das erste Mal überhaupt, dass ihr so etwas passierte.

PJ nickte Bryan zu und stieß einen langen Seufzer aus. »Alles klar. Dann nehmen wir es ab der Stelle auf, wo Mike Megan im Garten überrascht.«

»Wie wäre es, wenn Bryan die Szene ohne Hemd spielt?« Carina zupfte am Saum seines T-Shirts. »Das würde Megan wirklich überraschen und sie vielleicht ein bisschen früher über Sex nachdenken lassen. In dieser Handlung dauert es eine Ewigkeit, bis es zur Sache geht.«

»Carina, lass es uns so machen, wie es geschrieben steht, okay?« PJ setzte seine Kappe wieder auf und zog den Schirm tief ins Gesicht. »Wir bauen die sexuelle Spannung für den großen Höhepunkt im richtigen Moment auf. Alles, was früher käme, würde sie nur verwässern.«

Carina verzog das Gesicht. »PJ hat wahrscheinlich seit Jahren keinen Sex mehr gehabt«, murmelte sie. »Was weiß der schon von sexueller Spannung?«

Bryan entschied sich, sie zu ignorieren. Die Sache war die: Er fühlte sich, als wüsste *er* nicht mehr, was das war, denn Carina ließ ihn so dermaßen kalt, dass sie seinetwegen auch ein Typ hätte sein können. Okay, vielleicht übertrieb er ein bisschen, aber etwas Anziehung für sie vorzutäuschen, beanspruchte seine schauspielerischen Fähigkeiten auf eine Weise, die er nicht erwartet hatte. Denn wer bitteschön wollte *nicht* mit einer wunderschönen Frau rumknutschen?

Er offensichtlich, wenn die Frau nicht Beth war.

Bryan behielt sein Hemd an, im wörtlichen wie im übertragenen Sinne, kämpfte sich durch Carinas Diven-Gehabe und schließlich war die Szene für diesen Tag im Kasten. Es hatte zwei Stunden länger gedauert als geplant, aber wenigstens war das erledigt. Warum hatte er dem Ganzen noch mal zugestimmt? Ach ja, richtig. Weil die Zusammenarbeit mit Carina Dempsey in einer ihrer typischen Liebeskomödien gut für seine Karriere sein sollte.

Allmählich fragte er sich, warum. Sicher, sie war momentan Hollywoods angesagteste Schauspielerin, aber er war auch nicht gerade ein unbeschriebenes Blatt, wenn es um gefragte Rollen ging. Ein Film mit ihr. Das war alles, was er drehen würde, und danach würde er nach seinen eigenen Verdiensten bestehen oder scheitern. Er hoffte nur, dass er diesen Film überlebte, denn wenn schon eine einzige Szene ihn so fertiggemacht hatte, freute er sich nicht gerade auf den Rest.

Er hätte bei Beth bleiben und seine vier Wochen zu Ende bringen sollen. Oder, verdammt noch mal, zu Hause bleiben und seine eigene Bude putzen sollen, um Macs Wette zu erfüllen, anstatt so früh hierherzukommen. Was zur Hölle hatte er sich nur dabei gedacht?

Du bist weggelaufen. Vor Beth und den Kindern und all den Bindungen.

Ja, das war er. Na und? Er würde sich nicht dafür entschuldigen oder sich von seinem eigenen verdammten Gewissen ein schlechtes Gewissen einreden lassen, um Himmels willen. Er *wollte* dieses bürgerliche Leben nicht, und das war alles, was Beth zu bieten hatte. Es war zum Kotzen, aber es war, wie es war. Wenigstens war er ehrlich zu sich selbst und zu ihr. Ihre Leben verliefen auf unterschiedlichen Pfaden.

»Okay, gehen wir das Blocking für die Küchenszene durch.« PJ wies das Kamerateam an, die Kameras in einen anderen Winkel zu schwenken. »Komm schon, Bryan, zeigen wir mal, wie gut du in der Küche bist.«

Er war verdammt gut in der Küche; man musste nur Beth fragen.

Natürlich war er auch verdammt gut in einem Gartenpavillon und auf einer Veranda, und er wäre absolut perfekt in einem Schlafzimmer, wenn er Beth jemals dorthin bekäme.

Carinas Fingerspitzen wanderten seinen Bauch hinauf. »Ich freue mich *so* darauf, mit dir in der Küche ein bisschen was zu kochen, Bryan«, sagte sie fast schnurrend.

Er sagte kein Wort.

»Halten wir uns bei dieser Szene ans Drehbuch, okay, Carina? Dann können wir vielleicht früher Schluss machen.«

»Willst du danach noch was unternehmen? Eine Kleinigkeit essen?« Sie ignorierte PJ demonstrativ – und sie sprach nicht von Essen.

»Danke, aber ich habe schon was vor.« Wie zum Beispiel sofort wieder in ein Flugzeug zu steigen. Er war von Beth und den Kindern weggegangen, nur für das hier? Was hatte er sich dabei gedacht?

Gar nichts. Er hatte nur reagiert. Darauf, dass Beth ihn gebeten hatte, zu gehen. Er war vor allem weggelaufen, was sie repräsentierte, vor allem, was er in seinem Leben nicht wollte.

Außer, dass er Beth wollte.

Er wollte ihre Kinder.

Scheiße. Er war so im Arsch. Und nicht auf die Weise, die Carina offensichtlich im Sinn hatte, während sie um ihn herumging und ihre Hand über seinen Bauch gleiten ließ. *Tief* über seinen Bauch.

»Was könntest du denn bitte vorhaben, das mehr Spaß macht, als mit mir abzuhängen?«

Er hatte nicht die Absicht, Carina daran zu erinnern, dass sie nur eine Autostunde von San Francisco entfernt waren. Nicht gerade ein Kaff am Ende der Welt. »Privates.«

Sie saugte an ihrer Unterlippe. Ja, abserviert zu werden, war definitiv eine neue Erfahrung für sie. Sie ließ ihre Hand sinken – direkt an seiner Vorderseite hinunter, aber das würde ihm nur bestätigen, dass sie null Interesse daran hatte, irgendetwas anzufangen.

»Na gut. Dann suche ich mir eben was anderes. Und zwar für den Rest der Zeit, die wir zusammen drehen.«

»Ich denke, das ist wahrscheinlich das Beste.« Er hoffte nur, sie sei professionell genug, es nicht ihre Arbeitsbeziehung trüben zu lassen. Auch wenn sie gerade auf der Erfolgswelle schwamm, konnte ein einziger Flop ihren Marktwert ruinieren; das musste sie wissen. Er hatte jedenfalls nicht vor, den Film zu vermasseln – und auch nicht die Hauptdarstellerin zu flachzulegen.

Er musste mit PJ reden. Der Regisseur hatte den Drehplan umgestellt, als er früher aufgetaucht war; jetzt wusste Bryan, warum. Alles nur, um nicht eins zu eins mit Carina arbeiten zu müssen. Nun, es ließ sich nicht ändern. Vertraglich war er erst für die nächste Woche vorgesehen, und er hatte Dinge zu Hause zu klären.

Er würde zurückgehen.

Kapitel Zweiunddreißig

»Lass mich das kurz klären.« Liam reichte Bryan ein Stück Pizza. »Du bist wegen einer Frau hierher zurückgekommen, und trotzdem sitzt du hier und spielst mit uns Karten?«

Bryan biss in sein Lieblingsstück Pizza. Egal, in wie vielen Städten er schon gewesen war – Rom eingeschlossen –, nichts kam an Vinny's Pizza um die Ecke von seinem Elternhaus heran. »Äh, ja.«

»Und warum hast du diese bescheuerte Aktion gebracht?«, fragte Sean, während er das erste Blatt des Abends austeilte. »Ich meine, ich weiß, *Bros vor Bräute* und so, aber wenn diese Schnalle gut genug war, um Carina Dempsey abzuservieren, dann würde ich sagen, man sollte deinen Verstand untersuchen lassen, weil du hier bei uns rumsitzt. Ich meine, wir sehen zwar gut aus, aber wir spielen definitiv in derselben Mannschaft wie du.«

»Ganz zu schweigen davon, dass wir verwandt sind.«

»Ja, das kommt noch dazu. Das ist irgendwie falsch.«

»Ein bisschen.«

Bryan schmunzelte. Auf seine Brüder war Verlass, wenn es darum ging, ihn auf dem Boden der Tatsachen zu halten. Es ging nichts über die Familie, um einen zur Vernunft zu bringen und einem keinen Scheiß durchgehen zu lassen. Wie zum Beispiel die Sache mit Carina. Ein paar hochgezogene Augenbrauen, aber das war's dann auch schon.

»Also, was machst du *wirklich* noch hier?«, fragte Sean und betrachtete seine Karten. »Zahl ein, wenn du schon dabei bist.«

»Sicher.« Bryan prüfte sein Blatt. Vieren waren Joker, und er hatte zwei davon. Mit der offenen Sieben hatte er einen Drilling. Kein schlechtes Blatt für den Anfang.

Bei den nächsten zwei Runden wurde es noch besser, als zwei weitere Siebenen auftauchten. Ein Fünferpasch.

So symbolträchtig, dass es fast schon unheimlich war. Er gewann die Runde damit – seine letzten beiden Karten waren Herz-König und Herz-Dame, und er brauchte keinen Wink mit dem Zaunpfahl vom Universum mehr.

Er schnappte sich noch ein Stück Pizza, ließ seine Chips auszahlen und beendete den Abend vorzeitig. Er liebte seine Brüder, aber sie hatten recht. Was machte er *eigentlich* hier, wenn die Person, bei der er sein wollte, nur ein paar Kilometer entfernt war?

Beth schaltete den Fernseher aus. Ernsthaft, sie sollte *nicht* im Dunkeln hier sitzen, an einem Glas Wein nippen, das sie schon seit vier Stunden vor sich her schob, und einen Bryan-Manley-Filmmarathon schauen. Man nannte das wohl Selbstgeißelung.

Sie warf einen Blick auf die letzte SMS, die die Kinder geschickt hatten. Sie vergnügten sich prächtig auf den Fahrgeschäften an der Strandpromenade, auch wenn Maggie meinte, dass es ohne Bryan nicht halb so viel Spaß machte.

Vieles machte ohne Bryan nicht halb so viel Spaß.

Sie seufzte, hievte sich vom Sofa hoch und zog ihr T-Shirt über die Oberschenkel nach unten. So viel zum Thema sexy Dessous. Es war gut, dass Bryan nicht hier war, allein schon aus diesem Grund.

Und das war der einzige Grund, der ihr einfiel, warum sie froh darüber war, dass er nicht da war.

Sie nahm das Weinglas und die halb leergegessene Schüssel Popcorn mit. Was für ein aufregender Abend das doch war ...

Sie ließ Sherman raus. Sogar der Hund schien die Stille im Haus nicht zu mögen. Er war dazu übergegangen, ihr auf Schritt und Tritt zu folgen wie, nun ja, ein Welpe – auf eine Weise, wie er es nicht einmal getan hatte, als er tatsächlich noch ein Welpe *war*. Und sogar Mrs. Beecham hatte sich dazu herabgelassen, sich oben auf der Rückenlehne des Sofas zusammenzurollen, anstatt in Maggies Puppenhaus, als wollte sie sichergehen, dass noch *jemand* im Haus war.

Würde es so sein, wenn die Kinder erst einmal erwachsen und ausgezogen waren?

Hör auf damit, Hamilton. Du bist noch jung genug, um jemanden zu finden. Wenn die Kinder ein bisschen älter sind, werden sie damit klarkommen, dass du wieder Verabredungen hast.

Nun, heute Abend würde sie niemanden mehr finden, und es war an der Zeit, Schluss zu machen.

Sie stellte die Schüssel und das Glas in die Spüle, ließ Sherman wieder rein und brachte ihn in seine Box. Ohne Jason, an den er sich kuscheln konnte, würde der Terrier das ganze Haus auf der Suche nach seinem Kumpel durchstreifen. Sie hatte in der Vergangenheit eine schlaflose Nacht zu viel verbracht, bis sie daraufgekommen war, eines von Jasons T-Shirts in die Box zu legen und ihn darin einzuschließen. Dann schlief Sherman wie ein Baby, und sie konnte es auch.

»Nacht, Sherman. Träum was Schönes.« Sie sprach schon mit dem Hund über Träume. Vielleicht sollte sie morgen etwas Besonderes unternehmen. Den ganzen Tag im Spa verbringen. In die Stadt fahren und sich eine Show ansehen. Irgendetwas, statt ihre Zeit damit zu verbringen, trübsinnig im Haus herumzuhängen, die Wände anzustarren und Selbstgespräche mit den Haustieren zu führen.

Sie schaltete das Küchenlicht aus und ging durch das dunkle Wohnzimmer zur Treppe im Flur, als es an der Tür klingelte.

Sie warf einen Blick auf ihr Handy. Zehn Uhr siebenundvierzig. Wer klingelte an einem Freitagabend um Viertel vor elf an ihrer Tür?

Kara wahrscheinlich, die sie zu einer heißen Nacht in der Stadt mitschleifen wollte.

Beth ging zur Tür. Es geschah Kara recht, wenn sie ihr so gekleidet die Tür öffnete.

Nur... es war nicht Kara.

Kapitel Dreiunddreißig

»Bryan.«

»Hi, Beth.«

War ja klar. Sie sah furchtbar aus und er... er sah so umwerfend aus wie eh und je. Selbst übermüdet von der Reise und in zerknitterten Klamotten sah Bryan einfach fantastisch aus.

»Was machst du hier? Ich dachte, du drehst gerade deinen Film?«

»Habe ich auch. Aber jetzt bin ich zurück.«

Er hatte sich keinen Millimeter von ihrer Veranda wegbewegt. Er rührte eigentlich keinen Muskel. Seine Hände steckten in den Hosentaschen, den Kopf hielt er leicht schräg nach rechts geneigt und seine Füße standen fest einen Zentimeter vor der Türschwelle.

Sie hingegen konnte nicht stillhalten. Sie trat von einem Fuß auf den anderen, rang die Hände, stemmte sie dann in die Hüften, legte sie hinter den Rücken, verschränkte sie vor der Brust... sie fand einfach keine bequeme Haltung. »Aber... warum?«

Er holte tief Luft. »Darf ich reinkommen?«

»Oh, äh, ja. Sicher.« Sie trat zurück, dankbar dafür, dass sie das Licht ausgeschaltet hatte. Sie wollte nicht, dass er sie in diesem dämlichen, alten, fadenscheinigen T-Shirt sah, das sie ganz unten aus ihrem Schrank gekramt hatte.

»Die Kinder sind im Bett?«

»Oh. Die sind gar nicht da. Meine Schwiegereltern sind mit ihnen über das Wochenende an den Strand gefahren. Sie kommen erst Sonntagabend zurück.«

»Du bist also allein?«

Beths Herzschlag verdreifachte sich. Sie war allein in einem dunklen Haus, praktisch nackt, zusammen mit Bryan Manley – dem Mann, den sie mehr als alles andere begehrte und der, wenn das stimmte, was er neulich Nacht auf ihrer Terrasse gesagt hatte, sie genauso sehr wollte. »Ja.«

Bryan zog die Hände aus den Taschen und fuhr sich mit einer davon durchs Haar. »Jesus, Beth. Musstest du das sagen?«

»Du hast gefragt.«

»Ich weiß. Aber nur, weil ich nicht dachte, dass die Antwort ›Ja‹ lauten würde.«

»Tut mir leid, aber ich komme bei diesem Gespräch nicht ganz mit. Warum bist du hier?«

»Deswegen. Deswegen bin ich hier.«

Er brauchte nur zwei Schritte, dann hielt er sie in seinen Armen. Eine Sekunde später küsste er sie. Eine halbe Sekunde danach war sie gerade so weit wieder bei Sinnen, um sie prompt erneut zu verlieren, als der Kuss beim nächsten Atemzug von *Hallo* zu *Heiß* wurde.

Gott, sie wollte das. Sie brauchte es. Sie brauchte ihn.

»Beth, sag mir, dass ich aufhören soll«, stöhnte er, während er mit seinen Händen über ihren Rücken strich, hinunter zu ihrem Hintern und dann, oh, Gott sei Dank, unter ihr T-Shirt.

Sie schüttelte den Kopf und saugte seine Unterlippe in ihren Mund. Sie würde ihm nicht sagen, dass er aufhören soll. Nicht jetzt. Er hätte nicht kommen dürfen, wenn er das hier nicht gewollt hätte.

Er zog sie eng gegen sich. Oh ja, er wollte es.

»Ich will dich, Beth. Ich weiß, ich habe gesagt, dass ich es nicht sollte, aber ich will dich und ich kann nicht aufhören, an dich zu denken.«

Die Worte waren unglaublich, genau wie seine Hände und seine Lippen und sein Geruch und sein Geschmack, und Gott sei Dank konnte er nicht aufhören, denn sie wusste nicht, was sie tun würde, wenn er es täte.

Beth schlang die Arme um seine Schultern und presste ihre schmerzenden Brüste gegen ihn. Gott, sie wollte, dass er sie dort berührte. Sie musste es spüren. Es war so unglaublich lange her, dass sie die Hände von jemandem auf sich gespürt haben wollte. Und Lippen und Zunge...

»Bryan, fass mich an. Bitte.« Sie hatte nicht betteln wollen, aber dieses *Bitte* klang verdammt nach Betteln, und komischerweise war es ihr völlig egal.

Bryan verstand. Er nahm ihren Hinterkopf in beide Hände und rieb seine Nase an ihrer. »Das werde ich, Beth. Das werde ich. Und noch so viele andere Dinge... wenn du mich lässt?«

Seine grünen Augen flackerten zwischen den ihren hin und her, auf der Suche nach einer Antwort. Beth war sich über die Frage nicht ganz sicher, aber sie wusste, dass sie alles tun würde, worum Bryan sie heute Nacht bitten würde. Und morgen auch. Sogar noch am Sonntag, bis die Kinder nach Hause kämen.

Jetzt war *nicht* der Zeitpunkt, um an die Kinder zu denken. Es war Zeit, nur an sich und Bryan zu denken und an das, was sie füreinander, miteinander und aneinander tun konnten.

Aber Bryan hörte auf, sie zu küssen. »Beth. Süße. Es tut mir leid. Wir sollten nicht. Ich hätte nicht—«

»Das will ich nicht hören. Du bist aus einem Grund hierhergekommen. Was war es, Bryan?« Sie spielte keine Spielchen. Sie wusste besser als die meisten, wie schnell das Leben vorbei sein konnte. Sie würde keine Minute mehr mit *Man sollte eigentlich* verschwenden. Es war Zeit für *Es könnte sein*, und sie wollte ein *Könnte-sein* mit Bryan.

Sie vergrub ihre Finger in seinem Haar und zog daran. »Sag es mir, Bryan. Was hat dich dazu gebracht, dein Filmset zu verlassen und hierher zurückzukommen? Heute Nacht? Um elf Uhr? In deine Heimatstadt, die so weit weg ist von den hellen Lichtern Hollywoods?«

Er suchte noch einmal in ihren Augen, holte dann tief Luft, und es war, als wäre eine gewaltige, folgenschwere Entscheidung gefallen.

»Wegen dir, Beth. Ich brauchte dich. Wollte dich sehen. Bei dir sein.« Seine Stimme wurde leiser. »Dich berühren.«

»Und jetzt, wo du hier bist? Jetzt, wo du mich in deinen Armen hältst?« Sie streichelte seinen Nacken, und wenn sie sich nicht irrte, spürte sie ein Schaudern, das durch ihn hindurchging.

Er hielt ihre Wange und hob ihr Kinn mit dem Daumen an. »Ich will dich. Das weißt du.« Er presste seinen Unterkörper gegen sie. »Verdammt, es ist ja kein großes Geheimnis. Lady, du hast mich innerlich so aufgewühlt, dass ich an nichts und niemanden außer an dich denken kann.«

»Nicht einmal an Carina Dempsey?« Okay, sie hätte den Namen der Schauspielerin nicht erwähnen sollen. Bryan machte ihr keinen Heiratsantrag. Verdammt, sie wusste nicht einmal genau, worum er sie eigentlich bat, aber Carina oder irgendeine andere Frau spielten hierbei keine Rolle.

»Wer?« Bryan schenkte ihr dieses überhebliche Halblächeln, für das er berühmt war und das bei ihr genau das Gleiche auslöste wie bei Millionen anderer Frauen.

Aber Millionen anderer Frauen liegen nicht in seinen Armen, also warum zum Teufel plapperst du über irgendeine Schauspielerin, wenn der Mann dir gerade gesagt hat, dass er dich will?

»Schon gut.« Sie strich sein prachtvolles Haar aus seinem Gesicht und ließ ihre Finger sanft über sein Ohr fahren.

»Beth...« Seine Stimme war tief. Fast ein Knurren.

»Ja?«

»Wenn du damit weitermachst...«

»Damit?« Sie zeichnete die Ohrmuschel so leicht nach, dass es fast so war, als würde sie ihn gar nicht berühren. Aber sie tat es. Sie wusste es.

Und er auch. Er schauderte erneut und presste seinen Unterkörper noch fester gegen sie.

Seine Erektion schwoll gegen ihren Oberschenkel. »Siehst du, was das mit mir macht?«, flüsterte er fast gequält. »Da ist keine Carina, keine andere Schauspielerin. Keine andere Frau. Nur du. Und ich. Hier. Jetzt.«

Und mehr wird es auch nicht sein blieb ungesagt, aber Karas Worte schossen ihr ebenfalls durch den Kopf. *Nimm dir diese Zeit für dich. Genieße, was Bryan dir anbietet, einfach um der reinen Freude willen.* Es mussten keine langfristigen Bedingungen daran geknüpft sein. Kein großer, grandioser Lebensplan. Nur zwei Menschen, die einander wollten und sich die Zeit nahmen, dieses Verlangen zu erkunden.

»Ich will dich, Bryan.« Da. Sie hatte es gesagt. Der Ball lag bei ihm.

Er nahm ihn an und rannte los. Oder vielmehr rannte er mit *ihr* los. Er hob sie auf seine Arme, so wie Jason es mit Maggie getan hatte, aber dort endeten die Gemeinsamkeiten auch schon, denn der Blick in Bryans Augen sagte deutlich, dass er in ihr ganz sicher keine Schwester sah.

»Dein Zimmer ist okay?«, fragte er, während er auf die Treppe zuging.

»Na ja, jedenfalls keines von denen der Kinder.«

Er blieb am Fuß der Treppe stehen und sein Lächeln erlosch, während er erneut ihren Blick suchte. »Ich meinte nur, weil es das Zimmer von dir und deinem Mann war...«

Wenn sie nicht ohnehin schon Gefühle für ihn gehabt hätte, dann wäre es spätestens jetzt um sie geschehen gewesen. Sie griff nach oben, um seine Wange zu streicheln. »Es ist okay, Bryan. Mike würde sich für mich freuen.«

»Dann ist er ein besserer Mensch als ich, aber ich werde jetzt nicht so edel sein und dich zurückweisen.« Er nahm die Stufen zwei auf einmal, schritt den Flur entlang, vorbei an jedem der Kinderzimmer, bis er schließlich ihr Zimmer erreichte.

Mondlicht drang durch die Flügeltüren zum Balkon und glitzerte über das Bett. Sie hatte genau aus diesem Grund facettierte Scheiben in den Türen gewählt; sie liebte das Muster, das der Mondschein auf ihr Bett warf, wie in einem Märchen.

Fast wie heute Nacht.

Bryan setzte sie auf das Bett und setzte sich dann neben sie, wobei er mit dem Handrücken fast ehrfürchtig über ihre Wange strich. »Bist du sicher, Beth? Ich kann dir nicht viele Versprechen geben, aber ich *kann* versprechen, dass ich dich will. Dass es niemanden sonst gibt, mit dem ich lieber hier wäre.«

»Psst, Bryan.« Sie legte ihre Finger auf seine Lippen und bekam eine Gänsehaut, als er sie küsste. »Ich verlange nicht nach dem Märchen. Ich bin einfach nur froh, dass du dich entschieden hast, zurückzukommen. Für wie lange auch immer du hier sein willst.«

Seine Augen wanderten wieder über ihr Gesicht und Beth traute sich fast nicht zu atmen, aus Sorge, sie könnte ihn verscheuchen. Sie wollte ihn so sehr, wollte *das hier* so sehr, dass es *sie* fast verscheuchte. Das hatte sie nicht geplant. Das hatte sie nicht gewollt. Sie hatte nicht einmal wirklich darüber nachgedacht. Alles, was sie gewollt hatte, war, ihren Kindern zu helfen, über die Folgen von Mikes Unfall hinwegzukommen und mit ihrem Leben weiterzumachen. Sie hatte nicht wirklich daran gedacht, dass sie selbst dieselbe Chance bekommen würde.

Bryan schob seine Hand in ihr Haar und zog sie für einen weiteren Kuss näher. Keine Worte, keine Einleitung, einfach nur ein Kuss voller ehrlichem, rohem Hunger.

Beth war voll und ganz bei ihm.

Sie legte sich zurück, während er sich gegen sie presste, und wollte – nein, *musste* – ihn auf sich spüren. Irgendwie schaffte sie es, ihr T-Shirt bis kurz unter ihre Brüste hochzuschieben. Ihre schmerzenden Brüste, die förmlich nach seiner Berührung und seinem Kuss und, *ohlieberGott*, seiner Zunge und seinen Lippen bettelten.

Sie würde sich schon mit seinen Händen begnügen, und als er sie an ihren Seiten hinuntergleiten ließ, wölbte sich Beth ihm entgegen, weil sie dieses Gefühl am ganzen Körper spüren wollte.

»Gott, Beth, du reagierst so wahnsinnig auf mich.«

»Das ist es, was du mit mir machst, Bryan.« Sie schnappte nach Luft, als seine Fingerspitzen über ihren Bauch tanzten; das Gefühl suchte sich seinen Weg direkt in ihr Innerstes, und Beth konnte nichts gegen das Prickeln tun, das sie durchströmte, und gegen die Gänsehaut, die sie am ganzen Körper erschauern ließ.

»Ist dir kalt?«, fragte Bryan und hielt inne.

»Das wird es mir sein, wenn du damit aufhörst.« Sie wand sich von einer Seite zur anderen, um ihren Standpunkt zu verdeutlichen, und klug wie er war, fing er wieder an, sie zu streicheln, während seine Lippen die ihren suchten.

Sie könnte sich verdammt schnell daran gewöhnen, Bryan Manley zu küssen.

Er küsste gerade Beth.

Beth Hamilton.

Die verwitwete Mutter von fünf Kindern.

Diejenige, von der er geschworen hatte, sich fernzuhalten.

Die Presse würde sich darauf stürzen, wenn sie Wind davon bekäme.

Mac würde sich darauf stürzen, wenn sie Wind davon bekäme.

Aber das würde sie nicht. *Niemand* würde es. Hier ging es nur um ihn und Beth und diese unglaubliche Chemie zwischen ihnen.

Er schob ihr T-Shirt zentimeterweise über die glatte Haut ihres Bauches hoch. Fünf Kinder, und die Frau sah nicht so aus, als hätte sie auch nur eines ausgetragen.

Sie sog die Luft ein, als sein Daumen ihre Brustwarze fand, und heiliger Strohsack, was dieses Geräusch mit ihm anstellte. Er wurde so schnell so hart, dass er bereit war, jetzt sofort in sie einzudringen. In diesem Moment. Wollte sie um sich spüren, wie sie ihn umschloss, ihn in diesen privatesten Teil von sich aufnahm.

Gott, er wollte sie.

Ganz langsam, Manley. Genieße es gefälligst. Das wird dir für viele Jahre reichen müssen, denn dieser Mist wird nicht auf täglicher – oder wöchentlicher oder gar monatlicher – Basis passieren. Du hast Pläne, Kumpel. Große Pläne. Und zu denen gehören keine sechs Anhängsel.

Er brachte die Stimme zum Schweigen. Ein toller Weg, um den Moment zu ruinieren. Er bat Beth nicht darum, den Rest ihres Lebens mit ihm zu verbringen – und sie bat ihn nicht darum, sie das zu fragen –, warum also diesen Weg einschlagen?

Weil du den Rest deines Lebens mit ihr verbringen WILLST, du bist nur zu dickköpfig, um es zuzugeben.

Nicht dickköpfig, *klug.* Zielstrebig. Fokussiert. Er hatte einen Plan. Nachdem er in seiner Kindheit und Jugend fast in Armut gelebt hatte, würde Bryan das *nie wieder* tun, und dieser Job war das Mittel, um seine Zukunft und seinen Seelenfrieden zu sichern. Ein paar Millionen auf der Bank, und er würde endlich ruhiger schlafen können.

Beth bewegte sich unter ihm, und Bryan riss sich aus seinen Zukunftsgedanken zurück ins Hier und Jetzt. Er hatte Beth Hamilton unter sich auf dem Bett liegen. Ihre Beine fühlten sich so gut gegen seine an, und jedes Zucken ihres Bauches, wenn sie nach Luft schnappte, stimulierte ihn auf eine Weise, wie es nichts anderes konnte.

Er hatte ihr das angetan. *Er* hatte aus ihr diese nach Luft schnappende, keuchende Frau gemacht, die auf der blauen Tagesdecke so absolut schön aussah – er hatte recht gehabt, Blau stand ihr ausgezeichnet.

Er richtete sich weit genug auf, um seine Lippen von ihr zu lösen und den Anblick zu genießen, wie sie die Augen öffnete, um zu sehen, warum er aufgehört hatte.

»Was ist?«

Er küsste ihre Nasenspitze. »Ich wollte dich ansehen.«

Sie errötete. Erstaunlich, dass Beth nach fünf Kindern und einer gesunden Ehe immer noch errötete. »Warum?«

»Weil du so schön bist und ich so oft davon fantasiert habe, dass ich es gar nicht glauben kann, hier zu sein. Dass das jetzt wirklich passiert.«

Sie griff wieder nach oben, um seine Wange zu halten. Gott, er liebte es, wenn sie das tat, ihre Augen ganz dunkel und aufmerksam – und intensiv –, wie sie in seine blickten. »Bitte sag mir nicht, dass du kalte Füße bekommst.« Ihre Oberschenkel klammerten sich fester um seine Hüften. »Ich glaube, ich würde es nicht überleben, wenn du es jetzt tätest.«

Wenn sie seine Hüften so fest umklammerte, wenn er erst in ihr war, würde *er* es nicht überleben. Er war bereits so hart, dass es wehtat, und seine Finger brannten darauf, sich fest um ihre Brust zu schließen.

Also tat er es. Und wurde mit einer sexy, sich windenden Bewegung belohnt, wie er sie noch nie zuvor gesehen hatte. Und Beth stöhnte auch noch. Nun ja, ein langes, sehnsüchtiges Stöhnen, unterbrochen von mehreren hastigen Atemzügen, während er mit dem Daumen über ihre Brustwarze strich. »So gefällt dir das?«

Sie biss sich auf die Unterlippe und ihre Augen flatterten auf. »Mm-hm.«

Er ließ den Finger erneut darüber schnellen.

Sie wimmerte und wölbte sich seiner Liebkosung entgegen.

»Das nehme ich mal als ein Ja.«

Sie sah ihn an, und der Blick in ihren Augen hielt ihn fest. »Oh Gott, Bryan, hör nicht auf.«

»Damit?« Er bearbeitete ihre Brustwarze erneut.

»Damit, mich zu küssen, mich zu berühren... alles andere, was du mit mir machen willst.«

Er wollte so viel mehr tun.

»Okay, Beth, sag nicht, ich hätte dich nicht gewarnt. Jetzt rutsch ein Stück tiefer aufs Bett und lass mich dir zeigen, wie man das macht.«

Kapitel Vierunddreißig

Heiliger Strohsack, Bryan zeigte ihr wirklich, wie man es machte.

Der Mann konnte einen Singvogel zum Weinen bringen.

Er brachte Teile von ihr zum Weinen. Vor allem einen sehr kribbelnden, sehr sehnsüchtigen Teil.

»Oh mein Gott, Bryan.« Sie keuchte vor schierem Vergnügen auf, als Bryan seinen Mund zu ihren Oberschenkeln senkte. Er war noch nicht einmal bei ihrer Mitte angelangt und sie stand schon in Flammen. »Berühr mich. Bitte.«

»Werde ich, Baby. Sei nicht so ungeduldig.«

Sie brachte ein Lachen zustande. Zwei Jahre. Er sollte sie mal erleben, nach zwei Jahren erzwungenen Zölibats.

Sie gluckste schon wieder. Sie bezweifelte stark, dass Bryan jemals auch nur zwei *Minuten* unfreiwilliger Enthaltsamkeit durchgemacht hatte.

Er hakte seine Finger in den Bund ihres Höschens, und Beth spürte, wie Feuchtigkeit in den Stoff sickerte. Sie wusste nicht, wie viel Vorspiel sie noch ertragen konnte, weil sie Bryan einfach zu sehr wollte, aber um eine schnelle Nummer zu bitten, wirkte bei diesem, ihrem ersten Mal, einfach so unpassend.

Nächstes Mal allerdings …

»Worüber lächelst du?«, flüsterte er mit einem verdammt sexy Knurren.

»Über dich. Da unten.«

Er hockte sich ein Stück zurück und betrachtete sie. *Ganz* und gar. »Und sieh dich an. Da unten.« Er zog ihr Höschen nach unten. »*Jetzt* sieh dich an.«

Er streifte es ihr von den Beinen und fuhr dann mit seinen Handflächen ihre Oberschenkel hinauf, über ihre Hüftknochen bis zur Kurve ihrer Taille. Dabei entfachte er ein Feuer unter ihrer Haut, das sie seit zwei sehr langen Jahren nicht mehr gespürt hatte.

»Gott, Beth, du bist noch schöner, als ich es mir vorgestellt habe.«

»Du hast dir das vorgestellt?«

»Das hier? Nein. *Das* hätte ich mir nie ausmalen können. Was ich mir vorgestellt habe, wird dir nicht gerecht, und wenn ich gewusst hätte, *wirklich* gewusst hätte, wie schön du bist, wäre ich niemals gegangen.«

»Aber ich habe dich darum gebeten.«

»Und ich hätte versuchen sollen, es dir auszureden.«

Sie lächelte. »Aber das hast du nicht, weil du aus demselben Grund gegangen bist, aus dem ich dich gebeten habe zu gehen.«

»Ein Grund, der sich nicht geändert hat.« Er nahm seine Hände von ihr weg. »Soll ich gehen?«

Sie ergriff seine Hände und legte sie auf ihre Brüste. »Hör auf zu reden, Bryan. Du bist hier und die Kinder sind es nicht, und wir haben diese Nacht. Und morgen, wenn du willst.«

»Morgen Abend?« Er zog eine Augenbraue über diesem schiefen Grinsen hoch.

Beth lachte. Es fühlte sich so gut an, zu lachen. »Sicher. Morgen Abend. Wenn du glaubst, dass du dem gewachsen bist.«

Beide blickten auf seinen Schritt. Oh ja, er war dem definitiv gewachsen.

»Das wird kein Problem sein.«

»Das sehe ich.« Beth setzte sich auf. »Aber noch nicht ganz so, wie ich es gerne würde.« Sie öffnete den Knopf seiner Shorts.

Seine Bauchmuskeln spannten sich an und gaben ihr genug Platz, um mit den Fingern unter den Bund zu gleiten.

»Gott, Beth, das ist unglaublich.«

»Das ist gar nichts im Vergleich zu dem, was ich mit dir vorhabe.«

»Ich hätte niemals gehen dürfen.«

Sie zog den Reißverschluss nach unten. »Ssshhh. Was geschehen ist, ist geschehen. Wir sind jetzt hier. Lass es uns genießen.«

Er half ihr, die Shorts über seine Hüften zu schieben. »Das habe ich vor.«

Er streifte sie mit den Füßen ab, kroch dann das Bett hinauf, setzte sich rittlings über ihre Beine und packte ihr T-Shirt mit den Zähnen.

Sein Fünftagebart kratzte über ihren Bauch, was sie zum Zappeln brachte. »Bryan! Das kitzelt!«

Er hielt inne, das T-Shirt zwischen ihren Brüsten. »Das ist mal was Neues.« Er wackelte mit den Augenbrauen. Und fuhr direkt fort, mit seinem Kinn über ihre Haut zu schaben, hin und her über ihre Brüste. Und dann über ihre Brustwarzen.

Oh mein Gott, dieses Gefühl ... Beth hörte auf zu zappeln. Stattdessen krallte sie sich in die Laken und hielt sich krampfhaft fest, denn wenn er so weitermachte, würde sie glatt vom Bett abheben.

Seine Lippen lösten sein Kinn ab.

Oh. Mein. Gott. Beth presste die Beine zusammen, weil das Pochen dort einfach wahnsinnig war.

Er sog an ihrer Brustwarze und ließ sie dann wieder los. »Gefällt dir das?«

Sie öffnete den Mund, aber es kam kein Laut heraus. Er hatte ihr den Atem und die Stimme geraubt.

»Ah, das nehme ich auch als ein Ja.« Dann widmete er sich der anderen Seite.

Bis er bereit war, zu ihrem Schlüsselbein, ihrem Hals, ihrem Kiefer und einer ganzen Reihe anderer köstlicher Stellen überzugehen, konnte Beth kaum noch einen klaren Gedanken fassen, geschweige denn die Laken festhalten. Irgendwie waren ihre Finger in sein Haar gewandert, und sie ließ nicht mehr los. Erst recht nicht, als er sich beharrlich weigerte, sie zu küssen.

»Bryan.« Sie zog an seinem Haar.

»Mmmmm.« Er drückte den Laut gegen ihre Kehle. Seine Lippen, seine Zunge und sein heißer Atem machten sie fast weniger wahnsinnig als diese Vibration gegen ihren Puls.

»Bryan, küss mich.«

»Tu ich doch.« Er saugte an ihrem Hals.

»Hey!« Sie wand sich. »Keine Knutschflecke!«

Er stützte sich auf die Ellbogen und sah sie an. »Warum nicht? Knutschflecke machen Spaß.«

»Außer dass dann jeder weiß, von wem ich meine habe. Oder sie fragen sich, woher sie kommen, und das ist fast so schlimm, wie wenn sie es wissen.«

»Ah.« Wieder wackelnde Augenbrauen. »Du schämst dich für mich.«

»Neck mich nicht, Bryan. Ich meine es ernst.«

Sein Gesicht verlor den neckenden Ausdruck. »Tut mir leid. Du hast recht. Ich wollte nur ein bisschen Spaß haben. Ich hatte nicht vor, dir einen Knutschfleck zu verpassen.«

»Oh. Na gut.«

»Jedenfalls nicht dort.« Er senkte seine Lippen zur Unterseite ihrer Brust. »Nicht an einer Stelle, die jeder sehen kann. Aber hier ...« Er saugte ihre Haut in seinen Mund ... und saugte weiter.

Oh Gott, dieses Ziehen, das sie tief in ihrem Bauch spürte ...

Verlangen durchflutete sie, und sie drückte seinen Kopf an sich. Gott, ja, sie wollte, dass er sie markierte. Nur sie beide würden es wissen, und sie hätte eine physische Erinnerung an diese Nacht, wenn auch nur für eine kleine Weile.

Er schob seinen Oberschenkel zwischen ihre, und sie klammerte sich daran fest. »Oh, Bryan ...« Sie konnte nicht anders, als seinen Namen zu stöhnen. Es fühlte sich einfach so verdammt gut an, ihn auf sich zu spüren. Zwischen ihren Beinen, wie er sie küsste, sie hielt.

»Sag meinen Namen noch mal, Beth. Ich liebe es, wie du ihn aussprichst.« Er küsste erneut ihre Brustwarze und arbeitete sich wieder zu ihrem Hals hoch. Jeder einzelne Zentimeter, den er zurücklegte und der ihre Haut zum Erbeben brachte, ließ sie seinen Namen keuchen.

Er küsste die Kuhle unter ihrem Ohr, fuhr dann mit der Zunge am Rand entlang, und Beth presste ihre Oberschenkel erneut zusammen.

»Willst du mich?«, flüsterte er in ihr Ohr.

Sie gab irgendeine Antwort von sich, halb Stöhnen, halb Miauen, und sie spürte sein Lächeln gegen ihre Wange.

»Behalt diesen Gedanken im Kopf«, flüsterte er, bevor er sich zurückzog.

Ganz weg. Im Sinne von: von ihrem Körper und vom Bett runtergeklettert.

»Wo willst du hin?« Lieber Gott, er würde sie doch jetzt nicht so stehen lassen?

»Nur hierher, Baby.« Er nahm seine Shorts und holte etwas aus der Tasche, das er neben sie auf das Bett warf.

Kondome.

»So viele?« Entweder hatte er eine sehr hohe Meinung von sich selbst, oder er hatte eine fantastische Vorstellung von *ihr*.

»Mach dir keine Sorgen, Beth, wir werden jedes einzelne davon verbrauchen.«

»Bryan, das ist mindestens ein Dutzend.«

»Uh-huh.« Er kroch zurück auf das Bett, setzte sich wieder über sie – sein Glied ragte genau über der Stelle auf, die es so dringend in sich spüren wollte – und riss eine Kondompackung mit den Zähnen auf. »Willst du die Ehre übernehmen?« Er hielt es ihr hin.

Beths Hände zitterten, als sie es überstreifte – ziemlich ungeschickt. *War ja klar.* Sie konnte in solchen Momenten einfach nicht weltgewandt sein, aber sie und Mike hatten so etwas seit über einem Jahrzehnt nicht mehr benutzt. Es war ja nicht so, als hätte sie tonnenweise Übung darin.

»Du musst nicht schüchtern sein bei mir, Beth.« Er legte seine Hände über ihre und streifte es ganz über. »Mir gefällt es, dass du nicht daran gewöhnt bist. Mir gefällt das Wissen, dass ich außer deinem Ehemann der einzige Mann bin, der mit dir in diesem Bett war.«

»Ich dachte, du hättest gesagt, du seist nicht so großzügig wie er? Du bist bereit, die sogenannte Ehre zu teilen?«

»Baby, allein bei dir zu sein, ist schon eine Ehre. Alles andere ist ein Geschenk, und ich bin so demütig, dass du mir erlaubst, so hier bei dir zu sein. Dass du mich genug willst, um mich willkommen zu heißen. Ich weiß, dass du keine Frau für flüchtige Abenteuer bist, und mich berührt dieses Geschenk sehr.«

Er redete ständig von Geschenken und Großzügigkeit, als ob sie irgendein Opfer bringen würde, aber die Wahrheit war: Sie begehrte Bryan mit einer Leidenschaft, von der sie geglaubt hatte, sie längst verloren zu haben.

»Schlaf mit mir, Bryan.« Sie öffnete ihre Beine und ihre Arme. Und ihr Herz.

Denn Bryan hatte recht; sie war kein Typ für zwischendurch, und dass sie das hier tat, so offen und einladend und akzeptierend war und sich nicht befangen oder schüchtern oder nervös fühlte, das bedeutete, dass er ihr am Herzen lag. Mehr als nur sein öffentliches Image, mehr als ein Mann, der sie körperlich befriedigen konnte. Sie *kannte* Bryan und sie mochte *diesen* Mann. Wollte *diesen* Mann.

Liebte diesen Mann.

Das Eingeständnis beschlich sie, als er in sie hineingleitete, und für Beth war es das Natürlichste auf der Welt, sowohl Bryan so nah zu sein, als auch ihre Gefühle für ihn anzuerkennen. Da war keine Panik, keine Sorge, keine Unentschlossenheit. Der Akt, ihn emotional zu lieben, war für sie genauso natürlich wie ihn körperlich zu lieben, sodass beides eins wurde.

Wo nur hatte sie diese Worte schon einmal gehört?

Bryan stockte der Atem, als er in Beth eindrang. Gott, wie sehr er sich wünschte, er müsste dieses verdammte Kondom nicht tragen. Sie war die eine Frau, der er Haut an Haut nah sein wollte. Aber das war eine ganz andere Ebene von Vertrauen und Emotionen, und er war einfach nur dankbar, dass sie offen genug für das hier war.

Sie umschloss ihn fest, als er begann, sich zu bewegen, und Bryan musste die Augen zusammenkneifen. Der Genuss war so intensiv, das Gefühl so gewaltig, dass er fürchtete, ihm könnten die Tränen kommen.

Er vergrub seine Hände in ihren Locken, diesen weichen, seidigen Locken, die ihn schon so lange gereizt hatten. Er hätte sich nie vorstellen können, wie perfekt sie sich anfühlten. Nicht so. Nicht ohne sie zu berühren und den Duft ihres Shampoos einzuatmen und zu spüren, wie die feinen Strähnen sein Gesicht umschmeichelten. Er küsste ihre Kieferpartie, dann ihren Haaransatz, wollte jeden Zentimeter ihres Gesichts küssen, doch er fühlte sich so stark zu ihren Lippen hingezogen, dass er sich gewaltsam zurückhalten musste, um sie nicht mit der Leidenschaft zu erschrecken, mit der er sie in Besitz nehmen wollte.

»Küss mich, Bryan«, flüsterte sie, während ihre Hände seinen Rücken hinunter über seinen Hintern glitten und ihn festhielten, während ihre inneren Muskeln ihn umschlossen. Sie schlang ihre Beine um seine Oberschenkel, und er spürte, wie sie ihre Knöchel verschränkte. Ihre Schenkel öffneten sich weiter und ließen ihn tiefer in sie einsinken, und die Symbolik dahinter entging Bryan nicht.

Und es war ihm nicht nur egal, er hieß es willkommen. Er wollte Beth so nah sein, so sehr in ihr aufgehen, dass er nicht mehr sagen konnte, wo der eine aufhörte und der andere anfing. Es war wirklich ein Geschenk, dass sie ihm erlaubte, so bei ihr zu sein.

Es war außerdem verdammt heiß. Besonders, als sie seine Lippen quasi zu ihren zwang – nicht, dass er abgeneigt gewesen wäre, aber er hatte sich eigentlich von ihrem Ohrläppchen aus dorthin vorarbeiten wollen, und darauf wollte sie nicht warten.

Also ließ Bryan es geschehen.

Beth küsste ihn mit einer Leidenschaft, von der er geträumt hatte, und noch mehr, weil er sich nicht hatte *erlauben* wollen, es sich genau so vorzustellen. Aber Beth war alles, was er sich von ihr erhofft hatte. Sexy und gebend und bereitwillig und fordernd, und sie nahm alles, was er zu geben hatte.

Er stieß in sie hinein, wollte so nah sein, wie zwei Menschen sich körperlich nur sein konnten, wollte sie um sich spüren, wie sie ihn aufnahm, ihn wollte, diesen Kontakt zwischen ihnen brauchte. Und als sie seinen Namen rief, ihren Hals bog, während ihre Fingernägel über seinen Rücken ritzten und ihre Schenkel ihn bei jedem Stoß fest umschlossen – ihn Bewegung für Bewegung auffangend, während Schweiß ihre Haut glitschig machte, während sie aneinanderglitten –, da fühlte Bryan eine Woge von Emotionen über sich hereinbrechen, wie eine Welle am Strand. Er konnte weder das Schaudern unterdrücken, das ihn durchfuhr, noch das heftige Stoßen in ihr, um sie zu spüren, um ihr denselben Genuss zu bereiten, den sie ihm schenkte. Er konnte sich nur mit Mühe beherrschen, nicht zu kommen, bis er spürte, wie sie zu zittern begann, ihr Atem in kurzen, schnellen Zügen ging und sein Name darin unterging. Bryan trieb sie beide noch ein Stück weiter, ein Stück höher, bis er es schließlich nicht mehr aufhalten konnte. Den Rausch konnte er nicht stoppen, der besser war als jede Achterbahn, die sie je gefahren waren. Die Empfindungen überwältigten ihn, und für ein paar Sekunden – für einen kurzen Moment, wie er ihn noch nie zuvor erlebt hatte – glaubte Bryan, seine Zukunft vor sich ausgebreitet zu sehen, als ließe der Himmel ihn einen Blick auf das werfen, was sein könnte.

Und dann kam er. Dieser Moment, in dem sich einem der Magen umdreht, wenn alles über einen hereinbricht, und Bryan sah nichts als das Innere seiner Augenlider, während er in sie hineinstoßen musste, um dieses unglaubliche, wahnsinnig intensive Verlangen zu stillen, von dem er wollte, dass es niemals endete.

Muss es nicht ...

Er war sich nicht sicher, ob sie es geflüstert oder ob er es nur gedacht hatte, aber die Idee blieb bei Bryan hängen, während er das Nachbeben durch sie hindurchrauschen spürte und hörte, wie sie seinen Namen auf eine Weise rief, die seinen Orgasmus garantiert verlängerte – was sie auch tat. Dann schlang er seine Arme so fest um sie, um sie beide davor zu bewahren, in der Nachwirkung völlig aus den Fugen zu geraten, bis er sich löffelchenweise an sie schmiegte, ihre Wange, ihr Ohr, ihre Schulter küsste, seine Finger mit ihren auf ihren Brüsten verschränkt, seinen Fuß an ihren glatten Beinen reibend, während er sein Bein über sie legte. Für einen Moment, nur einen winzig kleinen, aber er war da, hätte Bryan fast die drei Worte gesagt, von denen er geglaubt hatte, er würde sie nie wieder sagen.

Fast.

Aber er tat es nicht.

Idiot.

Kapitel Fünfunddreißig

Sie lag mit Bryan Manley im Bett.

Dem Mann, den sie liebte.

Beth ließ im frühen Morgenlicht ein Lächeln über ihre Lippen gleiten. Er schlief hinter ihrem Rücken, sein Gesicht in ihrem Haar vergraben, die sanften Stöße seines Atems kitzelten ihre Schulterkurve, doch Beth dachte nicht im Traum daran, sich zu bewegen. Sie war in Bryan Manley verliebt. Und nicht in *den* Bryan Manley, den Herzensbrecher, in den Millionen von Frauen verliebt zu sein glaubten, sondern in den Bryan Manley, der Toiletten putzte, ihren Hund rettete und ihrem Sohn beibrachte, eine Wäscheleine zu bauen. Der mit ihrer Tochter malte und dem es nichts ausmachte, ein Diadem aufzusetzen oder eine Teeparty zu veranstalten, um ein Kind — *ihr* Kind — glücklich zu machen. *Das* war der Mann, in den sie verliebt war.

Unglücklicherweise war *dieser* Mann auch dieselbe Person wie der Herzensbrecher, und der Herzensbrecher hatte Träume, in denen Kinder, Hunde und Teepartys nicht vorkamen.

Dieses Wochenende war ein Geschenk. Ein flüchtiger Moment. Sie würde es genießen, solange sie es hatte, und es wie einen Schatz bewahren, wenn er fort war. Und sie würde ihn ohne Druck ihrerseits in dieses Leben zurückkehren lassen.

»Ich kann dich denken hören.« Sein Atem kitzelte nun ihr Ohr.

Sie zog die Schulter hoch. »Du kannst keine Gedanken hören.«

»Sicher kann man das. Dein Atem ist schneller geworden und deine Finger zucken.«

»Das ist kein Hören, das ist Fühlen.«

Er legte seine Handfläche flach auf ihre Brust. »Fühlen hat eine Menge Vorzüge.«

Sie legte ihre Hand auf seine und presste sie gegen sich. Er mochte denken, dass sie sie aus sexuellen Gründen gegen ihre Brust drückte, aber eigentlich presste sie sie gegen ihr Herz, weil er dort immer sein würde.

»Ah ... Es stimmt also, was man so sagt.«

»Ach ja?«

»Zwei Dumme, ein Gedanke.« Er drückte sanft ihre Brust.

Okay, es lag also nicht nur daran, dass er in ihrem Herzen war, dass sie wollte, dass er sie dort berührte.

Sie rutschte mit dem Hintern näher an ihn heran. Jep, ein anderer Teil von ihm war genauso wach wie sie.

»Gott, Beth, tu das nicht. Ich weiß nicht, ob überhaupt noch Kondome übrig sind.«

»Wir haben doch kein ganzes Dutzend verbraucht.«

»Nah dran.«

»Bryan, du übertreibst. Du bist nicht Superman.«

»Aber ich könnte ihn auf der Leinwand spielen.«

Sie wackelte noch einmal mit dem Hintern, ein einziges Mal. Kräftig. »Du Verführer.«

»Im positiven Sinne, hoffe ich.«

Sie wackelte erneut. »Scheint so.«

»Ich meinte, deinetwegen. Falls du zu wund bist, Beth, oder zu müde oder mich satt hast ...«

Sie wirbelte so schnell herum, dass sie merkte, dass er nicht damit gerechnet hatte. Sie nahm sein Gesicht in ihre Hände. »Bryan Matthew Manley, wag es ja nicht, so etwas zu sagen. Ich habe *dich* als den ersten Mann in meinem Bett seit dem Tod meines Mannes ausgewählt; das ist keine Entscheidung, die ich auf die leichte Schulter genommen habe. Ich bin sehr froh, dass du hier bist, und du darfst so lange bleiben, wie du willst.«

Das war das Problem; er wollte für immer bleiben. Aber er war kein Typ für »für immer«. Nicht hier und nicht an diesem Punkt seiner Karriere. Der

Titel als *People's* Sexiest Man Alive stand laut seinem Agenten kurz bevor, sobald dieser Film anlief, und er wollte nichts tun, was das gefährden könnte. Eine Ehefrau und fünf Kinder würden ihn aus dem Rennen werfen —

Halt, halt, halt! Eine Ehefrau und Kinder? Du denkst also in diese Richtung, ja?

Er wusste verdammt noch mal nicht, was er da tat; er wusste nur, dass er es nicht hier in dieser Stadt tun konnte. Er war für das Wochenende hier; das war's. Dann ging es zurück ins Rampenlicht, beziehungsweise in die hellen Lichter von Tinseltown, weiter die Karriereleiter hinauf.

Oh Mist, er hatte eigentlich ihre Leiter aus dem Schuppen holen und in die Garage bringen wollen. Die Dachrinnen mussten vor dem Herbst noch gereinigt werden.

»Okay, woran denkst *du* gerade? Du hast gerade so einen komischen Gesichtsausdruck bekommen.«

»Dachrinnen.«

»*Dachrinnen?* Ich meine, ich weiß, dass ich letzte Nacht ein wenig ungehemmt war, aber ich glaube nicht, dass irgendetwas von dem, was wir getan haben, als ›unter der Gürtellinie‹ eingestuft werden könnte, oder?« Beth knabberte an ihrer Unterlippe.

Diese Bewegung war sexy. Alles, was sie tat, war sexy. Ihn zu küssen, seinen Namen zu stöhnen, seine Shorts aufzuknöpfen ... Sogar Shermans Spielzeug aufzusammeln und Wäsche aufzuhängen war sexy, wenn Beth es tat.

Wo wir gerade von Sherman sprachen: In der Küche war ein Scharren zu hören. »Der Hund ist wach.«

»Mrs. Beecham auch. Deswegen ist Sherman wach. Sie stuppst ihn morgens gerne an.«

Bryan machte ein Hohlkreuz. »Ich habe auch nichts gegen ein bisschen Anstupsen am Morgen.«

Beth verdrehte lächelnd die Augen. »Ich muss Sherman rauslassen, sonst stimmt er jeden Moment seinen 'Halleluja-Chor' an.« Sie küsste ihn flüchtig — zu flüchtig — und stand aus dem Bett auf.

Sie griff nach ihrem T-Shirt.

»Nicht.«

Sie sah ihn an, das Shirt über den Armen, bereit, den Kopf durchzustecken. »Nicht?«

»Zieh das nicht an. Kannst du ihn nicht so rauslassen?«

»Nackt?«

Er wusste nicht, ob sie entsetzter über die Vorstellung war oder über die Tatsache, dass sie tatsächlich nackt vor ihm stand. »Ja, nackt. Ich möchte mir vorstellen, wie du so herumläufst und ich der Einzige bin, der dich sehen kann.«

»Äh, ich hasse es, deine Seifenblase zum Platzen zu bringen, Bryan, aber unten sind alle Vorhänge offen. Die ganze Nachbarschaft hätte eine tolle Aussicht, wenn ich so runterginge.« Sie zog sich das Shirt über den Kopf. »Aber ich lasse den Slip weg, wenn dich das beruhigt.«

Der kleine Frechdachs war mit einem diebischen Grinsen zur Tür hinaus, während er noch versuchte, diesen mentalen und visuellen Tiefschlag zu verarbeiten.

Sie lief ohne Slip in ihrem Haus herum. Den Slip, den er ihr ausgezogen hatte.

Bryan stöhnte, während er lächelte. Gott, das machte Spaß. Und es war unglaublich. Und absolut perfekt. Beth war absolut perfekt. Und wenn sie nicht schon eine fertige Familie hätte, könnten sie es vielleicht versuchen.

Im Ernst? Du willst die Kinder etwa rauswerfen?

Er setzte sich auf und fuhr sich mit den Händen durchs Haar. Nein, natürlich würde er das nicht. Beth und die Kinder gab es nur im Paket, und ehrlich gesagt mochte er ihre Kinder. Er mochte sie wirklich. Jason, der ein Mann sein wollte, aber jemanden brauchte, der ihm zeigte, wie das geht. Kelsey, die kurz davor stand, eine Frau zu werden, und Anleitung brauchte, wie man sich gegenüber fiesen Teenagern verhielt. Die Zwillinge mit ihrer Energie, die einfach als Individuen wahrgenommen werden wollten, während sie trotzdem ein Team waren ... Er und seine Brüder waren altersmäßig so nah beieinander, dass er ihnen Tipps geben konnte. Und dann war da noch Maggie. Die süße, liebevolle Maggie, die einfach nur einen Papa wollte, der sie in den Arm nahm.

Gib es auf, Bryan. Du willst sie. Das ist nicht nur eine Affäre für dich. Du willst Beth und die Kinder, und du wirst einen Weg finden müssen, wie du sie haben kannst, denn du wirst nicht in der Lage sein, sie einfach zurückzulassen. Nicht, wenn du der Mann sein willst, der du vorgibst zu sein.

Er stand auf und streckte den Rücken durch; ein paar Verspannungen von einigen der Stellungen der letzten Nacht mussten gelockert werden ...

Gott. Letzte Nacht. Es war noch nie perfekter gewesen. Realer. Natürlicher. Beth empfand etwas für ihn. Das wusste er genauso gut, wie er wusste, dass sie es niemals aussprechen würde. Sie respektierte seine Entscheidung für seine Karriere, und sie liebte ihre Kinder genug, um sie nicht durch den Zirkus zu schleifen, der daraus werden könnte.

Aber konnte er ehrlich sagen, dass er *das* als ihre Beziehung wollte? Dieses Wochenende und vielleicht noch ein oder zwei weitere in den nächsten Jahren, bis die Kinder älter und ausgezogen waren? Verdammt, das waren noch dreizehn Jahre bei Maggie.

Nein. Er konnte nicht zulassen, dass das alles war. Er wollte Beth jede Nacht und jeden Morgen in seinem Bett. Er wollte sie die ganze Zeit in seinem Zuhause haben, damit sie sich um die kleinen Dinge kümmerte, die sie so viel besser beherrschte als er. Er wollte, dass ihre Kinder tagsüber herumrannten und sich abends mit einer Schüssel Popcorn auf das Sofa fläzten, um irgendeine alberne Sitcom zu schauen und über ihren Tag zu reden. Er wollte sogar Sherman und Mrs. Beecham, auch wenn er versuchen würde, sie dazu zu bringen, sich zu mögen, anstatt sich gegenseitig durch die Gegend zu jagen.

Er wollte, dass Beth und ihre Familie … seine Familie wurden.

Er lehnte einen Arm gegen den Türrahmen und stützte die Stirn dagegen, während er hinaus in den Garten blickte. Da war die Wäscheleine, die er und Jason gebaut hatten. Der Zaun, den er und die Zwillinge repariert hatten, als Sherman ausgebüxt war. Der Garten, in dem er für Fotos für die Freunde der Kinder posiert hatte.

Die Veranda, auf der er Beth geküsst hatte.

Was zum Teufel sollte er jetzt nur tun?

Kapitel Sechsunddreißig

Bryan konnte sich an keinen perfekteren Tag erinnern, und er hatte so alltäglich begonnen, so richtig nach »Vorstadtidylle«. Nun ja, nachdem er es Beth noch einmal besorgt hatte. Zweimal.

Okay, das war jetzt nicht so alltäglich gewesen, aber danach ... also gut, *nach* der gemeinsamen Dusche und *nach* dem Oralsex, den er ihr unter ebenjener Dusche gegönnt hatte ... *dann* war es alltäglich geworden. Er hatte Sherman wieder rausgelassen, Hund und Katze gefüttert, sogar ein paar Karotten in den Hamsterkäfig gesteckt, die Zeitung von der Veranda geholt und sie Beth laut vorgelesen, während sie ihnen Omeletts zum Frühstück, äh, Brunch zubereitet hatte.

Natürlich hatte er darauf bestanden, dass sie beim Essen auf seinem Schoß saß, aber trotzdem ... Vorstadtidylle pur.

Irgendwie gefiel ihm die Vorstadt ...

Dann hatten sie eine Radtour gemacht und beschlossen, ein lokales Weingut zu besichtigen. Na ja, zur Hälfte besichtigt. Die andere Hälfte der Zeit hatten sie zwischen den Reben und in den Kellern rumgeknutscht, wann immer sie sich von der Gruppe davonschleichen konnten.

Bryan lächelte, während er den gekauften Cabernet in die neuen Gläser goss, die sie im Souvenirshop gefunden hatten – neue Beziehung, neuer Wein, neue Gläser. Das hatte der Besitzer gesagt, und er und Beth hatten bloß gelächelt und so getan, als wäre es genau so.

Aber Bryan hatte viel über dieses Wort nachgedacht. Beziehung. Es ging ihm so leicht über die Lippen – nun ja, über seine mentale Lippe, denn er war noch nicht bereit, das Wort laut auszusprechen. Verdammt, er wusste nicht einmal, ob er das Wort überhaupt sagen *konnte*, denn für eine Beziehung brauchte es zwei Leute, damit sie funktionierte, und er war sich nicht sicher, wie Beth das Ding zwischen ihnen nennen wollte. Er wusste nicht einmal, ob es ein *Ding* zwischen ihnen war oder lediglich eine einmalige Wochenendangelegenheit.

Wie seltsam war das denn? Er war es gewohnt, sich Frauen vom Leib halten zu müssen, und doch war er hier mit einer Frau, bei der er das komplette Gegenteil wollte, und er hatte keinen blassen Schimmer, was sie von der Idee hielt, mit ihm in einer Beziehung zu sein.

»Ich weiß nicht, ob das warm genug ist.« Beth trug Teller mit dem italienischen Essen herein, das sie auf dem Weg nach Hause geholt hatten –

Zurück. Auf dem Weg *zurück.* Zu Beths Haus. Das hier war nicht sein Zuhause.

Aber es könnte es sein ...

»Das ist schon okay. Wenn das Essen noch so gut ist, wie ich es aus meiner Schulzeit in Erinnerung habe, als ich dort gearbeitet habe, macht es nichts, dass es nicht mehr kochend heiß ist.«

»Ich glaube, mit meinem Ofen stimmt was nicht. Er scheint zu spinnen. Neulich musste ich ein ganzes Blech Brownies wegwerfen, weil sie außen steinhart waren, aber innen noch total teigig.«

»Teigig?« Er nahm die Teller mit Chicken Marsala entgegen, Beths Lieblingsgericht. Das hatte er nicht gewusst, aber jetzt, wo er es wusste, würde er es nie wieder vergessen. »Ich glaube, du meinst das anders, als du es sagst.«

»Teig-ig. Wie Teig, eben noch nicht durchgebacken.« Sie setzte sich. »Na ja, ich habe einen Bärenhunger, also ist es mir egal, wie heiß es ist oder nicht.«

»Ich kann bezeugen, dass hier kein Bär drin ist, also brauchst du dir darüber keine Sorgen zu machen.«

Sie verzog das Gesicht, während sie ein Stück vom Hühnchen aufspießte. »Wäre ich nicht so hungrig, hätte mir das glatt den Appetit verdorben.«

»Schatz, nach heute Morgen glaube ich nicht, dass *irgendetwas* deinen Appetit verderben kann.«

Gott, er liebte es, wenn sie rot wurde. Er zog ihren Stuhl herum, sodass sie neben ihm saß.

»Was machst du denn da?«, kreischte sie und klammerte sich an den Armlehnen fest.

»Ich will dich neben mir haben.« Er legte den Arm um ihre Schultern und zog sie so nah an sich heran, wie es die Stühle zuließen.

Es war nicht genug.

»Oh.« Ihr überraschter Blick verwandelte sich in ein breites Grinsen.

Er liebte es, sie lächeln zu sehen, sogar noch mehr, als er es liebte, sie erröten zu sehen.

Liebe. Er warf zurzeit ziemlich oft mit diesem Wort um sich.

»Der Sonnenuntergang ist wunderschön.« Sie schwenkte ihr Weinglas, während sie hinausblickte.

Er sah sie an. »Du bist schöner.«

Und schon wurde sie wieder rot.

»Gott, Beth, hast du eine Ahnung, was das mit mir macht?«

»Was *was* mit dir macht?«

»Dieses kleine verschmitzte Lächeln, das du bekommst, wie du an der Innenseite deiner Lippe knabberst und das Erröten, das du nicht verbergen kannst.«

»Du hast aber ganz genau hingesehen.« Da war es wieder, das Lippen-knabbern.

»Ich kann gar nicht *anders*, als dich anzusehen, Beth. Ich kann nicht anders. Wenn ich bei dir bin, will ich dich einfach nur beobachten.«

»*Nur* beobachten?«

»Okay, nicht *nur*, aber ja, ich sehe dich gern an. Nicht nur, weil du rein äußerlich wunderschön bist, obwohl du das bist, sondern weil ich *dich* gerne sehe. Beth Hamilton, die Frau. Ich kann nicht genug von dir bekommen.« Er küsste sie auf die Stirn und verweilte dort, während ihr Duft ihn erfüllte, dieses Fliedershampoo, das sie benutzte, die nach Rosen duftende Seife und ihr ganz eigener Wesenskern.

»Ich will dich, Bryan.«

Er öffnete die Augen und sah in Beths dunkle Augen, in denen sich die untergehende Sonne wie ein Feuer in ihrem Inneren widerspiegelte.

»Ich bin nicht nur zurückgekommen, um mit dir zu schlafen, weißt du«, sagte er.

»Das weiß ich. Aber das heißt nicht, dass wir es nicht tun können, oder?«

»Oh, wer neckt hier jetzt wen?«

»Ich hoffe, dass ich dich immer necken darf.« Sie drehte sich auf dem Stuhl um und packte sein Gesicht mit beiden Händen. »Lass uns nach oben gehen, Bryan. Ich wollte den ganzen Tag schon nackt mit dir sein.«

»Das hätte die anderen Leute auf der Wein-Tour wohl etwas schockiert.«

»Deshalb habe ich dich ja auch nicht vor ihren Augen ausgezogen. Aber jetzt ist niemand hier und unser Wochenende ist fast zur Hälfte um. Ich will dich. Ich will dir nah sein. So nah, wie zwei Menschen sich nur sein können.« Sie küsste ihn, und Bryan musste all seine Beherrschung zusammennehmen, um sie noch ins Haus zu bringen, denn er war kurz davor gewesen, sie direkt hier auf der Terrasse zu nehmen.

Beth konnte es kaum erwarten, ihn nach oben zu bringen und nackt auszuziehen. Also, *wirklich* kaum erwarten, und zum ersten Mal in ihrem Leben hatte sie Sex auf der Treppe im Flur.

»Du hast den ganzen Tag Kondome in deiner Tasche herumgetragen?«, sagte sie, als sie nach einem der einfallsreichsten Liebesspiele, die sie je erlebt hatte, halb auf der Treppe saßen, halb lagen. Es war gut gewesen, dass sie unter dem Teppichboden eine doppelte Polsterung hatte verlegen lassen.

»Beschwerst du dich etwa?« Er packte sie am Kinn und rüttelte spielerisch daran. »Das hier hätte nicht passieren können, wenn ich es nicht getan hätte. Wo wären wir dann jetzt?«

»Oben?«

»Nur dass es *jemand* nicht so lange abwarten konnte, oder?« Bryan lehnte sich vor und küsste sie erneut, ein weiterer atemberaubender Kuss, den sie bis in die Zehenspitzen spürte.

Beinahe hätte sie ihm gesagt, dass sie ihn liebte. Beinahe hätte sie diese drei Worte ausgesprochen, und nur der letzte Rest Verstand, den sie sich bewahrt hatte, während er sie vor Vergnügen um den Verstand brachte, hatte sie davon abgehalten, es beim Höhepunkt herauszuschreien. Stattdessen hatte sie seinen Namen gerufen. Geächzt. Gestöhnt. Gehechelt. Nach Luft geschnappt. Aber sie hatte ihm nicht gesagt, dass sie ihn liebte. Sie wollte den Moment nicht ruinieren, und sie wollte nicht darüber nachdenken, warum es einen solchen Moment des Glücks ruinieren sollte, wenn man jemandem eines der größten Geschenke überhaupt machte – sein Herz und sein Vertrauen. *Genieß das Wochenende*; Karas Worte waren zu ihrem Mantra geworden.

»Komm schon, Miss Ungeduldig. Ich will dich nackt auf diesem Bett haben.« Er stand auf und hielt ihr die Hand hin.

»Nackt auf der Treppe reicht dir also nicht?« Beth ließ sich beim Aufstehen Zeit. Die Polsterung war an manchen Stellen nicht so dick wie an anderen.

»Oh, es war großartig, versteh mich nicht falsch.«

Als ob sie das könnte. Er hatte ihren Namen während seines gesamten Orgasmus regelrecht gedehnt. Ihr war gar nicht bewusst gewesen, dass *Beth* so viele Silben haben konnte.

»Aber ...?«

»Aber ich will neben dir liegen. Dich an jedem Zentimeter meines Körpers spüren. Ich will meine Arme um dich schlingen und dich an mich ziehen können, meine Hände in deinem Haar vergraben, deinen Körper liebkosen und meine Beine um dich schlingen, was auf einer Treppe eher schwierig ist. Und vielleicht gibt es da ein paar neue Dinge, die ich mit dir ausprobieren möchte.«

Beth schauderte vor Vorfreude. »Oh? Wie zum Beispiel?«

Er zog an ihrer Hand und beschleunigte den Schritt. »Das wirst du sehen, Beth. Das wirst du sehen.«

Er hatte recht, sie *war* Miss Ungeduldig. Beth rannte in ihrer ganzen nackten Pracht in ihr Zimmer und warf sich auf ihr Bett.

»Schlaf mit mir, Bryan.«

Das hatte er voll und ganz vor.

Und gerade als er sich über sie legte, gerade als er sich in diesen ersten wilden und unglaublich sexy Kuss fallen ließ, wurde es ihm klar. Er *liebte* Beth gerade. Sie hatten nicht bloß Sex oder trieben es miteinander oder hatten ein Techtelmechtel oder wie auch immer andere Leute es nennen wollten, wenn sie ein körperliches Verlangen stillten und dafür sorgten, dass der andere sich gut fühlte – nein, er *liebte* Beth Hamilton gerade mit jeder Faser seines Seins. Er schenkte ihr sein Herz und wollte ihres behüten. Er wollte *sie* behüten. Für den Rest ihres Lebens.

»Bryan? Ist alles okay?«, fragte sie, als er innehielt. Als er aufhörte, sie zu küssen und zu liebkosen und ... zu atmen.

Er wollte Beth für immer. Und der Gedanke machte ihm keine Angst mehr. Er wollte sie in seinem Leben haben, und die Aussicht, sie nicht darin zu haben, war schlimmer als die Vorstellung, nie wieder ein Drehbuch zu bekommen, denn er konnte damit leben, kein Filmstar mehr zu sein, aber er konnte nicht ohne Beth leben.

»Bryan? Habe ich was falsch gemacht?«

»Nein, Schatz, hast du nicht.« Sie hatte alles richtig gemacht. »Ich ...« Er konnte es nicht sagen. Noch nicht. Er musste erst einmal begreifen, was das für ihn bedeutete. Was es für sie beide bedeutete. Und dann waren da noch die Kinder.

»Du was?«

Er sah in ihr besorgtes Gesicht. In dieses liebe, wunderschöne, sexy, wundervolle, leidenschaftliche Gesicht, und er lächelte. »Mir ist kurz der Atem gestockt. Nur weil ich dich angesehen habe ... Du raubst mir den Atem, Beth.«

Tränen traten ihr in die Augen.

»Ach, Mist. Ich wollte dich nicht zum Weinen bringen.«

Sie schüttelte den Kopf und lächelte. »Nein, das sind Freudentränen. Das hier ist etwas Gutes.«

»Wenn du das sagst.« Er strich ihr die Haare aus dem Gesicht und blickte in diese funkelnden braunen Augen, in die er für den Rest seines Lebens schauen wollte.

Er sollte es ihr sagen. Sie musste es doch wissen, oder? Musste es ihm doch im Gesicht ablesen können? Er liebte sie. Er liebte Beth Hamilton.

Und es machte ihm keine Angst.

Nein, es gab ihm Energie. Es gab ihm Hoffnung und einen Sinn und ein Gefühl der Zugehörigkeit, von dem er bis jetzt nicht gewusst hatte, dass es ihm fehlte. Er hatte gedacht, seine Brüder und seine Schwester und seine Groß-mutter seien alles an Familie, was er brauchte. Alle Bindungen und Verbin-dungen, die er in seinem Leben wollte, aber Gott, wie sehr er sich geirrt hatte.

»Du fängst an, mir Angst zu machen, Manley.« Beth biss sich auf die Oberlippe.

Das war neu. Und er wollte nicht die Ursache für irgendeine ihrer Sorgen sein. »Ich sehe dich nur an. Ich staune darüber, dass ich hier bin. Dass du hier bist.«

»Warum? Das kann doch keine Überraschung sein, sonst wärst du nie zurückgekommen.«

Wie sehr sie sich irrte. Nichts hätte ihn fernhalten können; das sah er jetzt. Er fühlte sich zu Beth hingezogen, als ob sein Leben davon abhinge.

Und vielleicht ... ganz vielleicht ... tat es das auch.

»Da irrst du dich, Beth. Ich musste zurückkommen. Das zwischen uns ist zu stark. Ich musste herausfinden, was das hier ist.«

»Und ...?«

Er spürte, wie sie den Atem anhielt, wie sie ihn zurückhielt, als ob seine Antwort für sie entscheidend wäre.

Sie liebte ihn. In diesem Moment wusste er es. So sicher wie er wusste, dass er sie liebte, wusste er, dass Beth ihn liebte.

Er beugte sich hinunter und küsste sie. Nicht der von Leidenschaft erfüllte Kuss, von dem man nicht genug bekommen konnte und den sein Körper in wenigen Augenblicken fordern würde, sondern eine Art Kuss wie ein Versprechen. Einer, der sagte, dass er sie schätzte und ehrte und sie alle Tage ihres Lebens achten würde, wenn sie ihn ließe.

Heiliger Strohsack. Wie sollte er das nur anstellen? Da war immer noch der ganze Zirkus seines Lebens, mit dem er klarkommen musste. Er war nicht naiv genug zu glauben, dass ein Liebesgeständnis alle Probleme verschwinden lassen würde, aber es musste einen Weg geben.

Ihr Ehemann hatte es auch hinbekommen. Der Kerl war als Pilot viel unterwegs gewesen; er hatte Beth mit den Kindern allein gelassen, damit sie sie großzog. Damit sie alle Probleme und Sorgen regelte und was sonst noch so anfiel, während er weg war, und sie hatte ihn immer noch so sehr geliebt, dass sie zwei Jahre später um ihn trauerte. Beth wusste, wie man auf diese Weise liebte; das war etwas, das Bryan erst lernen musste, wenn er eine Zukunft mit ihr wollte. Die Frage war: Würde sie eine mit ihm wollen?

»Du grübelst schon wieder.«

»Ah, jetzt kannst *du* also *meine* Gedanken hören?« Er setzte sein verwegenes Grinsen auf, das er als Schutzschild brauchte, um sie vor den Gedanken zu bewahren, die in seinem Kopf herumschwirrten. Warum *sollte* sie eine Zukunft mit ihm wollen? Sie hatte bereits gesagt, dass sie einen Medienrummel nicht noch einmal durchmachen könne, und selbst wenn er heute in den Ruhestand ginge, würde die Presse hinter ihm her sein und sich fragen, *warum* er aufgehört hatte, was er als Nächstes tun würde und ob Beth der Grund dafür war. Dann kämen die Geschichten über ihre Vergangenheit hoch, und die Kinder würden wieder in die ganze Sache mit hineingezogen werden. *Natürlich* wollte sie das nicht. Vielleicht war dieses Wochenende alles, was sie ertragen konnte. Vielleicht war es alles, was sie wollte. Eine gemeinsame Zeit der Erinnerungen, die für den Rest ihres Lebens reichen musste, weil eine dauerhafte Beziehung einfach zu kompliziert war.

»Bryan? Ist alles okay? Willst du das vielleicht doch nicht?« Ihre Hände in seinem Rücken hielten inne, und Bryan musste sich mühsam in den Moment zurückholen.

Beschreie das Unglück nicht ungelegt. Das hatte Gran immer gesagt. Sie hatte ihm gesagt, dass er manchmal zu sehr in sich gekehrt war.

»Natürlich will ich das, Beth.« Er setzte wieder dieses verwegene Grinsen auf, seinen Schutzschild vor der Welt, der das verbarg, was er im Inneren fühlte, und alle glauben ließ, es sei alles in Ordnung.

Und niemand hatte es je durchschaut. Nicht einmal Gran.

»Das kaufe ich dir nicht ab. Du kannst den Rest der Welt so anlächeln, damit sie vergessen, was sie dich gefragt haben,, aber nicht mich. Was ist los, Bryan?«

Okay, Beth war also die Ausnahme von dieser Regel. Das schien ein roter Faden zu sein, wenn es um sie ging.

»Es ist gar nichts los, Schatz. Ich will dich nur so wahnsinnig gern küssen, dass ich fast Angst habe, es zu vermasseln.«

»Vermasseln?« Beth schüttelte den Kopf. »Wie viel Wein hast du heute Abend getrunken? Du könntest das hier selbst dann nicht vermasseln, wenn du es versuchen würdest.«

Er war sich ziemlich sicher, dass er es konnte, weshalb er nichts sagte und seine Taten für sich sprechen ließ, indem er ihren Kopf in seine Hände nahm und sie küsste. Ein tiefer Hier-bin-ich-Kuss, in den er jedes Quäntchen Gefühl legte, das er empfand.

Er musste lächeln, als sie ihn mit glasigen Augen ansah, nach Luft rang und ihre Finger an seiner Wange zitterten.

»Oh. Mein. Gott«, sagte sie, als sie endlich wieder zu Atem kam.

Immerhin war einer von ihnen in der Lage zu sprechen. Er ... Was er für sie empfand, die Möglichkeiten, die es für ihn barg ... Er war zur Sprache unfähig.

»Ich nehme an, das bedeutet, dass das Abendessen kalt wird?« Sie legte den Kopf schief und knabberte an ihrer Unterlippe – mit Absicht.

»Das tut es, aber mach dir keine Sorgen. Ich lade dich morgen Abend wieder auf Chicken Marsala ein.«

»Und wenn ich stattdessen etwas anderes will?« Das neckische Leuchten in ihren Augen war genau das, was er brauchte.

Gott, er liebte sie. »Darauf zähle ich, Frau.«

Kapitel Siebenunddreißig

Der Sonntagnachmittag kam viel zu schnell.

Bryan lehnte sich mit Beth in den Armen gegen den Baum, während um sie herum das Treiben des Parks summte; die Überreste ihres Picknicks lagen verstreut auf der Decke. Die halb geleerte Flasche Champagner im mitgebrachten Eiskübel, die Erdbeeren und Schokolade, Käse und Weintrauben ... Alle Zutaten für ein romantisches Date, wobei ihm ein letztes Teil förmlich ein Loch in die Tasche brannte.

Grans Ring.

Er hatte Beths Wohnung heute Morgen verlassen, um Frühstück für sie zu holen, während sie noch schlief – der einzige Grund, warum er es übers Herz gebracht hatte, von ihrer Seite zu weichen, war, dass er nach Hause gefahren war, um diesen Ring zu holen –, und das Schmuckstück hatte den ganzen Tag lang zu ihm gesprochen.

Er wollte sie heiraten. Der Entschluss war ihm im Schlaf gekommen, und als er aufgewacht war, wusste er, dass es das Richtige war. Sie liebten sich; er hatte es in ihren Augen gesehen, als sie letzte Nacht miteinander geschlafen hatten, hatte es in jeder Liebkosung gespürt. Er wusste, warum sie es nicht ausgesprochen hatte, wusste, dass sie es wegen seiner Karriere nicht tun würde, und ihre Selbstlosigkeit ließ ihn sie nur noch mehr lieben. Er *musste* sie heiraten. Musste sie für immer in seinem Leben behalten. Das war das Wichtige; alles andere war nur Logistik, die sie klären konnten.

Jetzt musste er sich nur noch die Logistik für den Antrag überlegen. Etwas Romantisches, aber kein Klischee.

Er musste über sich selbst lachen, als er da auf der karierten Decke mit dem geflochtenen Picknickkorb saß – dem größten Klischee, das es gab. Aber es half nichts; er hatte keine Zeit, einen aufwendigen Antrag zu planen. Er würde von hier nicht zurück zum Drehort fahren, ohne zu wissen, dass Beth für den Rest seines Lebens seine sein würde. Dann würde er zurückkehren, sich den Arsch aufreißen und so schnell wie möglich zu ihr und den Kindern zurückkommen.

»Du grübelst schon wieder.« Sie fuhr mit der Handfläche an seiner Wade hinauf.

Er ließ seine Finger durch ihr Haar gleiten. »Wenn meine Gedanken so laut sind, solltest du mir vielleicht sagen, worum es geht.«

Sie seufzte und lehnte sich an seine Schulter zurück. »Ich will nicht darüber nachdenken, was du denkst. Ich will überhaupt nicht nachdenken, denn wenn ich es tue, wird mir klar, dass das hier fast vorbei ist. Dass meine Kinder bald zurück sind und du zurück zu deinem Film musst und all das hier nur noch eine Erinnerung sein wird.«

Ihre Worte waren wie ein Pfahl in seinem Herzen. Er wollte nicht, dass es eine Erinnerung war – es sei denn, es war eine, die sie einmal mit ihren Enkelkindern teilen würden.

»Beth.«

Sie drehte sich zu ihm um und legte ihre Finger auf seine Lippen. »Nicht, Bryan. Lass uns die Illusion noch ein wenig länger genießen.«

Er küsste ihre Finger. »Eigentlich ist es genau das, was ich versuche.«

Sie zog ihre Finger weg. »Oh?«

Er rückte auf der Decke herum, bemüht, sie nah bei sich zu behalten, den Ring zu fassen zu bekommen und nicht alles zu verraten, bevor er sie fragen konnte.

»Bryan, was machst du da?«

»Das hier.« Er zog den Ring heraus und hielt ihn hoch. »Beth, ich liebe dich und ich will dich für immer in meinem Leben haben.« Er schluckte einen Kloß der Rührung hinunter. »Als meine Frau.«

»Oh mein Gott.« Beth berührte den Ring mit zitternden Fingern.

Aber sie nahm ihn nicht an.

»Ich liebe dich, Beth.« Seine Stimme war so brüchig wie ihre Finger. »Willst du mich heiraten?«

Sie sah ihn an, Tränen stiegen ihr in die Augen. »Oh, Bryan.«

Sie hatte den Ring immer noch nicht genommen. Und sie hatte ihm immer noch nicht geantwortet.

»Mami!«

Bryan brauchte eine Sekunde länger als Beth, um Maggies Stimme zu erkennen, und er schaffte es gerade noch, den Ring in seine Tasche zu stecken, bevor Maggie auf ihre Mutter zusprang.

»Mami! Ich hab dich vermisst!« Maggies kleines Gesicht war ganz verkniffen, als sie Beth mit aller Kraft umarmte.

Bryan konnte das nur zu gut nachempfinden.

»Bryan!«

»Hey, Bryan ist wieder da!«

Tommy und Mark stürzten sich ebenfalls auf ihn, und plötzlich war die Picknickdecke übersät mit Hamiltons.

Und ihre Mutter hatte ihm immer noch nicht geantwortet.

»Was machst du hier, Bryan?«

»Bist du für immer zurück?«

»Hast du mich vermisst?«

»War Sherman überrascht, dich zu sehen?«

»Hast du Mrs. Beechams Haare aus meinem Puppenhaus entfernt? Ich glaube, sie baut sich da drin ein Nest.«

»Katzen bauen keine Nester, du Dummerchen.«

»Nenn mich nicht dumm.«

»Na ja, bist du aber, wenn du glaubst, dass Katzen Nester bauen.«

»Mami, Mark hat mich dumm genannt.«

»Ist sie ja auch!«

»Leute! Maggie.« Bryan stand auf. »Niemand ist dumm, nur weil er etwas nicht weiß. Es ist eine Gelegenheit, etwas zu lernen, und eine Gelegenheit für euch, die großen Brüder zu sein und eurer Schwester etwas Neues beizubringen.«

Er reichte Beth die Hand, um ihr beim Aufstehen zu helfen, und hielt ironischerweise ihre linke Hand. Diejenige, an die er seinen Ring stecken wollte.

Sie hatte ihm immer noch nicht geantwortet.

Und das tat sie auch in den nächsten dreieinhalb Stunden nicht, bis sie die Kinder im Bett hatten, die Großeltern weg waren und ein unangenehmes Schweigen durch das Familienzimmer tanzte, als Beth von ihrer letzten Umarmung mit Maggie herunterkam.

»Sie sagte, sie hätte Angst gehabt, dass ich nicht da wäre, wenn sie nach Hause kommt.« Beth griff nach einem Zierkissen vom Sofa und schlang ihre Arme darum, während sie sich im Schneidersitz in die Ecke der Couch setzte.

»Verlustangst?«

»Ja. Sie haben das alle, aber Maggie äußert es am lautesten. Die Zwillinge sind sogar zusammen in ein Bett gekrochen, als ich ihnen das abendliche Comicbuch vorgelesen habe. Das fing an, kurz nachdem Mike gestorben war, und hatte, wie ich dachte, vor etwa vier Monaten nachgelassen.«

»Und jetzt fangen sie wieder damit an.«

»Nun ja, zumindest für heute Nacht.«

Und was, wenn sie ihn heiratete und der Medienrummel ihnen das Gleiche antun würde? Sie musste es nicht aussprechen, aber es schwebte zwischen ihnen wie eine riesige dunkle Wolke mit der Aufschrift: »Das wird nichts, Manley«.

»Du hast meine Frage noch nicht beantwortet.« Man konnte ihn wohl einen Masochisten nennen. Aber wenn dies das Ende seines Traums war, wollte er es klipp und klar hören.

»Ich weiß.«

»Und?« Die Tatsache, dass er sie so drängen musste, verhieß nichts Gutes.

Ebenso wenig wie der tiefe Atemzug, den sie nahm, oder die Art, wie sie sich ihm zuwandte, das Kissen fest an ihren Bauch gepresst. Schützend. Allein.

»Ich möchte Ja sagen, Bryan, aber ich kann nicht.«

In seinem Kopf begann ein Summen; er hatte nicht wirklich geglaubt, dass sie Nein sagen würde. Er hatte gewusst, dass es Probleme geben würde, aber er hatte eine Art Kompromiss erwartet. Vielleicht sogar ein Gespräch darüber, dass er aus der Branche aussteigt. Aber er hatte nie wirklich geglaubt, dass die einzige Frau, die er je heiraten wollte, ihn abweisen würde.

»…nur um mich ginge, würde ich das Risiko eingehen, aber wegen der Kinder, Bryan.«

»*Risiko*? Ein *Risiko* eingehen?« Bryan lehnte sich vor. »Ich habe dich nicht gefragt, ob du ein *Risiko* mit mir eingehst, Beth. Ich habe dich gefragt, ob du mich *heiraten* willst. Ich gehe kein Risiko mit dir ein; ich will mein Leben mit dir verbringen. Ich will Teil deiner Familie sein. Ich gehe kein Risiko ein wie ... wie ... in irgendeinem Pokerspiel. Ich meine es todernst, und ja, du hast recht. Wenn du es nur als Risiko siehst, dann ist das hier vielleicht wirklich keine gute Idee.«

Sie legte ihre Hand auf sein Knie, und er wollte sie wegreißen, weil es zu schmerzhaft war, ihre Berührung zu spüren und zu wissen, dass er kein Recht mehr darauf haben würde, wenn er von hier wegging.

»Du hast mir nicht zugehört.«

»Ich habe dich gehört.«

»Nein, du hast nur einen Teil von dem gehört, was ich gesagt habe.« Sie legte das Kissen beiseite. »Ich möchte Ja sagen, Bryan. Wirklich. Und wenn es nur um mich ginge, würde ich es sofort tun. Weil ich dich liebe.«

»Ich weiß, dass du das tust. Du hättest letzte Nacht nicht mit mir geschlafen, wenn es nicht so wäre. Warum also sagst du Nein? Ist dir klar, dass du die einzige Frau bist, die ich je gefragt habe?«

Um dem Ganzen die Krone aufzusetzen, legte sie ihre Handfläche an seine Wange. Und er ließ es zu.

»Ich weiß. Und ich liebe dich dafür, aber dein Leben, Bryan ... Wir haben darüber gesprochen. Ich kann das den Kindern nicht antun. Sie haben schon einmal im Rampenlicht gestanden, und sie sind nicht gut damit klargekommen. Maggie hat immer noch Alpträume.«

Bryan schloss für eine Sekunde die Augen und zwang sich zur Ruhe. Er musste an die Kinder denken. Als Elternteil, sogar als Stiefelternteil, musste er an das Wohl der Kinder denken. »Du hast keine erwähnt, seit ich hier bin.«

»Bryan, es sind erst ein paar Wochen.«

»In denen sie keine hatte. Seit ich hier bin, oder?«

»Nun ja, nein, aber –«

»Kein Aber, Beth. Vielleicht hat sie keine mehr, weil sie mich in ihrem Leben haben will.«

»Oh, sie will dich. Sie alle wollen dich. Sie lieben dich. Aber sie begreifen nicht wirklich, was dein Lebensstil mit sich bringt. Ich hingegen schon. Ich habe das alles schon durchgemacht. Jeder Schritt wird beobachtet. Jedes Wort kommentiert, analysiert und vielleicht in eine völlig andere Bedeutung verdreht, weil es sich gut verkauft. Ich kann dir gar nicht sagen, wie oft ich den Fernseher ausschalten musste, wenn ein Nachrichtenbericht kam oder meine

Kinder irgendwo gesehen wurden und sie groß über den Bildschirm flimmerten. Man hätte meinen können, Mike hätte Fort Knox ausgeraubt oder ein ganzes Fass Bier geleert, bevor er in dieses Flugzeug stieg, so wie über den Unfall berichtet wurde. Überall, wo wir uns hinwandten, waren Kameras. Und dein Leben *zieht* Kameras förmlich an. Die Kinder verstehen das nicht, aber als ihre Mutter muss ich es tun.«

»Aber vielleicht wird es anders sein, jetzt, wo ich im Spiel bin.«

»Dass du in *unserem* Leben bist, ist nicht das Problem. Es ist dieses *andere* Bild, in dem du steckst, das zum Problem wird.«

»Dann höre ich eben auf.« Und verdammt, er meinte es ernst. Beth und die Kinder waren ihm wichtiger als jeder Film.

»Das wird die Situation nur noch schlimmer machen. Die Medien werden sich erst recht darauf stürzen.«

»Okay, dann bringe ich diesen Film zu Ende und das war's dann. Ich ziehe mich zurück.«

Sie legte den Kopf schräg, und wo er das früher süß gefunden hatte, tat er es jetzt nicht mehr. Jetzt wollte er, dass sie ihm zustimmte und seine Logik einsah, anstatt mit ihm zu streiten.

»Bryan, sie werden dich nicht gehen lassen. Dein Rückzug wird eine Riesensensation sein. Und der Grund für deinen Rückzug wird eine noch *größere* Sensation sein. Wir werden dem Rampenlicht nicht entkommen können, wenn ich Ja zu dir sage.«

Sie hatte recht, und das war kein Argument, das er nicht selbst schon durchdacht hatte, aber verdammt, warum musste es ein Entweder-oder sein? Warum konnten sie keinen Kompromiss finden und eine Lösung ausarbeiten? Sie liebte ihn, er liebte sie, die Kinder mochten ihn, und Gott wusste, dass er sie liebte ... Das konnte nicht das Ende sein.

»Das ständige Rampenlicht ist den Kindern gegenüber nicht fair, Bryan. Es ist schon schwer genug, die Pubertät mit Twitter und Facebook zu überstehen, und Gott bewahre, wenn sie online irgendetwas Unbedachtes tun und die Presse Wind davon bekommt. Dinge, die wir als Kinder getan haben und die nicht für die Nachwelt auf YouTube festgehalten wurden. Ich kann das nicht riskieren, Bryan. Ich habe sie endlich an diesen Punkt gebracht; eine Verlobung mit dir könnte uns direkt wieder an den Anfang zurückwerfen.«

Sie hatte recht; er wusste es. Das ständige Rampenlicht konnte schwer zu ertragen sein – und *er* hatte es sich ausgesucht. Die Kinder hingegen ... Beth war eine bewundernswerte Mutter, weil sie die Bedürfnisse ihrer Kinder über ihre eigenen stellte – und das ließ ihn sie nur noch mehr lieben.

Es brachte ihn auch dazu, dasselbe zu tun, weil er sie ebenfalls liebte. »Vielleicht, wenn sie älter sind –«

»Du willst warten, bis Maggie achtzehn wird? Das ist in dreizehn Jahren, Bryan. Das werde ich nicht zulassen. Du verdienst es, eine Familie zu haben. Kinder. Eine Frau, die dir all das geben kann, ohne all den Ballast, den ich mit mir herumschleppe. Ich kann diese Frau nicht für dich sein.«

Ihre Stimme brach, das erste Anzeichen dafür, dass sie in ihrer Entscheidung nicht so fest war, wie sie es vorgegeben hatte.

Das war für sie genauso schwer wie für ihn. Es sollte eigentlich ein Trost darin liegen ... aber so war es nicht. An dieser ganzen Situation gab es nichts Tröstliches.

Bryan zog sie in seine Arme. »Ich werde mich nicht dafür entschuldigen, dass ich dich gefragt habe, Beth.«

»Das will ich auch nicht. Ich liebe dich, Bryan. Aber ich kann dich nicht heiraten, und du wirst nie wissen, wie leid es mir tut, das sagen zu müssen.«

»Oh, ich denke, ich habe eine ziemlich genaue Vorstellung davon.« Er küsste sie auf die Schläfe und legte sein Kinn auf ihren Kopf. »Das ist kein einmaliges Angebot, weißt du.«

Sie versteifte sich. »Bitte, Bryan, mach dir keine Hoffnungen. Es ist einfach nicht machbar. Meine Kinder haben genug durchgemacht. So sehr sie dich auch mögen, das Leben im Goldfischglas wird ihnen zusetzen. Wir haben das schon erlebt; wir wissen es.«

»Ich hasse es, dass ihr das musstet.«

»Ich weiß.«

»Ich hasse es, dass meine Karriere das ist, was zwischen uns steht.«

»Ich auch.«

»Aber es führt kein Weg daran vorbei, oder?«

»Mir fällt keiner ein.«

»Ich liebe dich, Beth.«

Sie drückte ihn fest an sich. »Ich liebe dich auch. Danke für dieses Wochenende. Für die Erinnerungen. Dafür, dass du mich wieder hast *fühlen* lassen. Dafür, dass du mich liebst.«

»Immer, Beth. Immer.« Drei Worte. Das war alles, wozu er fähig war, weil ihm die Tränen die Kehle zuzuschnüren drohten.

Verdammt. Das Leben war ganz in Ordnung gewesen, als er noch dachte, er hätte alles, was er wollte. Jetzt, da er wusste, dass er es nicht hatte – und dass er es nicht haben *konnte* –, würde er sich anpassen müssen. Dinge ändern. Etwas finden, das die Leere füllte. Nicht *jemanden*, denn niemand könnte Beths Platz in seinem Herzen einnehmen. Er hoffte nur, dass darin eines Tages Platz für jemand anderen sein würde. Und für fünf verschiedene Kinder ...

»Mami? Wo bist du?« Maggie hüpfte die vordere Treppe hinunter. Die Treppe, auf der er und Beth ...

Er löste sich von Beth. Es wäre okay gewesen, wenn Maggie sie so gesehen hätte, wenn sie als Paar in die Zukunft gegangen wären, aber da sie das nicht taten ...

»Ich kann nicht schlafen.« Maggie erschien im Nachthemd im Türrahmen, ihre Locken standen wuschelig um ihren Kopf herum und sie hatte den Daumen halb im Mund. »Bryan!« Der Daumen kam heraus. »Du bist ja noch da!«

»Hi, Mags.« Er breitete die Arme aus. Eine letzte Umarmung. Das war alles, was er von ihr wollte.

Sie flog in seine Arme und klammerte sich fest an ihn. »Ich dachte, du wärst weg.«

Mit einer Umarmung war es nicht getan. Bryan räusperte sich. »Nein, Süße. Ich bin noch hier.«

»Was machen wir morgen?«

Er sah Beth über Maggies Kopf hinweg an. *Hilf mir hier raus*, formte er mit den Lippen, weil er ehrlich gesagt keine Ahnung hatte, was er dem kleinen Mädchen sagen sollte.

Beth nahm ihre Tochter aus seinen Armen, und ganz ehrlich, es fühlte sich an, als würde sie ihm dabei das Herz mit herausreißen.

Wie zum Teufel sollte er es schaffen, einfach wegzugehen?

»Bryan hat morgen andere Pläne.« Beth setzte Maggie auf ihren Schoß.

Maggies Kopf wirbelte herum. »Hast du? Was denn?«

»Ähm, nun ja, ich werde meinem Bruder helfen, etwas in dem Haus zu finden, in dem er arbeitet.«

»Was denn finden?«

»Ich bin mir nicht ganz sicher. Wir müssen einer Reihe von Hinweisen folgen.«

»Wie bei einer Schnitzeljagd?«

»Ähm, ja. So was in der Art.« Zumindest hatte Sean es so beschrieben. Zwischen gut drei Dutzend Flüchen, die er zur Untermalung eingestreut hatte. Er und Liam hatten sich bereit erklärt zu helfen, und sei es nur, um ihre Ohren vor dem Glühen zu bewahren. Sean war bei den Flüchen ziemlich erfinderisch geworden.

»Ich bin richtig gut bei Schnitzeljagden. Mark und Tommy auch.« Ihre großen braunen Augen – so sehr wie die ihrer Mutter – blinzelten ihn so unschuldig an. Schade nur, dass er sie schon in Aktion erlebt hatte und genau wusste, was sie im Schilde führte.

Die Sache war die, dass es ihm nichts ausmachte, dass sie versuchte, ihn zu manipulieren. Er *wollte* sie und die Jungs mitnehmen. Er war gern mit ihnen zusammen. Und verdammt, in dem Herrenhaus konnten sie mehr Augen gebrauchen, wenn wahr war, was Sean erzählt hatte. Sie würden jede Hilfe brauchen, die sie kriegen konnten.

»Süße, Bryan muss schnell arbeiten, damit er zurück zu seinem Film kann. Er kann nicht auf dich und die Jungs aufpassen.«

»Aber Mami«, schnaufte Maggie mit der ganzen Selbstgerechtigkeit, die eine Fünfjährige aufbringen kann, »darum *müssen* wir ja mit. Wir können helfen und Bryan kann ganz schnell zurück zu seinem Film.« Sie sah Bryan an und legte ihre Hand auf sein Knie. »Bitte, können wir mitkommen, Bryan? Wir sind gute Helfer. Genau wie mit der Wäscheleine. Wir können dir helfen.«

Wie sollte er dazu Nein sagen? Er konnte es nicht. »Von mir aus gerne, wenn deine Mama einverstanden ist, Maggie.«

Es war wahrscheinlich nicht fair, den Ball zurück zu Beth zu spielen, aber er konnte Maggie einfach nicht Nein sagen. Er konnte es einfach nicht.

Der Blick, den Beth ihm über Maggies Kopf zuwarf, besagte, dass sie es auch nicht konnte und gehofft hatte, er würde es tun.

»Okay, Maggie. Na gut.« Beth atmete aus. »Ihr drei dürft mit. Aber nur für ein kleines Weilchen. Das Martinson-Anwesen ist ein sehr großer Ort, und ich möchte nicht, dass ihr dort unbeaufsichtigt herumrennt.«

»Was ist unbeauf... sichtigt?« Maggies Daumen wanderte zurück in den Mund, als hätte sie erreicht, weswegen sie gekommen war, und alles andere wäre nur noch Zeit absitzen, bis sie wieder in ihrem Zimmer war.

»Das bedeutet, ohne dass jemand auf euch aufpasst.«

»Aber Bryan passt doch immer auf uns auf. Nicht wahr, Bryan?«

Ehrlich, das kleine Mädchen war besser als ein Chirurg, wenn es darum ging, ihn auszuweiden.

»Das stimmt, Maggie. Ich pass immer auf euch auf.«

»Siehst du, Mami? Bryan wird sich um uns kümmern. Du brauchst dir keine Sorgen zu machen.«

Kindermund tut Wahrheit kund ...

Kapitel Achtunddreißig

Beth machte sich den ganzen nächsten Tag lang Sorgen. Sie hatte Angst, sie würde in Tränen ausbrechen oder Jason und Kelsey alles über Bryans Antrag erzählen. Oder, noch schlimmer, sie würde *Kara* alles über Bryans Antrag erzählen, woraufhin es sich in Windeseile in der ganzen Nachbarschaft herumsprechen würde – und wenn das erst einmal passierte, wären die Medien auch nicht mehr weit.

Also hielt sie den Mund, hielt die Tränen zurück – mühsam – und ging ihrem normalen Alltag nach, als würde ihr nicht das Herz brechen, weil ein großartiger Mann bald wieder aus ihrem Leben verschwinden würde. Schon wieder.

Er ersparte ihr den Schmerz des Abschieds. Sie hätte es nicht geschafft, sich dabei zu verstellen, und so war sie dankbar, dass er die drei Jüngeren einfach nach ihrem Schnitzeljagd-Tag in der Einfahrt abgesetzt und kurz gewinkt hatte und rückwärts herausgefahren war, als würde er morgen wiederkommen.

Dabei hatten sie es beide besser gewusst.

Da war er nun, der erste Tag vom Rest ihres Lebens ohne Bryan, und Kara konnte den Mann einfach nicht in Frieden ziehen lassen.

»Ich kann ehrlich gesagt nicht glauben, dass er einfach weg ist. Ich war mir *sicher*, dass da was zwischen euch lief.«

Beth tat so, als würde sie am Parfüm am Kaufhaustresen schnuppern. Sie hatte heute null Interesse an einer Shoppingtour, aber im Einkaufszentrum gab es einen Streichelzoo und die drei Kleinen hatten sie bekniet, dorthin zu gehen. Sie bezahlte Jason und Kelsey dafür, auf sie aufzupassen, damit sie selbst etwas Ruhe hätte – *dachte sie jedenfalls*. Aber dann war sie Kara über den Weg gelaufen, und als *die* gemerkt hatte, dass Beth die Kinder nicht dabeihatte, war das wie eine Erlaubnis, alle Schleusen für Fragen über Bryan zu öffnen.

»Er hat eine Karriere, Kara. Das habe ich dir doch gesagt. Man kann nicht von hier nach Hollywood pendeln.«

»Quatsch. Filmstars machen das ständig. Die kaufen sich Privatjets und fliegen für einen Drehtag ein. Er könnte es tun, wenn er wollte.«

Die Sache war die: Er würde es tun, wenn Beth Ja gesagt hätte. Das wusste sie so sicher, wie sie wusste, dass Kara es jedem herumerzählen würde, wenn sie ihr von dem Antrag berichtete. Also sagte sie zu beidem nichts und versuchte, die Sache ruhen zu lassen, denn ehrlich gesagt brauchte sie das. Sie hatte ihre Antwort in den letzten gut vierzig Stunden ständig hinterfragt und war einer Lösung kein Stück nähergekommen als in dem Moment, als sie ihm geantwortet hatte.

»Und ihr könntet mit ihm zu den Drehorten reisen. Ich meine, es *ist* Sommer. Die Kinder haben keine Schule oder Jobs und du bist Lehrerin, also hast du frei ... Ich hätte einfach nicht gedacht, dass er so wankelmütig ist. Ich dachte, er hätte Charakter. Dass er nicht nur aus Hollywood besteht. Gott, du glaubst doch wohl nicht, dass er uns ausgelacht hat, oder? Dass er uns nur für die Recherche für seine nächste Rolle benutzt hat?«

»Bryan ist nicht so. Er mochte alle.« Ein paar von ihnen liebte er sogar. »Aber es ist nun mal seine Karriere. Gegen den Erfolg kann man nicht argumentieren.«

Kara zuckte die Achseln. »Ich verstehe es einfach nicht. Ich meine, du bist heiß, die Kinder sind toll, und es ist ja nicht so, als hättest du es auf sein Geld abgesehen. Mike hat euch ja gut versorgt zurückgelassen.«

Wenn man verwitwet und vaterlos zu sein als »gut versorgt« bezeichnen wollte.

Beth biss sich den Sarkasmus herunter. Kara meinte es gut. Alle ihre Freunde meinten es gut, aber sie alle fanden, dass zwei Jahre lang genug seien und es Zeit war, weiterzuziehen. Und obwohl Beth bereit war, weiterzuziehen

– was ihre Zeit mit Bryan bewiesen hatte –, würde sie Mike nicht einfach vergessen. Sie würde nicht sagen: »Na ja, Schwamm drüber, Kopf hoch.« Sie hatte ihn geliebt und würde ihn immer vermissen. Er war ihr Freund, ihr Ehemann, ihr Liebhaber und der Vater ihrer Kinder gewesen. Es schmerzte sie, dass er sie nie aufwachsen sehen oder seine Enkelkinder kennenlernen würde. Dass ihre Kinder Mike nie als Mann kennenlernen würden, wenn sie selbst erwachsen waren. Der Tod war einfach scheiße, und Beth konnte verdammt noch mal nichts dagegen tun.

Aber gegen die Sache mit Bryan könntest du etwas tun ...

»Glaubst du also, du wärst bereit, dich mit jemand anderem zu treffen?«

»Jemand anderem? Ich war nicht fest mit Bryan zusammen, Kara.«

»Ich weiß, aber ich meine, du weißt schon. Du bist sozusagen wieder in den Sattel gestiegen, was das Umschauen angeht. Und er war hübsch anzusehen, das musst du zugeben.«

»Ja, das ist er.« Er war auch im Sattel großartig gewesen, aber das würde sie nicht zugeben.

»Wenn also ein anderer gut aussehender Typ vorbeikäme, hättest du nichts dagegen, mit ihm auszugehen?«

»Kara, du hast mich schon mit ein paar Blind Dates verkuppelt. Die sind nicht besonders gut gelaufen. Das letzte übrigens auch nicht. Können wir es nicht einfach dem Schicksal überlassen und sehen, was passiert?«

»Das ist ja alles schön und gut, aber ich sehe nicht, dass du planst, demnächst mit dem Schicksal auf Kneipentour zu gehen.«

Kneipentour. Beth schauderte. Sie würde mit niemandem auf Kneipentour gehen. »So dringend will ich gar nicht daten, danke-sehr-vielmals.«

»Na, wo willst du denn sonst jemanden kennenlernen?«

»Warum muss ich das überhaupt? Mir geht es allein doch prima.«

»Quatsch. Du bist schon zu lange allein, und ich habe gesehen, wie du Bryan angesehen hast. Du kommst aus deinem Schneckenhaus heraus, Beth. Du musst das Eisen schmieden, solange es heiß ist, bevor du es dir darin wieder zu gemütlich machst.«

Beth gab es auf, ihr Schaudern zu verbergen. Sie war absolut nicht bereit für die Single-Szene. Sie bezweifelte, dass sie es jemals sein würde.

Glücklicherweise gab es draußen vor dem Laden einen Aufruhr, als ein Haufen Sicherheitsleute laut rufend und mit gezückten Schlagstöcken vorbeirannte, sodass Beth Kara nicht antworten musste. Dann ging im ganzen

Einkaufszentrum der Alarm los, und Beth war plötzlich gar nicht mehr so dankbar. Ihre Kinder waren da draußen.

Sie rannte aus dem Laden und bog rechts ab zum Streichelzoo – genau in die Richtung, in die die Wachen rannten.

Dort blieben die Wachen auch stehen. Und dort hielten sie einen Kerl mit dem Gesicht nach unten auf dem Boden fest, die Arme auf dem Rücken, ein paar Knie fixierten ihn, während zwei von ihnen mit … ihren Kindern redeten.

Oh Gott.

Beth drängte sich durch die Menschenmenge. »Jason! Kelsey! Tommy! Mark! Maggie!« Sie waren alle da und sahen ernst aus, während sie die Fragen der Wachen beantworteten.

»Hallo. Ich bin die Mutter der Kinder. Was ist passiert?« Sie musste jeden von ihnen berühren und scharte sie um sich wie eine Entenmutter, die ihre Küken unter die Flügel nimmt. Es war ihr egal; sie musste sichergehen, dass ihre Babys in Sicherheit waren.

»Ihre Kinder haben großartige Arbeit geleistet, Ma'am«, sagte einer der Wachmänner. Hinkle stand auf seinem Namensschild. »Sie haben diesen Kerl mit einem Hammer gesehen –«

»Er wollte die Schmuckvitrine einschlagen, Mami!«, rief Maggie und hüpfte auf und ab. »Tommy hat es gesehen und es Jason und Kelsey erzählt. Kelsey ist zum Infostand gerannt und Jason hat ihm ein Bein gestellt, damit der Typ hinfällt. Er ist ein Held!«

»Ich habe es auch gesehen!«, sagte Mark, unglücklich darüber, in Maggies Erzählung keine Rolle zu spielen.

»Gar nicht wahr!«, sagte Tommy. Natürlich.

»Wohl! Deswegen habe ich dich ja angestupst, damit du es auch siehst.«

»Gar nicht wahr!«

»Wohl!«

»Jungs, das ist jetzt nicht wichtig«, sagte der Wachmann und lotste sie von dem Mann am Boden weg. »Ihr müsst ein Stück zurücktreten, damit wir ihn auf die Beine ziehen können.«

Doch, es *war* wichtig, und ihre Mienen verdüsterten sich, als der Wachmann sie so beiläufig abfertigte. In diesem Moment war es das Wichtigste in ihrer Welt, und dass er es einfach so beiseiteschob … Bryan hätte das nicht getan.

Bryan. Gott, sie konnte nicht aufhören, an ihn zu denken.

»Ma'am«, sagte ein anderer Wachmann, »wenn Sie und die Kinder kurz mit zum Teddybärenladen kommen könnten, würden wir Ihnen gerne ein paar Fragen stellen.«

»Aber Mami weiß doch gar nichts. Sie hat nichts gesehen. Ich und Tommy haben es gesehen.«

»Und Jason«, warf Maggie ein, »vergiss Jason nicht. Er ist der echte Held.«

Beth schob die Kinder zum Laden und strich jedem über die Schultern. »Jason, ist alles okay bei dir?« Sie wollte ihn anschreien, dass er hätte verletzt werden können und dass er sich hätte heraushalten und es jemanden hätte regeln lassen sollen, der dafür zuständig war – dieselben Worte, die sie an jenem Morgen zu Mike gesagt hatte, als er in letzter Minute diesen verdammten Flug übernommen hatte. Aber sie tat es nicht, wegen des Stolzes in seinem Gesicht. Jason lächelte die Leute tatsächlich an und fühlte sich richtig gut, und Beth wollte ihm das nicht für eine Sekunde verderben. Aber trotzdem, lieber Gott ... er hätte verletzt werden können.

»Ja, Mom, alles bestens. Der Typ hätte eben gucken sollen, wo er hinläuft.«

»Hat er doch«, sagte Tommy. »Er hat sich die Uhren angesehen.«

»Stimmt gar nicht. Es waren die Diamantringe. Die kann man leichter tragen und sie kosten viel mehr.«

»Du denkst auch, du weißt alles.«

»Ich weiß viel mehr als du, Tommy.«

»Gar nicht wahr.«

»Wohl.«

»Jungs.« Sie ahmte Bryans Geste nach, legte ihre Hände auf ihre Köpfe und drehte sie so, dass sie sie ansahen. »Hört auf zu zanken. Sagt den Wachmännern einfach die Wahrheit, und dann können wir nach Hause.«

»Aber ich will nicht nach Hause.« Maggie zerrte an Beths Shirt. »Ich will mit den Zicklein spielen.«

»Die nennt man im Englischen auch Kids«, sagte Tommy.

»Hey, stimmt. Das wusstest du ja wirklich.« Mark sah überrascht aus. Beth wusste nicht, warum; sie waren seit dem Kindergarten in denselben Klassen.

»Echt? Das ist ein lustiger Name.« Maggie schob ihre Hand in Tommys. »Danke, dass du mir das beigebracht hast. Genau wie Bryan es gesagt hat.«

»Wir sollten ihn anrufen.« Das kam von Kelsey. Warum war Beth nicht überrascht, dass das der erste Teil dieser ganzen Episode war, den Kelsey kommentierte? »Ihm erzählen, was wir gemacht haben.«

»Du meinst, was *Jason* gemacht hat«, sagte Maggie, die nun ihre Hand und ihre Loyalität ihrem ältesten Bruder schenkte.

»Ich habe geholfen. Ich bin losgerannt, um die Security zu rufen.«

Maggie verzog das Gesicht und tippte sich an die Lippe. »Du hast recht. Das hast du. Das war auch wichtig.« Sie griff nach Kelseys Hand. »Ich habe die tapfersten Brüder und die tapferste Schwester der ganzen Welt.«

Natürlich war das genau der Moment, in dem der Wachmann anfing, Beth Fragen zu stellen. Sie konnte sich kaum auf seine Fragen konzentrieren, während sie versuchte, angesichts all ihrer Emotionen nicht loszuweinen: Angst, Stolz, Liebe und ein schmelzendes Herz, weil sie sah, wie ihre Kinder zusammenhielten.

Und dann tauchte eine Reporterin auf und hielt das Mikrofon über den Kopf des Wachmanns hinweg. Beth war sich ziemlich sicher, dass das gegen alle möglichen Regeln verstieß und vielleicht sogar Auswirkungen auf einen Prozess haben könnte –

Ach, verdammt. Ein Prozess. Als Zeugen müssten ihre Kinder aussagen. Und Jason hatte dem Kerl ein Bein gestellt – er wäre der Hauptzeuge Nummer eins.

Oh Gott. Die Presse würde sich auf die Sache stürzen.

Ein lautes Rauschen erfüllte ihre Ohren, als ihr alle Konsequenzen bewusst wurden. Was da auf sie zukam. Alles noch einmal von vorn. Die aufdringlichen Fragen. Das endlose Interesse. Kamerateams und Übertragungswagen, die vor ihrem Haus lauerten.

Beth wollte weinen. Sie hatte Nein zu Bryans Goldfischglas gesagt und war nun in ihrem eigenen gelandet.

Es dauerte anderthalb Stunden, und sie musste sechs verschiedenen Leuten ihre Handynummer geben, bevor sie die Kinder dort wegbekam. Es dauerte weitere 45 Minuten, bis sie sich die Sache so weit von der Seele geredet hatten, dass sie auch mal zu Wort kam. Es waren nur zwei Wörter, aber sie hatten die gewünschte Wirkung: »Eis essen?«

Das Gespräch drehte sich fortan um Eissorten, und Beth konnte endlich tief durchatmen. Sie musste mit Jason und Kelsey reden. Sie vor der Presse warnen.

Die Zwillinge auch. Nur Maggie war nicht direkt an dem vereitelten Raubüberfall beteiligt gewesen, aber so wie Maggie jeden ihrer Geschwister verteidigte, hatte Beth das Gefühl, dass sie auch sie warnen musste. Sie freute sich nicht darauf.

Sie hätte sich keine Sorgen machen müssen.

Und genau das machte ihr Sorgen.

Kaum saßen sie in der Nische der Eisdiele, kam das Thema schon wieder auf. Inzwischen kannte Beth den Ablauf der Ereignisse auswendig, also war sie nicht überrascht, als die Kinder leicht vom Thema abkamen.

»Glaubst du, dass sie uns noch mal interviewen wollen?« Kelsey war diejenige, die das Thema ansprach, vor dem Beth sich so gefürchtet hatte.

»Nun, das könnten sie, Schatz, aber ihr müsst ihnen gar nichts weiter sagen. Ihr seid alle minderjährig, also müssen sie rein rechtlich über mich gehen. Ich werde euch so weit wie möglich fernhalten.«

»Aber ich will mit ihnen reden. Wir werden berühmt sein.«

»Werden wir?«, fragten die Zwillinge. »Cool!« Sie gaben sich ein High-Five.

Sie redeten schon wieder im Chor.

»Ich wette, sie geben dir eine Medaille, Jason«, sagte Maggie, der größte Fan ihres Bruders.

»Ach was, heutzutage bekommt keiner mehr Medaillen.« Aber Jason sah nicht so aus, als würde ihm die Idee missfallen.

»Vielleicht bekommst du sogar eine eigene Fernsehserie!«, rief Maggie und hüpfte auf ihrem Sitz. »Wie ein Kinderdetektiv, der Räuber stoppt, bevor sie was stehlen können. Wär das nicht cool?«

»Und Bryan kann deinen Chef spielen oder so«, sagte Mark.

»Ja, dann könnten wir ihn wiedersehen«, fügte Tommy hinzu.

»Mami, wann kommt Bryan wieder? Ich will ihm alles über meine Brüder und meine Schwester erzählen. Sie sind Helden.« Maggie richtete diesen ernsten Blick auf Beth, und die anderen vier taten es ihr gleich.

»Ich ... ich weiß es nicht, Mags.«

Lügnerin! Sag deinen Kindern die Wahrheit. Dass du ihm einen Korb gegeben hast, um sie aus dem Rampenlicht fernzuhalten – und sieh sie dir jetzt an! Sie brennen darauf, ins Fernsehen zu kommen. Sie sind begeistert, Helden zu sein. Vielleicht solltest du deine Entscheidung noch einmal überdenken, Elizabeth.

»Können wir ihn anrufen?« Kelsey holte ihr Handy raus. »Oh. Stimmt ja. Er hat mir seine Nummer gar nicht gegeben.« Sie sah Beth an. »Hat er dir seine Nummer gegeben, Mom? Oder soll ich bei der Putzfirma anrufen und dort nachfragen?«

Fünf erwartungsvolle, hoffnungsvolle Gesichter starrten sie an. Fünf Kinder, die den Mann sehen wollten, den Beth weggeschickt hatte. Den Mann, der gesagt hatte, dass er sie liebte und sie heiraten wollte. Der eine Familie mit ihr haben wollte. *Diese* Familie.

»Ähm, Leute, ich habe eine bessere Idee. Wie fändet ihr es, wenn wir zu Bryan *fahren*?«

Kapitel Neununddreißig

»Aus!« PJ stieß einen langen, frustrierten Seufzer aus.

Nummer vierhundertzweiundsiebzig, wenn Bryans Zählung stimmte.

Es kam der Sache zumindest sehr nahe. Diese Szene ging mit jeder Zeile mehr den Bach runter. Carina wollte sich einfach nicht an das Skript halten. Wenn sie nicht so eine berühmte Schauspielerin wäre, hätte sie heute Morgen um fünf nach acht, nach dem fünften Take, hochkant auf der Straße gesessen.

»Carina.« PJs legendäre ‚Coolness‘ war verflogen. »Ich werde den Dialog nicht ändern. Du kannst es also entweder auf meine Weise machen oder wir bleiben bis Mitternacht hier; das ist mir inzwischen egal. Ich *werde* diesen Film termingerecht fertigstellen, also komm mal von deinem hohen Ross runter und spiel die Szene so, wie sie geschrieben steht.«

»Dadurch wirkt meine Figur wie ein Waschlappen.«

»Nein, tut sie nicht. Es lässt sie kompromissbereit erscheinen.« Etwas, wovon Carina offensichtlich keine Ahnung hatte. »Und genau mit so jemandem wird das Publikum mitfiebern. Wenn du also willst, dass die Leute dich lieben, machst du es so, wie es im Drehbuch steht. Und wenn du jemals wieder einen Job willst, tust du, was ich sage.«

Autsch. Gar nicht gut. Bryan wappnete sich für den Aufprall.

Er ließ nicht lange auf sich warten.

»Ich brauche dich nicht, PJ Cartwright.« Carina warf das Messer, das sie gehalten hatte, mit einem hallenden *Klirren* in die Küchenspüle. PJ konnte von Glück reden, dass sie es nicht nach ihm geworfen hatte. Selbst wenn es nur ein Requisitenmesser war, die Spitze war scharf. »Glaubst du wirklich, *deinet-wegen* gehen die Leute ins Kino? Die meisten haben keine Ahnung, wer der Regisseur ist. Sie wissen, wer die Stars sind, und ich bin der Star dieses Films.«

Bryan verkniff es sich, die Hand zu heben und sie daran zu erinnern, dass er auch noch da war, aber nur, weil er Mitleid mit PJ hatte. Der Kerl hatte schon an guten Tagen genug Kopfschmerzen mit Carina; Bryan wollte das Problem nicht noch vergrößern. Aber oh, was hätte er nicht alles dafür gegeben, Carina mal ordentlich zurechtzustutzen und sie daran zu erinnern, dass *er* einen riesigen Hype dafür bekam, der Love Interest in diesem Film zu sein. Dass dieses Drehbuch sein Sprungbrett zum Superstar-Dasein war und jeder das wusste. Er war bei diesem Film genauso bekannt wie sie, also sollte sie sich besser zusammenreißen. Denn hier gab es noch einen anderen Namen, und sie zu verlieren, wäre vielleicht nicht der Weltuntergang, der es bei ihren anderen Filmen gewesen wäre.

Ach was, er behielt diese kleine Information lieber für sich. Man musste den schlafenden Löwen nicht auch noch reizen.

Der jetzt allerdings brüllte.

»Das lasse ich mir *nicht* bieten.« Sie streckte ihrer Assistentin die Hand entgegen. »Ich rufe meinen Agenten an.«

Das arme Ding, das wahrscheinlich geglaubt hatte, das große Los gezogen zu haben, als sie als Carina Dempseys Assistentin eingestellt worden war, musste hinter ihr herrennen, um ihr das Telefon zu reichen.

Stille senkte sich über das Set. Alle blickten PJ an.

»Schön. Großartig. Was auch immer.« Er rückte seine Baseballkappe zurecht. »Alle machen Pause. Seid in zwei Stunden wieder da. Wir bringen das heute Abend zu Ende.«

Bryan rieb sich den Nacken, als er von dem verdammten Barhocker stieg, auf dem er die letzten fünfzehn Takes lang gehockt hatte. Sein Hintern tat weh, aber das würde er erst im Stillen massieren. Er brauchte niemanden, der *dieses* Foto twitterte.

Er nickte Josh zu. »Ich bin in meinem Trailer, falls es doch schneller geht.«

»Alles klar. Oh, und du hast Besuch. Wollte ich dir eigentlich sagen, sobald die Szene im Kasten ist.«

Besuch? Wer sollte ihn am Set besuchen?

Für einen Moment machte sein Herz – und seine Fantasie – einen Sprung. Er dachte, betete und hoffte, dass es Beth sei, aber er schob den Gedanken schnell beiseite. Wahrscheinlich Liam. Hoffentlich nicht Sean. Er musste eine Schnitzeljagd gewinnen, wenn sie auch nur die leiseste Hoffnung haben wollten, ihre Investition in das Grundstück, an dem er gerade arbeitete, wieder reinzuholen.

Vielleicht war es sein Agent. Oder seine PR-Beraterin. Oder vielleicht beide. Sie hatten kein Treffen geplant, aber wer wusste das schon? Vielleicht gab es große Neuigkeiten zu seiner Karriere, die Don ihm persönlich mitteilen wollte.

Auf dem Weg vom Set schnappte er sich eine Wasserflasche und leerte sie in einem Zug. Die Scheinwerfer waren heiß und er hatte in dieser Szene ein paar lange Monologe. Natürlich war Carina auch damit nicht glücklich gewesen. Er hatte gedacht, dass das Zählen von Textzeilen aufhört, wenn man erst einmal Millionen verdiente, aber bei Carina war das offensichtlich nicht der Fall.

Bryan zuckte die Achseln, drehte den Verschluss wieder auf die leere Flasche und warf sie im Vorbeigehen in den Mülleimer.

»Zwei Punkte, Manley!«, rief einer der Tonangler.

Er lächelte und gab dem Kerl – Rick – ein Daumen-hoch-Zeichen. Schade, dass Carina nicht kapierte, dass Kameradschaft am Set eine gute Sache war.

Nein, sie arbeitete immer noch daran, ihn ins Bett zu kriegen. Seit seiner Rückkehr hatte Bryan den Abend immer früh beendet, nur um zu vermeiden, ihr schon wieder einen Korb geben zu müssen. Er wollte ihr nicht sagen müssen, dass sie ihn einfach nicht reizte.

Er schüttelte den Kopf, während er auf seinen Trailer zuging. Er hatte das Gefühl, dass ihn so schnell keine Frau mehr reizen würde. Wenn überhaupt jemals wieder.

Er griff nach dem Türknauf. Nicht nach –

Beth.

Sie stand da. In seinem Trailer. Oben an der Treppe.

Bryan traute seinen Augen kaum.

»Hallo, Bryan.«

Es war definitiv Beth.

»Hallo, Bryan!«

Und die Kinder.

»Wuff!«

Und Sherman.

Bryan klammerte sich am Geländer fest, um nicht umzukippen, während er versuchte zu begreifen, dass die sechs Menschen, die er auf der Welt am liebsten sehen wollte, in seinem Trailer waren. Und er war nicht einmal sauer, den Hund zu sehen.

»Äh, hallo Leute.«

»Ich bin kein ›Leute‹, du Dussel!« Maggie streckte ihren Lockenkopf über das Treppengeländer, und ihr schelmisches Lächeln und ihre funkelnden Augen brachten ihn zum Lachen.

»Nein, Mags, du bist definitiv kein ›Leute‹.« Er wuschelte durch ihre Locken und schaffte es, mit wackeligen Beinen den Rest der Stufen hinaufzugehen. »Was macht ihr denn hier?« Er sah sie alle an, aber die Frage war allein an Beth gerichtet.

Die fünf Kinder fingen alle gleichzeitig an zu reden. Irgendwas über das Einkaufszentrum und den Zoo und einen Hammer und Schmuck und ... Wachen?

Er sah Beth an. »Wovon reden sie?«

Mit einer ruhigen Stimme, von der er *wusste*, dass sie nur den Kindern zuliebe so klang – denn er sah ihr an, wie sehr sie die Geschichte mitgenommen hatte –, erzählte Beth ihm von dem versuchten Raubüberfall und den Heldentaten der Kinder.

»Und wir wollten herkommen und dir alles erzählen, weil du ja arbeitest und nicht nach Hause kommen kannst, um es zu hören«, sagte Maggie und kletterte auf seinen Schoß, als er sich an den Tisch setzte.

Nach Hause. Er bezweifelte, dass sie oder eines der anderen Kinder diesen Versprecher bemerkt hatten, aber er hatte es. Und Beth auch.

Er wollte Beth fragen, was das zu bedeuten hatte. Warum sie hier war. Warum sie die Qualen verlängerte. Ein klarer Schnitt; das war es, was sie brauchten.

Aber vielleicht hatte sie den Kindern nichts von seinem Antrag erzählt – was Sinn ergeben würde – und sie war nur den Kindern zuliebe hergekommen. Sie waren jedenfalls Feuer und Flamme, ihm alles zu berichten, und er machte so viel Aufhebens darum, wie es angemessen war. Er freute sich über Jasons Stolz auf sich selbst, über Kelseys Strahlen, als ihr Teil der Geschichte erzählt wurde, darüber, wie die Zwillinge berichteten, wie sie zusammengearbeitet hatten, um Jason und Kelsey zu alarmieren, und über Maggies Stolz auf ihre Geschwister.

Sherman drängelte sich unter Bryans Arm und krabbelte zusammen mit Maggie auf seinen Schoß.

»Glaubst du, sie geben Jason eine Medaille?«, fragte Maggie. »Ich will, dass sie ihm eine Fernsehsendung geben. Und du könntest da auch mitspielen.«

»Wenn sie ihm keine Medaille geben, dann sollten sie es tun.« Bryan nickte Jason zu. »Das war wirklich mutig von dir. Nicht viele Leute würden sich so einmischen. Ich bin stolz auf dich.« Ja, seine Augen wurden feucht, als er das sagte. Er hatte kein Recht, auf den Jungen stolz zu sein, aber er war es trotzdem.

Und nach Jasons breiter werdendem Grinsen zu urteilen, war er froh darüber.

»Können wir das also feiern gehen?« Mark krabbelte auf den Knien um die Eckbank herum und legte Bryan die Hand auf die Schulter. »Mama hat gesagt, dass es einen Grund zum Feiern gibt, wenn wir den bösen Mann schnappen.«

»Wir hatten schon Eis«, warf Tommy ein.

»Ja, aber das ist keine *echte* Feier. Echte Feiern haben Feuerwerk und Salutschüsse und Paraden und so.«

»Hier gibt es keine Parade. Wir hätten zu Hause bleiben sollen, wenn sie uns eine Parade geben würden.«

»Ich wäre gerne in einer Parade. Wie Miss America. Ich könnte eine Krone und eine Schärpe tragen und allen zuwinken.« Maggie übte direkt dort im Trailer Luftküsschen und brachte sie alle zum Lachen.

»Nun, ich weiß zwar nichts von Paraden oder Feuerwerk, aber wir könnten zum Essen gehen und schauen, was für einen besonderen Nachtisch sie für Helden haben. Was sagt ihr dazu?« Diesmal vermied er es, Beth anzusehen. Sie hatte die Kinder hergebracht; er würde so viel Zeit wie möglich mit ihnen verbringen. So viel Zeit wie möglich mit *Beth*.

»Juhu! Ich mag Feiern!« Maggie sprang von seinem Schoß, Sherman folgte ihr. »Aber was machen wir mit Sherman? Der darf nicht mit ins Restaurant.«

»Keine Sorge. Ich kenne jemanden, der Sherman gerne Gesellschaft leistet.« Er schickte Josh eine SMS und lächelte, als er das Okay-Zeichen bekam. Die bestangelegten paar hundert Dollar seines Lebens.

Als Nächstes schrieb er PJ. Verdammt, wenn Carina den Zeitplan über den Haufen werfen konnte, würde er nicht herumsitzen und darauf warten, dass sie auftauchte. Er sagte PJ, er solle ihm schreiben, wenn Carina wieder arbeitsfähig sei, dann würde er zurückkommen. Sie konnten nicht weit weg gehen, aber die paar Tausend, die er gleich im erstbesten Restaurant für ein mit Wunderkerzen bestücktes Schokoladen-Lava-Gebirge mit Unmengen an Schlagsahne und Eis ausgeben würde, würden alles, was sie aßen, zur perfekten Feier machen.

Beth hatte Mühe, die Fassung zu bewahren. Sie hatte sich geirrt. So sehr geirrt. Das war es, was ihre Kinder brauchten. Bryan war das, was sie brauchten. Das Gefühl von Familie. Der Schock über Mikes Tod war es gewesen, der sie alle aus der Bahn geworfen hatte, nicht unbedingt die Presseberichte. Sicher, das hatte nicht geholfen, aber als sie gesehen hatte, wie sie auf die positive Aufmerksamkeit nach dem Raubüberfall reagiert hatten ...

»Wir müssen reden.« Bryan flüsterte ihr das ins Ohr, als eine riesige Platte mit Wunderkerzen an ihren Tisch gebracht wurde.

»Lava-Kuchen!«, schrien die Zwillinge.

»Eis!« Keine Überraschung, dass das von Maggie kam.

Jason und Kelsey versuchten cool statt beeindruckt von dem monströsen Nachtisch zu wirken, und Bryan sah verdammt stolz auf sich selbst aus.

Oder vielleicht war er einfach nur überglücklich. Sie hoffte, dass das der Fall war.

Sie nickte, hatte aber keine Ahnung, wann sie reden sollten. Mit fünf Kindern um sie herum – in seinem Trailer – würde Privatsphäre schwierig werden.

Intimität, unmöglich ...

Beth konnte ein Erröten nicht verhindern. Ja, sie hatte an ihre Kinder gedacht, als sie beschlossen hatte, hierherzukommen, aber sie hatte dieses Prickeln nicht unterdrücken können, als ihr klar wurde: Wenn das mit ihr und

Bryan funktionierte, wenn er bereit war, sie alle zu nehmen, nachdem sie ihm einen Korb gegeben hatte, dann würde sie für den Rest ihres Lebens mit ihm Liebe machen können.

Gott, bitte lass ihn Ja sagen.

Der Kuchen war – wenig überraschend – ein voller Erfolg, und auf dem Weg zurück zum Auto debattierten die Kinder darüber, was das Beste daran gewesen war.

Das war wohl die einzige Chance auf Privatsphäre, die sie bekommen würden, also zupfte Beth an Bryans Arm und sie blieben hinter den Kindern zurück.

»Ähm, Bryan?«

Er legte seine Hand auf ihre. »Ja?«

»Ich hoffe, es macht dir nichts aus, dass wir einfach so aufgetaucht sind.«

»Du weißt, dass es mir nichts ausmacht. Ich liebe es, die Kinder zu sehen. Aber ich frage mich schon, warum. Ich dachte, alles wäre entschieden gewesen, als ich gefahren bin.«

Sie biss sich auf die Lippe. Er liebte es, die Kinder zu sehen, aber er sagte nichts darüber, sie zu sehen. Das klang nicht so, als wollte er, dass sie ihre Meinung änderte.

»Was ist mit Sherman?«

»Was soll mit ihm sein?«

»Macht es dir etwas aus, dass wir ihn mitgebracht haben?«

»Nein.«

»Ich konnte so kurzfristig niemanden finden, der auf ihn aufpasst, und der Tierarzt hatte für heute Nacht schon zu.«

»Es ist kein Problem, Beth. Sherman ist genauso willkommen wie der Rest von euch.«

Okay, das klang schon etwas positiver.

Weiter vorne quiekte Maggie und wand sich von Jasons Hüfte. Zum Glück packte Kelsey ihre Hand, bevor sie auf den Parkplatz rennen konnte.

Beth hatte nicht viel Zeit.

»Also, ähm ...« Sie strich sich die Haare hinter die Ohren und holte tief Luft. Bryan sah sie erwartungsvoll an. »Diese Frage, die du mir neulich Abend gestellt hast?«

»Ja?«

»Was wäre, wenn ...« Sie holte noch einmal tief Luft. Gott, hatte es sich für ihn auch so angefühlt, als er sie fragte, ob sie ihn heiraten wollte? Und sie hatte Nein gesagt. Sie war eine Idiotin. »Was wäre, wenn ich meine Antwort ändern wollte? Darf ich das?«

»Deine Antwort ändern?«

Sie konnte nicht sagen, ob er sie verspottete oder versuchte zu verstehen, was sie meinte.

Sie entschied sich für Letzteres, weil Ersteres zu schmerzhaft wäre. »Ja. Was wäre, wenn ich Ja sagen wollte?«

Oh nein. Er war nicht verwirrt gewesen. Er hatte ganz genau gewusst, was sie gefragt hatte.

»Ist es das, was du *willst*, Beth?«

Gott, ja, das war es. »Ja, das will ich.«

Bryan blieb stehen. Er nahm ihre Hand von seinem Arm – sie hatte nicht einmal bemerkt, dass sie noch dort lag – und führte sie an seine Lippen. Er küsste sie. »Das sind die zwei schönsten Worte der Welt, Beth.«

Ihr stockte der Atem. Er schickte sie nicht in die Wüste.

»Willst du wissen, welche die *drei* schönsten sind?«

Sie nickte – weil sie nicht sprechen konnte –, aber sie wusste es bereits. Sie wollte es nur aus seinem Mund hören. Nochmal.

Bryan küsste den Ringfinger ihrer linken Hand. »Ich liebe dich.«

Ihr Atem stockte und sie schaffte es, ihm dasselbe zu erwidern. »Ich liebe dich, Bryan.«

»Und ich liebe Bryan auch«, sagte Maggie, die es irgendwie geschafft hatte, sich an sie heranzuschleichen. »Bedeutet das, dass ihr heiraten werdet, Mami?«

Jason kam herübergelaufen und warf Bryan einen Blick zu. Einen sehr erwachsenen, männlichen Blick, während er seine kleine Schwester wieder auf den Arm nahm. »Natürlich bedeutet es das, Kleines. Das machen Leute so, wenn sie sich lieben.«

»Gut, dann heirate ich Bryan, weil ich ihn auch liebe.«

»Dummerchen«, sagte Mark und schüttelte den Kopf.

»Genau, du kannst ihn nicht heiraten, wenn er Mama heiratet.«

»Kann ich wohl.«

»Kannst du nicht.«

»Kann ich wohl.«

»Kannst du nicht.«

Zum ersten Mal schritt Bryan nicht ein, um den Streit zu beenden. Nein, diesmal beugte er sich vor und küsste sie. Direkt dort, vor ihren Kindern und allen Leuten auf dem Parkplatz und all den Kameras, die die Menschen auf sie richteten. Das würde in Sekundenschnelle im ganzen Internet sein.

Aber Beth war es egal. Das war es, was sie wollte.

Und es war das, was sie alle brauchten.

Epilog

»Drei Vieren schlagen zwei Asse, Maggie.«

»Tun sie nicht.«

»Tun sie doch.«

»Tun sie nicht.«

»Tun sie doch.«

»Ich gehe jetzt Papa fragen.« Maggie stampfte beleidigt auf und marschierte in Richtung Hinterhof davon, wo Bryan gerade zum wiederholten Male den Zaun verstärkte. Sherman entwickelte sich zu einem ziemlichen Tunnelgräber, und Bryan zog ernsthaft in Erwägung, eine Zementmauer einen Meter tief in den Boden einzulassen.

Beth war sich nicht sicher, ob das tief genug für Sherman wäre. Besonders seit der Chihuahua von nebenan eingezogen war.

»Mama, Maggie hat unrecht, oder?«, fragte Tommy. »Bryan hat gesagt, Vieren schlagen Asse, wenn man mehr davon hat.«

»Und wann hat Bryan dir beigebracht, Poker zu spielen?« Hm... Bryan war ein fantastischer Stiefvater, aber sie würde wohl ein paar Feinheiten der Kindererziehung mit ihm durchgehen müssen. Wie zum Beispiel: kein Glücksspiel unter einundzwanzig.

»Er hat es uns nicht beigebracht. Wir haben zugeschaut, als er mit Onkel Sean und Onkel Liam gespielt hat. Maggie hat gelauscht.«

Ach ja, die monatliche Pokerrunde. Sie musste es sich wohl noch einmal überlegen, die Kinder mitzunehmen, wenn sie nichts anderes taten, als die Männer auszuspionieren. Aber es war schön, sich mit ihren Schwägerinnen und Gran zu treffen.

Beth lächelte und tätschelte ihren Bauch. Sie konnte es kaum erwarten, die Neuigkeit mit ihnen allen zu teilen. Besonders mit Bryan. In sieben Monaten würde er endlich sein eigenes Kind haben, das er lieben könnte.

Nicht, dass er ihre Kinder weniger liebte. Und im Grunde waren sie nicht mehr nur ihre Kinder. Sie waren Manleys, selbst wenn sie diesen Namen nicht trugen.

Obwohl Bryan neulich Abend etwas angedeutet hatte...

Sie blickte auf Mikes Foto auf dem Kaminsims und spürte diesen vertrauten Schmerz in sich aufsteigen, dass er nicht hier war, um seine Kinder aufwachsen zu sehen.

Sie ging zu seinem Foto, drückte einen Kuss auf ihre Finger und presste sie dann auf seine Lippen. Sie vermisste ihn immer noch, aber sie blickte nach vorn. Das war es, was er gewollt hätte. Sie konnte es einfach nicht fassen, dass sie im Leben gleich zweimal damit gesegnet worden war, von zwei so wunderbaren Männern geliebt zu werden und sie selbst lieben zu dürfen.

Die Schiebetür in der Küche öffnete sich. Beth wirbelte herum. Bryan würde es nichts ausmachen, sie vor Mikes Bild zu sehen – schließlich hatte er darauf bestanden, dass der Kaminsims den Kindern zuliebe genau so blieb, wie er war. »Ich will nicht, dass sie ihren Vater vergessen. Wenn ich an seiner Stelle wäre, wäre ich am Boden zerstört. Es ist völlig okay für mich, dass er da ist. Die Kinder sollten ihren Papa kennen.«

Dafür hatte sie ihn nur noch mehr geliebt, und sie hatte so ein Gefühl, dass dies die Nacht gewesen war, in der dieses Kleine hier gezeugt wurde.

Sie eilte zurück in die Küche.

Bryan hob die Hände. »Ich schwöre. Ich habe ihnen nicht beigebracht, Poker zu spielen. Ich weiß es besser.«

»Ich weiß, dass du das tust, Schatz.« Sie schlang ihre Arme um ihn, ungeachtet der Tatsache, dass er ganz heiß und verschwitzt war. »Sie haben dich und deine Brüder ausspioniert.«

Bryan lachte leise und legte seine Arme tief auf ihren Rücken. »Natürlich haben sie das. Von Mark und Tommy hätte ich nichts anderes erwartet.«

»Eigentlich war es Maggie. Sie hat es *ihnen* beigebracht.«

Jetzt brach er in schallendes Gelächter aus. »Gott, dieses Kind ist eine Wucht. Gut, dass es nur eine von ihrer Sorte gibt. Ich wüsste nicht, was wir täten, wenn es mehr gäbe.«

»Ähm...« Beth knabberte an ihrer Unterlippe und sah zu ihm auf.

»Ähm, was?« Seine prächtigen grünen Augen verengten sich.

»Ähm ... das hier.« Sie nahm seine Hand und legte sie auf ihren Bauch.

Diese prächtigen grünen Augen wurden ganz weit. »Beth... Willst du damit sagen... Meinst du etwa...?«

Sie nickte und spürte, wie ihr die Tränen in die Augen schossen. Bei den anderen Schwangerschaften war sie auch immer ein emotionales Hormonbündel gewesen. »Ja, das meine ich.«

»Oh Gott, Liebes. Ich liebe dich.«

Die süßesten Sätze auf der ganzen Welt.

Ende und vielen Dank fürs Lesen

Ende. Danke fürs Lesen! Bitte helfen Sie anderen Lesern, meine Bücher zu finden, indem Sie dort eine Rezension hinterlassen, wo Sie es gekauft haben. Und wenn Sie mehr von meinen Geschichten sehen möchten, blättern Sie einfach um!

WAS EINE FRAU
VERDIENT
JUDI FENNELL

Was eine Frau verdient

Was passiert, wenn drei unwiderstehlich sexy Brüder eine Pokerwette gegen ihre geschäftstüchtige Schwester verlieren? Sie werden für deren Reinigungsunternehmen vermietet. Jetzt stehen Ihnen die Manley Maids zu Diensten. Zufriedenheit garantiert. Es ist das, was eine Frau verdient …

Der Geschäftsinhaber Liam Manley hat keine Geduld für Frauen wie Cassidy Davenport – Frauen, die liebend gern das Geld eines Mannes ausgeben, ohne sich Gedanken über tatsächliche Arbeit zu machen. Aber um seinen Wetteinsatz einzulösen, muss Liam die in Designerklamotten gehüllte Society-Lady nicht nur ertragen, er muss auch noch hinter ihr herputzen.

Bis Cassidys Vater ihr plötzlich den Geldhahn zudreht. Ohne Geld und ohne ein Zuhause, das Liam putzen könnte, hat Cassidy keine andere Wahl, als ein Jobangebot anzunehmen – als Liams neues Dienstmädchen … Liam brennt darauf, ihr eine Lektion über die reale Welt zu erteilen, lernt dabei aber am Ende selbst noch ein paar Dinge dazu.

Befreit vom Einfluss ihres Vaters kann Cassidy endlich ihr eigenes Leben führen und zeigt Liam schließlich, wie einfallsreich und entschlossen sie sein kann. Ganz zu schweigen davon, wie sexy sie mit (oder ohne) ihre Designergarderobe ist.

Doch wenn zwischen ihnen die Funken fliegen, wird es wahre Liebe sein ... oder nur eine weitere komplizierte Affäre?

Männerabend... plus eine

»Ich glaube, werte Brüder, ihr müsst alle für eure Manley Maids-Uniformen vermessen werden.«

Liam Manley biss sich bei der Ankündigung seiner Schwester Mac auf die Zunge, als sie ihr Siegerblatt auf dem grünen Filz des Pokertischs ausbreitete. Sie hatte ihn reingelegt – ihn *und* seine Brüder – und sie hatte sie verdammt gut drangekriegt.

Sie hatte verdammt gut *Poker* gespielt. Wer hätte ahnen können, dass sie überhaupt Poker *spielte*?

Und dieser Einsatz ... vier Wochen lang kostenloser Reinigungsservice ihrer Firma gegen ihre Ferienhäuser und teuren Sportwagen. Warum kam Liam sich wie ein Idiot vor?

»Ich ziehe ganz sicher *keine* Schürze an.« – Bryan, der jüngste Manley-Bruder, klang so beleidigt, dass Liam sich noch fester auf die Zunge beißen musste, um ihn nicht auszulachen. Man hätte meinen können, Mac hätte verlangt, dass er... nun ja... eine Schürze trug.

Sean, sein mittlerer Bruder und Mitverlierer, stapelte weiter schweigend die Pokerchips und mied Macs Straight Flush mit dem Buben als höchster Karte wie die Pest.

Bryans Mund stand weit offen. Jeden Moment würde sein Bruder, der Filmstar, anfangen zu schnappen wie ein Fisch auf dem Trockenen. Wo war eine Kamera, wenn man mal eine brauchte? Bry würde alles bezahlen, um *dieses* unvorteilhafte Foto aus der Presse fernzuhalten, und Liam konnte einen neuen Whirlpool für das Haus gebrauchen, das er gerade renovierte – besser gesagt, gerade *fertig* renoviert hatte, was bedeutete, dass er etwas Zeit übrig hatte.

Keine Zeit wie die Gegenwart, um damit anzufangen, den lächerlichen Wetteinsatz abzuarbeiten. »Wann willst du, dass wir anfangen, Mac?«

»Ich habe Ersatzuniformen, also wann immer ihr Zeit habt.«

Ersatzuniformen? Seit wann hatte sie in Bezug auf das Geschäft irgendetwas im Überfluss?

Da war etwas im Busch.

Er hätte nie gedacht, dass Mary-Alice Catherine zu schmutzigen Tricks greifen würde, um ihre älteren Brüder dazu zu bringen, das zu tun, was sie wollte. Verdammt, als sie zu Gran gezogen waren, nachdem ihre Eltern bei einem Autounfall ums Leben gekommen waren, hatten sie sich praktisch gegenseitig die Klinke in die Hand gegeben, um sich um ihre kleine Schwester zu kümmern. Jetzt würde er über Besen, Mopps und Staubsauger stolpern. Ugh.

»Hey, kann ich mein eigenes Haus saubermachen?« Das war Bryan, der jede Chance nutzte, um doch noch irgendwie obenauf zu sein.

»Du würdest Monica arbeitslos machen, nur um dich aus der Wette zu winden? Ernsthaft?« – Jetzt war Mac an der Reihe mit dem offenstehenden Mund.

»Ich winde mich aus gar nichts raus.« Aber Bry sah nicht glücklich aus. »Du kannst am Montag auch mit mir rechnen. Ich habe einen Monat Pause zwischen zwei Projekten und sowieso nach einer Beschäftigung gesucht.«

Liam bezweifelte allerdings stark, dass Bryans Wahl dabei auf den Job als Reinigungskraft gefallen wäre. Seine auch nicht. Aber er war die Wette nun mal eingegangen...

Und sie auch.

Er trank sein Bier aus, sammelte dann die Karten ein und zog Macs Siegerblatt als Letztes über den Filz. Bryans Blick wich währenddessen nicht von diesen Karten. Sean starrte weiterhin auf die Chips. Das waren wahrscheinlich die am zwanghaftesten gestapelten Chips in der Geschichte des Spiels.

»Ich wusste gar nicht, dass du Männer für dich arbeiten lässt, Mac.« Liams Stimme blieb gleichmäßig. Kontrolliert. Und falls ein leiser Unterton mitschwang, nun, dann war es ihm recht, wenn Mac annahm, es sei die Wut über die Niederlage. Aber warum wollte Mac a) so unbedingt mit ihnen Poker spielen, wenn sie sich den finanziellen Verlust gar nicht leisten konnte, falls sie verlor, und b) diese Wette abschließen *und* gewinnen? Irgendetwas war faul im Staate Manley.

»Wa... was?«

Ja, dieser erschrockene Blick in ihren Augen bestätigte genau das, was er gedacht hatte. Es *gab* keine männlichen Angestellten bei Manley Maids, also waren diese Uniformen kein »Ersatz«. Sie hatte sie im Voraus anfertigen lassen. Für sie.

Mac hatte das geplant. Ihr Sieg war kein Zufall gewesen. Er würde sie darauf ansprechen, wenn er einen anderen Beweis als sein Bauchgefühl hätte, aber den hatte er nicht. Und Gott wusste, dass er seinem Bauchgefühl nicht immer trauen konnte. Es hatte ihn schon früher im Stich gelassen.

»Schon gut.« Er mischte die besagten Karten unter die anderen siebenundvierzig und klopfte dann mit der langen Kante des Decks auf den Tisch. »Ich bin am Montag da.«

Und er würde die geistlose Monotonie des Putzens nutzen, um sich einen Weg zu überlegen, wie er es seiner Schwester heimzahlen konnte.

Mit Zins und Zinseszins.

Bücher von Judi Fennell

Royally Sunk

Bis über beide Ohren

Reel ist ein Meermann ohne Schwanzflosse, und Erica hat panische Angst vor dem Ozean. Nur eine Sache könnte sie ins Wasser bringen: eine Pistole. Und nur eine Sache könnte sie dort halten: der sexy Meermann, der ihr das Leben rettet, nur um sein eigenes aufs Spiel zu setzen.

Ins tiefe Blaue

Valerie ist eine Meeresprinzessin, die mitten auf dem trockenen Land fest-sitzt. Rod ist der Prinz, der sich aufmacht, sie zu retten. Aber können sie den Komplott eines Usurpators vereiteln und rechtzeitig zum Meer zurückkehren, bevor seine Flosse – und sein Thronanspruch – für immer verschwinden?

Der Fang des Lebens

Logan ist vom Zirkus *weggelaufen*; alles, was er will, ist ein ganz normales Leben. Die nackte Frau, die plötzlich auf seinem Boot auftaucht, ist alles

außer normal. Besonders als sich herausstellt, dass Angel eine Meerjungfrau ist
– und ein wütendes Seeungeheuer hinter ihr her ist.

Liebe auf Klippenkurs

Prinzessin Mariana ist keine Hochstaplerin; sie ist wirklich eine Künstlerin, was sie mit der Statue beweisen will, die sie auf einer einsamen Insel meißelt. Das Problem ist, dass Jace sich genau dort versteckt. Die eine Sache, die Mariana aus ihrem königlichen Gefängnis befreien wird, ist also genau die Sache, die Jace umbringen wird. Romanzen sind schon schwer genug, aber wenn ein Tsunami im Wetterbericht steht, landet die Liebe schnell auf den Felsen.

Wellen schlagen

Lesen Sie mehr über „Den Vorfall", der Erica Todesangst vor dem Ozean einjagte, den Grund, warum Valerie, die verlorene Prinzessin, gefunden wurde, und wie Logans kleiner Sohn Michael eine Meerjungfrau entdeckte. Die Geschichten *vor* den Geschichten.

Bottled Magic

Ich träume von Dschinnis

Matts Glück wendet sich endlich, als der Dschinn Eden aus ihrer Flasche entkommt und direkt in seinem Schoß landet. Buchstäblich. Und sie schwört, niemals wieder dorthin zurückzukehren. Zu ihrem beiderseitigen Unglück will der Typ, der sie dort eingesperrt hat, sie zurückhaben, und er wird vor nichts zurückschrecken, um sie zu bekommen.

Der Dschinni weiß es besser

Samantha erbt das Anwesen ihres Vaters, mitsamt einem Dschinn, der noch einem letzten Herrn dienen muss, bevor seine Leibeigenschaft endet.

Sam ist mehr als bereit, Kal die Freiheit zu schenken – bis ihr gieriger Ex beschließt, dass niemand Sam haben darf, wenn er sie nicht haben kann.

Mein bezaubernder Dschinni

Zane hat das Herrenhaus der Familie geerbt, das er gar nicht schnell genug loswerden kann, um die Gerüchte über die verrückte Vergangenheit seiner Familie endlich zum Schweigen zu bringen. Schade nur, dass der Dschinn, der die Ursache für diese Gerüchte war, befreit wurde und erneut sein Unwesen treibt. Nur legt sie es dieses Mal auf sein Herz an.

Dein Wunsch ist ihm Befehl

Erfahren Sie, wie Kal in seiner Laterne gefangen wurde und warum er 1001 Herren dienen muss. Die Geschichte vor der Geschichte.

<u>Once-Upon-A-Romance Series</u>

Die Schöne und der Beste

Jolie ist tagsüber Privatköchin und nachts Liebesromanautorin. Als sie einen Job bei dem attraktiven, zurückgezogenen Künstler Todd ergattert, hat sie den perfekten Helden für ihr Buch gefunden. Bis Todd dahinterkommt und sie aus seiner Küche, seinem Haus *und* seinem Herzen wirft.

Wenn der Schuh passt

Es war einmal vor langer, langer Zeit in einem fernen Land, da lebte ein Mädchen namens Aschenputtel. Dies ist nicht ihre Geschichte. *Dies* ist die Geschichte von Lucinda Isabella Casteleoni, die, genau wie ihre Namensvetterin, eine böse Stiefmutter, zwei geschmacklose Stiefschwestern und unzählige Stunden knallharter Arbeit (nicht) vor sich hat. Doch im Gegensatz zu der Märchenprinzessin ist von Bellas Traumprinzen weit und breit nichts zu sehen. Bis ein kleiner alter Mann mit funkelnden grünen Augen ein Schuhgeschäft am Ende der Straße eröffnet. Dann beginnt der Zauber...

. . .

Hinter dem bleigefassten Glas

Eine versehentliche Reise ins mittelalterliche England lässt Werbefachfrau Kate händeringend nach einem Heimweg suchen... Aber kann sie den attraktiven Ritter in glänzender Rüstung, in den sie sich verliebt hat, mit zurücknehmen?

BeefCake, Inc.

Auch Hingucker mögen Süßes

Lara will, dass ihre Cupcakes ein Erfolg werden. Der Exotic Dancer Gage hätte nichts dagegen, sie mal zu probieren, aber sein Arbeitsplan, um die Krankenhausrechnungen seines Neffen abzubezahlen, lässt ihm keine Zeit dafür. Bis zu einer Party, bei der Muskelpakete auf Cupcakes treffen, und *oh ja*, das ist verdammt lecker!

Auch Hingucker machen Fehler

Als Bryan Jenna fälschlicherweise für eine Prostituierte hält und sie erkennt, dass er der Vater ihres Adoptivsohns ist, nehmen die Fehler und Missverständnisse ihren Lauf. Aber da wächst noch etwas anderes zwischen ihnen. Manchmal kann ein falscher Abzweig genau der richtige Weg sein...

Auch Hingucker verdienen eine dritte Chance

Tanner will seine Ex-Frau für immer aus seinem Leben haben, aber als deren Großmutter einen Schlaganfall erleidet und er so tun muss, als wäre er immer noch in Juliet verliebt, wagt er da eine zweite Chance bei der einen Frau, die ihn nie aufgehört hat zu lieben?

Auch Hingucker bringen Herzen zum Schmelzen

Wenn das hier Verlieren war, dann war er ja total bekloppt, dass er sich überhaupt drauf eingelassen hat.

Gina ist schon ewig in Darien verknallt – bis zu dem Tag, an dem er sie in der Schule gedemütigt hat. Fünfzehn Jahre später lässt er sie völlig kalt. Der Exotic Dancer Darien ist in die Stadt zurückgekehrt, um einiges wiedergutzumachen. Unter anderem das Schlamassel, das er Gina vor Jahren eingebrockt hat... und *vielleicht* die Flamme von einst neu zu entfachen. Aber der einzige Weg, das Eis um Ginas Herz zu schmelzen, besteht darin, die Hitze aufzudrehen, sowohl bei der Arbeit... als auch privat.

<u>Manley Maids</u>

Was passiert, wenn drei unwiderstehlich sexy Brüder eine Pokerwette gegen ihre geschäftstüchtige Schwester verlieren? Sie werden für deren Putzunternehmen zwangsverpflichtet. Ab sofort stehen Ihnen die Manley Maids zu Diensten. Zufriedenheit garantiert.

Was eine Frau will

Resort-Besitzer Sean plant, ein historisches Anwesen zu kaufen, um sich einen Namen zu machen und Millionen zu scheffeln. Er zieht unter dem Vorwand ein, den Laden zu putzen, um eine Bedingung des Erbes zu umgehen. Aber die Erbin Olivia und ihre Menagerie gehen ihm unter die Haut, und er stellt fest, dass die Pokerwette, die ihn in dieses Schlamassel gebracht hat, nicht die einzige Spielwende für ihn bereithält.

Was eine Frau braucht

Filmstar Bryan will Ruhm und Reichtum, keine Wiederholung seiner knausrigen „normalen" Kindheit. Nach dem Medienrummel um den Tod ihres Mannes braucht Beth nichts mehr als ein normales Leben für sich und ihre Kinder – und der Filmstar, der eine Wette verloren hat und nun ihr Haus putzen muss – samt Paparazzi im Schlepptau – passt da so gar nicht rein. Doch als aus Flirts Verführung wird, muss Bryan Beth davon überzeugen, dass er mehr ist als nur eine Putzhilfe. Oder ein Schauspieler. Denn er spielt die Hauptrolle in einer umgekehrten Aschenputtel-Geschichte, und es könnte die Rolle seines Lebens sein.

Was eine Frau verdient

Liam hat keine Geduld für Frauen, die das Geld eines Mannes ausgeben, ohne einen Gedanken an echte Arbeit zu verschwenden. Aber um seinen Wetteinsatz einzulösen, muss Liam das It-Girl Cassidy nicht nur ertragen, sondern ihr auch noch hinterherputzen, nachdem ihr Vater ihr den Geldhahn zugedreht hat. Ohne Geld und ohne ein Zuhause, das Liam putzen könnte, bleibt Cassidy keine Wahl, als ein Jobangebot anzunehmen – als Liams neues Dienstmädchen. Wenn zwischen ihnen die Funken fliegen, wird es dann die wahre Liebe oder nur eine weitere schmutzige Affäre?

Was für eine Frau

MaryAlice Catherine ist bereit, das Haus der Freundin ihrer Großmutter zu putzen, nur um festzustellen, dass deren arroganter Enkel, in den sie als Mädchen verknallt war – was er die ganze Zeit wusste –, dort wohnt. Sie ist zu Tode blamiert. Jared erinnert sich anders daran; Mac war schon immer eine rechthaberische kleine Person, aber er wird sie jetzt nicht das Sagen haben lassen. Doch wenn die beiden zusammen in einem Haus leben, ist nicht abzusehen, wer am Ende den Sieg davonträgt.

Was ein Kerl will

Beckett ist bereit, seine verlorene Pokerwette zu begleichen. Er ahnte nur nicht, dass er mit seinem Herzen bezahlen müsste. Jennifer ist diejenige, die ihm einst entwischt ist, und jetzt steht sie direkt vor ihm. In ihrem Haus. Das er putzen soll. Jennifer kann es nicht fassen, dass der Bad Boy aus der Highschool, in den sie wahnsinnig verliebt war, in ihrem Haus ist. Aber wenn ihr

Ex-Mann ihr eines beigebracht hat, dann, dass man sich auf einen Bad Boy nicht verlassen kann. Bis Beckett alle Karten auf den Tisch legt und sich als jemand entpuppt, auf den Jennifer am Ende doch wetten kann.

Über Judi Fennell

Judi Fennell, Amazon-Bestsellerautorin und preisgekrönte Autorin, liebt die Liebe und liebt das Lachen, daher findet in jedem ihrer Bücher etwas davon. Schau dir ihre unbeschwerten, augenzwinkernden paranormalen und romantischen Komödien unter an wwwJudiFennell.com. Von Wassermännern über Flaschengeister bis hin zu Männern in Dienstmädchenuniformen und männlichen Strippern – es gibt immer etwas zu lachen und zu lieben. In ihrer „Frei"-Zeit hilft sie Autoren beim Schreiben und Indie-Publishern mit ihrer Formatierung, Cover-/Promo-Design, Redaktion, Firma, www.formatting4U.com. Judis Familie hat viele vierbeinige Mitglieder, und in dem Moment, in der diese anfangen A) zu singen, B) Kleidung zu nähen oder C) das Haus zu putzen, wird der Moment sein, an dem Judi aufhört zu schreiben …

www.ingramcontent.com/pod-product-compliance
Lightning Source LLC
Chambersburg PA
CBHW072013190726
48293CB00001B/266